荣国府的经济账

陈大康——著

人民文学出版社

图书在版编目(CIP)数据

荣国府的经济账/陈大康著. —北京：人民文学出版社,2019（2024.4重印）
ISBN 978-7-02-015040-3

Ⅰ.①荣… Ⅱ.①陈… Ⅲ.①《红楼梦》研究 Ⅳ.①I207.411

中国版本图书馆 CIP 数据核字（2019）第 028853 号

责任编辑　李　俊
装帧设计　崔欣晔
责任印制　苏文强

出版发行　人民文学出版社
社　　址　北京市朝内大街 166 号
邮政编码　100705

印　　刷　三河市宏盛印务有限公司
经　　销　全国新华书店等

字　　数　303 千字
开　　本　890 毫米×1290 毫米　1/32
印　　张　14.125　插页 1
印　　数　21001—24000
版　　次　2019 年 6 月北京第 1 版
印　　次　2024 年 4 月第 5 次印刷

书　　号　978-7-02-015040-3
定　　价　46.00 元

如有印装质量问题,请与本社图书销售中心调换。电话:01065233595

目 录

序   1
前言   1

第一章   黛玉家产之谜   1
    一   林家财产问题的提出   2
    二   林如海是否有丰厚的家产   6
    三   林如海后事的料理   17
    四   林家财产流入荣国府后的下落   22
    五   林黛玉之钱财观   31

第二章   李纨与王夫人为何没有对话？   43
    一   李纨与王夫人没有对话意味着什么？   44
    二   作者为何不写李纨与王夫人的对话   53
    三   婆媳不和的深层原因及其背后的家族利益   61
    四   解不开的疙瘩是推动情节的暗线   73

第三章   荣国府应该谁管家   82
    一   王熙凤确有治家才干   82

二　不合规矩的安排　　　　　　　　　　93
　　三　失去治家权后的李纨　　　　　　　　104
　　四　李纨判词与曲子的难解之处　　　　　114

第四章　围绕月钱的风波　　　　　　　　　　120
　　一　荣国府的月钱制度　　　　　　　　　120
　　二　李纨与王熙凤的月钱观差异　　　　　130
　　三　李纨的经济筹划及后来　　　　　　　143

第五章　探春和她的治家尝试　　　　　　　　152
　　一　代理治家团队的确立　　　　　　　　153
　　二　探春的治家业绩　　　　　　　　　　167
　　三　探春治家的失败及其原因　　　　　　183

第六章　那些半奴半主们　　　　　　　　　　196
　　一　荣国府的管家们　　　　　　　　　　199
　　二　姨娘与"准姨娘"　　　　　　　　　217
　　三　奶妈与"副小姐"　　　　　　　　　237

第七章　荣国府的经济制度与管理机构　　　　260
　　一　荣国府内是怎样的分配制度？　　　　261
　　二　荣国府的财务与人事制度　　　　　　270
　　三　名目繁多的管理机构　　　　　　　　283

第八章　荣国府经济体系的崩溃　　　　　　　339
　　一　作者为何要写乌进孝缴租　　　　　　340

目 录

　二　那张租单告诉了我们什么？　　　350
　三　荣国府经济危机的根源　　　360
　四　食尽鸟投林　　　368

附录
从数理语言学看后四十回的作者　　　377
"《红楼梦》成书新说"难以成立　　　406

序

我对《红楼梦》的研究，可以说是始于对作品的捺字点数，事情的起因，是陈炳藻先生1980年6月在威斯康星大学召开的首届国际《红楼梦》研讨会上宣读的论文，那篇《从词汇上的统计论〈红楼梦〉的作者问题》认为，《红楼梦》的后四十回也是由曹雪芹所写。这个结论与大家阅读《红楼梦》的感受相异，而且胡适与鲁迅在二十世纪二十年代就已做过考证，结论都是后四十回并非出自曹雪芹之笔，几十年来人们一般也都接受这两位大家的主张。可是陈炳藻先生的"新论"是借助于计算机的统计，在二十世纪八十年代初，计算机在国内还是一般人接触不到的稀罕物，当时报上又以"计算机闯入大观园"之类的标题做宣传，人们一下子闹不清是怎么回事，对后四十回为何人所作的问题也变得疑疑惑惑，要知道这次出场的是大家当时还感到比较神秘，且又属于高科技的计算机，仿佛是它将后四十回的著作权判给了曹雪芹。

得知这一消息时，我还是复旦大学数学系的学生，也上过与计算机相关的课程，因此知道计算机的运算，其实是依赖于操纵者编制的程序，因此在探讨陈炳藻先生的"新论"是否靠谱时，计算机并不是需要质疑的对象，问题的关键在于研究者的设想及其操作的手段。阅读陈炳藻先生的论文，发现有几个要害处难以令人信服，其中包括母体与样本的设定，以及统计时只从《红楼梦》中抽取了6万字，检验的指标也只有14个，等等。

  1982年3月，人民文学出版社出版了以庚辰本为底本且与诸本校勘的《红楼梦》，这对从语言学角度做统计提供了可靠的版本。1983年，我开始了对《红楼梦》的统计工作，统计对象是全书的72万余字，而非6万字，检验指标近80个而非14个，其中包括虚字、句长与作者习惯使用的专用词汇。这项工作历时一年多，其中大部分时间是在对《红楼梦》捺字点数。计算机在国内开始普及是二十世纪九十年代中期的事，我在八十年代初时的统计只能靠手工操作。第一步工作是点清作品各回的字数。第一次点完不放心，又做第二次复校。如果某回二次点数结果不一致，那就得点第三次乃至第四次。准确地掌握了作品各回的字数后，第二步工作是点清各虚字在各回中出现的次数，以便计算它们各自的出现频率。这一步操作得十分小心，因为同一个字，在不同的语言场合字义会发生变化。如"的"通常是虚字，但在"有的放矢"等场合，它却是实字；又如"了"通常是虚字，但在"一目了然"等场合，它也是实字，这样的例子还可以举出许多。点数本来就是烦琐的拼耐心的事，再加上不断地要做字义判断，其进度当然快不了。其实，就是使用计算机统计，它确可很快就告诉你有多少个"的"字或"了"字，但要从中筛滤出实字并剔除，还是得靠人工判断。关于句长的考察也是由手工完成，作品中各回有多少句，不同长度的句子各有多少，要得到这些数据，同样无法越过捺字点数的环节。

序

　　经过一遍又一遍的点数，我对作品的语言风格也越来越熟悉，这时有些念头会突然在脑海中闪过，提醒自己应作深究。这些念头怎么会冒出来的，我至今没弄明白，也许是点数点得多了，自然产生了语感的缘故。譬如对"索性"这个意思的表达，我突然感到前八十回是用"越性"这个词，只有后四十回才用"索性"。为了验证这一感觉，就需要将《红楼梦》从头到尾再查检一次。结果发现前八十回确实在用"越性"，偶尔也出现了"索性"。庚辰本源于己卯本，将两者做比照，可发现那偶尔出现的"索性"是过录者的笔误。又如前八十回喜欢用"越发"一词，但在后四十回里，同样意思的表达却是用"更加"一词；前八十回一般用"才刚"一词，而后四十回里却是用"刚才"。甚至"脏"字的使用，前后两部分也有明显差异，在前八十回里，就连尊贵的王夫人或清雅的林黛玉也难免有时要说个"屁"字，而那些婆子或丫鬟开口时，一些很不文雅的"脏"字有时就会直闯读者的眼帘。后四十回的作者似乎很不屑于使用"脏"字，在那二十多万字里只出现过两次，而且相对来说还较文雅。一次是贾政在气急之中骂了声"放屁"，一次是贾琏引用了"大萝卜还用屎浇"这俗语。诸如此类的用词差异发现了27种，而对每次的发现都需要将《红楼梦》查阅一遍以证实。

　　花费了一年多的时间，《红楼梦》也查检了百余遍，根据获取的约2万个数据，可以对作品的语言风格做数理定位。最后的结论是：将作品前八十回均分为A、B两组，它们的语言风格完全一致，确为一人所写，后四十回定义为C组，它的语言风格与A、B两组有明显差异，应非出自曹雪芹之手。若将后四十回按顺序均分为C1与C2两组，那么C1组的数据有向A、B两组靠

3

拢的趋势,而C2组的数据则是更为远离,这表明在第八十一回到第一百回之间,当含有少量的曹雪芹的残稿。不过运用数理语言学做统计分析,只能指出残稿的所在区间,却无法确定究竟哪些内容属于残稿。

从数理语言学角度分析《红楼梦》的工作结束了,可是我在文学作品意义上对这部作品的关注却刚开始。先前只是考虑统计的需要,一次又一次地对《红楼梦》捻字点数,这一过程反复进行了百余遍后,对这部文学巨著已是异常熟悉,一些情节或细节的描写经常会在脑中萦绕,更有趣的是,书中的内容会自发地在脑海中越出情节线索做串联、归并之类的组合,冒出一些以往人们似不曾关注或研究的问题。譬如说,贾雨村是书中最坏的人之一,可是曹雪芹为什么偏偏要安排他去当林黛玉的老师?读者厌恶的人物与偏爱的人物怎么会形成这种奇怪的组合?与此相关联,因贪酷而被革职的贾雨村又为何偏为林如海所赏识?又譬如说,贾兰尚属年幼,父亲又早就去世,贾母与贾政怜爱他是情理中事,可是他的亲祖母王夫人为何从无这样的表示?相反,她还将贾兰的奶妈赶了出去,理由是贾兰大了,不需要了,而贾兰的姑妈辈如迎春等人,那些奶妈都还在她们身边照料呢。作品熟悉后,又会发现一些应有的内容作者却没写,如王夫人与李纨是很亲近的婆媳关系,几乎每天都有接触,可是书中却没有这两人的对话,这显然是曹雪芹的有意安排,但他为什么要这样做呢?同样,探春与贾环是同父同母的姐弟,也是很亲近的关系,可是书中也没有这两人的对话,作者只是极其概括地提了一句:探春的秋爽斋"不时有赵姨娘与贾环来嘈聒"。当然,要认定曹雪芹确实没写这些人的对话,都需

序

要将《红楼梦》从头到尾再检阅一遍。

作品的前八十回以一个封建大家族的生活发展为主线,贾宝玉与林黛玉的爱情故事尤为其中的重要内容。这些描写具有很强的生活气息以及立体感,那是因为作者不是单纯地只关注情节的推进,他同时糅合了与此相关的方方面面的描写,向读者展示了贾府全方位的生活画卷。这些内容经常与情节进展似非直接相关,只关心故事进展的读者阅读时,甚至还会将它们自动筛滤。这样做不会影响故事的阅读,却会妨碍对故事内涵的理解,因为那些内容或是故事发生的起因,或是导致故事转折的潜在因素,或是烘托了故事进展的氛围,有时甚至参与了故事走向的决定。它们在阅读时易遭筛滤也可以理解,因为这是诸多种类内容的集合,作者对此又不是做系统的集中介绍,而只是视情节进展需要而显现,故而在作品中是一种零散的状态,阅读时也确实容易被忽略。可是对《红楼梦》十分熟悉之后,情况就发生了变化,那些处于零散状态的内容竟会在脑海里自行分类组合,成为一个个有序的小系统。譬如说,作品在叙述过程中,先后涉及二十多个管理机构,如总管房(又称总理房)、帐房、银库等等,它们在脑海里的自行分类组合,就形成了一幅荣国府管理结构图,有关荣国府管理制度的情形也同样如此。对这两者有所把握后就会明白,曹雪芹能有条不紊地展现荣国府的奢华生活,那一套完整的管理机构与制度的支撑是重要的因素。

大概是早年由数学专业出身的缘故,在那些自行分类组合的内容中,我最易敏感也最感兴趣的是数字,其中绝大部分属于经济数据。贾府中各色人等都无法脱离经济而生活,即使再

5

清高洒脱者,也免不了为银钱所困扰。曹雪芹为各人物结局的设计,须得在贾府经济状况由盛而衰的大形势下方能实现,也正是由盛而衰的转折,加剧了那些人物之间的矛盾冲突。借用探春的话来说,尽管大家"是一家子亲骨肉",却像乌眼鸡似的相互瞪视,"恨不得你吃了我,我吃了你";而邢夫人的兄弟邢大舅讲得更干脆,那些矛盾冲突的发生,"就为钱这件混帐东西"。书中有些故事就是因经济问题而发生,有时经济内容是故事组成的重要部分,不过在更多场合,那些随情节而来的经济数据似乎可有可无,它们的整体也呈现为离散状态。《红楼梦》毕竟是一部文学作品,书中经济数据的提及完全服从情节发展的需要,若按经济学逻辑考察,其出现次序有点凌乱,但它们的全体,却有如针灸穴位显示着人体经脉网络似的功用,借助于对这些数据的梳理与分析,可以勾勒出荣国府的经济体系,并考察其发展变化。这一事实提示了理解《红楼梦》的新思路,书中那些情节的发展变化受到了潜在力量的有力制约,在曹雪芹创作的全盘设想中,有一个完整的经济体系在发展变化,它同时还配以一套完整的管理机构与制度,故而作者能采用网络式的结构展开故事,从而表现各种错综复杂的矛盾冲突。在中国古代小说史上,能运用如此高超的艺术手法的作品,《红楼梦》可以说是唯一的一部。

  在曹雪芹的创作中,似乎游离于情节主干外的描写还相当多,但是这种游离状态只是表象,它们相互之间以及与情节主干之间其实有着密切的联系,只不过这类联系的揭示需要有细心的归类分析。通过对似乎游离于情节主干外的方方面面的描写做综合梳理辨析,我对这部文学巨著有了自己的理解,对一些易被忽略的方面较为关注，对一些问题做出了能自圆其说的解释，其中有不少就是围绕这部作品中的经济问题而展开。有些见解曾先后发表于报刊，后来人民文学出版社的李俊先生与我商议，能否就经济专题撰写一部关于《红楼梦》的书稿，我也很乐意能有机会，将阅读这部作品的心得体会做一次较系统的梳理总结。在我看来，曹雪芹笔下的情节发展是一个大系统，而我比较关注的许多内容，在某种意义上可以说是这个系统的"边角料"。这些边缘状态的细节描写在书中以零散状态呈现，可是将它们从大系统中抽取出来做归类分析，却也可形成一个新的专题性的系统。这是整个大系统中的子系统，它与大系统有着密不可分的联系，而将这两者时时做对应考察，子系统的性质方能显示得更为清晰。本书就是依循这一原则写成的，而对作品，特别是对那些似乎游离于情节主干外的描写的熟悉，是本书能够成稿的前提。若要追问此"熟悉"的由来，那就又回到本文开始时所说的捺字点数的统计工作。一部《红楼梦》被捺点了百余遍，这其实也是那些情节、细节以及人物的言行等等反复地向脑海中灌输的过程，其结果便是那"熟悉"的形成，尽管此时我的本意并不在此，而只是想获取相关的数据。当年统计的"副产品"，成了今日研究的基础，这是自己先前未曾想到的。为此，我在本书最后附上了二十世纪八十年代所写的两篇论文：《从数理语言学看后四十回的作者》与《"〈红楼梦〉成书新说"难以成立》，既是想以此说明本书的分析阐述为何只取材于《红楼梦》的前八十回，同时也算是对二十多年前那场研究的纪念。

前　言

　　捧读《红楼梦》，各人关注的重点会互不相同。有人感兴趣的是贾氏封建大家族由盛而衰的发展史，有人为波澜起伏的情节进展而兴奋，有人津津乐道的是贾宝玉、林黛玉、薛宝钗等人物的情感经历及其归宿，也有人着眼于书中小人物的命运遭际。阅读《红楼梦》后的参悟也是因人而异，鲁迅先生就曾做过归纳："单是命意，就因读者的眼光而有种种，经学家看见《易》，道学家看见淫，才子看见缠绵，革命家看见排满，流言家看见宫闱秘事。"[①]各种解读《红楼梦》的著作不知凡几，其中也有涉及经济的内容，如讨论贾府的入不敷出、坐吃山空，如分析探春在大观园的改革措施之类，但多为就事论事式的议论，基本上未分析书中已有交代的经济细节，并未展现贾府整体经济框架及其运行机制，也未从各人物所处各种经济利益关系的交叉点上做审视。

　　《红楼梦》中的人物大多有经济利益关系网络中的特定位置，它是各人物的思想、言语、行动以及人物间相处准则的重要

---

① 鲁迅：《〈绛洞花主〉小引》，见《集外集拾遗补编》，《鲁迅全集》第八卷，人民文学出版社1980年版。

决定因素，书中这方面的内容可以说是无处不在。王熙凤愿出面帮张家退亲，就是因为可坐享三千两银的谢礼，而此事引发的后续效应，是"自此凤姐胆识愈壮，以后有了这样的事，便恣意的作为起来"。赵姨娘央求马道婆作法魇魔王熙凤与贾宝玉，原因就是"明日这家私不怕不是我环儿的"，荣国府的一场风波就是因这原因而被引发，而且它作为一条伏线贯穿于许多情节。为何一时间几家仆人都要给王熙凤送礼？原来他们都是王夫人房中丫鬟的家长，金钏儿死了，"他们要弄这两银子的巧宗儿呢"。林之孝安排秦显家的接管大观园厨房，秦显家的上任伊始，就"悄悄的备了一篓炭，五百斤木柴，一担粳米，在外边就遣了子侄送入林家去了"，这只是书中写到的钱权交易中的一例。此外，如分配贾芹分管家庙、安排贾芸督办大观园里种树等均属此类。含有经济动因的这类情节或细节的描写，在《红楼梦》中时时可见。

在刻画人物形象时，恰到好处地加入经济内容的烘托也是重要的辅助手段。倪二借钱给贾芸时，尽管是醉眼蒙眬，行动趔趄，但讲到银钱数量却是清醒得很："十五两三钱有零"。这位泼皮式的人物看似粗狂，涉及银钱却是毫不含糊；而贾芸拿了钱后，所做的第一件事便是"一直走到个钱铺里，将那银子称一称，十五两三钱四分二厘"。这既印证了倪二所言不虚，同时也写出了贾芸办事谨慎周全的一面。贾母将李纨的月钱提升到二十两银子，王夫人在金钏儿死后决定让玉钏儿拿双份月钱，都是她们为平衡府内矛盾与人物关系的深思熟虑的谋略。要付医生一两诊金时，读者看到了宝玉不识星戥，作者还让他吩咐麝月："拣那大的给他一块就是了。又不作买卖，算这些做什么!"这正是宝钗所批评的"膏粱纨绔"的形象注脚。曹雪芹也运用这一方法刻画另一主人公林黛玉的形象,纠正了读者可能产生的她同样不通俗务的错觉。庆贺宝玉生日那天,林黛玉与宝玉说了番体己话:"咱们家里也太花费了。我虽不管事,心里每常闲了,替你们一算计,出的多进的少,如今若不省俭,必致后手不接。"在读者的心目中,黛玉的形象是清高孤介,超凡脱俗,可是由这段描写却可以知道,她居然在估算荣国府的收支状况,这并非是偶尔为之,而是已成"每常闲了"时的重要功课。黛玉每日价不是只在谈诗论文,曹雪芹的这段描写,显示了这个人物形象的丰富性与复杂性。

作者几乎用了两回的篇幅描写宝玉生日庆贺的活动,从清晨写到夜宴,内容相当丰富,若只着眼于庆生主旨,黛玉的这番话完全可以不写,可是作者偏要写上,既让热热闹闹的庆生活动与家族入不敷出的经济背景相联系,同时也凸显了黛玉留心俗务这一不为人们注意的一面,不参与管理家务的她如果不是平日细心观察与获取有关信息,如何又能得出"出的多进的少"的结论。黛玉为何要关心这些俗务?这就会涉及大家感兴趣的林家财产的归属。自清道光间涂瀛以降,就不断有人对此发表议论,这是《红楼梦》给大家留下的话题。作者对此未作明线安排描写,但某些情节进展与人物形象刻画仍然显示出受此因素的影响。与此相类似,那支预示李纨命运的《晚韶华》曲中,有"人生莫受老来贫,也须要阴骘积儿孙"一语,也是与经济紧密相连的线索的揭示,尽管作者有意做淡化处理,甚至运用了"不书"的写作手法,但它涉及李纨与王夫人、王熙凤等人关系以及贾兰前途安排等重大问题。有的经济问题作者是安排了

3

明线描写，最典型的如"月钱"，它在书中引发的风波可真不少，上自王夫人，下至普通丫鬟，大小人等都卷了进去。由以上几例可以看出，有关经济的描写，不仅是某些情节进展或人物形象刻画的需要，其中有些已被作者处理为全局性的结构安排。

提及"月钱"，人们就会想到王熙凤挪用众人月钱放债的故事，其数目是三百两银。荣国府二门内从主子到丫鬟的月钱数都有"定例"，各位主子能使唤不同等级丫鬟的数目也有明确规定，根据这些基数略做计算，可发现其总数也正是三百两左右，这说明曹雪芹关于王熙凤放债的数目并非随手填写。当然，曹雪芹不会在做一番加法后再来写故事，何况书中不少经济数据都给人以强烈的真实感，如果处处都要做一番计算，那也不是文学创作了。更使人佩服的是，《红楼梦》中不仅有大量的前后左右可相互照应的经济数据，而且它们虽散见于各情节中，却非孤立状态式的存在，而是附着于作者描写的经济管理制度与管理机构，一起构成了个经济体系。尽管它在故事发展过程中只是断断续续地无斧凿痕迹地点滴显示，但我们阅读《红楼梦》时会时常体会到这个经济体系的客观存在。其生成并非是依靠作者创作时的悬空构想，更何况它又这般地浑然一体。《红楼梦》的创作能做到这一点，其原因就在于曹雪芹在那样的封建大家庭中生活过，即使后来他的家族衰败了，社会上这样的家族还有的是，曹雪芹的交游中不乏生活于大家族的朋友，日常的里巷传闻也会听到不少，而昔日繁华的大家族生活的积累，使他对这类信息的理解要比一般人更为深刻。他创作《红楼梦》写到有关经济生活的内容时，可以做到信手拈来，自然妥帖，不像有些作品是靠临时杜撰拼凑，无法根据它们构建经济体系,因为那些数据互不匹配,破绽百出。曹雪芹这一创作特色的形成源于对生活细致观察的积累,故而一个封建大家族的经济生活体系能成功地映射到作品中,读者在欣赏故事的同时,又能真切地感受到当时封建大家族的经济生活风貌。恩格斯在给玛·哈克奈斯的信中论及巴尔扎克作品时曾写道:"我从这里,甚至在经济细节方面(如革命以后动产和不动产的重新分配)所学到的东西,也要比从当时所有职业的历史学家、经济学家和统计学家那里学到的全部东西还要多。"[1]《红楼梦》在经济描写方面的成功,也同样可使读者获得类似的收益。

不过,曹雪芹毕竟是在创作小说,而非撰写封建大家族经济生活的教科书,不可能按各个经济专题安排章节叙述,作者是以故事情节发展为描述的主线,只有当情节推进或人物形象刻画需要时,有关经济的内容才会出现。因此,尽管那些经济方面的描写可自成一系统,它们有着有机的内在联系,但在作品中又必然是以散见于各处的零散状态而呈现。即使某几回比较多地涉及经济方面的内容,它们的出现也仅仅是为了满足情节进展或人物形象刻画的需要。《红楼梦》中含有大量经济生活内容的描写,它们真实可靠,且又有内在的有机联系,可以将其构建成一个系统,这就提供了对这类内容做集中考察的可能性。同时,这些关于经济生活的内容并非作品可有可无的点缀,它们对推动情节发展或加深人物形象刻画起了十分重要的作用,这意味着对此做集中考察不仅是可能,而且还非常有必要。可是,这些内容只是以零散的形态呈现,并没有直观地展

---

[1] 恩格斯:《致玛·哈克奈斯》,《马克思恩格斯选集》第四卷,人民出版社1972年版。

示它们之间的相互联系,这就给集中考察与分析带来了一定的困难。

　　曹雪芹没有也不可能按某些专题描述这个封建大家族的经济生活,但他留下了足够的信息,使我们能动手来进行这一件事。若要较深入系统地考察贾府的经济生活,就须得对作品按专题做分解式阅读,并做相应的归类梳理。此处不妨以"月钱"为例。在《红楼梦》中,"月钱"是指各人每月按"分例"领取的零花钱,故而又称"月例"。黛玉进京见贾母是荣国府故事的开端,就在这一回里,读者开始接触到"月钱"一词,黛玉听到王夫人问王熙凤:"月钱放过了不曾?"此后,"月钱"一词屡见,前后共有十七回直接写到与月钱相关的故事,与此相关联的人物从贾母一直到府内的小丫鬟,而未明确提及月钱但实与此相关的描写还有许多。其间,王熙凤的挪用放债、赵姨娘的抱怨、王夫人的过问、袭人与秋纹的催讨以及宝玉与麝月不识星戥,乃至小丫鬟对干娘侵占的愤恨,等等,都引发了大小不等的矛盾冲突,是《红楼梦》故事情节中的重要内容,而综合这些故事进行梳理,可以发现作者将贾府的月钱发放等级与制度交代得清清楚楚,也使读者明白了月钱对不同人的作用与意义。在这些描写中,还含有涉及其他经济问题的伏笔,如第二十六回中写到,林黛玉以及潇湘馆丫鬟们的月钱并非王熙凤发放,而是贾母派人送来的。这一反常的安排意味着什么?这是曹雪芹留给读者思索的问题。

　　月钱只是贾府经济生活的一个方面,而其他专题,如大自庄田与收租,小至饮食开支等等,都还可以开列许多,同时又可进一步从中抽象出贾府的管理制度与机构。将这些专题的内容逐一归类梳理,获得明确认识后再将其融入作品阅读,这时可发现对《红楼梦》的理解顿时丰富许多,甚至原先阅读故事时感到似为可有可无的赘笔,此时也发现它其实具有独特的含义。如第五十四回回末写到元宵节后,十七日是薛姨妈家请吃年酒,接着又排了张名单:"十八日便是赖大家,十九日便是宁国府赖升家,二十日便是林之孝家,二十一日便是单大良家,二十二日便是吴新登家。"就阅读故事而言,这一介绍删去也无妨,但从支撑作品情节进展的内在结构着眼,曹雪芹是借此透露重要的信息。赖升家属宁国府,荣国府的四家中赖大与林之孝两对夫妇读者相对较为熟悉,另两家在作品中出现较少,但作者已点明他们身份的重要。吴新登媳妇在探春面前碰了壁,那些管事的媳妇们便私下议论道:"连吴大娘才都讨了没意思,咱们又是什么有脸的。"在第五十六回里,平儿又将吴新登媳妇与单大良媳妇称为"管事的头脑",其他管事媳妇"有一百个也不成个体统"。紫鹃扯了个谎说黛玉要回苏州去,宝玉登时发起病来,而代表管家阶层前来探望的,则是林之孝家的与单大良家的。赖大、林之孝、单大良与吴新登四对夫妇是荣国府管理中枢总理房的人员组成,离开了他们荣国府那套管理机构就运转不了,故而众多管家中只有他们才有资格请贾母吃年酒。将这些信息排比联系后,在第七十三回中看到王熙凤"命人速传林之孝家的等总理家事四个媳妇到来",就不至于会有茫然之感。

荣国府中上下人等有四百之众,前八十回里各种大小事件纷繁迭出,作者的笔触描写了生活的各个侧面且又细致入微,而这些的展现却都有条不紊,前后照应鲜有脱卯失衡之处。人们钦佩曹雪芹那不可企及的创作功力,这其中就包括设置了经济生活体系,并以此支撑故事情节的发展,只是该体系没有直观地展示,而是隐含于各故事的描述之中。本书的目的,就是从书中筛滤出那些经济生活方面的基本元素,分析其间的相互联系,并通过组合,尽可能地将该体系状况做较完整的直观展现,即将这体系较系统地显化。《红楼梦》中有些大家较感兴趣且议论较多的谜团,而通过对经济生活体系的剖析,对它们也可做出相应的解释。本书拟由此着手,逐步完成显化《红楼梦》中经济生活体系的预设目标。

曹雪芹创作《红楼梦》时,或许并没有专门考虑为作品设置一个经济体系以支撑,在他脑海中,那些经济活动实是一个封建大家族生活中的有机组成部分,故而在展现贾府的生活画卷时,经济方面的内容也就自然地交融于其间,他并非按经济范畴的逻辑做思考与设计,作品中何时出现关于经济活动的描写或叙述的详略,全都是出于创作的需要。这些内容的描写,有时推动了情节的发展或是为后面的情节做铺垫,有时是对人物形象刻画的丰富,有时加剧了矛盾冲突,从而凸显了人物之间的关系,有时则是作品气氛及其转折的重要烘托,即从文学角度考察,这些描写无一是赘笔。本书以逐步显化《红楼梦》中的经济生活体系为旨归,侧重点是经济,并按其逻辑顺序展开叙述,同时也注意这些经济内容的描述与文学创作之间的关系,因为这毕竟是一部小说。

最后需要说明的是,本书对贾府经济生活的分析,取材于曹雪芹撰写的前八十回,依据的版本则是人民文学出版社1982年3月出版的《红楼梦》。

第一章 黛玉家产之谜

在许多读者的心目中，生活在贾府的林黛玉是一个寄人篱下、孤苦零丁的女孩子，《红楼梦》中故事的进展似乎也一直在渲染、加深人们的这种印象，有时作者还让黛玉吐露心声，诉说自己在荣国府的境遇与感受。在第二十六回里，黛玉去怡红院探望宝玉，正在与碧痕怄气的晴雯竟不管谁在叫门，就是使性子不开。黛玉没想到自己会被阻在门外，原想继续敲门弄个明白，但"又回思一番"，最后是宁可忍受委屈也不愿认真计较，因为她清醒地知道，"虽说是舅母家如同自己家一样，到底是客边。如今父母双亡，无依无靠，现在他家依栖。如今认真淘气，也觉没趣"。她越想越伤感，于是便"独立墙角边花阴之下，悲悲戚戚呜咽起来"。另一次是在第四十五回里的"金兰契互剖金兰语"，宝钗建议黛玉以药膳进补，"每日早起拿上等燕窝一两，冰糖五钱，用银铫子熬出粥来"，但黛玉感到自己客居于荣国府，不好提出这样的要求，她还对宝钗说："我是一无所有，吃穿用度，一草一纸，皆是和他们家的姑娘一样，那起小人岂有不多嫌的。"这两段描写，都使人感到黛玉在荣国府度日的不易，也凸现了寄人篱下的处境给黛玉精神上造成的伤害。

黛玉在荣国府确有孤苦零丁、寄人篱下之感,曹雪芹对此已做了相当细腻的描绘,可是黛玉说自己"一无所有"符合实情吗?近二百年来,不断有人对这四个字提出质疑。他们认为黛玉是林家财产的继承人,只是林如海死时黛玉尚还年幼,这笔财富流入了荣国府的账户,黛玉无法使用,有也相当于无,故而有"一无所有"之说。这一质疑涉及三个问题:首先,林如海是否留下遗产可供黛玉继承?其次,如果确有林家财产的流入,荣国府准备如何处置?再次,黛玉对以上情况是否知情?答案的寻得不能靠随心的臆想,而只能依据书中提供的信息做辨析。

一　林家财产问题的提出

据目前所知,最早在著述中提出林家财产问题的是清代人涂瀛,道光二十二年(1842)刊行的《红楼梦论赞》有个附录《红楼梦问答》,在论及林黛玉时,涂瀛认为林如海死后,林家"数百万家资尽归贾氏",而黛玉死后,林家的财产就名正言顺地归于荣国府,这不仅对王熙凤有利,而且对贾母也有利,因此,"黛玉之死,死于其才,亦死于其财也"。其全文如下:

> 或问:"凤姐之死黛玉,似乎利之,则何也?"曰:"不独凤姐利之,即老太太亦利之。何言乎利之也?林黛玉葬父来归,数百万家资尽归贾氏,凤姐领之。脱为贾氏妇,则凤姐

第一章　黛玉家产之谜

应算还也；不为贾氏妇，而为他姓妇，则贾氏应算还也。而得不死之耶？然则黛玉之死，死于其才，亦死于其财也。"

或问："林黛玉数百万家资尽归贾氏，有明征与？"曰："有。当贾琏发急时，自恨何处再发二三百万银子财，一'再'字知之。夫再者，二之名也，不有一也，而何以再耶？"

或问："林黛玉聪明绝世，何以如许家资而乃一无所知也？"曰："此其所以为名贵也，此其所以为宝玉之知心也。若好歹将数百万家资横据胸中，便全身烟火气矣，尚得为黛玉哉！然使在宝钗，必有以处此。"①

涂瀛判定林家确有偌大家产的依据，是"当贾琏发急时，自恨何处再发二三百万银子财"。此事见于第七十二回"王熙凤恃强羞说病，来旺妇倚势霸成亲"。当时因为操办贾母祝寿庆典，荣国府几千两银子的流动资金几乎用完了，一时陷入捉襟见肘的境地，而这时又有几家的红白大事要送礼，贾琏不得已与鸳鸯商量，"暂且把老太太查不着的金银家伙偷着搬运出箱子来，暂押千数两银子支腾过去"。就在这时，宫里的太监又来打秋风，贾琏发急了，对王熙凤说："昨儿周太监来，张口一千两。我略应慢了些，他就不自在。将来得罪人之处不少。这会子再发个三二百万的财就好了。"涂瀛认为，这未交代来处的"三二百万的财"，应该就是林家的财产，因为根据作品描写，荣国府能获得如此巨大财产的唯一机会，就是林如海死后，林家财产的并入。

---

① 涂瀛：《红楼梦论赞》，见一粟编《红楼梦卷》，中华书局1963年版。

涂瀛之后,还有些人关注过林家财产问题,他们都不约而同地认为黛玉在荣国府虽处于"一无所有"的境地,但在她名下本应有一笔财产,这实际上是从另一角度肯定了涂瀛的看法,而他们的依据,则是作品第二回"贾夫人仙逝扬州城,冷子兴演说荣国府"中关于林家身世的介绍:

> 这林如海姓林名海,表字如海。乃是前科的探花,今已升至兰台寺大夫,本贯姑苏人氏,今钦点出为巡盐御史,到任方一月有余。原来这林如海之祖,曾袭过列侯,今到如海,业经五世。起初时,只封袭三世,因当今隆恩盛德,远迈前代,额外加恩,至如海之父,又袭了一代;至如海,便从科第出身。虽系钟鼎之家,却亦是书香之族。只可惜这林家支庶不盛,子孙有限,虽有几门,却与如海俱是堂族而已,没甚亲支嫡派的。今如海年已四十,只有一个三岁之子,偏又于去岁死了。虽有几房姬妾,奈他命中无子,亦无可如何之事。今只有嫡妻贾氏,生得一女,乳名黛玉,年方五岁。夫妻无子,故爱如珍宝,且又见他聪明清秀,便也欲使他读书识得几个字,不过假充养子之意,聊解膝下荒凉之叹。

上面的介绍并没有直接论及林家的财产,但从中却可得到三个重要的信息:首先,林家在林如海之前是四代为侯,林如海本人是"前科的探花",且又身居要职,这应该是个有钱的人家。其次,林如海出任巡盐御史,这在官场上是个公认的肥缺。第三,林家没有什么亲属,林黛玉也无兄弟姐妹,第五十七回里作者还补充交代说,"林家实没了人口,纵有也是极远的",

第一章 黛玉家产之谜

林如海死后,林家的财产自当归黛玉。一些人在讨论林家财产时,基本上都以这三条为证据,证明林如海死后留下了巨额财富,但这笔财产已被荣国府当作自己的钱在使用,而且是已经用得差不多了。

以上三条确实可引起人们对林家财产问题的兴趣,但作为证据或证明来说,都不同程度地使人感到不甚充分,还需要依据作品的描写做较深入细腻的分析与判断。可是在从事这项工作之前,有个前提必须分辨清楚,即《红楼梦》是一部小说,我们所做的应该是根据曹雪芹的描写做深入分析,更完整地把握作者所塑造的人物形象,揭示其内心世界,了解其性格的复杂性,对作者设计的情节走向有更全面的理解等等,总之是有利于读者的文学解读与欣赏。可是,红学史上不少人实际上将《红楼梦》当作是实事的记载或影射,将本应是文学的分析变成了所谓的"考证",而结果被坐实的只是自己的臆想或推测。就拿上面所引作者关于林如海的介绍来说,脂砚斋在这里有九段批语,其中有三段在提醒读者这是一部小说,描写的内容是"事之所无,理之必有",古人在小说创作中也早已认识到:"人不必有其事,事不必丽其人","事真而理不赝,即事赝而理亦真"。[①]因此我们应该按生活的逻辑与情节发展的逻辑去解读作品,而不能将它当作实事作"考证",更遑论它与充足理由律的经常相悖。

《红楼梦》是一部很特殊的作品,它更需要深入地解读。曹

[①] 无碍居士·《〈警世通言〉序》,载《警世通言》,《古本小说集成》第四辑,上海古籍出版社1994年版。

雪芹在描写故事的进展时，并不是采用直白叙述的笔法，而是有明写，有暗写，有伏笔，有照应，有时甚至还"不书"，即本来该有描写处读者却读不到任何文字，虽似突兀却能让人体会到作者的创作用心。说《红楼梦》很特殊，还因为它是以未完稿传世。如果人们能看到曹雪芹所写的八十回之后的内容，那么他在前八十回里的那些伏笔就很容易被发现，而现在则需要做更细心的阅读与相关描写的联系，方能体会到作者的设计与安排。同时，《红楼梦》又是曹雪芹精心撰写的一部作品，其自云"字字看来皆是血，十年辛苦不寻常"，其间大的修改就有五次。这是一部经得起反复咀嚼的作品，有时一句看来不甚起眼的描述，它也很可能有作者特定的创作意图在。《红楼梦》的特殊性，还在于它流传极广，影响又大，电影、电视剧、戏曲等各种艺术形式几乎无不有相应的节目，红学的著作与论文也可称得上是汗牛充栋，它们都在影响着读者，引导其作定型式的解读，其结果便是不少在作品前八十回中还来不及显化的暗写、伏笔在阅读时被忽略了，某些明显不合情理的现象也被误以为本该如此。总之，阅读《红楼梦》时必须注意它的特殊性，时常要想想作者为何要做这样的描写，而追寻则应以文学上的把握为旨归，对林黛玉家产问题的探讨当然也应如此。

二　林如海是否有丰厚的家产

现在，我们回到上节从关于林如海介绍中得到的三个重要信息。如果仅根据前两条就认为林如海死后留下了巨额家产，

第一章 黛玉家产之谜

理由显然不够充分。要弄清曹雪芹关于林家家产的设计，我们还得联系作品中其他一些描写做分析。

首先，林家在林如海之前确实是四代为侯，但这并不能保证林家传到第五代林如海时仍然非常有钱，孟子就曾说过："君子之泽，五世而斩。"《战国策》中触龙甚至说"今三世以前，至于赵之为赵，赵王之子孙侯者，其继有在者乎？"《红楼梦》中贾母的娘家史家也是这样的实例，当年曾有"阿房宫，三百里，住不下金陵一个史"之称，可是到了史湘云时，这个侯爵家的生活就相当拮据。宝钗在第三十二回里就告诉袭人："那云丫头在家里竟一点儿作不得主。他们家嫌费用大，竟不用那些针线上的人，差不多的东西多是他们娘儿们动手"，有时史湘云"在家里做活做到三更天"。当然，这只是史家感到经济压力时的省俭之计，并不意味着它已穷得不行。在书中可看到，对外交往时史家忠靖侯的排场一点不差，湘云到荣国府做客，一出手便是送给鸳鸯、袭人等丫鬟一人一个戒指。"君子之泽，五世而斩"，这在中国的历史上实在是很常见的事，《红楼梦》里描写的贾、史、王、薛四大家族都正行进在这条道路上，不过书中的故事展开时，他们的生活仍是奢华无比，诚如刘姥姥在第六回里所言："瘦死的骆驼比马大"。在贾家的姻亲中，林家的状况似乎要好些，尽管从林如海开始不再袭侯，但传到第五代的林家此时确实仍是相当有钱的人家，其证明便是林如海与贾敏的婚事。贾敏是贾母最钟爱的孩子，在第三回"贾雨村夤缘复旧职，林黛玉抛父进京都"里，贾母就对林黛玉说，"我这些儿女，所疼者独有你母"。贾府世袭公爵，在为最疼爱的孩子挑选女婿时，对方的门第、模样、性格脾气与家产是必须仔细斟酌考虑的。那时贾

7

府的经济状况比后来要好得多,王夫人在第七十四回里曾对王熙凤说:"只说如今你林妹妹的母亲,未出阁时,是何等的娇生惯养,是何等的金尊玉贵,那才象个千金小姐的体统",与她相比,探春诸姊妹"不过比人家的丫头略强些罢了"。能将贾敏这样的千金小姐娶进门,林家不是很有钱怎行?作者曾提及林如海被贾府选中的重要原因:"虽系钟鼎之家,却亦是书香之族",可是如果仅有"书香"而非"钟鼎",林如海又怎能入荣国公贾代善以及贾母的法眼?

封建大家族几乎都逃脱不了由盛而衰的规律,但走向衰败的或快或慢却各有原因。在这里,封建大家族的分房制度是很重要的一个因素。第九回里曾写到贾珍因"分与房舍,命贾蔷搬出宁国府,自去立门户过活去了",显然,贾蔷分得多少,属宁国府的那份财产也就减少了多少。在写到秦可卿去世与除夕祭宗祠时,作者都开列过贾府在京子孙的名单,他们在自立门户过活时,都可分得一份家产。当然,作为旁系子孙,一代代分下去,所得就比较可怜,第二十四回里提到贾芸父亲死时,家中已只有"一亩地两间房子"。王熙凤在第五十五回里曾对平儿说:"家里出去的多,进来的少。凡百大小事仍是照着老祖宗手里的规矩,却一年进的产业又不及先时。"所谓"进的产业",是指能产生利润的产业,在封建社会里,这主要是指土地与房产,而所谓"不及先时",就是因为分房制度使贾府的财产不断地减少。林家的情况却不同,前面的介绍中就说过,林家"支庶不盛,子孙有限,虽有几门,却与如海俱是堂族而已,没甚亲支嫡派的",即不存在嫡系分房问题,从这一角度着眼,林如海即使是第五代,他名下的财产应基本上维持着原有的规模。

第一章　黛玉家产之谜

从关于林家的介绍中得到的第二个信息,是林如海出任两淮巡盐御史一职。在这之前,林如海的职务是兰台寺大夫。兰台原为汉代宫廷藏书之所,由御史中丞主管,而御史中丞同时兼任纠察,后世也将主管纠察、弹劾官吏的御史府称为兰台寺。揣摩曹雪芹的原意,估计他是为了凸显林如海的儒雅清逸,兰台寺大夫是取前一个意思,即相当于今日的国家图书馆馆长。这个职位让黛玉的爸爸出任,读者们都感到很自然,这与林家的"书香"以及后来黛玉的风格都很相配。读到这些内容时,脂砚斋曾写下"总是暗写黛玉"的批语,可是后来作者却安排林如海出任巡盐御史,这又是何意?这个官职有些特别,自然引起了关注林黛玉家产的人们的注意。盐是国家统一管理的特殊商品,巡盐御史负责掌管食盐运销、征课、钱粮支兑拨解以及各地私盐案件、缉私考核等,是盐区的最高盐务专官,又称盐政或盐运使。盐商须得到盐运使衙门交纳盐课银,领取盐引(运销食盐的凭证)后方能营销食盐。贩盐是个赚钱的行当,但这得看盐商能否领到盐引,而且能领到多少盐引以及何时能领到盐引,都与利润获取及其多少大有关系,而此事的审批权就在巡盐御史手里。

《红楼梦》对林如海到任后如何处理盐务只字不提,这里不妨以明代小说《金瓶梅》中的描写做参照。在这部小说的第四十九回"请巡按屈体求荣,遇梵僧现身施药"里,写到一位新点的两淮巡盐御史,他姓蔡,是钦点的状元。西门庆早就想染指盐的买卖,当得知蔡御史上任时路过临清,就当然不能放过这个机会。他先是将酒食送上船,一桌酒食所费不多,但妙的是配酒食送去的金银器皿:一副金台盘,两把银执壶,十个银酒杯,两个银折盂,一双牙箸。当然,红包也乘机同时送上,那是两封金丝花与两匹段红。蔡御史全都笑纳了,接着西门庆又将他迎到家中款待,并找来两个妓女陪宿。一切都安排妥当后,西门庆便向这位新任的两淮巡盐御史提出了请求:

西门庆道:"去岁因舍亲那边,在边上纳过些粮草,坐派了有些盐引,正派在贵治扬州支盐。只是望乞到那里,青目青目,早些支放,就是爱厚。"因把揭帖递上去。蔡御史看了,上面写着:"商人来保、崔本,旧派淮盐三万引,乞到日早掣。"蔡御史看了,笑道:"这个甚么打紧!"一面把来保叫至近前跪下,分付:"与你蔡爷磕头。"蔡御史道:"我到扬州,你等径来察院见我。我比别的商人早掣取你盐一个月。"西门庆道:"老先生下顾,早放十日就勾了。"蔡御史把原帖就袖在袖内。

所谓"在边上纳过些粮草,坐派了有些盐引",是指明代曾执行过的特殊政策:盐商须运粮食到边关缴纳,然后方可得到盐引。此法在弘治朝废除,其后明代的盐务基本上同于清代。已纳过粮草换得盐引,这说明西门庆早已做好了准备,只是在寻找机会与巡盐御史结交,后来贩运货物时他又行贿逃税,结果这桩买卖他赚到了数万两银子。蔡御史得到的钱财也不是小数,而且他要做的事很轻松,只是让西门庆比别的商人早十天取到盐引而已,故而他才会笑着说:"这个甚么打紧。"脂砚斋曾称赞曹雪芹的写作"深得《金瓶》壸奥",也几次拿《红楼梦》的描写与《金瓶梅》做对比,这"一芹一脂"都很熟悉《金瓶梅》,其中也应包括书中那位新点的两淮巡盐御史的故事。后来曹雪

第一章　黛玉家产之谜

芹将林如海也安排为新点的巡盐御史，其间似当有一定的联系。

　　曹雪芹安排林如海就任巡盐御史，其间也有他的先人与亲戚担任过此职的因素，正因为这个缘故，他应该清楚巡盐御史是个肥缺。当年曹寅死时，他在江宁织造任上留下巨大亏空，这是因为康熙南巡，有四次是曹家接驾，《红楼梦》提及南巡事时写道，"把银子都花的淌海水似的"，"别讲银子成了土泥，凭是世上所有的，没有不是堆山塞海的"。康熙清楚曹家亏空的原因，便命李煦管理一年盐务，以盐政盈余冲补曹家亏空。一年期满，李煦给康熙的密折报告说，盐政一年盈余"五十八万六千两零"，抵充曹家亏空"五十四万九千两零"后尚有结余。①巡盐御史是个肥缺，这是连皇上都知道的事，倘若在任上再动点手脚，那不法所得也是惊人的数目。曹雪芹死后十五年，两淮盐引案爆发。那几任盐政居然私自将每份盐引提价银三两，所得却不上缴国库，到案发时，累计共侵吞了一千零九十余万两银。

　　由以上介绍可以知道，巡盐御史有三种当法。一种是利用职权中饱私囊的贪官，如两淮盐引案所暴露的那些盐政。一种是铁面无私，一切都严格按照国家法度办，这是理想中的清官，其本人自然是两袖清风。出于对林黛玉的偏爱，读者们一般都认为她的爸爸自然是这样的官员。不过，这样的官员是官场上的怪胎，严格僵硬地执行制度，必引起盐商们的怨愤，也必然引起同僚以及上下级的排斥，而且这样办事实际上也行不通，因为

---

① 《苏州织造李煦奏代理盐差所得余银尽归曹颙补帑折》，载《关于江宁织造曹家档案史料》，中华书局1975年版。

11

必然会受到无数掣肘,管理盐务将成一句空话。巡盐御史还有第三种当法:不干明显违反国家法度的事,也不巧立名目向盐商索贿,同时也不严格僵硬地执行制度。不拒绝盐商的主动孝敬,在职权范围内为他们提供便利,如蔡御史让西门庆早十天领到盐引之类,同时与同僚以及上下级利益共沾。总之是按官场通例行事,既可有"清官"的美誉,同时也可有为数可观的钱财进账,须知扬州盐商云集,有求于巡盐御史的不知有几何。

林如海究竟当了哪一种巡盐御史?曹雪芹其实只要花费不多的笔墨,就可向读者提供一个明确的答案,可是他偏偏是惜墨如金,一字不提,即采用了"不书"的手法。"不书"是汉代人刘歆从《左传》中归纳出的"义例"之一,这或是因为由于某种原因作者不便于直接描写,而这部分内容的缺失,却是在提醒读者注意,并结合书中其他描写所透露的信息,对作者的态度做出判断;或是因为这实在是司空见惯的寻常事,不写读者也会明白是怎么个情况,即所谓常事不书。曹雪芹没去写林如海如何当他的巡盐御史,上述两条都可能是原因,而对小说创作来说还有种可能,即这些内容与主要情节发展关系不大,故而略而不书。不管是哪种原因,我们还是可以对这部分缺失的内容做出判断。《红楼梦》中关于林如海的描写主要集中在第二回与第三回,曹雪芹对他与贾雨村的交往描写得比较详细,其间显示了他与官场潜规则的关系,由此也可以推测他是如何当巡盐御史的。

贾雨村是《红楼梦》中最早出现的人物之一,他原是寄居葫芦庙内的穷儒,出场时的肖像是"腰圆背厚,面阔口方,更兼剑眉星眼,直鼻权腮",脂砚斋的侧批以"是莽、操遗容"定了性,即

第一章　黛玉家产之谜

说他是王莽、曹操一类的人物。他考上进士后不几年当上了知府，后来被人参了一本，说他"生情狡猾，擅篡礼仪，且沽清正之名，而暗结虎狼之属，致使地方多事，民命不堪"。这里固然不能排除官场上相互争斗倾轧的因素，但从作品中的故事来看，作者给他的"有些贪酷之弊"的考语却是准确的。作品第四回"薄命女偏逢薄命郎，葫芦僧乱判葫芦案"写贾雨村复职后任应天府知府，他审第一个案子时就为巴结贾、王、史、薛四大家族而"徇情枉法"。不久，贾雨村就因他的徇情枉法而得到回报，在第十六回"贾元春才选凤藻宫，秦鲸卿夭逝黄泉路"里，读者就看到贾雨村因"王子腾累上保本"而升了官。在第四十八回里又可看到贾雨村的另一次判案，不过作者没有直接描写，而是通过平儿之口让读者知道了事情的原委：

> 平儿咬牙骂道："都是那贾雨村什么风村，半路途中那里来的饿不死的野杂种！认了不到十年，生了多少事出来！今年春天，老爷不知在那个地方看见了几把旧扇子，回家看家里所有收着的这些好扇子都不中用了，立刻叫人各处搜求。谁知就有一个不知死的冤家，混号儿世人叫他作石呆子，穷的连饭也没的吃，偏他家就有二十把旧扇子，死也不肯拿出大门来。……谁知雨村那没天理的听见了，便设了个法子，讹他拖欠了官银，拿他到衙门里去，说所欠官银，变卖家产赔补，把这扇子抄了来，作了官价送了来。那石呆子如今不知是死是活。"

由"认了不到十年，生了多少事出来"一语可以推测，贾雨村这类贪赃枉法式的案件还判过不少,也难怪平儿会气呼呼地骂他是"饿不死的野杂种"。贾雨村欺压平民以巴结权贵的行径得到了回报,不久他又升了官,作者在第五十三回里写道:"王子腾升了九省都检点,贾雨村补授了大司马,协理军机参赞朝政。"所谓"大司马",这是明清时兵部尚书的别称。每当写到贾雨村时,曹雪芹毫不掩饰他对贾雨村的鄙视和批判。可是,这个原已被革职的贪官为何能重返官场继续作恶呢?一旦追问这个问题,就不能不涉及林如海,因为全靠他的推荐,才会有后来贾府的助力,贾雨村才能回到官场,从此一路飞黄腾达。贾雨村重回官场是作者写作计划中的一部分,他随便安排什么人做推荐人都可以使贾雨村复职,可是曹雪芹却偏偏让林如海来承担这"第一推动力",这一安排所隐含的意味是颇可让人寻味的。

贾雨村被罢官后,独自一人游历四方。来到淮扬地带,"一因身体劳倦,二因盘费不继,也正欲寻个合式之处",听说林如海为女儿招聘家庭教师,"便相托友力,谋了进去"。若论才学,贾雨村应聘成功不会有问题。此人并非昏庸无能之辈,《红楼梦》还给他下过"才干优长""相貌魁伟,言语不俗",又喜"沽清正之名"等考语。可是若论为人,他却是个因"贪酷"而被革职的官员,而革职的原因是他"生情狡猾,擅纂礼仪,且沽清正之名,而暗结虎狼之属,致使地方多事,民命不堪"。林府不是等闲人家,黛玉又是唯一的爱女,林如海当然不会疏于了解应聘者的底细,而且他浸淫官场有年,亲朋故旧亦多,稍一打听,便可知晓。也不知林如海是如何做考察,如何拿定主意,总之是聪明清秀的林黛玉有了个因"贪酷"而革职官员的老师,通观全

第一章　黛玉家产之谜

书,她一生也只有这样一个老师。曹雪芹为何要做这样的安排,这是个颇费读者思索的问题。

贾雨村进入林府后,其实也没教林黛玉多少东西,作者对此交代得很清楚:"这女学生年又小,身体又极怯弱,工课不限多寡,故十分省力。"后来因母亲贾敏患病,黛玉一直在床前"侍汤奉药",而贾敏病逝后,黛玉"哀痛过伤,本自怯弱多病,触犯旧症,遂连日不曾上学"。贾雨村实在闲得有点不好意思,便向林如海提出"辞馆别图",但林如海却将他留下了。贾雨村在林府无事可干,束脩却照拿,于是他外出游山玩水,遇到了冷子兴,并从当年同案被参革的张如圭那儿得知可设法复职的消息。脂砚斋在"张如圭"名下有批语言:"盖言如鬼如蜮也,亦非正人正言。"此处一"亦"字,实是将贾雨村也包括在内。这些贪酷官员复职是百姓之祸,可是贾雨村的愿望却得到林如海的热情支持,早在贾雨村开口之前,林如海已为他安排妥当:

> 但请放心,弟已预为筹画至此,已修下荐书一封,转托内兄务为周全协佐,方可稍尽弟之鄙诚,即有所费用之例,弟于内兄信中已注明白,亦不劳尊兄多虑矣。

贾雨村听到"都中奏准起复旧员"的消息后,先是回林府"忙寻邸报看真确了",而他可以翻阅林如海的案头文件,可见这两人的关系已非同一般。林如海也是从邸报得知消息,在贾雨村央求之前"已预为筹画",连推荐信也已经写好了。林如海料定贾雨村会提出请求,足证对他已十分熟悉了解。上面引文中最后一句话很值得注意:"即有所费用之例,弟于内兄信中已注明白,亦不劳尊兄多虑矣。"被革职的官员复职需要通过吏部的考核,但这些公开的程序只是冠冕堂皇的表面文章,是否上奏推荐或推荐时如何措辞,各个环节都大有讲究,其间的关键是花费钱财去打通各种关节,而林如海就连这一层也为贾雨村考虑周全。作者描写的这一细节说明了两个问题:首先,所谓复职,意味前已被革职,这表明林如海录用贾雨村时已清楚他被革职的历史及其原因。而且,贾雨村在林府里已做了一年多的家庭教师,这么长时间的交往,已足以了解一个人的为人,而从林如海主动地"预为筹画"可知道,这两人的关系已相当密切了。两人为何如此投缘?曹雪芹在这里为读者留下了想象的空间。其次,林如海想到花费钱财去打通各种关节,表明他很熟悉官场上的潜规则,而且还运用得十分娴熟。读者由此也可联想到,林如海在淮扬巡盐御史任上,也是按官场上的各种潜规则行事的,即他不必敲诈勒索,只要去遵循历来的惯例,盐商们的孝敬就会使他的腰包急速膨胀,更何况林家的家底本来就甚为厚实。反过来说,如果林如海不懂潜规则,或在官场上不按潜规则办事,他这个巡盐御史还能当得下去吗?现在很清楚,第三回明写贾雨村,作者着意的重点却是林如海。借贾雨村衬托林如海的构思很巧妙,可是如何才能使这两人挂上钩呢?不得已,只好委屈年仅五岁的黛玉,让她稀里糊涂地有了个贪酷官员当老师。不过作者为了不伤害日后黛玉的形象,又有意淡化两人的关系。尽管后来贾雨村常去贾府,但从未有过与学生叙旧的念头,他要见的是贾政,而且"回回定要见"宝玉,弄得宝玉好不耐烦。总之,自第三回将黛玉送到荣国府后,曹雪芹再也不让贾雨村与林黛玉之间有任何交集。

这里还涉及一个有趣的问题：林如海究竟该当什么官,实际上都是由作者曹雪芹在安排。他先是安排林如海做兰台寺大夫,这个掌管图书的官职极雅,与后来林黛玉清逸的形象也挺般配,可是后来林如海又当上巡盐御史,作品中说是"钦点",其实还是曹雪芹在安排,而这管理钱财的事又极俗。天下各种官职多得很,曹雪芹究竟是出于什么考虑要做这样的设置呢?如果是要让林黛玉幼年时在淮扬一带度过,曹雪芹满可以让林如海去当扬州知府,当江苏巡抚,甚至去当两江总督,现在却让他当了很容易使人产生疑惑的巡盐御史,因为林如海处理那些盐商富豪们的各种申请或请求时,可以既不太违背法度,又能很轻松地积攒财富。当然,我们可以解释说,曹雪芹的祖父曹寅以及与曹家关系密切的李煦曾当过巡盐御史,作者在这个问题上或许并没有特别的用意。可是即使如此,若就我们所讨论的林家财产来说,只要对比当年曹家与李家的风光,同样可得出林家很有钱的结论。

于是,有个问题便油然而生:林家的家产后来都到哪里去了?

三　林如海后事的料理

林如海在世时,林家的财产自然不会出现问题,可是在《红楼梦》故事展开后不久,曹雪芹便让林如海死了,因为在他的写作计划中,林黛玉与贾宝玉将在大观园演绎一出缠绵哀艳的爱情悲剧,林如海不死,林黛玉就没理由长期地留居于荣国府。

出于这样的创作意图,于是林黛玉便成了个孤儿,而作者未做明确交代的林家财产的去向便成了个谜。所谓谜,那是对读者而言,对造出这个谜的曹雪芹来说,关于谜底他自然应该是有所考虑,而且在叙述故事时,他的考虑常在看似不经意处流露出来。

林如海的去世是在《红楼梦》故事开始后不久的第十四回,这一回的回目就是"林如海捐馆扬州城,贾宝玉路谒北静王"。作品的回目都由作者精心拟就,这里将林如海与秦可卿两人的死并列,表明曹雪芹的创作计划中,这两人的去世有着同等重要的意义。可是,秦可卿的死与出丧是作者正笔描绘的大事件,前后用去了三回的篇幅,叙述林如海后事料理的文字相比之下明显少得可怜,但笔墨虽不多,重要性却不亚于前者。先是在第十二回的描写即将结束时,有段文字为林如海之死做了铺垫:

> 谁知这年冬底,林如海的书信寄来,却为身染重疾,写书特来接林黛玉回去。贾母听了,未免又加忧闷,只得忙忙的打点黛玉起身。宝玉大不自在,争奈父女之情,也不好拦劝。于是贾母定要贾琏送他去,仍叫带回来。一应土仪盘缠,不消烦说,自然要妥贴。作速择了日期,贾琏与林黛玉辞别了贾母等,带领仆从,登舟往扬州去了。

因"身染重疾"而要女儿回去,这举动中已隐含林如海有自知将不起的预感,曹雪芹没透露这封信究竟是怎么写的,但贾母读后,却做出了"定要贾琏送他(指黛玉)去"的决定。老太太

第一章　黛玉家产之谜

经历过的事多,安排也俱有深意在焉。作品中再次提到林如海是第十四回,那时林如海已经死了:

> 凤姐便问:"回来做什么的?"昭儿道:"二爷打发回来的。林姑老爷是九月初三日巳时没的。二爷带了林姑娘同送林姑老爷灵到苏州,大约赶年底就回来。二爷打发小的来报个信请安,讨老太太示下,还瞧瞧奶奶家里好,叫把大毛服带几件去。"

上述这段话里的时间问题曾使许多评论家感到疑惑:贾琏带黛玉回扬州是年底年初的事,秦可卿死时给王熙凤托梦,那时贾琏刚起程不久,所以王熙凤睡前还在与平儿"屈指算行程该到何处"。昭儿回到贾府时,秦可卿的丧事还未过七七四十九日,最迟也应是四五月间,可是昭儿却报告说"林姑老爷是九月初三日巳时没的"。我们不清楚造成时间不一致的原因究竟是什么,也许是因为曹雪芹去世还没来得及做最后的修订。不过,这里出现了一个极为准确的时间值得注意:"九月初三日巳时",曹雪芹应该是认真考虑过,才会写得如此郑重其事。上一段话中还有一个时间概念"年底",这是贾琏估算的回荣国府的时间。在第十六回"贾元春才选凤藻宫,秦鲸卿夭逝黄泉路"里,贾琏提前回到荣国府,作者还特地做了解释:"本该出月到家,因闻得元春喜信,遂昼夜兼程而进。"曹雪芹将这几个时间概念都交代得很清楚,因此尽管有些内容他没有明写,但读者却不难由此做推测。在贾琏的计划中,从林如海死到自己回京,所费时间共约四个月,而走大运河从苏州回北京,一个月也足够了,也就是说,大约用三个月的时间料理林如海的后事。后来贾琏提前到京,那是"昼夜兼程"的缘故,省下的只是路上的时间。为何要用这么长的时间料理林如海的后事?那是因为除了办丧事,安置林如海的几房小妾以及遣散林家的管家、仆人外,清点接收林家家产是很繁杂的事项。这时再联系到第十二回中决定谁带黛玉回扬州时,"贾母定要贾琏送他去"这句话,便明白贾母对可能发生的事件早已做了预先安排。贾琏与王熙凤夫妇二人在贾母身旁管家,各类事务都很熟悉,王熙凤不宜远行,贾琏就成了接收林家财产最适合的人选,而贾琏回府前"先遣人来报信"说"诸事停妥",这既是对贾母交派任务的扼要汇报,同时也与后来第七十二回中贾琏那句"再发个三二百万的财就好了"的呼应。不过贾琏对接收林家财产需要较长时间似乎估计不足,故而临时派人回来"叫把大毛服带几件去"。

当然,在讨论贾琏接收林家财产时,有个问题还必须弄清楚,即贾琏的行动是否具有合法性与现实性。从作品的描写来看,贾琏带着黛玉赶至扬州到林如海去世,这之间还有段时间。可以想见,这时林如海对贾琏与黛玉必定会有许多嘱咐与交代,他临终最放不下心的,自然是心爱的女儿今后的生活与归宿,而这必定也和林家财产今后的去向联系在一起。谁都不会怀疑这类交谈的存在,尽管曹雪芹在这方面只字不提。不过,曹雪芹在故事进展过程中的几次描写,却又和林家财产的归宿相关联。他在第二回里就交代明白:"只可惜这林家支庶不盛,子孙有限,虽有几门,却与如海俱是堂族而已,没甚亲支嫡派的。"林如海曾有过一个儿子,但三岁时死了,林家只剩下

第一章　黛玉家产之谜

了个林黛玉,并没有其他什么人可来占有这份家产。曹雪芹对这个问题似乎很重视,后来还再次提到。在第五十七回"慧紫鹃情辞试忙玉,慈姨妈爱语慰痴颦"里,宝玉为了紫鹃的一句"你妹妹回苏州家去"的玩笑而发病。后来病虽好了,但宝玉对林妹妹是否会回苏州总放心不下。这时,作者安排了个紫鹃向宝玉做解释的情节:

> 无人时紫鹃在侧,宝玉又拉他的手问道:"你为什么唬我?"紫鹃道:"不过是哄你顽的,你就认真了。"宝玉道:"你说的那样有情有理,如何是顽话。"紫鹃笑道:"那些顽话都是我编的。林家实没了人口,纵有也是极远的。族中也都不在苏州住,各省流寓不定。纵有人来接,老太太必不放去的。"

"林家实没了人口,纵有也是极远的",而且那些关系极远的亲戚还是"各省流寓不定"。由此不难断定,林如海临终时,他除了贾母派来的贾琏之外,并没有其他什么人可以托孤。林如海的财产显然只应归于他唯一的女儿林黛玉,至于那些关系"极远"的亲戚,他们在林家的第二代或第三、四代时经历过分房分家产,并没有资格来染指林黛玉的所有。在林如海临终时,林黛玉正陷于巨大的悲痛之中,而且她还只是个十岁的小女孩,很可能还不懂大人间关于那些繁杂事务的商讨,但林如海、贾琏以及派贾琏来的贾母,都很清楚这些问题该如何处理。对林如海来说,黛玉的母亲贾敏是贾母最疼爱的孩子,只有将黛玉托付给她的外婆才最能让他放心,其实他也没有别的选择。用现在的话来说,今后贾母就是黛玉的监护人,贾琏是接收林家财产的经手人,林如海临终前可托付的人也只有他了。毫无疑问,林如海的巨额遗产,就是经过贾琏的处理而流入了荣国府。

四　林家财产流入荣国府后的下落

父亲死后,黛玉随贾琏回到了荣国府。对于他们的归来,作品里做了这样描写,王熙凤见了贾琏的第一句话是"国舅老爷大喜!"有人曾对这句话评论说:"当贾琏归来的时候,这一对贾府总管家夫妇彼此何等得意,何等'大喜'!"接着又解释说:"亲戚死了,那里来的'大喜'？不在别的,只大喜在贾琏已经窃夺了林家的全部遗产。因此,这一对总管家夫妇才在'房内别无外人'之时,流露了自己的'喜'不自禁之态。"这段文字看似有理,但只要联系上下文,便可发觉这样解释非常牵强。贾琏之所以兼程赶回荣国府,就是因为府中有"特大喜讯":他的堂妹元春"晋封为凤藻宫尚书,加封贤德妃",这便是"国舅老爷"称呼的由来,王熙凤口中的"大喜",就是"喜"在这里。若照前面的解释,似乎是贾琏、王熙凤夫妇蓄谋吞没林家的财产,而"定要贾琏送他(指黛玉)去"的贾母,显然便成了该阴谋的主谋了,这显然是与作品的原意不相符合。作品对回到荣国府的黛玉的描写也丝毫未涉及家产,这时的黛玉"带了许多书籍来,忙着打扫卧室,安插器具,又将些纸笔等物分送宝钗、迎春、宝玉等人"。这位还不甚通世务的小姑娘心中根本没念及"家产"二

第一章 黛玉家产之谜

字,她很可能没弄明白这是怎么回事。

随着年龄的增长,渐渐懂事的林黛玉迟早会想到这个问题,平日里遇见的或看到听到的事也会引导她的思考。在第二十五回里,王熙凤与林黛玉开玩笑说:"你既吃了我们家的茶,怎么还不给我们家作媳妇?"林黛玉听后就说王熙凤"贫嘴贱舌讨人厌恶"。这时,王熙凤说了一段话:

> 凤姐笑道:"你别作梦!你给我们家作了媳妇,少什么?"指宝玉道:"你瞧瞧,人物儿、门第配不上,根基配不上,家私配不上?那一点还玷辱了谁呢?"林黛玉抬身就走。宝钗便叫:"颦儿急了,还不回来坐着。走了倒没意思。"

王熙凤提到的人物儿,指的是宝玉与黛玉郎才女貌,两人十分相配;贾家是世传的公爵,林家是世传的侯爵,两家的门第与根基也相当,这几条谁都不会有疑问。王熙凤最后又讲到了"家私",即两家的家产,按照王熙凤的意思,两家仍是相配的。当年黛玉的父母结亲,即贾母的女儿贾敏嫁给林如海时,两家肯定也得考虑人物儿、门第、根基与家私是否相配,而权衡的结论显然是双方都比较满意。按照王熙凤所言,如果是宝玉和黛玉成亲,那么双方的人物儿、门第、根基与家私仍然十分相配。王熙凤的这番话不会是一时心血来潮之语,她何尝不清楚在座的薛宝钗也怀有同样的念想,如果没摸清楚贾母的意图,像王熙凤这般精明的人可不会胡言乱语。

林黛玉听了王熙凤的话,不好意思地就要走开,但她与宝玉的恋爱是心目中的大事,别人当面提到她的婚事,黛玉自然听得仔细,并会细细掂量与玩味。当王熙凤问"家私配不上"时,意思是荣国府的财产至少不会比林家的少。如果黛玉从未想过这个问题,那么王熙凤的话不啻是一声惊雷,可是林家的巨额财产又在哪里呢?"心较比干多一窍"的林黛玉当然不会略过这个问题,但她连问的对象都没有,只能独自寻思答案。向荣国府的人打听,这种事黛玉无论如何都不会做,何况荣国府里也并不是个个都清楚此事。若要问林家的人,那么她现在身边已没有一个了解底细的林家旧人。林黛玉第一次进荣国府时,曹雪芹在第三回中写道:

> 黛玉只带了两个人来:一个是自幼奶娘王嬷嬷,一个是十岁的小丫头,亦是自幼随身的,名唤作雪雁。贾母见雪雁甚小,一团孩气,王嬷嬷又极老,料黛玉皆不遂心省力的,便将自己身边的一个二等丫头,名唤鹦哥者与了黛玉。外亦如迎春等例,每人除自幼乳母外,另有四个教引嬷嬷,除贴身掌管钗钏盥沐两个丫鬟外,另有五六个洒扫房屋来往使役的小丫鬟。

林黛玉首次进荣国府是暂住,故而只带了两个人容易理解,但林如海死后,林家众人在贾琏的主持下实际上已是就地解散。尽管林家的管事与奴仆不会少,而且这次林黛玉再进荣国府是常住了,应该多带点得力佣人来,可是贾琏在办完丧事后并没有从林家带走一个人回荣国府。于是,林黛玉身边林家的旧人仍是第一次进荣国府时带去的"自幼奶娘王嬷嬷"与"一团孩气"的雪雁。"王嬷嬷又极老",她后来在作品中不再出现,估计

第一章　黛玉家产之谜

已去世，于是黛玉身边林家的旧人只剩下了不懂世事的雪雁，她对林家旧事的了解应该还不及黛玉。也许不带一个林家的旧人回荣国府是因为有某种客观的原因，而非贾琏的主观故意，可是这样的人事安排所造成的客观效果，却是黛玉与林家的各种联系均被切断，她要了解自己的家庭，只有从儿时的记忆中去追寻，或根据荣国府长辈口中流露出的点滴信息拼凑自己家庭的昔日图景。

王熙凤可以说是作品中唯一的一个提到林家"家私"的人，她也有可能是无意中说漏了嘴，但林黛玉是何等聪明敏感的人，她只要与自己模糊的儿时的记忆一对照，马上就可以断定自己家曾是很有钱的人家；父亲的死是刻骨铭心的事件，那时人小不懂事，但丧事期间的印象是深刻的，当人事渐长后，她慢慢就会明白，当时贾琏进进出出在张罗些什么，当时也只有贾琏在主持张罗。由此她又不难断定，林家的家产，实际上是进了荣国府。其实，平日里有些事也能帮助林黛玉做判断。譬如说，大家都知道荣国府二门内的月钱是由王熙凤负责分发的，可是潇湘馆月钱的分发却是个例外。在第二十六回里，佳蕙告诉红玉（后改名为小红），贾宝玉派她去潇湘馆送茶叶，"可巧老太太那里给林姑娘送钱来，正分给他们的丫头们呢。见我去了，林姑娘就抓了两把给我，也不知多少。"给丫头们分钱，分的是月钱，而林黛玉此时在旁亲自看着发，是颇可注意的一个细节，不过我们在这里更注意的，是潇湘馆的月钱是贾母那儿送来的，并不像其他地方都由王熙凤负责分发。是不是因为黛玉是亲戚，不是贾姓的主子，所以才这样安排？若对照作品中其他情节，便可发现并非如此。邢岫烟也是外来的亲戚，在第四十九回里我们看到,她来到荣国府后,曹雪芹细心地对她的月钱安排也做了交代:"从此后若邢岫烟家去住的日期不算,若在大观园住到一个月上,凤姐儿亦照迎春的分例送一分与岫烟。"在第五十七回里,宝钗发现邢岫烟手头拮据,首先想到的便是王熙凤的责任:"必定是这个月的月钱又没得。凤丫头如今也这样没心没计了。"薛宝钗也住在大观园里,但她不领取王熙凤分发的月钱,这是薛家刚住进荣国府时薛姨妈就与王夫人事先说好的:"一应日费供给一概免却,方是处常之法。"因此,按荣国府的制度,林黛玉作为亲戚住在大观园,理应是王熙凤负责发给月钱,何况潇湘馆里的丫头们,除雪雁外都是荣国府的奴仆,也该由王熙凤发给月钱,可是作品中特地交代,潇湘馆所有人的月钱都是由贾母那儿拿来的。这不是贾母疼爱黛玉的缘故,因为若说疼爱,那排在第一位的应该是孙子宝玉,而怡红院的月钱却又是王熙凤分发的,这可由第三十九回里袭人问平儿月钱为何还未发放为证。唯一较合理的解释是贾母那儿有一笔专门的钱财,林黛玉的"一应日费供给"都从其中开支,似乎有点专款专用的意味。这笔专项经费是哪里来的?不仅读者会想这个问题,与此直接相关的林黛玉更会想,而结论又不难得出:这笔专项经费应该来自流入荣国府的林家财产。贾母是林黛玉的监护人,从道理上说,她也应该是这笔财产的掌管者。也正因为这个缘故,王熙凤与平儿在第五十五回里议论时曾说道:"宝玉和林妹妹他两个一娶一嫁,可以使不着官中的钱,老太太自有梯己拿出来。"所谓"一娶一嫁",王熙凤的话中含有宝玉与黛玉结亲的意思,而他们的婚事理应动用"官中的钱",而王熙凤却说会由贾母出钱,这其实仍有专款专用的意

第一章 黛玉家产之谜

味。可是王熙凤又将那笔钱称为贾母的"梯己",使人感到林家的财产流入荣国府后并非完全是被独立监管,而是含含糊糊归贾母支配,林黛玉的一切费用则都由贾母承担,直到林黛玉结婚成人,甚至是贾母去世,林家的那笔财产的支配权才有可能被重新讨论。

林家的巨额财产流入了荣国府,可是根据作品中的描写来看,荣国府却未呈现出暴富的迹象,相反是经济情形每况愈下,特别是第五十回后的描写,更给人以萧条已经降临的感觉。在第五十五回"辱亲女愚妾争闲气,欺幼主刁奴蓄险心"里,王熙凤对平儿说了这样一番话:

> 你知道,我这几年生了多少省俭的法子,一家子大约也没个不背地里恨我的。我如今也是骑上老虎了。虽然看破些,无奈一时也难宽放;二则家里出去的多,进来的少。凡百大小事仍是照着老祖宗手里的规矩,却一年进的产业又不及先时。多省俭了,外人又笑话,老太太、太太也受委屈,家下人也抱怨刻薄;若不趁早儿料理省俭之计,再几年就都赔尽了。

所谓凡事都"照着老祖宗手里的规矩",是指荣国府仍在维持往日的气派,开销巨大,而"一年进的产业又不及先时",是指荣国府在庄园、房产等项的收入在减少,这种入不敷出的局面已持续了相当时间了,所以王熙凤声称她这几年在"省俭"方面费了不少心机,但遭到了强烈反对。与王熙凤的这段话相对应,林之孝在第七十二回里也提出缓解"家道艰难"的方案,其主要内容是裁减人员，荣国府将因此省下许多口粮月钱。日常的奢侈消费已成了荣国府巨大的经济压力，具体经手家务管理的人都强烈地感觉到，若再不改革，荣国府的经济就会有崩溃的危险。

这里并不是要讨论荣国府的经济状况如何一步步下滑，我们的关注点是既然林家巨额资金已经注入，作品的描写中却未显示出荣国府的经济状况有所改善的痕迹，读者看到的只是荣国府的经济仍在按原先的模样与轨道运行，不景气的危机仍在日益加深。林家的财产流入荣国府后又到哪里去了？可能性大概有两种。一种是钱财入了贾母的私人账户，老太太死死地把持着，除了林黛玉的开销之外，谁也休想动用。黛玉是贾母最疼爱的孩子的女儿，她又身任黛玉的监护人，上述这种解释应该说是符合人之常情的。按照这样的处理模式，林家的财产虽流入了荣国府，却又独立于荣国府经济运行体系之外，即与荣国府经济逐步走向萧条并不相干。与林家的巨额财产相比，林黛玉这些年的开销只是一个小数，因此若按这种模式推测，那笔财产应该还相当完好地保存着。这种推测不无道理，但与第七十二回里贾琏所说的"再发个三二百万的财就好了"却对不上号，按照贾琏的意思，那笔钱至少应该是大部分已被用了，这便是林家财产下落的第二种可能了。

阅读《红楼梦》时，读者都没感到在林黛玉二次入府后荣国府有暴富现象的痕迹，生活仍是在按祖宗旧例在运转，即生活标准并未见提高，那么这笔财产究竟到哪里去了呢？若再仔细阅读作品，可以发现从第十四回林如海去世到第七十二回贾琏说那句话为止，确有一个事件可能将流入的林家财产消耗殆

第一章　黛玉家产之谜

尽,那就是为迎接元春省亲而建造大观园。

在第十六回里,元春"晋封为凤藻宫尚书,加封贤德妃",接着又有旨意,贵妃们可回府省亲,借用秦可卿托梦给王熙凤的话来说,这是"非常喜事,真是烈火烹油,鲜花着锦"。贾府建造的省亲别院(即后来的大观园)"从东边一带,借着东府(指宁国府)里花园起,转至北边,一共丈量准了,三里半大"。在第十七至十八回"大观园试才题对额,荣国府归省庆元宵"里,作者详细地介绍了园内的小桥、流水、假山,以及如潇湘馆、怡红院、蘅芜苑、秋爽斋等处建筑的精巧或豪华,所谓"一处处铺陈不一,一桩桩点缀新奇",连皇宫里出来的元春见了都说:"以后不可太奢,此皆过分之极。"各处房舍装修之精致,作品中均有描述,此处不赘,而房屋内的摆设俱是上好的,数量又极为巨大,这从贾琏向贾政的汇报就可略知一斑:

> 贾琏见问,忙向靴桶取靴掖内装的一个纸折略节来,看了一看,回道:"妆蟒绣堆、刻丝弹墨并各色绸绫大小幔子一百二十架,昨日得了八十架,下欠四十架。帘子二百挂,昨日俱得了。外有猩猩毡帘二百挂,金丝藤红漆竹帘二百挂,墨漆竹帘二百挂,五彩线络盘花帘二百挂,每样得了一半,也不过秋天都全了。椅搭、桌围、床裙、桌套,每分一千二百件,也有了。"

这些都是得花钱买的。曹雪芹在作品中没有也不可能开列建造大观园的各项费用,但他在第十六回里透露了两笔费用:"下姑苏聘请教习,采买女孩子,置办乐器行头等事"花费了三万两银子，而"置办花烛彩灯并各色帘栊帐幔"则花费了二万两银子。还未提及房屋的建造与装修、园子的设计与布置，以及各种精美家具的购置，五万两银子就已经用在省亲中的小点缀上了。以此做推算，整个大观园的建造以及迎接元春省亲的热闹场面与气氛烘托的布置，就必然是耗费了巨额财产。即使是如何富有的世袭公爵，一下子要耗费如此巨大的财富，也必然会感到捉襟见肘的，更何况早在第二回里，曹雪芹已明确地借冷子兴之口告诉我们，贾府传至第三代，"如今的这宁荣两门，也都萧疏了"。冷子兴还进一步解释说：

> 古人有云："百足之虫，死而不僵。"如今虽说不及先年那样兴盛，较之平常仕宦之家，到底气象不同。如今生齿日繁，事务日盛，主仆上下，安富尊荣者尽多，运筹谋画者无一，其日用排场费用，又不能将就省俭，如今外面的架子虽未甚倒，内囊却也尽上来了。

联系到后来大观园的建造，上述这段话等于在明白地告诉读者，贾府根本没有建造大观园的经济实力。从第二回冷子兴的介绍到第十六回开始筹划建造大观园，检阅作品中的描写，确实发生了使贾府经济状况改变的事件，那就是第十六回开始时所说的"林如海已葬入祖坟了，诸事停妥"，贾琏带着林黛玉回到了贾府，他同时还带来了林家的财产。

于是，建造大观园与迎接元春省亲的费用难题便迎刃而解了，从这个角度来看，林如海正可谓是死得其时了。

第一章　黛玉家产之谜

五　林黛玉之钱财观

　　以上是以作品的描述为依据,对林家财产流入荣国府后去向可能性的探讨,而用于建造大观园与迎接元春省亲是最合乎情理的一种解释。动用林家的财产并不是一件小事,它应该是贾府高层共同讨论后做出的决定。很显然,如果没有贾府最高权威贾母的同意,这样的决定无法做出,即使做出也无法实行。可是,贾母最疼爱的子女是黛玉的母亲贾敏,同时实际上又是黛玉的监护人,她能同意林家的财产刚流入荣国府就被耗费殆尽?

　　贾母在贾府是最高长辈,谁也不敢与她的权威抗衡,但她早已不是实际上的管家人。贾府的经济体系是由总管房、帐房、银库等管理机构以及一系列的祖宗定下的"旧例",即各种规章制度在维持运转,常规事项外的杂务由贾琏、王熙凤这对夫妻操办,而重大经济决策如大观园工程的规划与上马,又是由贾珍、贾赦、贾政等主子以及赖大、林之孝等大管家在讨论决定。贾母对许多事已不甚清楚,她对运转具有相对独立性的贾府经济体系不能不表示尊重。更重要的是,元妃省亲是整个贾家的大事,涉及家族的最高利益。在开国之初,贾家靠战功博取了功名与家业,可是随着时间的推移,贾府的权势已在走下坡路。关于这一点,曹雪芹在第五回"游幻境指迷十二钗,饮仙醪曲演红楼梦"里借宁、荣二公之魂已说得很明白:"吾家自国朝定鼎以来,功名奕世,富贵传流,虽历百年,奈运终数尽,不可挽回者。"可是，连宁、荣二公之魂还抱有挽回颓势的希望，那么生活在人世间的贾府诸人就更要设法保住家族的权势了。既然皇上降恩让他的妃子回娘家一次，那么迎接元春省亲就自然是贾府最重要的头等大事，一切都得以它为轴心而旋转，一切也都得服从它。筹办元春省亲，贾府最大的困难是资金匮缺，而此时正好遇上对林家财产的接收，焉有不用之理？贾母虽然疼爱外孙女，但家族利益更须优先考虑，如果迎接元春省亲的事办不好，随之而来的政治后果不堪设想，老太太是明白其中的利害关系的。

　　动用了林家的财产，今后该如何向黛玉交代？首先，黛玉尚未成人，要有所交代也是好些年后的事，而迎接元春省亲已是燃眉之急。急当从权，林家的财产当然是先用了再说。其次，林黛玉的归宿未定。如果她长大后嫁出去，林如海的遗产问题就必然会提出，迎娶黛玉的夫家也不会放过这件事的。可是，如果林黛玉留在荣国府做媳妇呢？这时，作为黛玉的嫁妆，林如海的遗产就应该成为荣国府财产的一部分，于是贾府的动用只是提前使用而已。这种可能性不仅存在，而且还相当大，曹雪芹在叙述故事时对此已做了多次暗示。

　　由于许多影响的缘故，许多人即使没读过《红楼梦》，也知道黛玉与宝玉未能结合。这首先是高鹗所续的后四十回的影响，特别是在他所设计的"掉包计"的提出与实施过程中，贾母明确地主张宝玉与宝钗，而不是与黛玉结合。许多读者接受了这个结局，还误以为这是曹雪芹的原意。诚然，在曹雪芹的创作计划中，最后确实是宝玉与宝钗相结合，这在第五回暗示诸人结局的曲子里已说得很清楚：

第一章 黛玉家产之谜

〔终身误〕都道是金玉良姻,俺只念木石前盟。空对着,山中高士晶莹雪;终不忘,世外仙姝寂寞林。叹人间,美中不足今方信。纵然是齐眉举案,到底意难平。

〔枉凝眉〕一个是阆苑仙葩,一个是美玉无瑕。若说没奇缘,今生偏又遇着他;若说有奇缘,如何心事终虚化?一个枉自嗟呀,一个空劳牵挂。一个是水中月,一个是镜中花。想眼中能有多少泪珠儿,怎经得秋流到冬尽,春流到夏!

由于受后四十回中所谓"掉包计"的影响,许多人以为在曹雪芹的写作计划里,也是贾母、王夫人等考虑宝玉的亲事时,抛弃了黛玉而选择了宝钗。但也有人根据前八十回里的情节、伏笔以及脂砚斋批语里的暗示提出异议,认为黛玉去世在讨论宝玉婚事之前,因此不存在黛玉被抛弃的问题。我们看到的《红楼梦》只是曹雪芹的未完成稿,上述两种意见都只能算猜测,但相比较而言,后一种说法似乎更合乎情理,因为在前八十回里,作者通过许多细节描写使人们看到贾母对黛玉的疼爱,甚至是偏爱,而这种态度又始终如一,一直到第七十五回时,他还在努力让读者加深贾母将黛玉与宝玉捆绑在一起考虑的印象,她吃饭时就吩咐下人说:"这一碗笋和这一盘风腌果子狸给颦儿、宝玉两个吃去"。贾母对黛玉的疼爱经常是与宝玉联系在一起,人们对老太太意图的揣摩,汇成了当时荣国府内占上风的舆论,曹雪芹几次三番地对此做了描写。第二十五回里,王熙凤当着李纨、宝钗等人的面,拉着宝玉问黛玉:"你瞧瞧,人物儿、门第配不上,根基配不上,家私配不上?"王熙凤是荣国府里最会揣摩贾母心思的人,曹雪芹也不会随意地就安排她来与黛玉开这番玩笑的,而在场的李纨、薛宝钗诸人,也不会将王熙凤的言语当作纯粹的笑话看待。虽然书中写道:"李宫裁笑向宝钗道:'真真我们二婶子的诙谐是好的。'"此语看似在说明王熙凤所言只是开玩笑,可是世故的宝钗真的会将王熙凤的这番话当作"诙谐"吗?须知王熙凤与李纨,也都知道关于宝钗有"等日后有玉的方可结为婚姻"的预言。

诚然,关于宝玉婚事的议论曾一度显得较复杂。先是第二十八回里,作者写元妃给贾府诸人端午节的赏赐,她有意让宝玉与宝钗得到的礼物完全一样,是"上等宫扇两柄,红麝香珠二串,凤尾罗二端,芙蓉簟一领",而"林姑娘同二姑娘、三姑娘、四姑娘只单有扇子同数珠儿"。元春虽然只是过节赏赐,但她精心安排中所包含的意思谁都看得明白。在第十七、十八回元春省亲临结束时也有过赏赐:"宝钗、黛玉诸姊妹等,每人新书一部,宝砚一方,新样格式金银锞二对。宝玉亦同此。"这是她事先在宫中的准备,故而诸人获赠礼品的规格相同。省亲时她亲眼看到了林黛玉与薛宝钗,显然对薛宝钗比较属意,于是她端午节赐赠时就有意让宝钗与宝玉相同。对于这次赐赠,宝玉的反应是感到奇怪:"这是怎么个原故?怎么林姑娘的倒不同我的一样,倒是宝姐姐的同我一样!别是传错了罢?"林黛玉则是委屈与不高兴:"我没这么大福禁受,比不得宝姑娘,什么金什么玉的,我们不过是草木之人!"宝钗自然也体会到元妃的意图,但作者写她的反应比较含蓄:"昨儿见元春所赐的东西,独

第一章　黛玉家产之谜

他与宝玉一样，心里越发没意思起来。"元妃的赏赐激得三个年轻的当事人思绪翻滚，贾府的长辈们岂会忽视元妃的如此明显的暗示。

元春过节送礼的规格只是一种暗示，如果她下达懿旨，那局面就无法挽回了。可是此后她却再无后续动作，连暗示也没有了。按常理判断，这应是她听取了贾母等人意见的缘故。第十六回里作者曾写到皇上的"恩典"："每月逢二六日期，准其椒房眷属入宫请候看视"，即贾母等人每月可入宫觐见，元春做出暗示之后，她们见面岂有不谈此事之理。元春那里显然已经谈妥，故而她再无后续动作，不过对误以为"金玉良缘"有望的薛姨妈还得做些工作，这当然也只能用暗示法。在第二十九回里，贾母带了一帮人去清虚观打醮，她当着薛姨妈与薛宝钗的面，托张道士帮宝玉留意适合的小姐，并声明"不管他根基富贵，只要模样配的上就好"。在前一回里，作者刚写了元妃端午节的赏赐唯有宝玉与宝钗规格一样，而紧接着贾母就让张道士为宝玉另找对象，薛姨妈与薛宝钗应该明白贾母的言外之意，即为宝玉择偶时，薛宝钗并不在她的考虑范围之内。在后来第五十回里，贾母又向薛姨妈打听薛宝琴的"年庚八字并家内景况"：

贾母因又说及宝琴雪下折梅比画儿上还好，因又细问他的年庚八字并家内景况。薛姨妈度其意思，大约是要与宝玉求配。薛姨妈心中固也遂意，只是已许过梅家了，因贾母尚未明说，自己也不好拟定，遂半吐半露告诉贾母道："……他父亲是好乐的，各处因有买卖，带着家眷，这一省逛一年,明年又往那一省逛半年,所以天下十停走了有五六停了。那年在这里,把他许了梅翰林的儿子,偏第二年他父亲就辞世了,他母亲又是痰症。"

此时,顺着贾母心思凑趣的又是王熙凤:

> 凤姐也不等说完,便嗐声跺脚的说:"偏不巧,我正要作个媒呢,又已经许了人家。"贾母笑道:"你要给谁说媒?"凤姐儿说道:"老祖宗别管,我心里看准了他们两个是一对。如今已许了人,说也无益,不如不说罢了。"

明明已有"金玉良缘"之说,元妃通过赏赐也已做了很明显的暗示,可是贾母与王熙凤却一搭一挡、含含糊糊地向薛姨妈暗示提亲的意向,但对象却不是薛姨妈的女儿薛宝钗。宝玉有通灵宝玉,宝钗有金项圈,薛蟠曾提及薛姨妈告诉他的话:"这金要拣有玉的才可正配",可见这是薛姨妈心中的一件大事,就连薛家的丫鬟莺儿都当着宝玉与宝钗的面说,宝玉所带通灵宝玉上的词,"和姑娘的项圈上的两句话是一对儿"。"金玉良缘"之说在荣国府内流传,其发源地自然是薛家,而这"什么金什么玉的",也是黛玉与宝玉经常闹矛盾的根源之一。可是荣国府的最高权威贾母却撇开宝钗而打听宝琴的年庚八字,这是委婉但又很明确地否定了"金玉良缘"的说法。此时薛姨妈的感受如何,人们是不难想知的。

薛姨妈当然听懂了贾母的这层意思,也明智地做出了反应,那是在第五十七回"慧紫鹃情辞试忙玉,慈姨妈爱语慰痴

第一章 黛玉家产之谜

鳌"里,她干脆当着林黛玉与薛宝钗这两位当事人的面说了这样一番话:"我想着,你宝兄弟老太太那样疼他,他又生的那样,若要外头说去,断不中意。不如竟把你林妹妹定与他,岂不四角俱全?"薛姨妈说的是否是真心话,或是否有其他什么意图,我们不能妄测,但有一点却可肯定,即经过这次风波,黛玉将与宝玉结亲的舆论,在荣国府里又重新占了上风。曹雪芹在第六十六回里又一次提到这个话题,这次是贾琏与王熙凤的仆人兴儿向尤二姐、尤三姐介绍荣国府里的情况,当提及宝玉的亲事时,他说:"将来准是林姑娘定了的,因林姑娘多病,二则都还小,故尚未及此,再过三二年,老太太便一开言,那是再无不准的了。"贾母的意图可谓是合府皆知了。经过一番周折,贾母又重新控制了局面,老太太的利害精明由此可见,而她维护外孙女的苦心与执着也颇感人。若不再有其他风波发生,那确实是"老太太便一开言,那是再无不准的了"。贾府的长辈们到时不会有人反对,其实还有一层谁也不曾明言的原因,那就是黛玉的亲事,实际上还涉及林家的财产问题。薛姨妈所说的"岂不四角俱全",或许也是领会到了这层意思。

黛玉与宝玉的婚事曲折起伏,未见定论,相应地,林家的家产也就含含糊糊地一直挂在那儿。有一点可以肯定,除了第二十五回里王熙凤说漏嘴外,荣国府中谁也没和黛玉谈到家产问题。除不懂事的雪雁之外,黛玉身边已无林家的旧人,她寄居在荣国府,许多事是不方便说也不方便问,而且联手对她不提林家财产的力量,是整个贾府的上层,包括她的靠山贾母。于是林黛玉在荣国府就处于一个极为奇特的地位:她是很有钱的人家的小姐,却又是"一无所有",她在第二十二回里还曾赌气地说自己是"贫民的丫头",无法和"公侯的小姐"史湘云相比。她为什么特地说自己是"贫民的丫头"?她肯定知道自己父亲不但不是贫民,而且家中的财富未必就亚于荣国府。这种自嘲正表现了黛玉的心病,她心里存有摆脱不开的阴影。随着年岁渐长,黛玉也开始慢慢地懂得"俗务"。在第四十五回"金兰契互剖金兰语,风雨夕闷制风雨词"里,林黛玉与薛宝钗成了推心置腹的好朋友,两人互诉衷肠。这时作者写道:

> 黛玉道:"你如何比我?你又有母亲,又有哥哥,这里又有买卖地土,家里又仍旧有房有地。你不过是亲戚的情分,白住了这里,一应大小事情,又不沾他们一文半个,要走就走了。我是一无所有,吃穿用度,一草一纸,皆是和他们家的姑娘一样,那起小人岂有不多嫌的。"宝钗笑道:"将来也不过多费得一副嫁妆罢了,如今也愁不到这里。"黛玉听了,不觉红了脸,笑道:"人家才拿你当个正经人,把心里的烦难告诉你听,你反拿我取笑儿。"

林黛玉竟然讲论起买卖、土地与房产来了,这可能会使忽略了这一细节描写的读者大吃一惊,它似乎与我们熟悉的林黛玉的形象不符,但处于那十分特殊的地位,黛玉这方面意识的觉醒却是必然的。

上述文字表明黛玉对薛家的经济状况已有所了解,至于她生活于其中的荣国府,她的了解就更深入了。在第六十二回"憨湘云醉眠芍药裀,呆香菱情解石榴裙"里,作者主要是写众

第一章　黛玉家产之谜

人给宝玉祝寿的故事。午饭后大家散开休息,黛玉和宝玉站在花下闲聊。当两人议到探春利用暂时治家的机会做了些改革时,曹雪芹有一段很值得注意的描写:

> 黛玉道:"要这样才好,咱们家里也太花费了。我虽不管事,心里每常闲了,替你们一算计,出的多进的少,如今若不省俭,必致后手不接。"宝玉笑道:"凭他怎么后手不接,也短不了咱们两个人的。"黛玉听了,转身就往厅上寻宝钗说笑去了。

这段话看似平淡,稍不注意就会被忽略,可是仔细玩味,其中包含的内容其实极为丰富。曹雪芹不是说黛玉偶尔有空时才做此"算计",而是说"每常闲了",这是"常常当有空的时候"的意思。我们当然不必理解为黛玉一有空时,不去吟诗作画看书,而是在给荣国府算账,但荣国府收支状况不佳经常萦绕在她心头却可确定无疑。这位超凡脱俗的女诗人"每常闲了"竟然在给荣国府算账,这实在是太令人惊讶了。算账的结果是荣国府"出的多进的少",即入不敷出,这和王熙凤在第五十五回里所说的"出去的多,进来的少"是一个意思。王熙凤在荣国府管理家务,收入与支出情况她心里当然清楚,可是林黛玉要得出"出的多进的少"的结论,她必须得知道"进"有哪几项,数量是多少,而"出"又是哪几项,数量又各是多少。这位弱不禁风的小姐哪怕是只知道大概的数字,也须得是平日细心观察方能获取有关信息,因为她并没有接触账目的机会。若联系第二十六回里给潇湘馆众人发放月钱时黛玉在一旁监看的细节,可以发现她确实是很有心机,故而作者称她"心较比干多一窍"。黛玉在荣国府有寄人篱下之感,但在潇湘馆,她须维持自己的绝对权威,亲自照看着发月钱是让潇湘馆的奴仆清楚这一点的方法之一,这同时也是黛玉经济意识的一种表现。曹雪芹一方面赋予黛玉清逸脱俗的诗人气质,另一方面又使她无法摆脱俗务,这无损于黛玉的形象,相反,作者是用相当精细的笔法,写出了这个人物的复杂性。很显然,只有将关于这些内容所透露的信息也考虑在内,我们对林黛玉才能有一个全面的了解。

曹雪芹首先是要让读者领略黛玉清逸脱俗的诗人气质,同时也希望人们了解这个人物形象的复杂性。从这条线索考察黛玉在荣国府中那些年的表现,可以发现她的性格其实曾有个变化的过程。林黛玉对客居荣国府的地位极为敏感,她初到荣国府时还是个小女孩,在第七回"送宫花贾琏戏熙凤,宴宁府宝玉会秦钟"里,周瑞家的代薛姨妈给姑娘们送宫花,黛玉是未接先问:"还是单送我一人的,还是别的姑娘们都有呢?"周瑞家的道:"各位都有了,这两枝是姑娘的了。"黛玉冷笑道:"我就知道,别人不挑剩下的也不给我。"说故意让别人挑剩了再给林黛玉,这恐怕是言过其实,但周瑞家的一处处送时将黛玉安排在最后,潜意识中似确有以自家小姐为先的念头。因父亲去世,林黛玉二进荣国府时已是个孤儿,年龄也渐长,挑剔送花那般提防受欺负的尖刻语言已不常出现,但寄人篱下的意识其实更强烈。在第二十六回里,黛玉夜晚去怡红院,恰好遇上晴雯与人怄气,不肯开门。这样的委屈与难堪黛玉还从未承受过,若将事挑开计较,她完全可出这口闷气。此时黛玉想到的却是

第一章 黛玉家产之谜

"如今父母双亡,无依无靠,现在他家依栖。如今认真淘气,也觉没趣",她强让自己忍了,第二天与宝玉谈起此事,误会解释后也只是一笑了之。随着故事的进展,黛玉言辞尖刻的一面在渐渐消退,友善大度的一面则在显现,在后来几次的诗社活动中,她还多次引起伙伴们欢快的笑声。黛玉明显地变得豁达起来。在第七十六回"凸碧堂品笛感凄清,凹晶馆联诗悲寂寞"里,她甚至安慰起性格豪爽的史湘云。湘云与黛玉都是父母双亡,当湘云感叹"只你我竟有许多不遂心的事"时,黛玉却能笑着劝她:"不但你我不能趁心,就连老太太、太太以至宝玉、探丫头等人,无论事大事小,有理无理,其不能各遂其心者,同一理也,何况你我旅居客寄之人哉!"通过浓墨泼洒的明写与润物无声的暗示,以及伏笔的交叉结合,曹雪芹塑造了一个立体式的复杂的幽美绝俗的典型形象。

黛玉一开始被困惑和心理阴影所笼罩,可是她又逐渐地走向了超脱。无端失踪的巨额家产,最终没能成为黛玉心灵上的枷锁,她始终不渝坚持的是对自己的"知己",即宝玉的相知相爱。用五世先人积累的家产,换取一个可以和心上人共度少年时光的大观园,也是种不错的选择吧?这才是在曹雪芹构思中的"绛珠仙子"。

最后,我们还是得提及涂瀛,他在《红楼梦问答》中第一个提出了林黛玉的家产问题,启发了许多人在这方面的探究,而他另一个相关的问题也很值得注意:"林黛玉聪明绝世,何以如许家资而乃一无所知也?"涂瀛对此的解答是:"此其所以为名贵也,此其所以为宝玉之知心也。若好歹将数百万家资横据胸中,便全身烟火气矣,尚得为黛玉哉?然使在宝钗,必有以处此。"①尽管时光已流逝了近二百年,但涂瀛的解答在今日仍然有启示读者的价值。

---

① 涂瀛:《红楼梦论赞》,见一粟编《红楼梦卷》,中华书局1963年版。

第二章　李纨与王夫人为何没有对话？

除了贾母与王夫人这对婆媳外，《红楼梦》里还写到了荣国府的两对婆媳，一对是邢夫人与王熙凤，一对是王夫人与李纨。曹雪芹关于前者的不和是明写，读者常可看到邢夫人对王熙凤的数落，甚至给她难堪，而王熙凤在私下里对邢夫人又何尝恭敬？言及这对婆媳矛盾时，作者在第四十六回里对邢夫人的批评毫不客气，如"禀性愚强""婪取财货为自得""克啬异常"之类，这一回甚至以"尴尬人难免尴尬事"为回目，脂砚斋于此批曰："只看他题纲用'尴尬'二字于邢夫人，可知包藏含蓄文字之中莫能量也。"可做对照的是另一对婆媳王夫人和李纨，作者对王夫人的用笔以褒扬居多，即使写到王夫人打了金钏儿并撵之出府，作者还说她是"宽仁慈厚的人"。书中对这二人的批评也有，但多用隐晦的曲笔。至于王夫人和李纨的关系如何，作品中并没有正面的描写，甚至翻遍《红楼梦》的前八十回，居然还找不到王夫人和李纨之间的直接对话。这是作者的疏忽吗？答案应该是不可能。王夫人是宝玉的妈妈，李纨是宝玉的大嫂，又是"金陵十二钗"之一，这对婆媳可是《红楼梦》中的重要人物，她们关系的重要性也高于邢夫人与王熙凤的关系。而且,作品中的描写表明,王夫人与贾母、邢夫人、薛姨妈、林黛玉、薛宝钗以及探春、迎春、惜春等女性主子都有对话,而李纨与其他女性主子也同样都有对话。有此衬托,《红楼梦》前八十回中王夫人与李纨之间没有直接对话的现象就显得更突出,也使人感到更反常了。曹雪芹洋洋洒洒地写了数十万字,描写了错综复杂的人物关系,究竟是什么原因会使他不去描写这对婆媳间的对话呢?

一　李纨与王夫人没有对话意味着什么?

在实际生活中,王夫人与李纨之间必然会有许多对话。作为儿媳妇,李纨每天早上与晚上都得去向婆婆王夫人请安,而且还得跟随着她,一起去向贾母,即王夫人的婆婆去请安。贾母用餐时,王夫人与李纨一起在旁服侍的描写书中也屡见,作品中第一次描写贾母吃饭是在第三回,读者可看到"李氏捧饭,熙凤安箸,王夫人进羹",后来书中也常写到贾母吃饭时王夫人与李纨在桌旁服侍。这对婆媳天天都要相见,她们两人难道一句话也不说? 这显然是不合情理的。唯一合理的解释是,在曹雪芹所构思的那贵族大家庭生活中(其实他自己也亲身经历过),王夫人与李纨毫无疑问应该有很多对话,现在所谓没有对话,其实是指曹雪芹在作品中没有去直接写这对婆媳间的对话。

诚然,作家不可能将实际生活中的方方面面或各种细枝末节全都写入作品,这是创作的常识。在第四十回里,贾母携刘

第二章　李纨与王夫人为何没有对话？

姥姥游大观园时,要惜春将大观园画出来。这幅画该怎样画呢？惜春在第四十二回里请大伙儿帮忙出主意。这时,曹雪芹借宝钗之口发表过这样的见解：

> 你就照样儿往纸上一画,是必不能讨好的。这要看纸的地步远近,该多该少,分主分宾,该添的要添,该减的要减,该藏的要藏,该露的要露。这一起了稿子,再端详斟酌,方成一幅图样。

虽是在谈论作画,其实这也是曹雪芹创作《红楼梦》时遵循的原则。我们由此可以知道,王夫人与李纨之间的对话,已被曹雪芹归入"该减的要减,该藏的要藏"一类了。与情节推进、人物形象刻画无直接关系的内容确实该"减"或"藏",否则作品描写会显得繁琐与枝蔓,但王夫人与李纨这对重要人物之间的对话不属于此类,作者此时的"减"或"藏"另有原因。由于这些对话具有相当的重要性,倘若彻底隐去,会影响到读者的阅读理解,故而作者又故意露出些蛛丝马迹,让读者能大致推测那些被"减"或"藏"的内容,并进而了解他这样处理的苦心。

在第五十一回里,作者写晴雯病了。按贾府的规定,她应该搬回家去住,以免传染给大观园中的其他人,可是宝玉舍不得晴雯离开怡红院,并认为她只是一般的感冒,不搬出去住并没什么大碍。由于大观园内小姐、公子的事务由李纨负责,王熙凤生病期间李纨又是代行治家者之一,故而晴雯留在大观园治疗一事就得禀报李纨,"不然一时大夫来了,人问起来,怎么说呢？"于是宝玉就派了个老嬷嬷去稻香村报告：

老嬷嬷去了半日,来回说:"大奶奶知道了,说两剂药吃好了便罢,若不好时,还是出去为是。如今时气不好,恐沾带了别人事小,姑娘们的身子要紧的。"晴雯睡在暖阁里,只管咳嗽,听了这话,气的喊道:"我那里就害瘟病了,只怕过了人!我离了这里,看你们这一辈子都别头疼脑热的。"说着,便真要起来。宝玉忙按他,笑道:"别生气,这原是他的责任,唯恐太太知道了说他不是,白说一句。你素习好生气,如今肝火自然盛了。"

李纨的回复很委婉,她同意暂时先留下,但若服药后仍未好,晴雯就还得搬回去住,既照顾了宝玉的请求,又维护了贾府的规矩。在这段话里,宝玉那句"唯恐太太知道了说他不是"是重要的透露,而之所以能立即反应到这点上来,表明他曾见过或听到过"说他不是"的事例,这就透露了王夫人与李纨之间曾有过类似对话,不过这里所透露的对话内容显然并不愉快。可以和这段描写相对应的是第四十九回"琉璃世界白雪红梅,脂粉香娃割腥啖膻"的故事:大观园里的小姐、公子们在芦雪庵举办诗社,史湘云见厨房里有新鲜的鹿肉,就和宝玉商量,"不如咱们要一块,自己拿了园里弄着,又顽又吃"。于是宝玉就向王熙凤要了一块。到了芦雪庵后,大家突然发现宝玉与湘云不见了,黛玉则猜他俩"这会子一定算计那块鹿肉去了"。这时李婶(李纨之寡婶)过来问李纨:"怎么一个带玉的哥儿和那一个挂金麒麟的姐儿,那样干净清秀,又不少吃的,他两个在那里商议着要吃生肉呢,说的有来有去的,我只不信肉也生吃得的。"曹雪芹

第二章　李纨与王夫人为何没有对话？

接着便写道：

> 李纨等忙出来找着他两个说道："你们两个要吃生的，我送你们到老太太那里吃去。那怕吃一只生鹿，撑病了不与我相干。这么大雪，怪冷的，替我作祸呢。"

李纨立刻想到的是"替我作祸呢"，这正与前面那句"这原是他的责任，唯恐太太知道了说他不是"相呼应，而如果宝玉是在贾母面前生吃鹿肉，那么王夫人就不能再指责她，"那怕吃一只生鹿，撑病了不与我相干"。

通过以上这两段描述，曹雪芹向读者暗示了王夫人与李纨之间曾有过的不愉快的对话，而在第七十八回里，曹雪芹以追述的口吻描写了王夫人对李纨所居住的稻香村的查检，几乎点明了这对婆媳间的矛盾。在这之前的第七十四回里，王夫人派王熙凤带人对大观园各房做了一番抄检，那天夜里，宝玉的怡红院、黛玉的潇湘馆、迎春的缀锦楼、探春的秋爽斋与惜春的蓼风轩无不被开箱倒笼，待到了稻香村，"因李纨才吃了药睡着，不好惊动"，于是"只到丫鬟们房中一一的搜了一遍，也没有什么东西"，相对而言受波及的程度稍小。中秋节后，对前次抄检结果不满意的王夫人又再次追查，除在怡红院驱逐晴雯、芳官诸人外，稻香村也是补查重点。曹雪芹对各房的抄检都是正面描述，唯独稻香村的情况是通过王夫人与王熙凤的对话带出：

> 我前儿顺路都查了一查。谁知兰小子这一个新进来的奶子也十分的妖乔，我也不喜欢他。我也说与你嫂子了，好

47

不好叫他各自去罢。况且兰小子也大了,用不着奶子了。我因问你大嫂子:"宝丫头出去难道你也不知道不成?"他说是告诉了他的,不过住两三日,等你姨妈好了就进来。

"宝丫头出去难道你也不知道不成?"这完全是责问的口气。抄检大观园时,王熙凤提出,"要抄检只抄检咱们家的人,薛大姑娘屋里,断乎检抄不得的"。邢夫人派来监督抄检的王善保家的立即赞同:"这个自然。岂有抄起亲戚家来。"于是,抄检的队伍便绕开了蘅芜苑。宝钗得知这件事后,为避嫌疑便向李纨提出要离园回家住。当时李纨就恳求她:"你好歹住一两天还进来,别叫我落不是。"能让李纨"落不是"的唯有王夫人,李纨对宝钗的恳求是她一直怀有的"唯恐太太知道了说他不是"的心情的表露,而王夫人也果然为此事而责怪她。

上述描写是王夫人与李纨对话的转述,其中的重点是关于贾兰的奶妈,王夫人嫌她"妖乔"要辞退,而且不是再换一个。贾兰的这个奶妈是"新进来的",这说明李纨认为贾兰还需要奶妈,故而新招聘了一个,可是王夫人却说"况且兰小子也大了,用不着奶子了"。执意要辞退贾兰的奶妈,纯是王夫人蛮不讲理的违规操作,如果面对的不是自己的婆婆,李纨肯定会为儿子的权益和她争辩一番,因为按照贾府的祖宗定下的"旧例",贾兰身边应该有个奶妈。在作品开始不久的第三回里,曹雪芹就已交代清楚,贾府的公子、小姐"每人除自幼乳母外,另有四个教引嬷嬷,除贴身掌管钗钏盥沐两个丫鬟外,另有五六个洒扫房屋来往使役的小丫鬟",而宝玉更特殊些,他一个人就有四个奶妈,她们直到年纪大了才"告老解事出去",而李嬷嬷其实

第二章 李纨与王夫人为何没有对话？

还经常在宝玉身边照料。抄检大观园前夕发生的两件事也可与"兰小子也大了,用不着奶子了"做对照。一是第七十三回里贾母彻查大观园里的赌局,查出聚众赌博的三个"大头家",其中一个就是迎春的奶妈,尽管迎春的辈分比贾兰高,年龄也大得多,但她的奶妈还始终留在她的身边。贾母曾对贾府的奶妈们有过评论:"这些奶子们,一个个仗着奶过哥儿姐儿,原比别人有些体面,他们就生事,比别人更可恶,专管调唆主子护短偏向。我都是经过的。"这表明那些奶妈们都还留在公子或小姐身边,而贾母说"我都是经过的",证明奶妈留在主子身边照料是已实行了数十年的祖宗定下的"旧例",王夫人将贾兰的奶妈赶出去,并声称贾兰不再需要奶妈,这明显与祖宗定下的"旧例"不符,一个祖母如此对待年幼的孙子,而且这是她唯一的孙子,其父亲又早已去世,这实是有悖情理。其实,奶妈留在身边照料不只是贾府的"旧例",林语堂在《苏东坡传》里曾对封建家庭的奶妈现象做过归纳:"按照中国的习惯,要一直跟她们照顾到成年的孩子过活一辈子。"[①]另一件事是王熙凤在第七十四回里为节缩开支,向王夫人提出裁员的建议,这其实是财务人事方面的管家林之孝在第七十二回里提出的:"如今说不得先时的例了,少不得大家委屈些,该使八个的使六个,该使四个的便使两个。若各房算起来,一年也可以省得许多月米月钱。"王夫人给王熙凤的答复是"如今我宁可省些,别委屈了他们。以后要省俭先从我来倒使得",实际上是否定了这个建议。刚说了这话不久,王夫人却开始了有选择的裁员,但并不是"先从我来

---

① 林语堂:《苏东坡传》,湖南文艺出版社2012年版。

倒使得",而是裁减了贾兰的奶妈。这其中的原因显然不是为"省俭",而是出于对李纨的不满,而由此生发,她对贾兰这个孙子也并不怎么喜欢。

　　这里不妨将王夫人对待宝玉与贾兰的态度做一对比。第二十三回里,"王夫人摸挲着宝玉的脖项"亲昵地问长问短,第二十五回里,宝玉"便一头滚在王夫人怀里,王夫人便用手满身满脸摩挲抚弄他"。这类描写在书中并不少见,可是对失去父亲更需要爱怜的贾兰,却从未见王夫人对自己年幼的亲孙子有这般昵爱的举动,甚至在作品中也没看到这位祖母和孙子说过什么话,书中唯一可见到的这祖孙两人的交集,是王夫人赶走了贾兰的奶妈。贾政是贾兰的祖父,贾母是贾兰的曾祖母,他们的态度就和王夫人大不一样,这在第二十二回里就可以看到鲜明的对比。那回描写荣国府正月里举办家宴,贾政下班后"也来承欢取乐"。他进屋后立即发现了个问题:既然是全家团聚,"怎么不见兰哥?"这时李纨起身笑着回道:"他说方才老爷并没去叫他,他不肯来。"这是不得罪通知人的一个回答,同时大家也都清楚,具体通知的事不可能与贾政有什么关系。在通知过程中不大可能将贾兰遗漏,因为即使有遗漏,在通知李纨时自然会发现这个疏忽。可是直到贾政提起前,大家都没有或装着没有发现此事,这只能说明通知名单里并没有贾兰。贾政一落座就发现自己的孙子不在场,"忙遣贾环与两个婆娘将贾兰唤来",庚辰本此处有脂砚斋的双行夹批:"看他透出贾政极爱贾兰",而贾母对贾兰则是"命他在身旁坐了,抓果品与他吃"。贾母是真的喜爱这个曾孙,在第七十五回里,贾母吃饭时曾指着桌上的菜说:"这一碗笋和这一盘风腌果子狸给颦儿、宝

第二章　李纨与王夫人为何没有对话？

玉两个吃去,那一碗肉给兰小子吃去。"孙辈中贾母最宠爱宝玉与黛玉,而贾兰在她心目中的地位也不逊于他们。在这次正月里的家宴上,祖父与曾祖母对孙子或重孙子的喜爱溢于言表,可是身为祖母的王夫人的态度又如何呢？在作品里,曹雪芹对此是未着一字。按常理说,祖母在这时也应该有所表示才对,即使没有,那么按照"该添的添"的原则,曹雪芹在这里应该加上些描写,因为他此段描写的重要目的是烘托乐陶陶的家庭气氛,以便和后面"贾政悲谶语"的感受做对照,可是曹雪芹在这时就是不去写王夫人的言行举止。后来在中秋节家宴上,贾兰写了首好诗,"贾政看了喜不自胜","贾母也十分欢喜,也忙令贾政赏他"。在描写贾母、贾政喜爱贾兰时,加上"王夫人"三字岂不更周全？可是对那位祖母,曹雪芹仍是不做任何描写。第七十七回的内容可与此做对照,贾政一表扬宝玉的诗,就马上可以看到王夫人对这"意外之喜"是如何的高兴。曹雪芹描写正月里以及中秋节家宴的笔法十分高妙,他既让读者感受到一种乐陶陶的家庭气氛,同时又做出了暗示:此时仍有不和谐的音符在跳跃。

曹雪芹是个很精细的作家,什么地方该浓笔泼墨,什么地方的描写只是轻轻勾勒,什么内容该略去不写,他都有全盘的仔细考虑。描写贾母、贾政喜爱贾兰时故意不写王夫人反应的手法,同样也出现于描写邢夫人与王熙凤的关系时。第五十二回里有段贾母称赞王熙凤的描写：

> 贾母向王夫人等说道："今儿我才说这话,素日我不说,一则怕逗了凤丫头的脸,二则众人不伏。今日你们都在这

里,都是经过妯娌姑嫂的,还有他这样想的到的没有?"薛姨妈、李婶、尤氏等齐笑说:"真个少有。别人不过是礼上面子情儿,实在他是真疼小叔子小姑子。就是老太太跟前,也是真孝顺。"

在这段之前,曹雪芹特意交代:"此时薛姨妈、李婶都在座,邢夫人及尤氏婆媳也都过来请安,还未过去",可是附和着贾母称赞王熙凤的只是"薛姨妈、李婶、尤氏等"。对王夫人来说,王熙凤是她倚重的亲侄女,她此时不表态可以理解,可是作者一字不写在座的邢夫人的言辞神态,是表明她显然不愿附和贾母对王熙凤的称赞。邢夫人对王熙凤的评价在第六十五回里可以读到:"雀儿拣着旺处飞,黑母鸡一窝儿,自家的事不管,倒替人家去瞎张罗。"这与贾母的赞赏截然相反。对于邢夫人,曹雪芹经常是直截了当地批评,如第四十六回的标题是"尴尬人难免尴尬事",第七十一回的标题是"嫌隙人有心生嫌隙",对邢夫人讥讽批评的意味极为浓烈。在这里,贾母之所以会称赞王熙凤是因为她奉承得法,作者对这称赞也不以为然,但邢夫人不愿附和却是另出于她与王熙凤的不和,其动机也不该肯定,所以此时作者对于邢夫人便干脆不着一词了。

在《石头记》甲戌本的第一回,脂砚斋就有段眉批介绍曹雪芹写情状物的各种手法:"叙得有间架、有曲折、有顺逆、有映带、有隐有见、有正有闰,以致草蛇灰线、空谷传声、一击两鸣、明修栈道、暗渡陈仓、云龙雾雨、两山对峙、烘云托月、背面敷粉、千皴万染诸奇书中之秘法,亦不复少。"邢夫人与王熙凤、王夫人与李纨,作品中对这两对婆媳关系的描写正好可对照看。

第二章 李纨与王夫人为何没有对话？

作者对于邢夫人与王熙凤的关系是直写、明写，经常还毫不掩饰地批评。可是由于种种原因，他对于王夫人与李纨的关系却是暗写，甚至只是暗示或干脆"不书"。基于以上的分析，我们可以回答开始时提出的问题了：《红楼梦》里没有描写王夫人与李纨这对婆媳之间的对话，是因为曹雪芹故意不写，这是他叙述故事时的手法之一。可是，这个问题的解决又引出了新的问题：曹雪芹在作品中为什么故意不写王夫人与李纨之间的对话？要回答这个问题，我们还须得对曹雪芹如何刻画王夫人与李纨这两个人物形象做些分析。

二　作者为何不写李纨与王夫人的对话

在荣国府的日常生活中，王夫人与李纨之间是应该有对话的，只是曹雪芹在《红楼梦》中没写。创作当然不能按生活的原样摹写，如果生活中有什么，创作时就写什么，这样写出来的也成不了小说。作家必须对生活有所概括和提炼，有的详写，有的略写，有的干脆不写。这些是文学常识，不过曹雪芹不正面写王夫人与李纨之间的对话却不属于上述情况，因为他是故意不写。这样的写作方法并不是曹雪芹的新发明，它在先秦的《春秋》中已大量存在，它还有个专用名词叫"不书"。所谓"不书"，是指对某些客观存在的史实，史家不去描写它，或不正面描写它，而尽管未做描写，读者仍可根据作者的其他描述推知那些史实的存在。出现"不书"现象的原因很多，而其中重要的一条，就是作者以"不书"的方式，表明自己的褒贬态度。后来各代的史家都延续了这一传统,如宋代欧阳修编纂《新五代史》时,记载了"夷狄"的封爵与朝贡,但却未记载当时十国的封爵与朝贡,《新五代史·十国世家年谱第十一》中还特地说明,他的"不书",其实是表明了对十国的鄙夷。另有一种情况,即作者对某一事件有着自己的看法,但由于种种原因的牵制,感到很难落笔,或因种种条件限制不宜直写,于是也采用了"不书"的方式,但读者在阅读过程中,还是能感受到作者的倾向。

《红楼梦》中的描述,经常采用"不书"的手法,脂砚斋将它归纳为"不写之写"或"不写而写",这类批语在书中屡见。如第三回中批道:"所谓此书有不写之写是也";同回中又有"二字是他处不写之写也"的批语。其余如第三十九回批道:"所谓不写之写也。"第四十五回批道:"此闲话中写出,正是不写之写也。"第六十六回又批道:"可谓一击两鸣法,不写之写也。"由此可见,曹雪芹熟悉我国史传中固有的"不书"传统,他在《红楼梦》的创作中也经常使用这一手法。在第十三回"秦可卿死封龙禁尉,王熙凤协理宁国府"的回前总批里,脂砚斋有"隐去天香楼一节,是不忍下笔也"之语,在"彼时合家皆知,无不纳罕,都有些疑心"的描写后,他又批道:"九个字写尽天香楼事,是不写之写。"秦可卿故事是以往红学研究者的关注点,他们同时也注意到曹雪芹采用的"不写之写"的手法。其实,曹雪芹这一手法的采用何止于天香楼故事,脂砚斋在第二十二回里就曾归纳道:"此书通部皆用此法,瞒过多少见者,余故云不写而写是也",而曹雪芹对王夫人与李纨之间对话的处理,也可归于此类。

曹雪芹对王夫人与李纨之间的对话采用了"不书"的手法,其实是表明了他对这两人之间关系的一种态度。曹雪芹曾经

第二章 李纨与王夫人为何没有对话？

历过一个大家族的繁华岁月,这些在作品中都有所表现,不少红学家认为贾宝玉身上有作者的影子,这种看法也不无道理,而王夫人是宝玉的母亲,李纨是宝玉的嫂嫂,因此如何刻画这两个人物以及他们之间的关系,对曹雪芹来说都不是轻松的事。总的来说,《红楼梦》对王夫人着墨不多,这固然与她不是书中主要人物有关,而作者也确实在避免对她多做直接描写。曹雪芹对王夫人有自己的判断,但他不仅不便于直截了当地说出,而且还必须对她给予各种肯定。在《红楼梦》中,曹雪芹赞扬王夫人是常见的事,如第三十回写到"照金钏儿脸上就打了个嘴巴子"并要撵她出府时,还称王夫人是个"宽仁慈厚的人",第七十四回写王夫人发狠训斥晴雯时,又解释说,她"原是天真烂漫之人,喜怒出于心臆,不比那些饰词掩意之人"。第三十五回里,作者还借贾母之口对宝钗评论王夫人:"你姨娘可怜见的,不大说话,和木头似的,在公婆跟前就不大显好。"这些都使人感到王夫人是十分善良老实的人。曹雪芹的这些肯定性判断有个共同的特点,即它们在作品中的引出虽很自然,却又都较抽象,并没有具体的故事做支撑。在第二十五回中有段情节倒是对王夫人的正面描写,但又与称她宽厚并不相干,那是写宝玉与王夫人母子间感情的:

> 说了不多几句话,宝玉也来了,进门见了王夫人,不过规规矩矩说了几句,便命人除去抹额,脱了袍服,拉了靴子,便一头滚在王夫人怀里。王夫人便用手满身满脸摩挲抚弄他,宝玉也搬着王夫人的脖子说长道短的。王夫人道:"我的儿,你又吃多了酒,脸上滚热。你还只是揉搓,一会闹上

酒来。还不在那里静静的倒一会子呢。"说着,便叫人拿个枕头来。

脂砚斋读到这段描写时极为感慨,他在《石头记》甲戌本中批道:"慈母娇儿写尽矣。"他显然因此而回忆起往事,于是又批道:"余几几失声哭出";"普天下幼年丧母者齐来一哭。"这些都证明王夫人身上有着作者与脂砚斋往昔生活中某人的影子。

读者对王夫人比较赞同的另一件事,是第三十三回里她从贾政的板子下救出贾宝玉:

贾政还欲打时,早被王夫人抱住板子。贾政道:"罢了,罢了!今日必定要气死我才罢!"……(贾政)说着,便要绳索来勒死。王夫人连忙抱住哭道:"老爷虽然应当管教儿子,也要看夫妻分上。我如今已将五十岁的人,只有这个孽障,必定苦苦的以他为法,我也不敢深劝。今日越发要他死,岂不是有意绝我。既要勒死他,快拿绳子来先勒死我,再勒死他。我们娘儿们不敢含怨,到底在阴司里得个依靠。"说毕,爬在宝玉身上大哭起来。

《石头记》蒙府本中脂砚斋的批语是"使人读之声哽咽而泪如雨下";"未丧母者来细玩,即丧母者来痛哭。"其含义与前面涉及王夫人时的批语完全一致。可是,曹雪芹这里描写的都是母子天性,所谓"慈母娇儿",与王夫人是否宽厚并不相干。

王夫人是否宽厚,曹雪芹通过几个具体的故事引导读者自己做出判断。第一是第三十回里金钏儿的故事。

第二章 李纨与王夫人为何没有对话?

  宝玉见了他,就有些恋恋不舍的,悄悄的探头瞧瞧王夫人合着眼,便自己向身边荷包里带的香雪润津丹掏了出来,便向金钏儿口里一送。金钏儿并不睁眼,只管噙了。宝玉上来便拉着手,悄悄的笑道:"我明日和太太讨你,咱们在一处罢。"金钏儿不答。宝玉又道:"不然,等太太醒了我就讨。"金钏儿睁开眼,将宝玉一推,笑道:"你忙什么!'金簪子掉在井里头,有你的只是有你的',连这句话语难道也不明白?我倒告诉你个巧宗儿,你往东小院子里拿环哥儿同彩云去。"宝玉笑道:"凭他怎么去罢,我只守着你。"只见王夫人翻身起来,照金钏儿脸上就打了个嘴巴子,指着骂道:"下作小娼妇,好好的爷们,都叫你教坏了。"宝玉见王夫人起来,早一溜烟去了。

明明是宝玉先招惹金钏儿,王夫人却是扇金钏儿的耳光,骂她"下作小娼妇儿"已是出口不雅,指责说"好好的爷们,都叫你教坏了",这完全是蛮不讲理了。读了这一段情节,读者们都会产生这样的感受,可以说这种感受是由曹雪芹的描写引导出的,可是写到这里,曹雪芹又笔锋一转,特地为王夫人解释了几句:"王夫人固然是个宽仁慈厚的人,从来不曾打过丫头们一下,今忽见金钏儿行此无耻之事,此乃平生最恨者,故气忿不过,打了一下,骂了几句。"由于王夫人的行为直接导致了金钏儿的投井自杀,因此她感到"不安",既赏金钏儿家银两,还将金钏儿每月一两的月钱给她妹妹玉钏儿。读了这段情节,读者很容易对王夫人产生不良的观感,但曹雪芹那些掩饰性的描写,

又使得这种观感并不很强烈。可是,第七十四回里王夫人在抄检大观园前后对晴雯的处理,作者的描写只会引导读者痛恨王夫人:

> (王夫人)便冷笑道:"好个美人!真象个病西施了。你天天作这轻狂样儿给谁看?你干的事,打量我不知道呢!我且放着你,自然明儿揭你的皮!宝玉今日可好些?"……因向王善保家的道:"你们进去,好生防他几日,不许他在宝玉房里睡觉。等我回过老太太,再处治他。"喝声"去!站在这里,我看不上这浪样儿!谁许你这样花红柳绿的妆扮!"

这里王夫人不由分辩地厉声斥责,其实仍是蛮不讲理。而且,王夫人在表示厌恶晴雯时,还特地说她"眉眼又有些像你林妹妹的",这又和后来骂晴雯"真象个病西施了"相对照。"眉眼又有些像你林妹妹的"这句话不写完全不影响整个情节的展开,我们虽不能妄测曹雪芹加上这一句的目的,但它的客观效果却是与读者喜爱林黛玉联系起来,因此一下子就将王夫人置于被人们讨厌的地位。有此铺垫之后,曹雪芹在第七十七回里又写了王夫人亲自到怡红院赶晴雯出园:

> 宝玉及到了怡红院,只见一群人在那里,王夫人在屋里坐着,一脸怒色,见宝玉也不理。晴雯四五日水米不曾沾牙,恹恹弱息,如今现从炕上拉了下来,蓬头垢面,两个女人才架起来去了。王夫人吩咐,只许把他贴身衣服撂出去,余者好衣服留下给好丫头们穿。又命把这里所有的丫头们都

第二章 李纨与王夫人为何没有对话？

叫来一一过目。原来王夫人自那日着恼之后，王善保家的去趁势告倒了晴雯，本处有人和园中不睦的，也就随机趁便下了些话。王夫人皆记在心中。因节间有事，故忍了两日，今日特来亲自阅人。

将"四五日水米不曾沾牙，恹恹弱息"的晴雯"从炕上拉了下来"，而且只许她带走贴身衣服，已经病重的晴雯被赶出去后没几天就死了。在这段描写中，曹雪芹只显示了王夫人的残酷狠辣，不再像描述金钏儿故事那般加一些王夫人如何"宽厚"类的话以做掩饰，读者们也都很清楚，直接导致晴雯死亡的就是王夫人。后来宝玉写了篇《芙蓉诔》祭奠晴雯，他对晴雯的赞誉是"其为质则金玉不足喻其贵，其为性则冰雪不足喻其洁，其为神则星日不足喻其精，其为貌则花月不足喻其色，姊妹悉慕媖娴，妪媪咸仰惠德"。接着他又写道："孰料鸠鸩恶其高，鹰鸷翻遭罦罬；薋葹妒其臭，茞兰竟被芟鉏！花原自怯，岂奈狂飙；柳本多愁，何禁骤雨。偶遭蛊虿之谗，遂抱膏肓之疚。"这里曹雪芹用了许多《离骚》《诗经》中的典故：鸠，指爱鸣叫的斑鸠，此处比喻多嘴多舌、爱进谗言的人，鸩是传说中的一种恶鸟，其羽毛有毒，能致人死命，鹰鸷是指鹰鹞等飞翔高空的猛禽。薋指蒺藜，葹指苍耳，古人认为这两种都是恶草，常用以比喻恶人，而茞、兰则是两种香草，常用以比喻贤人，蛊虿则是指害人的毒虫，其意思是说像鸠鸩又像薋葹一样的恶人讨厌晴雯的高洁，于是便使如鹰鸷与茞兰一样的晴雯反而遭到陷害，而之所以受到陷害，则是有人进了谗言。所谓进谗言应是指袭人，可是对听信谗言致晴雯于死地的王夫人又该如何评价呢？作者实际上已将批判的矛头指向了王夫人。《石头记》庚辰本中脂砚斋对王夫人到怡红院惩罚晴雯与芳官这段文字批道："此亦是余旧日目睹亲闻,作者身历之现成文字,非捏造而成者,故迥不与小说之离合悲欢窠臼相对。"这段批语又一次指出,王夫人绝非作者凭空塑造出的形象,而确实有他先前生活中很亲近的人物的影子,如何把握好描写时的分寸,曹雪芹颇花费了一番心思。

通读《红楼梦》后,可以发现曹雪芹对王夫人实际上采取了一种较为迂回曲折的写法。他花大力气写活了晴雯与芳官,使他们成为读者十分喜爱的人物,同时,他又将袭人的委曲婉转以媚主求荣,王善保家的卑劣猥琐的助纣为虐写得活灵活现,读者对这类人物都无异议地鄙夷与讨厌。可是王夫人对于晴雯、芳官等人却是残酷打击,对于袭人、王善保家的却是欣赏或信任,对前者认为她说的话"和我的心一样",对后者则是吩咐她"也进园内照管照管,不比别人又强些"。于是,作者对晴雯、袭人等人的着力描写,都变成了帮助读者认识王夫人这个人物的重要引导,使之形成自己的看法,而这显然不是作者所抽象肯定的"宽仁慈厚"。

现在我们明白了王夫人在曹雪芹笔下是怎样的一个形象,也明白了作者塑造王夫人形象时的为难之处,而涉及王夫人与李纨关系时,作者的观念中实际上还有一层长幼有序的障碍。由前面的分析可以知道,被作者略写或暗写的这对婆媳间的矛盾,大都以王夫人斥责或数落李纨的形式出现。若让读者来作判断,理屈的显然是王夫人,而这其实正是作者巧妙的描写(包括"不书"手法的运用)所发生的效果。因此,这对婆媳关系的紧张,责任主要应在王夫人,但由此又引出了一个新问题:为什

第二章　李纨与王夫人为何没有对话？

么王夫人看李纨就会老是感到不顺眼呢？要弄清其中的原因，我们还须得对媳妇李纨做一番考察。

三　婆媳不和的深层原因及其背后的家族利益

在故事开始不久的第四回里，曹雪芹对李纨及其家庭有一段不短的介绍：

> 原来这李氏即贾珠之妻。珠虽夭亡，幸存一子，取名贾兰，今方五岁，已入学攻书。这李氏亦系金陵名宦之女，父名李守中，曾为国子监祭酒，族中男女无有不诵诗读书者。至李守中继承以来，便说"女子无才便有德"，故生了李氏时，便不十分令其读书，只不过将些《女四书》《列女传》《贤媛集》等三四种书，使他认得几个字，记得前朝这几个贤女便罢了，却只以纺绩井臼为要，因取名为李纨，字宫裁。因此这李纨虽青春丧偶，居家处膏粱锦绣之中，竟如槁木死灰一般，一概无见无闻，唯知侍亲养子，外则陪侍小姑等针黹诵读而已。

李纨的父亲李守中做过国子监的祭酒，这职务大概相当于今日的北大、清华的校长，还承担了某些教育部的职能，是一个典型的知识分子型的高官。而且，李氏家族中男女老少"无有不诵诗读书者"，这又是个典型的书香世家。李纨嫁入荣国府后不久，丈夫贾珠就死了，这意味着她与荣国府最主要的感情联络断了,尽管在这之后她还必须维系应对婆婆、妯娌等复杂的关系。荣国府并不是个好待的地方,作品中时常描写暗潮汹涌、诡谲谣诼密布的景象。身处凶险四伏之境,李纨采取了以不变应万变的策略,即"竟如槁木死灰一般,一概无见无闻"。家族的教养、自己的学识以及环境的复杂险恶使李纨选择了明哲保身的处世之道,就连她搬进大观园时,选择的住所也是一洗奢华之气的稻香村,数楹茅屋外是"黄泥筑就矮墙,墙头皆用稻茎掩护",还有一口土井,"旁有桔槔辘轳之属",她借此表示自己的与世无争,以及生活上已了无奢望。但即使如此,有些矛盾她还是躲不开,而婆婆王夫人还是瞧她不顺眼。

李纨是来自知识分子世家的女儿,而她的婆婆的家庭背景却与她截然不同。第四回里作者曾对王家有个扼要的介绍:"东海缺少白玉床,龙王来请金陵王。"传说中四海龙王极为富有,而尤以东海龙王为最,可是王家奇珍异宝之多又非他们所能相比。在第十六回"贾元春才选凤藻宫,秦鲸卿夭逝黄泉路"里,王熙凤曾回忆说:"那时候我爷爷单管各国进贡朝贺的事,凡有的外国人来,都是我们家养活。粤、闽、滇、浙所有的洋船货物都是我们家的。"王熙凤嘴里的"爷爷",就是王夫人的父亲。王家是"都太尉统制县伯王公之后",既是开国功臣的后人,又是世袭的大官僚,王夫人的父亲还掌管了边境四省的对外贸易,而兄弟王子腾又升了九省都检点。这样人家出来的千金要与知识分子世家的小姐相处,确实是件不容易的事。

当年王夫人嫁到荣国府,当然也要经历一个磨合的过程,但与李纨相比,处境却不会那么艰难。贾府的祖上宁国公贾演与荣国公贾源也都是开国功臣,是武将出身,用第七回中"从小

第二章　李纨与王夫人为何没有对话？

儿跟着太爷们出过三四回兵"的焦大的话来说，是"九死一生挣下这产业"，当然，靠战功挣来的还有世袭的爵位。贾府日常的生活穷奢极侈，他们的思想观念与生活习惯与王家却是相近。王夫人嫁到荣国府后，她适应这个环境相对来说还是较容易，在作品中我们也看到，贾母对这个媳妇还是比较满意，不像对大儿媳邢夫人常有批评。可是清雅的知识分子家庭出身的李纨进入荣国府，她面临的是怎样的局面呢？

曹雪芹写李纨是"居家处膏粱锦绣之中，竟如槁木死灰一般，一概无见无闻"，但看似心如古井，却不会无有波澜，只不过李纨做了较高明的掩饰而已。尽管作者在这里没有直接着笔，可是他对同样是来自知识分子家庭的小姐黛玉进荣国府时的感觉，用墨却较为细腻。接黛玉进荣国府是贾母的主意，她念及外甥女"无人依傍教育"，便"遣了男女船只来接"。派来的只是荣国府的三等仆妇，但已自有一番气势，在黛玉眼中，她们"吃穿用度，已是不凡了"，于是黛玉还没进荣国府，压力已扑面而来：

> 且说黛玉自那日弃舟登岸时，便有荣国府打发了轿子并拉行李的车辆久候了。这林黛玉常听得母亲说过，他外祖母家与别家不同。他近日所见的这几个三等仆妇，吃穿用度，已是不凡了，何况今至其家。因此步步留心，时时在意，不肯轻易多说一句话，多行一步路，惟恐被人耻笑了他去。

第三回的标题是"林黛玉抛父进京都"，这个"抛"字用得甚妙，林黛玉何止是"抛父",这位当时最多也只是个七岁的小女孩还离开了熟悉的生活环境。进入气象森严的荣国府,林黛玉须得"步步留心,时时在意,不肯轻易多说一句话,多行一步路",随时得注意自己的言行举止,这是多大的精神压力。

在扬州林家,林黛玉的生活环境相对来说较为简单。原先只是父母两人带着黛玉过日子,林如海虽然还有"几房姬妾",但对黛玉来说,基本上是个三人世界。母亲贾敏去世后,黛玉与父亲相依为命。一个六七岁的小女孩任性撒娇是难免的,视其为掌上明珠的林如海对这位失去母爱的小女儿较为迁就也是情理中事。更值得注意的是,林家毕竟是书香门第,黛玉从小就生活在诗书环绕之中,多年的浸渍,是她后来诗人气质形成的重要原因。林家的氛围截然不同于荣国府,黛玉在荣国府第一天第一顿饭就被那阵势与用餐方式弄得很不自在:

> 黛玉方告了座,坐了。贾母命王夫人坐了。迎春姊妹三个告了座方上来。迎春便坐右手第一,探春左第二,惜春右第二。旁边丫鬟执着拂尘、漱盂、巾帕。李、凤二人立于案旁布让。外间伺候之媳妇丫鬟虽多,却连一声咳嗽不闻。寂然饭毕,各有丫鬟用小茶盘捧上茶来。当日林如海教女以惜福养身,云饭后务待饭粒咽尽,过一时再吃茶,方不伤脾胃。今黛玉见了这里许多事情不合家中之式,不得不随的,少不得一一改过来,因而接了茶。早见人又捧过漱盂来,黛玉也照样漱了口。盥手毕,又捧上茶来,这方是吃的茶。

第二章 李纨与王夫人为何没有对话？

别以为是因为林黛玉新进荣国府，为了招待她方有这般吃饭的阵势，作品中还有过好几次关于吃饭的描写，气派都大抵如此。《石头记》甲戌本在这段有关吃饭的描写旁有段侧批："夹写如海一派书气，最妙！"脂砚斋之所以会这样批，是因为他已明显地感受到林家与荣国府生活方式的不同，而林家是"一派书气"。那么，荣国府是怎样的人家呢？第五回"游幻境指迷十二钗，饮仙醪曲演红楼梦"写到宁、荣二公之灵托警幻仙姑帮忙时说："吾家自国朝定鼎以来，功名奕世，富贵传流，虽历百年，奈运终数尽，不可挽回者"。贾家的先祖是开国功臣，而如今荣国府的贾赦是世袭一等将军，宁国府的贾珍则是世袭三品爵威烈将军，此时至少在名分上贾府仍是战功显赫的军人家庭。读《红楼梦》时，似乎并没有感受到这是个军人世家，贾赦、贾珍虽顶着将军头衔，可从没看到他们骑马射箭，这是因为宁、荣二公已传了三或四代，离战争也已很遥远。骑射此时已成消遣游乐之事，在第七十五回里，那位威烈将军贾珍"请了各世家弟兄及诸富贵亲友来较射"，实是因为他居丧期间"不得游顽旷荡，又不得观优闻乐作遣"，无聊至极时想出的"破闷之法"。那批游荡纨绔子弟哪有演习的心思，"较射"实际上成了较烹饪。不过贾府的后代毕竟还有人将骑射当作一回事，作者在第二十六回里就描写了贾兰射鹿的细节。宝玉对他的举动不理解，贾兰述解释说："这会子不念书，闲着作什么？所以演习演习骑射。"偌大的将军世家，结果只有年龄最小的贾兰在认真练习骑射，这是个绝大的讽刺，然而也恰是真实现实的写照。

在做了以上这些分析后，我们可以对黛玉的《葬花词》有更深一层的理解。这首诗出现在第二十七回"滴翠亭杨妃戏彩

蝶,埋香冢飞燕泣残红"里,而人们提及林黛玉时最常引用的便是以下四句:

> 一年三百六十日,风刀霜剑严相逼,明媚鲜妍能几时,一朝飘泊难寻觅。

《红楼梦》里的那许多诗词,自然都是作者曹雪芹所写,但他并非随意代笔,其吟咏是紧扣人物的性格、境遇,因此那些诗词便与人物形象的塑造有机地融合为一体,使人感到它们真的出自作品人物之口。多少年来,对于"风刀霜剑严相逼"的解释常见的有两种:一是说林黛玉与宝玉的叛逆者的爱情不容于荣国府,这句话表示她精神上承受着很大的压力;一是说林黛玉在荣国府寄人篱下,受到欺压,或是风言风语,或是摆脸色给她看。可是对照作品中的实际描写,这两种说法都难以成立。

宝玉与黛玉两人两小无猜,产生了朦胧的感情,荣国府中许多人都认为这只不过是两个小孩子比较要好,并不很认真地当回事。就在林黛玉吟诵《葬花词》后不久,宝玉与黛玉之间发生了一次较大误会与争吵,贾母还为他们的不和着急,让王熙凤去劝和,第三十回"宝钗借扇机带双敲,龄官划蔷痴及局外"里写道:

> (王熙凤)笑道:"老太太在那里抱怨天抱怨地,只叫我来瞧瞧你们好了没有。我说不用瞧,过不了三天,他们自己就好了。老太太骂我,说我懒。我来了,果然应了我的话了。也没见你们两个人有些什么可拌的,三日好了,两日恼

第二章 李纨与王夫人为何没有对话？

了,越大越成了孩子了!有这会子拉着手哭的,昨儿为什么又成了乌眼鸡呢!还不跟我走,到老太太跟前,叫老人家也放些心。"……到了贾母跟前,凤姐笑道:"我说他们不用人费心,自己就会好的。老祖宗不信,一定叫我去说合。我及至到那里要说合,谁知两个人倒在一处对赔不是了。对笑对诉,倒象'黄鹰抓住了鹞子的脚',两个都扣了环了,那里还要人去说合。"说的满屋里都笑起来。

这段描写让读者清楚地看到,荣国府诸人都将宝玉与黛玉之间感情纠葛,当作是小孩子的吵吵好好,更不曾将这当作"叛逆的爱情"要压制。《葬花词》写于此事之前,显然不能用因叛逆的爱情而精神上承受压力来解释"风刀霜剑严相逼",更何况就在黛玉写《葬花词》前不久,王熙凤还半开玩笑地说黛玉与宝玉是相配的一对:"你既吃了我们家的茶,怎么还不给我们家作媳妇?"

说林黛玉在荣国府寄人篱下受人欺负,那更是站不住的解释。在第四十五回里,黛玉曾对宝钗说,她寄居在荣国府,"那起小人岂有不多嫌的",但这只是黛玉的敏感多疑。在作品中,大家看到的是贾母对自己女儿的遗孤是极为疼爱,而且在曹雪芹所写的前八十回里,这种态度是始终如一。在荣国府,许多人都是根据贾母的好恶行事,行使治家权的王熙凤待黛玉就热情得像盆火,贾母与王熙凤是这个态度,下人们谁还敢对黛玉不恭?如果贾母不喜欢什么人,那人才真的要倒霉了。在第六十九回"弄小巧用借剑杀人,觉大限吞生金自逝"里可以看到,秋桐向贾母诬告尤二姐,于是贾母对尤二姐"渐次便不大喜欢",还斥她为"贱骨头"。她一流露出这个意思,严重的后果便接踵而至:"众人见贾母不喜,不免又往下踏践起来,弄得这尤二姐要死不能,要生不得。"因此,在荣国府里,除了宝玉时而与黛玉拌嘴外,谁都不敢去触犯贾母的宝贝外甥女。读《葬花词》时我们还必须注意到,"风刀霜剑严相逼"之前还有一句话,那就是"一年三百六十日"。有谁敢冒犯林黛玉,他必遭到惩处无疑,至于一年到头天天欺压贾母所庇护的林黛玉,那更是绝对不可能发生的事。

那么,林黛玉所说的"风刀霜剑"究竟是指什么呢?仔细玩味"一年三百六十日,风刀霜剑严相逼"这两句诗,我们可以得到两个判断:第一,它应该是随时随处存在,至少是经常存在;第二,它使林黛玉难以忍受,至少是感到了很大的压力。遍翻《红楼梦》前八十回,可以发现唯有一样东西可以产生这样的作用,它就是弥漫于荣国府的那种氛围。

在荣国府这个大家庭中起主导作用的是贾母、王夫人、邢夫人、王熙凤以及贾赦、贾琏诸人,因此其氛围和翰墨诗书之族迥然不同。来自书香之家的黛玉进入荣国府后,发现连吃饭喝茶这类细小之事都"不合家中之式",在这些问题上她是孤立无援,因此"不得不随的,少不得一一改过来"。改变自幼养成的习惯虽难但还能做到,可是不适应这个大家族的氛围却不得不生活在它的环绕之中,这实在是很痛苦的事。其实,贾府的年轻一代都曾流露过对这大家族生活的不满。抄检大观园事件发生后,就连最小的惜春在第七十四回"惑奸谗抄检大观园,矢孤介杜绝宁国府"里,也批评她的长辈:"你们不看书不识几个字,所以都是些呆子。"经过代理治家,对自己的家族开始有较深入领略的探春则说:"我但凡是个男人,可以出得去,我必早

第二章 李纨与王夫人为何没有对话？

走了,立一番事业,那时自有我一番道理。"她在抄检大观园后对府内诸人关系的认识更进了一步:"咱们倒是一家子亲骨肉呢,一个个不象乌眼鸡,恨不得你吃了我,我吃了你!"在这点上,她们都与黛玉有一定的共同语言。不过,探春等人是在这个环境中长大的,她们原本适应这个环境,是随着年龄渐长以及接受诗书熏陶后逐渐产生批判意识,黛玉却是突然间置身于难以适应的氛围,而它又无时无刻不环绕在周围,其痛苦就更强烈,持续也更长久。所谓"一年二百六十日,风刀霜剑严相逼",指的就是这无形地网罗一切的氛围。

这种氛围的形成,也包括周围的各种闲言细语,主子们要顾及礼数,在言语方面要谨慎些,但其眼神与脸色的反映所产生的威力绝不逊色。至于那些管家或奴仆,他们为了一些利益结成了各种派别,相互攻讦,倘若有势单力薄的主子妨碍了他们,甚至没妨碍而只是可以欺负以博快感,他们也不会放过攻击暗算的机会。在第四十五回"金兰契互剖金兰语,风雨夕闷制风雨词"里,林黛玉对薛宝钗说:"我是一无所有,吃穿用度,一草一纸,皆是和他们家的姑娘一样,那起小人岂有不多嫌的。"指的就是这种情况,只不过说得较为婉转。在第四十九回里,对荣国府已较熟悉的史湘云对新来的薛宝琴说:"你除了在老太太跟前,就在园里来,这两处只管顽笑吃喝。到了太太屋里,若太太在屋里,只管和太太说笑,多坐一回无妨;若太太不在屋里,你别进去,那屋里人多心坏,都是要害咱们的。"湘云虽是贾母娘家的人,但史家已开始没落,父母双亡的湘云常进荣国府快乐几日,在某种意义上可以说是与黛玉一样的寄人篱下,因此也获得了同样的感受。听了湘云的话,宝钗笑道:"说你没心,却又有心;虽然有心,到底嘴太直了。"说这话的前提,是承认湘云所批评的确为事实。那些说长道短的流言蜚语,很容易转换为实际的伤害。宝玉后来在《芙蓉诔》中就写道:"花原自怯,岂奈狂飙;柳本多愁,何禁骤雨。偶遭蛊虿之谗,遂抱膏肓之疚。……诼谣謑诟,出自屏帏;荆棘蓬榛,蔓延户牖。"可见就连宝玉也发现了"诼谣謑诟"的厉害,他心爱的晴雯不就死于流言的中伤?

上面根据作品描写对林黛玉到荣国府后感受的分析,基本上也可移至李纨身上。世代为书香门第的李家与功勋世家荣国府的氛围迥然不同,李纨的文化气质与荣国府诸人,特别是那些长辈们也完全是两种风格,长期地生活在一起就必然发生摩擦与碰撞,而嫁入荣国府的李纨此时是孤身一人,摩擦与碰撞的焦点便集中于她,非身历其境者很难体会到她的痛苦,特别是丈夫贾珠去世后,她的处境更困难,这与受到贾母宠爱的黛玉还无法相比。前面曾已提及,曹雪芹对李纨的介绍是丧夫之后,"居家处膏粱锦绣之中,竟如槁木死灰一般",但在作品中可以看到,李纨并非始终如此。在几次诗社活动时,她既稳重又出语机智,并无槁木死灰状;同样,黛玉也显得活泼甚至调皮,常引起笑声一片。其中的原因就在于,贾府的那几个小青年有较高的文化修养,他们聚在一起时形成了与荣国府整体不同的博雅小氛围,在这小氛围里,李纨与黛玉才如鱼得水,谈笑自若。但这个小氛围只有他们几个聚在一起时才会形成,一旦分散或进入长辈们的世界,便立即又被那荣国府的大氛围所吞没。李纨与婆婆王夫人家庭背景的不同与文化气质的差异,是导致她们关系始终不融洽的极为重要的原因。

第二章　李纨与王夫人为何没有对话？

由李纨与黛玉这两个知识分子女性的境遇，又可引出个值得注意的问题：贾府是武将世家，可是他们嫁女儿要嫁给探花，娶媳妇要娶国子监祭酒的女儿，明显是有意要和知识分子阶层联姻，这又是为什么？要寻得问题的答案，就须得联系贾府的家族特点做分析。贾家的先祖是有赫赫战功的开国功臣，功名奕世，富贵流传，可是马上得天下却不可马上治天下，一个政权的稳固涉及政治的安定、经济的发展以及国家机器的正常运转等方方面面，这时就非得仰仗文官集团的掌控。因此，尽管贾家贵为公爵，但随着天下太平，那些武将的地位必然要逐渐下降，一时间荣耀虽在，实权却已渐失，再往后，荣耀也将渐渐稀薄黯淡；与之相反，文臣随着重要性慢慢凸现，其地位则不断上升，并握有重权。对于这种局面的逐渐形成及其后果的不断显示，武将世家当然很清楚，也很敏感，他们必须寻找办法，以保持家族的权势与利益。

最根本的解决办法是要求自己的子孙攻读诗书，通过科举仕途重新获取权力。世袭贵族之家要实现这个目的是不容易的，那些贵族子孙已不会打仗，享乐倒很在行，在他们眼中，捧起书本苦读实在是极其乏味的事。贾府中的宁国府，就根本没出读书人。第二代的贾敬"如今一味好道，只爱烧丹炼汞，余者一概不在心上。……又不肯回原籍来，只在都中城外和道士们胡羼"。他的儿子贾珍"那里肯读书，只一味高乐不了，把宁国府竟翻了过来，也没有人敢来管他"。至于在荣国府里，第三代的贾赦是长了，袭了祖上的爵位。他既没有读书，也没好好当官，我们在作品中看到的，只是他为了几把古扇害得石呆子家破人亡，还有就是老是在盘算将鸳鸯、嫣红这些年轻姑娘纳为妾。关于贾赦的儿子贾琏,作者曾借冷子兴之口做过介绍:"这位琏爷身上现捐的是个同知,也是不肯读书,于世路上好机变,言谈去的,所以如今只在乃叔政老爷家住着,帮着料理些家务。"这个是"那里肯读书",那个"也是不肯读书",可见要那些世家子弟通过读书去改变身份,实在是极难的事。在第七十五回"开夜宴异兆发悲音,赏中秋新词得佳谶"有段描写告诉读者,这是功勋世家的通病,而不独贾府如此:

> 原来贾珍近因居丧,每不得游顽旷荡,又不得观优闻乐作遣。无聊之极,便生了个破闷之法。日间以习射为由,请了各世家弟兄及诸富贵亲友来较射。……这些来的皆系世袭公子,人人家道丰富,且都在少年,正是斗鸡走狗、问柳评花的一干游侠纨裤。因此大家议定,每日轮流作晚饭之主——每日来射,不便独扰贾蓉一人之意。于是天天宰猪割羊,屠鹅戮鸭,好似临潼斗宝一般,都要卖弄自己的好厨役好烹炮。

开始时还射射箭,后来便是"公然斗叶掷骰,放头开局",日日赌博而已。世袭公子们普遍地成了"斗鸡走狗、问柳评花的一干游侠纨裤",但作品中确也有爱读书的人。荣国府第三代的贾政,"自幼酷喜读书,祖父最疼,原欲以科甲出身的",但后来"皇上因恤先臣",额外赐了个官。贾政的儿子贾珠"十四岁进学",也是读书的种子,但可惜二十多岁就一病死了。由此可以明白,为何贾政这般地强逼宝玉读书,发现他不好好读书就要往死里狠打,因为在第四代子孙中,宝玉已是唯一的希望了。

第二章　李纨与王夫人为何没有对话？

在要求子孙攻读诗书,通过科举仕途重新获取权力的同时,贾府又注意与知识分子官僚联姻,从而和文官集团结成关系网,这也是保持家族的权势与利益的一种办法。无论是将自己的女儿嫁给知识分子官僚,还是迎娶知识分子官僚的女儿入府,那些女性进入一个陌生的环境都会感到不适应,李纨与荣国府氛围的格格不入已充分地说明了这一点。婆婆看她不顺眼,她也不会以婆婆为然,其间的观念隔阂恐怕不会消融。可是婆婆为尊,媳妇为卑,曹雪芹生活在尊卑有序的时代,他受到的种种掣肘又无法正面描写王夫人与李纨矛盾与冲突,于是在《红楼梦》中便出现了这对婆媳没有对话的现象,同时作者又通过侧面描写或暗示,让读者经分析后领略到,在她俩没有对话的背后,竟蕴含着如此丰富的内容。

四　解不开的疙瘩是推动情节的暗线

王夫人嫌弃李纨,这种婆媳不和的故事生活中实是常见,读者并不会以此为奇,可是王夫人同时又排斥贾兰,甚至赶走他的奶妈,这就使人难以理解。王夫人再不待见李纨,贾兰毕竟是她的亲孙了,而且幼弱的他还失去了父亲。贾兰的父亲是贾珠,生前也曾受到王夫人的百般宠爱,从情理上说,这位祖母应该善待贾珠的遗孤才对,可她宠爱宝玉的同时却在排斥贾兰。贾兰虽年幼,对其间不和谐的关系却也有朦胧的感觉,李纨"唯恐太太知道了说他不是"的心态连宝玉都知道,贾兰当然不会毫无知觉。在第九回"恋风流情友入家塾,起嫌疑顽童闹学堂"里,贾兰表现出了自己的感情倾向。金荣等人与宝玉、秦钟在课堂上闹起了纠纷,旁及贾菌,砸来的砚台"将一个磁砚水壶打了个粉碎,溅了一书黑水"。贾菌忍不住要向金荣等人反击,贾兰硬拦住他劝道:"好兄弟,不与咱们相干。"饶是自己的亲叔叔受到欺负,贾兰却置身事外,认为"不与咱们相干",这其间情感上的隔膜显而易见。平日间,贾兰受到母亲李纨的告诫想必不会少,他当然知道贾环是王夫人极其嫌恶的庶子,可是在书中可以看到,他基本上都是与贾环同进同出,这也是一种态度的表示。

在《红楼梦》故事开始前,贾兰的父亲贾珠已经去世,作者在第二回里借冷子兴之口介绍道:贾珠十四岁即已进学,他在"留意于孔孟之间,委身于经济之道"方面显然要比宝玉强得多。后来贾珠的名字只在两回里出现过,一是第二十三回里,写贾政看到宝玉,"忽又想起贾珠来",由此及彼,"把素日嫌恶处分宝玉之心不觉减了八九",因为"王夫人只有这一个亲生的儿子,素爱如珍,自己的胡须将已苍白"。虽只有寥寥几句话,却将宝玉日后是贾政、王夫人的依靠的意思表达得非常清楚。贾珠名字第二次出现是在第三十三回"手足耽耽小动唇舌,不肖种种大遭笞挞",当时宝玉遭贾政狠命毒打,王夫人见状哭喊"苦命儿"时,"忽又想起贾珠来",她"便叫着贾珠哭道:'若有你活着,便死一百个我也不管了。'"贾政闻言,"那泪珠更似滚瓜一般滚了下来"。王夫人伤心痛哭,是因为心爱的宝玉遭毒打,而她哭时的诉说,同时也透露了她平时的思虑:"你替珠儿早死了,留着珠儿,免你父亲生气,我也不白操这半世的心了。这会子你倘或有个好歹,丢下我,叫我靠那一个!"母以子贵,王夫人

第二章　李纨与王夫人为何没有对话？

在荣国府的地位如何，儿子宝玉的状况可以说是决定性因素。如果贾政与宝玉都不在了，王夫人将立即遇上两组致命性的对手。一组是赵姨娘与贾环，他们早就在处心积虑地盘算着，在第二十五回里，先是贾环"要用热油烫瞎他的眼睛。因而故意装作失手，把那一盏油汪汪的蜡灯向宝玉脸上只一推"，后来赵姨娘又欲置其于死地，她央求马道婆魇咒宝玉与王熙凤，而且还明言其目的："把他两个绝了，明日这家私不怕不是我环儿的。"倘若不是癞头和尚与跛足道人及时地出手干预，赵姨娘的奸谋就差点得逞。第二组对手是李纨与贾兰，他们的潜在威胁更是致命的。贾珠是荣国府贾政一支的长房，贾兰是长房长孙，他们到时握掌大权是受封建礼法保护的名正言顺之事，即使贾政去世后宝玉仍然健在，王夫人要与李纨、贾兰相抗衡仍然是十分艰巨之事。

在历代的封建大家庭里，抢夺继承权的争斗屡见不鲜，史书或野史里这方面的记载也时常可见。这是封建大家庭里无可回避的重大问题，而曹雪芹在描述时的处理有点特别，除了第二十五回里赵姨娘与贾环加害宝玉是正笔描写外，其他的全都作为暗线伏笔处理，因此偶然较直接地涉及时，读者还可能会一时弄不清作者叙述的意图，这较典型地表现于第七十五回"开夜宴异兆发悲音，赏中秋新词得佳谶"中的描述。

曹雪芹在这一回里描写贾府的中秋家宴，其时不仅荣国府诸人在场，连宁国府的贾珍夫妇也赶来参加。席间，宝玉、贾兰与贾环先后都写了诗。对于宝玉的诗作，"贾政看了，点头不语"，贾母吩咐"该奖励他"，于是贾政赏他两把海南带来的扇子。贾兰写诗后，"贾政看了喜不自胜，遂并讲与贾母听时，贾母也十分欢喜,也忙令贾政赏他",不过身为祖母的王夫人却没有任何高兴的表示。至于贾环的诗,贾政读后"不悦",因为"词句终带着不乐读书之意"。接着,他将宝玉与贾环两人一起批评:"可见是弟兄了。发言吐气总属邪派,将来都是不由规矩准绳,一起下流货。"可是,没想到贾赦对贾环的诗却有强烈的反应:

> 贾赦乃要诗瞧了一遍,连声赞好,道:"这诗据我看甚是有骨气。想来咱们这样人家,原不比那起寒酸,定要'雪窗荧火',一日蟾宫折桂,方得扬眉吐气。咱们的子弟都原该读些书,不过比别人略明白些,可以做得官时就跑不了一个官的。何必多费了工夫,反弄出书呆子来。所以我爱他这诗,竟不失咱们侯门的气概。"

先前宝玉与贾兰作诗,贾母都吩咐贾政奖赏他们,这会儿贾环作诗,贾母与贾政尚无反应,贾赦当即"吩咐人去取了自己的许多玩物来赏赐与他"。贾母与贾政偏爱宝玉与贾兰,而贾赦则偏要奖赏贾环。就在贾环作诗前,贾赦刚讲了个笑话暗讽"天下父母心偏的多呢",贾母听后甚为不悦。此波尚未平息,贾赦又故意奖赏贾环,这多少含有不满意贾母与贾政只奖赏宝玉与贾兰的意味。接着,贾赦更当着全家族的面,讲出一番使众人大吃一惊的话:

> 因又拍着贾环的头,笑道:"以后就这么做去,方是咱们的口气,将来这世袭的前程定跑不了你袭呢。"贾政听说,忙

第二章　李纨与王夫人为何没有对话？

> 劝说："不过他胡诌如此，那里就论到后事了。"

"将来这世袭的前程定跑不了你袭呢"，这可是全府不宜公开议论，但大家却十分关注的分量极重的话题。所谓"世袭的前程"是指荣国公这个爵位，而那个"定"字，意思竟是荣国公这个爵位，将来必定是由贾环来继承。贾政想来是闻言大惊，他赶紧用话截住，不让贾赦继续发挥下去，他也必须出面阻止，须知全家族的人都在场，如果围绕这个敏感且有点危险的话题展开议论，不知会引出怎样的矛盾。贾赦为何要在中秋家宴上当着全家族突然提起"世袭的前程"的归属？如果略去这几十个字，曹雪芹关于中秋家宴的描写也很成功，可是他刻意写上这个完全可以不写的细节，而且经过十年修订与五次删改后仍然保留着，这显然是值得探究的问题。

在封建时代，帝位或爵位的继承按嫡长子继承制运作。就拿荣国府来说，当年贾源被册封为荣国公，贾源死后，"长子贾代善袭了官"，贾代善死后，"长子贾赦袭着官"，这是作者在第二回所做的交代。可是贾赦之后荣国公的爵位该由谁承袭，这倒是个比较麻烦复杂的问题，所谓麻烦复杂，是因为曹雪芹没有将贾赦的儿子贾琏的身份交代清楚。作者在第二回里借冷子兴之口介绍说，贾赦有两个儿子，"长名贾琏，今已二十来往了"。可是在书中的其他地方，贾琏都是被称为"琏二爷"，他显为贾赦一房的老二，这与冷子兴的介绍有点对不上号。而且，贾琏是老二，那老大是谁？他在书中为何又了无踪影？围绕贾琏还有个问题：他究竟是嫡出还是庶出？贾赦的正妻是邢夫人，贾琏并非她所生，邢夫人在第七十三回"痴丫头误拾绣春

77

囊,懦小姐不问累金凤"里训斥迎春时讲得很清楚:"倒是我一生无儿无女的,一生干净",她同时还对着迎春批评贾琏道:"你虽然不是同他一娘所生,到底是同出一父,也该彼此瞻顾些,也免别人笑话。"由邢夫人的话可以推测,贾琏和迎春一样,也是贾赦的"跟前人"所生,只是两人不同母而已。总之,不可能是嫡出,更不可能是嫡出的长子,如果他是嫡长子,那么贾赦再不喜欢他,也无法阻止由他继承荣国公的爵位,因为这是嫡长子继承制明确规定的,贾赦对贾环说出"将来这世袭的前程定跑不了你袭呢",前提便是贾琏不可能承袭,这应是荣国府的主子们心知肚明的事实。

不过,贾赦对贾环说的这番话也颇使人费解,贾环是赵姨娘所生,贾赦当然知道贾环既非"嫡"又非"长",世袭前程无论如何落不到他头上。可是贾赦明知如此,为何还要这样说?贾赦是长房长子,又是现任的荣国公,他在爵位继承问题上有相当的发言权,但即使如此,他也无法让既非嫡出又非长子的贾环当上荣国公。如今他明知如此还非要这样说,其实是另有目的在。首先,他是趁着众人中秋节聚会时提出世袭问题,当时自贾母而下,荣国府的人悉数在场,连宁国府的贾珍诸人也都在座,现任的荣国公贾赦是当着全家族的面提出了十分严肃的问题。其次,贾赦提出贾环,实际上是点明了贾赦一房并无适合的人选,故而只能在贾政一房里考虑。荣国府的一些人应该盘算过这个问题,贾母、王夫人心中的人选应是贾宝玉,而贾赦当着他们的面提出贾环,言下之意便是贾宝玉并不在他的考虑范围之内。这一手法贾母已经用过,在第二十九回里她当着薛姨妈、薛宝钗等众人面,拜托张道士为宝玉找对象,实际上是委

第二章 李纨与王夫人为何没有对话？

婉地表示宝钗并不在她的考虑之列。贾母的关注点是委婉地排斥宝钗,张道士是否为宝玉找对象其实她并不在意;同样,贾赦那番话的关键是排斥了贾宝玉作为承袭荣国公的人选,他提出贾环其实只是虚晃一枪而已。如果说贾环不符合条件,那么贾宝玉同样也有麻烦,他虽是嫡出,却非长子,相比之下,作为贾政一房的长房长孙贾兰,他是最恰当的人选。嫡长子继承制,是中国古代一夫一妻多妾制下维系宗法制的核心制度之一,历史上朱元璋在太子朱标死后属意于皇长孙朱允炆就是较典型的一例。不过朱元璋这样处理给后人带来了麻烦,他去世后不久,皇四子朱棣起兵"靖难",推翻了建文帝的统治。

贾兰承袭爵位最为名正言顺,但贾宝玉也不是没有一争的希望,如果现在就挑明这层关系,鉴于荣国府内复杂的人事关系,保不定会闹出一些什么事端来,于是曹雪芹让贾政赶紧截住贾赦的话题,也没再写诸人的反应,他们肯定都是只当没听到似的一声不吭,其中有些人的想法却是不问可知。王夫人肯定是希望由自己儿子宝玉世袭,而国子监祭酒的女儿李纨也绝非愚妇,她必将全力维护自己和儿子贾兰的权益。因此,王夫人与李纨并非是一般的婆媳不和,她们之间实有根本的利害冲突。而且,即使撇开前程世袭不论,还有个问题横亘于她们之间:一旦贾政去世,这一房该是谁当家?是宝二爷,还是贾兰?按理应是长房长孙贾兰接手,此时宝玉就得分房另住,面临这样的窘境,王夫人将情何以堪?打一个不很恰当的比方,同治帝死后,慈禧太后找的继承人是光绪帝,但他是作为咸丰帝的嗣子登基,而不是替同治找了个嗣子继位。倘若替同治找了个嗣子继位,那慈禧便是太太后而非太后,她也无资格再垂帘听政。光绪帝作为咸丰帝的嗣子登基,这使得同治的皇后阿鲁特氏的处境十分尴尬,慈禧根本不去考虑这一点,何况她本来就不喜欢阿鲁特氏。

在《红楼梦》中,只有在第七十五回里涉及荣国公爵位的继承问题,其他地方都没有相关文字的描写,但这不等于问题不存在。实际上自贾珠去世后,宝玉与贾兰在客观上已形成竞争的态势,他们本人当然都还没有意识到这一点,但却是他们的母亲王夫人与李纨心中的疙瘩,而且这已成为推动情节发展的一条暗线。这对婆媳在有意无意之间展开了暗中斗法,处于弱势的李纨长时间地以守相待,第四回里介绍说:"李纨虽青春丧偶,居家处膏粱锦绣之中,竟如槁木死灰一般,一概无见无闻,唯知侍亲养子,外则陪侍小姑等针黹诵读而已。"脂砚斋对这段话批道:"此时处此境,最能越理生事,彼竟不然,实罕见者。"李纨抚养的贾兰是荣国府唯一的嫡派长孙,这也是她可以"越理生事"的资本。可是她却采取了"一概无见无闻,唯知侍亲养子"的策略。脂砚斋称李纨此时的待人处事原则是"实罕见者",似乎有点不自然,而李纨在大观园选住的稻香村,也被作者借宝玉之口批评为不自然,"分明见得人力穿凿扭捏而成"。李纨选择的行事准则看起来消极无为,其效果则是赢得了贾母、贾政诸人的尊重与同情,第三十五回里宝玉曾评论道:"我说大嫂子倒不大说话呢,老太太也是和凤姐姐的一样看待。"就连王熙凤身边的人,对李纨也表示钦重,兴儿称她是"大菩萨""第一个善德人",平儿也说"大奶奶是个菩萨",这种几乎一边倒的赞扬性舆论,客观上构成了保护李纨母子的屏障。李纨的谋略是成功的,在第五回里作者就通过"到头谁似一盆兰"暗示

第二章 李纨与王夫人为何没有对话?

读者,贾府其他诸人的最后结局都较狼狈,唯有在李纨庇护下的贾兰成为例外,而在贾府败落前,身为婆婆的王夫人虽属强势的一方,但伦理道德的约束与舆论的牵制使她有所掣肘,不能随心所欲地为难李纨。不过,有一点王夫人还是坚持做到了,即她尽可能地阻止李纨染指荣国府的管家权。倘若让李纨管家,一旦贾政去世,贾政这一房的家主就必然是李纨所辅助的贾兰,到时王夫人与贾宝玉这对母子的地位势必急遽下降。

第三章　荣国府应该谁管家

在《红楼梦》中,最活跃的人物恐怕得数王熙凤,这与李纨"竟如槁木死灰一般,一概无见无闻"恰成鲜明对照。这恐怕是性格使然,也与她有能力,敢于杀伐决断有关,更何况她在荣国府又握有管家之权。读者们首次见识到王熙凤,是第三回中林黛玉进入荣国府之时,大家可看到她拉着黛玉的手关照道:"想要什么吃的,什么玩的,只管告诉我;丫头老婆们不好了,也只管告诉我。"同时,她又忙着安置黛玉的随行者,"赶早打扫两间下房,让他们去歇歇。"脂砚斋此时批道:"当家的人事如此,毕肖",即王熙凤一出场,就已以荣国府管家人的身份出现,而且她的这一身份又贯穿了故事始终。于是在不少读者的心目中,王熙凤管理荣国府的家事是理所当然之事,可是如果细致地排列一下荣国府内的人物关系,很快就可以发现,王熙凤能掌管治家权似乎不甚合乎情理。

一　王熙凤确有治家才干

谁都知道,荣国府里是王熙凤在管家,她还曾一度协理宁

第三章 荣国府应该谁管家

国府。在《红楼梦》第十三回"秦可卿死封龙禁尉,王熙凤协理宁国府"与第十四回"林如海捐馆扬州城,贾宝玉路谒北静王"里,曹雪芹集中地描写王熙凤兼管两府的情景,并不惜笔墨将她的才干发挥得淋漓尽致。相关的描写很有层次感,王熙凤接受贾珍的办理秦可卿丧事的请求后,并不是急于上任去发号施令,而是先冷静地分析宁国府家务管理中的弊病:

> 头一件是人口混杂,遗失东西;第二件,事无专执,临期推委;第三件,需用过费,滥支冒领;第四件,任无大小,苦乐不均;第五件,家人豪纵,有脸者不服钤束,无脸者不能上进。

王熙凤的分析确实切中要害,这可由脂砚斋的批语为证:"旧族后辈受此五病者颇多,余家更甚。三十年前事见书于三十年后,令余悲痛血泪盈面。"王熙凤在分析弊病之后对症下药,她先是"要家口花名册来查看",又"吩咐彩明念花名册,按名一个一个的唤进来看视",颇似今日的应聘面试。接着,作者花了五百字的篇幅介绍她采取的相应措施,而归纳起来其实就是一个词,那就是岗位责任制。各人的岗位责任一一明确,"以后那一行乱了,只和那一行说话",物品"或丢或坏,就和守这处的人算帐描赔"。王熙凤的措施可谓是立竿见影,诸人各司其职,"如这些无头绪、荒乱、推托、偷闲、窃取等弊,次日一概都蠲了",秦可卿丧事的操办忙碌而有序。为了保证岗位责任制的切实执行,王熙凤同时还有意立威,次日迎送亲客上的一人因睡迷了"来迟了一步",她"求奶奶饶过这次",王熙凤却将她晾在一旁,先处理其他事，过了一会才告诉她："本来要饶你，只是我头一次宽了，下次人就难管，不如现开发的好。"于是那人当众受罚，不仅"打二十板子"，同时被革去一个月的银米。王熙凤乘势又警告众人："明日再有误的，打四十，后日的六十，有要挨打的，只管误！"王熙凤这次立威的效果极佳，榜样就在眼前，于是"众人不敢偷闲，自此兢兢业业，执事保全"。

整肃了治理丧事的团队之后，诸事走上了正轨。此时王熙凤并未暂时卸去荣国府的管家职责，那几日偏偏宁、荣两府的杂务甚多，却能做到忙而不乱，一一安排妥帖：

> 凤姐见日期有限，也预先逐细分派料理，一面又派荣国府中车轿人从跟王夫人送殡，又顾自己送殡去占下处。目今正值缮国公诰命亡故，王、邢二夫人又去打祭送殡；西安郡王妃华诞，送寿礼；镇国公诰命生了长男，预备贺礼；又有胞兄王仁连家眷回南，一面写家信禀叩父母并带往之物；又有迎春染病，每日请医服药，看医生启帖、症源、药案等事，亦难尽述。又兼发引在迩，因此忙的凤姐茶饭也没工夫吃得，坐卧不得清净。刚到了宁府，荣府的人又跟到宁府；既回到荣府，宁府的人又找到荣府。凤姐见如此，心中倒十分欢喜，并不偷安推托，恐落人褒贬，因此日夜不暇，筹理得十分的整肃。于是合族上下无不称叹者。

事情是如此繁多，头绪是何等杂乱，王熙凤却都能"筹理得十分的整肃"，这就一下子在读者们的心目中树立起了一个"女强人""女能人"的形象，作品中那些人物的感受也是如此："于是

第三章　荣国府应该谁管家

合族上下无不称叹者",这些"称叹"都是真心诚意的。

秦可卿丧事是暂时性的突发事件,在操办过程中,作者只是偏重于王熙凤精明精细、安排周全与杀伐决断一面的描写,并未能全面地展示她治家的理念、谋略与手段,这方面的内容主要表现于荣国府日常家务的管理过程,而且是根据情节的需要自然地涉及,并非做集中性的大段介绍,这就需要综合书中各处的相关描写进行较系统的分析,方能对其全貌有个总体的把握。

在第三回里,林黛玉听到王熙凤在向王夫人汇报一些家务的处理情况,这次是王熙凤的首次出场,而第六回写到刘姥姥一进荣国府时,作者又借周瑞家的之口正式宣告了王熙凤管家身份:"如今太太竟不大管事,都是琏二奶奶管家了。"管家重任在肩,王熙凤显得很忙碌,第六十八回里善姐曾介绍说,府内"一日少说,大事也有一二十件,小事还有三五十件",府外"从娘娘算起,以及王公侯伯家多少人情客礼",此外还有一些亲友需要照应。这些杂务的处理都要动用银钱,"都从他一个手一个心一个口里调度"。尽管银钱调度的权限只限于二门内的事务,王熙凤握掌的这份财权已足以使各色人等围绕她旋转,有奉承的,有送礼的,也有认干娘的,都想借此换取一份利益。在第十五回里,水月庵的老尼净虚为张家退亲事有求于王熙凤,于是便对她大唱赞歌:"这点子事,别人的跟前就忙的不知怎么样,若是奶奶的跟前,再添上些也不够奶奶一发挥的。只是俗语说的'能者多劳',太太因大小事见奶奶妥贴,越发都推给奶奶了,奶奶也要保重金体才是。"王熙凤很喜欢听这类颂扬的话语,作者写道:"一路话奉承的凤姐越发受用,也不顾劳之,更攀谈起来。"在第二十四回里，贾芸当面恭维说，自己母亲"昨儿晚上还提起婶子来，说婶子身子生的单弱，事情又多，亏婶子好大精神，竟料理的周周全全，要是差一点儿的，早累的不知怎么样呢"。这已是不加掩饰的面谀，而王熙凤是"听了满脸是笑"。

　　王熙凤听到的这类奉承话不知凡几，她对此很是享受，认为受之无愧。尽管时有矛盾与争斗，但荣国府的经济生活就总体而言应该承认是运转有序，诸事务的处理井井有条，这其间王熙凤发挥了重要的作用，在第十五回里她就自豪地宣称，"那一处少了我？"王熙凤乐见人们对她的恭维，却也没有飘飘然不知所以，她一直有着很清醒的判断：奉承她的人是想谋取某种利益，而且听到的奉承话虽然不少，但痛恨她的人却是更多。在第五十五回里她告诉平儿，"一家子大约也没个不背地里恨我的"，这判断可由第六十五回里兴儿的话做印证："如今合家大小除了老太太、太太两个人，没有不恨他的，只不过面子情儿怕他。"痛恨王熙凤有种种原因，其中重要的一个方面是由于她执法严明。第十四回里可看到荣国府四个执事人申请支领东西，王熙凤审核后指两件说道："这两件开销错了，再算清了来取，"于是"那二人扫兴而去。""需用过费，滥支冒领"，这是王熙凤梳理过的封建大家族管理中的五大弊病之一，她的严格审核防止了家族资产的流失，而希图通过滥支冒领而自肥的人，自然会因计谋受阻而愤恨不已。这类事一再发生，固然可证明王熙凤治家的精明，同时愤恨她的人也因此不断增多。王熙凤对下人的处置有时又很严酷，第六十一回里，当闻说玫瑰露与茯苓霜失窃事件后，她立即下令："将他娘打四十板子，撵出去，永不许进二门。把五儿打四十板子，立刻交给庄子上，或卖或配

第三章 荣国府应该谁管家

人。"后来她甚至还对平儿说,"依我的主意,把太太屋里的丫头都拿来,虽不便擅加拷打,只叫他们垫着磁瓦子跪在太阳地下,茶饭也别给吃。一日不说跪一日,便是铁打的,一日也管招了。"以严酷的手段保证治家措施的有效,这也是王熙凤治家才干的一种显示,而且是"说一是一,说二是二,没人敢拦他",同时她招致的愤恨也就更多了。周瑞家的可算是王熙凤的自己人,可是第六回里可看到,背地里她也在埋怨王熙凤"待下人未免太严些个"。一直有意回避各种矛盾的鸳鸯在荣国府的处事较为超脱,又始终在贾母身边服侍,消息来源也多,她冷眼旁观这些年的治家状况,在第七十一回里做出了王熙凤"暗里也不知得罪了多少人"的评价。以上所言,是常规治家状态下王熙凤的所作所为,倘若抱定"得饶人处且饶人"的宗旨行事,各种怨愤声自会平息,但荣国府的管理必陷入混乱,由此可见,王熙凤不仅有治家的才干,同时她也敢于施展,就这点而言,其实应给予肯定。

王熙凤与平儿论及"一家子大约也没个不背地里恨我的"时,指出其中的重要原因是"我这几年生了多少省俭的法子",触及了众人的利益。她也想"看破些",在大家面前做好人,"无奈一时也难宽放",因为她在二门内行使利益再分配时,受到了家族经济状况的制约。作为荣国府的治家者,王熙凤很清楚面临的困境:"家里出去的多,进来的少。凡百大小事仍是照着老祖宗手里的规矩,却一年进的产业又不及先时。"入不敷出的大形势,必然会波及荣国府生活的方方面面。在第三十六回里,可看到王熙凤向王夫人汇报说,姨娘的丫鬟月钱减半是帐房的省俭之计,"这个事我不过是接手儿,怎么来,怎么去,由不得我

87

作主"。王熙凤的说法很可怀疑,但荣国府的收入在减少却是实情。府内日常生活的正常运转还得维持,省俭之计非得实施不可。

王熙凤明白省俭是必行之策,"若不趁早儿料理省俭之计,再几年就都赔尽了"。这一局面书中还有两人也已觉察到,第七十八回里薛宝钗就以自家的没落为例劝谏王夫人:"如今该减些的就减些,也不为失了大家的体统","姨娘深知我家的,难道我们当日也是这样冷落不成"。黛玉在第六十二回里也告诉宝玉:"我虽不管事,心里每常闲了,替你们一算计,出的多进的少,如今若不省俭,必致后手不接。"可是,究竟该如何省俭呢?王熙凤与平儿分析过实施省俭之计后可能产生的情况:"多省俭了,外人又笑话,老太太、太太也受委屈,家下人也抱怨刻薄"。这段话实际上是将开支分为外与内两块。对外,必须维持荣国府的体面,皇亲国戚、王公大臣之间各种人情往来的开支一分也不能少,决不能让外人有任何看"笑话"的余地,因为这关系到荣国府在政界地位的沉浮,兹事体大,含糊不得。也正因为这个缘故,在第七十二回里当夏太监又派人来打秋风时,尽管他已借了一千二百两银子尚未归还,尽管王熙凤手头一时已无流动资金,但她仍毫不犹豫地将自己的两个金项圈送去当铺换成银子以满足夏太监的要求。相比之下,对内日常开支的总额要大得多,王熙凤将这方面开支所对应的人分成了两拨:"老太太、太太"与"家下人",未提及的主子与各姨娘,实际上已按"老太太、太太"的好恶分别归入这两拨。

对这两拨人该如何实施省俭之计,王熙凤心中的答案是不言而喻的。尽管王夫人曾宣称"以后要省俭先从我来倒使的",

第三章 荣国府应该谁管家

但这种话只能听听而已,王熙凤并不会傻到认真去执行。对她们非实质性的省俭不是没有,在第七十五回里可看到,原先贾母吃的红稻米粥每顿烧许多,贾母吃后可分给众人吃,自己"负手看着取乐"。可是如今红稻米粥只能保证对贾母的供应。鸳鸯解释说:"如今都是可着头做帽子了,要一点儿富余也不能的。"王夫人也做补充道:"这一二年旱涝不定,田上的米都不能按数交的。这几样细米更艰难了,所以都可着吃的多少关去,生恐一时短了,买的不顺口。"虽然这也算是省俭,但贾母本人的特供却未受任何影响,因而她对由于庄田供应量减少而不得已采取的措施表示理解。王熙凤能够管理荣国府的家务,是由于贾母与王夫人的信任与委托,为此她拥有了权力、威势与许多好处,因而再如何实行省俭之计,也绝不可省俭到贾母与王夫人头上,这是一条铁定的法则,必要时,还须投其所好做增加。如第五十一回里,王熙凤向贾母建言:在大观园中增设一厨房,以便宝玉、黛玉等人用膳。贾母闻言大为赞赏,还询问诸人:"还有他这样想的到的没有?"薛姨妈、李婶、尤氏等人赶紧附和:"真个少有。别人不过是礼上面子情儿,实在他是真疼小叔子小姑子。就是老太太跟前,也是真孝顺。"既讨得贾母的欢心,又获得她对自己的公开支持,王熙凤的目的完全达到了。

荣国府的经济状况决定了省俭之计非实行不可,同时对外交往须维持体面,贾母与王夫人等人利益不可触动,于是省俭之计便全都压到"家下人"身上。这一群体中,底层的奴仆、丫鬟与老妈子们毫无抗争之力,只能忍受。主子一怒之下就可将他们赶出去,从而失去"官中"供给的生活来源,正如第五十九回里春燕母亲说的那样,"将来不免又没了过活"。可是,那些有一定的反抗资本且又互有联络的管家娘子与姨娘们却非善罢甘休之辈,鸳鸯在第七十一回里将她们称为"奴字号的奶奶们"。这些人"少有不得意,不是背地里咬舌根,就是挑三窝四的",她们是王熙凤实行省俭之计的最大障碍。第三十六回里可看到,赵姨娘房中丫鬟的月钱"短了一吊钱",她就设法将此事传到王夫人耳中。面对王夫人的查问,王熙凤将责任推得一干二净,而一转身,她对着那些"执事的媳妇"就立即开骂:

> 又冷笑道:"我从今以后倒要干几样尅毒事了。抱怨给太太听,我也不怕。糊涂油蒙了心,烂了舌头,不得好死的下作东西,别作娘的春梦!明儿一裹脑子扣的日子还有呢。如今裁了丫头的钱,就抱怨了咱们。也不想一想是奴几,也配使两三个丫头!"

采取公开辱骂的形式,就是要将自己明确而坚决的态度传播遍知,让这一群体知道,他们的抗争将遭到果断的制裁。若非这样行事,非省俭不可时就将无处可省俭,荣国府偌大的家务王熙凤必将无力管理,她会被视为治家无能,也会因此而失去贾母与王夫人的信任,其后果将不堪设想。

将纷繁的事务与各色人等分类对待以行省俭之计,荣国府奢华生活的现状至少在一段时间里还能维持,这也是王熙凤治家才干的一种表现,而其后果也是人所共知:第六十五回里兴儿批评她"恨不得把银子钱省下来堆成山,好叫老太太、太太说他会过日子,殊不知苦了下人","如今合家大小除了老太太、太太两个人,没有不恨他的"。兴儿的观察与批评都是站在"家下

第三章 荣国府应该谁管家

人"的立场,可做对比的是贾母身边鸳鸯的评论:"(王熙凤)虽然这几年没有在老太太、太太跟前有个错缝儿,暗里也不知得罪了多少人。"鸳鸯比较了解全局状况且立场相对超脱,她得出的判断与兴儿完全一致。王熙凤对自己的处境也十分清楚,她自喻"我如今也是骑上老虎了","我白操一会子心,倒惹的万人咒骂"。面对"各处大小人儿都作起反来了,一处不了又一处"的局面,王熙凤也有力不从心之感。后来王熙凤因病疗养,探春代理家事时更进一步施行省俭之计,王熙凤在第五十五回里就关照平儿全力支持,这固然有为家族利益考虑的因素,同时也含有她的私心盘算:"趁着紧溜之中,他出头一料理,众人就把往日咱们的恨暂可解了。"

论及王熙凤治家才干时,还有一点也须提及:她与"家下人"阵营博弈时,还有意采用笼络与分化的策略。在第二十七回里,王熙凤赏识小红的伶俐能干,便对她说:"我认你作女儿,我一调理你就出息了。"王熙凤这次没做成干娘,因为小红的母亲林之孝家的早已被王熙凤认作女儿,再认小红就"认错了辈数了"。王熙凤愿认小红为女儿,是因为见她口齿伶俐,办事干脆,是可用之才,而认林之孝家的为女儿,则是因为她是统率众媳妇的大管家,她的丈夫林之孝又正执掌着荣国府的要害部门帐房。一旦互认为母女,两人的关系登时就密切起来。"女儿"可将这层关系转化为许多实际的好处,而王熙凤可通过"女儿"对"家下人"群体做有效的掌控。愿意做"女儿"的人可真不少,王熙凤曾对小红说:"你打听打听,这些人头比你大的大的,赶着我叫妈,我还不理。"王熙凤有明确的选用标准,只有可切实有利于她掌控"家下人"群体且又知趣者方可入选。

除了认女儿一法外,王熙凤同时还使用了种种笼络"家下人"群体中上层人物的手段。第五十五回写到赵姨娘的哥哥赵国基死后抚恤金该如何发放时,吴新登的媳妇向代理管家的探春、李纨只是简单地汇报说:"昨日回过太太,太太说知道了,叫回姑娘奶奶来。"然后她就"垂手旁侍,再不言语",有心要看探春与李纨处置不当的笑话。此时,作者做了对比性描述:"吴新登的媳妇心中已有主意,若是凤姐前,他便早已献勤说出许多主意,又查出许多旧例来任凤姐儿拣择施行。"由此可以看出吴新登的媳妇与王熙凤已形成密切的关系,前者固然是着意靠拢巴结,王熙凤对她也必然是有心笼络,须知吴新登媳妇同样是统率众媳妇的大管家,她的丈夫吴新登执掌着荣国府的另一要害部门银库。对于有心投靠者王熙凤都愿意接纳,第二十三回里贾芹就是这样谋得了管理小和尚、小道士的差事,王熙凤还徇情越规,让贾琏批票画押发出对牌,于是银库给贾芹预支了三个月的供给。王熙凤向王夫人建议将小和尚、小道士送到家庙铁槛寺时说,"月间不过派一个人拿几两银子去买柴米就完了",可是贾芹不仅一次就领到三个月的供给,而且是"白花花二三百两"银子,只是听取王熙凤汇报的王夫人根本不知其间的详情。贾芸谋差使的历程类似于此,他先走贾琏的门路,王熙凤对他的央求就不理不睬;第二十四回里他直接巴结王熙凤,还送上冰片、麝香等物,声称"只孝顺婶子一个人才合式,方不算遭塌这东西"。王熙凤听了"心下又是得意又是欢喜",后来便给了他大观园里种树的差事,一下子就批出二百两银子。曹雪芹曾写过贾府败落后,王熙凤、宝玉被逮入狱,小红、贾芸到狱神庙探视的故事。据畸笏叟的批语,这部分稿件"被借阅

第三章　荣国府应该谁管家

者迷失",但从所透露的内容来看,此时小红、贾芸仍能前往探狱,平日里王熙凤对他们的笼络应是相当成功的。

一个大家庭的繁杂事务能基本有序运转,这其间确有王熙凤的功劳,家族经济处于入不敷出时,她也能多方筹划勉力维持。尽管各人根据自己利益的得失对此评价不一,但都承认了她的治家之才,同时也见识了她外事的敏捷、果断、泼辣甚至狠毒,这些治家故事的描写,使王熙凤的形象与性格逐渐丰满完整。曹雪芹在创作时,对王熙凤的治家才干可以说是不惜笔墨地渲染,给读者留下了强烈的印象,而如果细心注意与梳理散见于各处的描写,可以发现曹雪芹同时又通过一条暗线告知读者,王熙凤虽然很有治家之才,但她在王夫人这一房管理家务,却是一种不合规矩的安排。

二　不合规矩的安排

王熙凤很有治家之才,她在荣国府管理家务,为何是一种不合规矩的安排？为了解释这个问题,就须得对荣国府的现状做一介绍。

荣国府以贾母为尊,她有两个儿子,贾赦与贾政。《红楼梦》故事开始时,贾赦与贾政兄弟俩已经分房而住,他们在经济上也随之互相独立。贾母与贾政住在一起,贾赦一家却是另外自住,作品中不少场合所说的荣国府,实际上指的就是贾母与贾政这一房。关于贾赦一家已分房自住,作者在第三回"贾雨村夤缘复旧职,林黛玉抛父进京都"里交代得很清楚。黛玉讲荣

93

国府见过贾母后,按礼节接着就应该去拜见大舅舅贾赦:

> (邢夫人)遂带了黛玉与王夫人作辞,大家送至穿堂前。出了垂花门,早有众小厮们拉过一辆翠幄青紬车。邢夫人携了黛玉,坐在上面,众婆子们放下车帘,方命小厮们抬起,拉至宽处,方驾上驯骡,亦出了西角门,往东过荣国府正门,便入一黑油大门中,至仪门前方下来。……黛玉度其房屋院宇,必是荣国府中花园隔断过来的。进入三层仪门,果见正房厢庑游廊,悉皆小巧别致,不似方才那边轩峻壮丽,且院中随处之树木山石皆有。

贾赦与邢夫人的居所已与贾母、贾政的居所完全间隔独立,必须出了荣国府后方能到达,而那些房屋院宇"是荣国府中花园隔断过来的",故而黛玉去见贾赦,得先出贾母、贾政家的大门,在街上走了一段路后,才进了贾赦家,而这里的正房厢庑游廊"悉皆小巧别致",与隔壁荣国府的"轩峻壮丽"有别。曹雪芹借"黛玉度其房屋院宇,必是荣国府中花园隔断过来的"这句话,既写出了林黛玉初到荣国府时的细心与思考,同时也通过黛玉看到的景象告诉读者,贾赦与贾政兄弟俩业已将荣国府分隔为二,分房而居,这意味着经济或家事都已分别治理,至少各自有着相当大的独立性。在第五十五回里,王熙凤与平儿曾议论到家中几位小姐将来婚事的费用,谈到迎春时,王熙凤说"二姑娘是大老爷那边的",到时自是贾赦承担,因此不必讨论。读者对贾赦与贾政兄弟俩已分房而居常无印象,这一是因为曹雪芹对此未做专题介绍,而只是在几处行文中带出,二是《红楼梦》八

第三章　荣国府应该谁管家

十回后续书对此有所误导。第一〇五回"锦衣军查抄宁国府，骢马使弹劾平安州"里，赵堂官抄家前向西平王报告说："贾赦、贾政并未分家，闻得他侄儿贾琏现在承总管家，不能不尽兴查抄。"这与第六十五回中邢夫人埋怨贾琏与王熙凤"自家的事不管，倒替人家去瞎张罗"的说法相悖，而曹雪芹早在第二回中就已借冷子兴之口介绍道，贾琏"如今只在乃叔政老爷家住着，帮着料理些家务"。

贾赦、贾政兄弟二人已经分房，是曹雪芹在第三回里交代的一桩重要事件，同时也留下了疑问让人们迷惑不解：贾母为何不与世袭爵位的大儿子贾赦同住，却和仅任工部员外郎的小儿子贾政住在一起，而作品中所提到的荣国府，其实指的就是贾母与贾政同住的家。在第七十五回"开夜宴异兆发悲音，赏中秋新词得佳谶"里，荣国府中秋家宴，合府全都参加了。宴会上击鼓传花，大家约定花传到手里的人都得讲个笑话。贾赦接到花后，曹雪芹让他讲了这样一个笑话：

> 一家子一个儿子最孝顺。偏生母亲病了，各处求医不得，便请了一个针灸的婆子来。婆子原不知道脉理，只说是心火，如今用针灸之法，针灸针灸就好了。这儿子慌了，便问："心见铁即死，如何针得？"婆子道："不用钉心，只针肋条就是了。"儿子道，"肋条离心甚远，怎么就好？"婆子道："不妨事。你不知天下父母心偏的多呢。"

听了这个笑话，在座的人都笑了起来，接着曹雪芹就特别写了贾母听了笑话后的反应，以此提醒读者，这个笑话可不能等闲视之：

> 众人听说,都笑起来。贾母也只得吃半杯酒,半日笑道:"我也得这个婆子针一针就好了。"贾赦听说,便知自己出言冒撞,贾母疑心,忙起身笑与贾母把盏,以别言解释。贾母亦不好再提,且行起令来。

大家话中有话,其中的内涵各自心知肚明。可是刚抚慰了贾母,贾赦突然又称赞贾环的诗"竟不失咱们侯门的气概",并说世袭勋爵的子弟无须像那些"寒酸"文士,靠蟾宫折桂,方得扬眉吐气。"咱们的子弟都原该读些书,不过比别人略明白些,可以做得官时就跑不了一个官的。何必费了工夫,反弄出书呆子来。"他鼓励贾环"以后就这么做去",甚至还许诺"将来这世袭的前程定跑不了你袭呢"。作者在第五回里曾借宁、荣二公之灵之口云:"吾家自国朝定鼎以来,功名奕世,富贵传流,虽历百年,奈运终数尽,不可挽回者",而唯一的出路是让自己的子弟读书,通过科举进入知识分子官僚集团,从而维持家族的地位与权势,这是从贾代善到贾政都奉行的方针大计。可是,贾赦却对此公开表示不以为然。而且,贾赦明知贾母与贾政都不甚喜欢贾环,府内众人又多讨厌贾环的生母赵姨娘,却偏要在全家族成员都在场时向贾环许诺世袭的前程。贾赦的话使大家感到突兀和好生奇怪:无论如何宝玉是嫡出,又是哥哥,世袭的前程怎会落到庶出的弟弟贾环身上呢?对贾赦的话中有话在前一章里已有分析,这里还想指出,作者让贾赦在中秋家宴上暗讽贾母处事偏心并接连出言挑衅,显然在暗示他对当年的分

第三章　荣国府应该谁管家

家方式以及相应事件的处置,心中甚为不满。贾赦世袭了荣国公的爵位,而贾政这儿却有大家族的最高权威贾母坐镇,这两房之间的关系其实并不怎么和谐,作者在第七十一回里对此做了些许透露:"只因贾母近来不大作兴邢夫人,所以连这边的人也减了威势。凡贾政这边有些体面的人,那边各各皆虎视眈眈。"我们在本节中关心的重点也与此相关,那也是曹雪芹在第三回里所交代的,即贾赦与贾政分房后,贾赦的儿媳妇王熙凤竟然在管理他弟弟贾政的家事,而且还管得很起劲。其实,此事作者在第二回里已经提到过,他借冷子兴之口介绍贾琏时说,"如今只在乃叔政老爷家住着,帮着料理些家务。"作者接连提及此事,可能是想引起读者的注意,因为在礼法森严的封建社会里,哥哥的儿子与儿媳妇竟去弟弟一房管家事,这可是悖于常理的事。

这种悖于常理的事怎么会发生的?曹雪芹对此未做说明,王熙凤在作品中出场时,读者面对的已是这种现状,而且阅读时已先入为主地接受了这一事实,所以容易忽略作者接连两次的提醒,而感到王熙凤在贾政这一房管家是理所当然的。可是,曹雪芹却让作品中的人物时常想到这安排的异常。在第十三回里,贾珍要请王熙凤办理秦可卿的丧事,他理所当然地向王熙凤的婆婆邢夫人申请,而邢夫人的回答是,"你大妹妹现在你二婶子家,只和你二婶子说就是了。"最后还得靠王夫人点头应允。在第六十五回"贾二舍偷娶尤二姨,尤三姐思嫁柳二郎"里,贾琏将偷娶的尤二姐安置在外面的一所房子里,又让兴儿经常去照料。尤二姐自然要向兴儿打听贾府中诸人,特别是王熙凤的情况,这时兴儿就提到了王熙凤在贾政家管家的不合

97

理:"如今连他正经婆婆大太太都嫌了他,说他'雀儿拣着旺处飞,黑母鸡一窝儿,自家的事不管,倒替人家去瞎张罗'。若不是老太太在头里,早叫过他去了。"这里"黑母鸡一窝儿"是在骂王夫人与王熙凤这对姑母与侄女,"自家的事不管,倒替人家去瞎张罗"是对王熙凤去管贾政的家事明显地表示不满,邢夫人只是碍着贾母的面子,才让这种异常的安排维持着。正因为这种安排是异常的,所以大家也知道现状并不可能长久地持续,平儿就曾以此为理由劝谏过王熙凤,这是第六十一回里的事。那时,王夫人房中少了一瓶玫瑰露,王熙凤每天让平儿催林之孝家的查清此事。后来,林之孝家的在厨房的柳五儿家发现了一瓶玫瑰露,以为是人赃俱获,可以结案了。其实,王夫人房中那瓶玫瑰露是彩霞偷拿了悄悄地给了赵姨娘,而柳五儿那里的一瓶是宝玉房中的芳官送给她的。平儿查清楚了这桩冤案,可是王熙凤仍要处罚柳五儿,理由当然是荒唐的:"虽然这柳家的没偷,到底有些影儿,人才说他。虽不加贼刑,也革出不用。朝廷家原有挂误的,倒也不算委屈了他。"这时,平儿便劝王熙凤:

> 平儿道:"何苦来操这心!'得放手时须放手',什么大不了的事,乐得不施恩呢。依我说,纵在这屋里操上一百分的心,终久咱们是那边屋里去的。没的结些小人仇恨,使人含怨。况且自己又三灾八难的,好容易怀了一个哥儿,到了六七个月还掉了,焉知不是素日操劳太过,气恼伤着的。如今乘早儿见一半不见一半的,也倒罢了。"

"纵在这屋里操上一百分的心,终久咱们是那边屋里去的。"哥

第三章 荣国府应该谁管家

哥的儿媳妇怎能一直掌管弟弟家里的管家权,这道理荣国府上下谁都知道,但只有平儿说了出来,其他人畏惧王熙凤的威势,此事当然提都不敢提。平儿是王熙凤的心腹,她的劝谏也确实起了作用。其实,王熙凤也很清楚自己管贾政家里的事有悖常情,难以持久,她虽不愿提及此事,但有时还是会不自觉地流露自己的心思。在第五十五回里,王熙凤与平儿曾议论大观园里的这些人谁可以帮忙管家,当议论到迎春时,王熙凤说:"二姑娘更不中用,亦且不是这屋里的人。""这屋"是指贾政家,迎春是贾赦的女儿,故而即使她有能力,也不能管贾政家里的事。王熙凤说这话时心里当然清楚,她同样"不是这屋里的人",她在贾政那里管理家事的合法性是有问题的。

曹雪芹在作品中曾多次提及,荣国府原先是贾母在管家,因此她对库房早先藏着的东西十分清楚,别人找不到的,她能准确地指示方位,依她所说,一找便着。在第四十回里我们还看到,库房里有些东西王熙凤都不知是何物,贾母却能一一道来,如数家珍:"那个软烟罗只有四样颜色:一样雨过天晴,一样秋香色,一样松绿的,一样就是银红的。"贾母之后,管家的是王夫人,不过她远不如贾母精明,作品开始不久,读者就领教了她犯糊涂的事:

> 又见二舅母问他:"月钱放过了不曾?"熙凤道:"月钱已放完了。才刚带着人到后楼上找缎子,找了这半日,也并没有见昨日太太说的那样的。想是太太记错了?"王夫人道:"有没有,什么要紧。"因又说道:"该随手拿出两个来给你这妹妹去裁衣裳的,等晚上想着叫人再去拿罢,可别忘了。"熙

凤道："这倒是我先料着了,知道妹妹不过这两日到的,我已预备下了,等太太回去过了目好送来。"王夫人一笑,点头不语。

王夫人对库房里储存的情况已不甚了了,她同时又问王熙凤"月钱放过了不曾",表明她对家事的关心,但具体经手的却是王熙凤。在王熙凤说她已为林黛玉准备了做衣服的缎子时,《石头记》甲戌本有段眉批:"余知此缎阿凤并未拿出,此借王夫人之语机变欺人处耳。若信彼果拿出预备,不独被阿凤瞒过,亦且被石头瞒过了。"脂砚斋明了曹雪芹的创作意图,即他要写出王熙凤已在对王夫人玩弄欺上瞒下的手法。在"王夫人一笑,点头不语"之旁,脂砚斋又批道:"深取之意。'凤姐是个当家人。'"他是揭示出了对荣国府家庭生活产生重要影响的人事安排,即王夫人只是名义上的负责人,但她已放权,实际上是王熙凤在当家。这种安排曹雪芹未曾明写,而是通过情节进展逐步透露。

如果只是读作品而没读到脂砚斋的批语,上面这段情节也已使我们有理由推测,在贾政一房中,理论上管家权在王夫人手里,但具体操办者已是王熙凤。曹雪芹很快就在第六回里向读者证实,实情确是如此。当时刘姥姥一进荣国府,她打算求见王夫人寻取一些资助,于是便先去找王夫人的陪房周瑞家的。周瑞家的告诉刘姥姥,王夫人倒可以不见,王熙凤却是非见不可,因为"如今太太竟不大管事,都是琏二奶奶管家了"。曹雪芹通过周瑞家的话告诉读者,王夫人有管家的名分,却"竟不大管事",而实际管事的王熙凤在名分上只是王夫人的助

第三章　荣国府应该谁管家

理。有时,王夫人也过问家务事,不过一般都是听取王熙凤的汇报。如第三十六回里就写到,她听到姨娘、丫鬟的月钱被减少的反映后就问王熙凤,赵姨娘与贾环的月钱"可都按数给他们?"王熙凤搪塞了几句,这件事也就算过去了。

在第十三回"秦可卿死封龙禁尉,王熙凤协理宁国府"里,曹雪芹再次提到王熙凤竟不住在公婆身边的事。当时秦可卿死了,尤氏又犯病卧床,贾珍担心无人主掌丧事,便采纳了宝玉的建议,准备请王熙凤帮忙,于是进内屋请求她的婆婆邢夫人同意:

> (贾珍)因勉强陪笑道:"侄儿进来有一件事要求二位婶子并大妹妹。"邢夫人等忙问:"什么事?"贾珍忙道:"婶子自然知道,如今孙子媳妇没了,侄儿媳妇偏又病倒,我看里头着实不成个体统。怎么屈尊大妹妹一个月,在这里料理料理,我就放心了。"邢夫人笑道:"原来为这个。你大妹妹现在你二婶子家,只和你二婶子说就是了。"王夫人忙道:"他一个小孩子家,何曾经过这样事,倘或料理不清,反叫人笑话,倒是再烦别人好。"

王熙凤认为这是显示才干的好机会,便怂恿王夫人同意。这段描写是为王熙凤协理宁国府做铺垫,同时又是第一次明确地交代,王熙凤虽是邢夫人的儿媳妇,但却住王夫人那儿,行动得由她批准。"你大妹妹现在你二婶子家"一语,是再次让大家注意到贾赦、贾政兄弟两人已经分房的事实,而住在贾政家的王熙凤竟像是王夫人的儿媳妇,至于她的真正的儿媳妇李纨,曹雪芹只是让读者抽象地了解并接受她的身份,因为他在作品中竟没有一段直接描写这对婆媳关系的情节。

让王熙凤以帮忙的身份进入贾政一房管事,可以是说是煞费苦心的安排。邢夫人曾批评王熙凤"自家的事不管,倒替人家去瞎张罗",即反对自己的儿媳妇去别人家帮忙,但她又无可奈何,唯一合理的解释是,此事得到了老祖宗贾母的赞同,读者也完全可以想象,王熙凤是如何在自己的姑妈即王夫人的帮助下获得贾母的支持。王熙凤虽然只有帮忙的身份,而且帮忙也只能是暂时过渡性的措施,因为她终究还得回贾赦一房去。然而即使如此,李纨也已因此而受到伤害,本来于情于理都应该是她管家,或协助王夫人管家,可她却未能上岗。所谓暂时的过渡,这意思也很明显,即等到贾宝玉成亲后,将由宝玉的媳妇来接管,李纨已完全被排斥在外了。

这种排斥李纨的人事安排,使原本不甚清楚王夫人与李纨关系的人,也立刻明白这是怎么一回事。贾母曾说李纨"寡妇失业",这是一个很奇怪的说法。《红楼梦》中写到的寡妇多矣,但以"失业"相称的唯有李纨一人。不管作者使用此词的本意如何,但在读者看来,"寡妇"与"失业"两词相连,恰好正寓示着李纨遭受过的两次打击。第一次是贾珠之死,她在荣国府的地位因此骤然发生变化,第二次则是她失去掌握治家大权的"业",倘若贾珠不死,王熙凤手里的管家权就是她的。正因为如此,贾府中的人其实都清楚王夫人与李纨的关系,大家都不说破,心照不宣而已,但有时却会不自觉地流露出来。在第五十四回"史太君破陈腐旧套,王熙凤效戏彩斑衣"里,贾母在元宵节的家宴上说了个笑话:

第三章　荣国府应该谁管家

（贾母）因说道："一家子养了十个儿子,娶了十房媳妇。惟有第十个媳妇最聪明伶俐,心巧嘴乖,公婆最疼,成日家说那九个不孝顺。这九个媳妇委屈,便商议说：'咱们九个心里孝顺,只是不象那小蹄子嘴巧,所以公公婆婆老了,只说他好,这委屈向谁诉去？'大媳妇有主意,便说道：'咱们明儿到阎王庙去烧香,和阎王爷说去,问他一问,叫我们托生人,为什么单单的给那小蹄子一张乖嘴,我们都是笨的。'众人听了都喜欢,说这主意不错。第二日便都到阎王庙里来烧了香,九个人都在供桌底下睡着了。九个魂专等阎王驾到,左等不来,右等也不到。正着急,只见孙行者驾着筋斗云来了,看见九个魂便要拿金箍棒打,唬得九个魂忙跪下央求。孙行者问原故,九个人忙细细的告诉了他。孙行者听了,把脚一跺,叹了一口气道：'这原故幸亏遇见我,等着阎王来了,他也不得知道的。'九个人听了,就求说：'大圣发个慈悲,我们就好了。'孙行者笑道：'这却不难。那日你们妯娌十个托生时,可巧我到阎王那里去的,因为撒了泡尿在地下,你那小婶子便吃了。你们如今要伶俐嘴乖,有的是尿,再撒泡你们吃了就是了。'"说毕,大家都笑起来。

谁都知道贾母这个玩笑是暗指王熙凤,但若将玩笑与现实中的人物关系做对照,便可发现其中的比喻有点不伦不类。贾母是与王熙凤开玩笑,无意中却影射了王夫人对李纨的不满,因为在她的笑话中,婆婆不喜欢大媳妇,所以在座的尤氏与娄氏听了这个笑话后,目光都射向了李纨,其中奥妙大家心中有数。

李纨遭受排斥的原因在前一章里已提及:倘若王夫人将治家权移交给了李纨,一旦贾政去世,这个家就必由李纨来当了,因为她的丈夫贾珠是荣国府贾政一支的长房,她的儿子贾兰是长房长孙,他们到时握掌大权是受到封建礼法保护的名正言顺之事,而此时王夫人与宝玉在家中的地位就岌岌可危了,按礼法,宝玉得分房搬出荣国府另住。为了防止这一局面的出现,王夫人便叫来王熙凤帮忙管家,这帮忙的过渡期大概一直要到宝玉成亲,有新媳妇进府为止,在此阶段,李纨当然就被闲置在一旁。李纨无法改变被排斥的事实,也不能公开流露出怨恨情绪,她最理智的策略,便是冷静地估量因排斥而造成的伤害,以及在眼下的环境与范围中如何保护自己和儿子贾兰。那么,李纨究竟受到多大的伤害,她的生存策略又是什么呢?

三　失去治家权后的李纨

　　曹雪芹在第四回里就向读者介绍说,李纨在府中承担的工作,只是"陪侍小姑等针黹诵读而已"。在第六十五回里,作者又让兴儿向尤二姐介绍说:"我们家的规矩又大,寡妇奶奶们不管事,只宜清净守节。妙在姑娘又多,只把姑娘们交给他,看书写字,学针线,学道理,这是他的责任。除此问事不知,说事不管。"这里"妙在"两字用得甚妙,这两字若改成"家中",文字更通顺,而"妙在"两字则使人想到这种安排背后的文章,倘若家中姑娘不多甚至没有,那么被撂在一旁的李纨该如何安排?兴儿所说的寡妇不宜管事的"规矩",其实并不成立,如贾代善去

第三章 荣国府应该谁管家

世后,贾母不照样在管事,即使王夫人、王熙凤当家时,她也仍会出面直接管些事,第七十三回中禁赌便是典型的例证。当时大观园内赌博盛行,贾母得知后立即召集家人查问、训斥、责罚,雷厉风行,其威势实在王熙凤之上。而且,如果"清净守节"者不宜治家,那王熙凤病时为何又叫李纨代管? 当然,这时王夫人是出于无奈只得让李纨出山,但她又安插了宝钗、探春,名曰协管,实际上是对李纨明显地表示不信任。抄检大观园就在李纨任期内,但王夫人事先不但不与她通气,而且李纨本人就是被查抄对象,后来王夫人补查时,还硬指贾兰的奶妈"娇乔",将她撵出了大观园。第七十四回里抄检大观园查到稻香村时,作者写道:"彼时李纨犹病在床上,……才吃了药睡着,不好惊动,只到丫鬟们房中一一的搜了一遍。"这里不妨与抄检潇湘馆的情形做对照:当时王熙凤等人来到潇湘馆,"黛玉已睡了,忽报这些人来,也不知为甚事。才要起来,只见凤姐已走进来,忙按住他不许起来"。突然来了这么多人抄检,刚睡下的李纨怎会不知道,但她就不起床迎接,其心中的不满可想而知。王夫人让李纨代管只是让她做傀儡,开始时李纨还试图管理,赵姨娘的兄弟赵国基死了,李纨指示仿袭人例,发放抚恤金四十两银,但该指示立即被探春否定了。在这期间,读者看到的是探春与宝钗在施政,由第六十回中"如今三姑娘止要拿人扎筏子呢"一语可知,其间主导者是探春,而书中不少描写又表明,一切要事实际上仍由王熙凤通过平儿遥控。李纨很快明白了要她代管是怎么回事,完全恢复了"问事不知,说事不管"的状态,全凭探春、宝钗与平儿等人做主施行。

王熙凤在实际上握有治家权,在作者笔下始终是趾高气扬,被排斥的李纨只能充任无能、无好、无为的标准寡妇的角色。曹雪芹在描述尤二姐的故事时,讲到尤二姐被赚进大观园后,王熙凤在贾母前进了不少谗言,贾母"因此渐次便不大喜欢。众人见贾母不喜,不免又往下踏践起来"。这是荣国府里的风气,尽管李纨的情况与尤二姐有很大的不同,但王夫人不喜欢她,自然会影响到她的处境。作者在第四回首次提到李纨时,就说她"家处膏粱锦绣之中,竟如槁木死灰一般,一概无见无闻,唯知侍亲养子,外则陪侍小姑等针黹诵读而已"。读者切不可被"一概无见无闻"的说法所蒙骗,第二十七回里有一小事很能说明问题:小红是大管家林之孝夫妇的女儿,王熙凤听说后"十分诧异",可是李纨对这层重要的关系早就知道得清清楚楚,足以证明她平日里对府内诸事相当留心,而非"一概无见无闻"。袭人的母亲死了,荣国府赏了四十两银子的抚恤金,这件事原本只是相关部门在操作,可是李纨照样知道得清清楚楚。《石头记》甲戌本中,脂砚斋在"一概无见无闻"一语旁有段批语:"此时处此境,最能越理生事,彼竟不然,实罕见者。"为何如此?这固然与李纨的性格、从小接受的教育有关,但婆婆王夫人对她的态度,毕竟会起很大的作用。于是,她住的是一洗富贵气象的稻香村,始终穿着与寡妇身份相称的素衣,并有意识地以"问事不知,遇事不管"姿态示人,芦雪庵联句咏雪时,她的"开门雪尚飘。入泥怜洁白"二句,是她不得已身陷荣国府的自喻,其意境是何等的凄苦。李纨这种性格甚至传给了贾兰。在第九回"恋风流情友入家塾,起嫌疑顽童闹学堂"里,一群学童争斗,波及无辜,尽管争斗的一方是自己的亲叔叔宝玉,而且自己也受到了侵犯,贾兰却置身事外,还劝贾菌说,此事"不与咱

第三章　荣国府应该谁管家

们相干"。真是有其母必有其子,从中不难窥见李纨平日是如何教导贾兰在府中行事,而其出发点,却是怕在贾兰身上"生事",引出攻讦的口实。

王熙凤的作为,正好与李纨形成鲜明对照,这是由她们地位的强烈反差所决定,而王熙凤的岗位,原本又应是李纨的。如果我们从李纨的立场来思考问题,那么王熙凤因管家而得到多少好处,在一定程度上也就意味着李纨遭到了多大损失。王熙凤究竟有哪些好处呢?在第二十四回里,贾芸举债买了些冰片、麝香送给王熙凤,才谋得份在大观园种树的差事,而王熙凤一下子就批了二百两银子给他。贾芹也是走了王熙凤的门路,谋得了管理小道士、小和尚的差事。对贾府的旁系子孙来说,这些差事都是"肥缺"。贾芸买树只用了五十两,种树的工钱更用不了多少。贾芹上任时,"凤姐又作情央贾琏先支三个月的",他"白花花二三百两"到手后,还"随手拈一块,撂予掌平的人,叫他们吃茶罢"。得到好处的贾芸与贾芹当然都不会忘记回报王熙凤,而且还甘心鞍前马后地随时听她的使唤。由这些例子可以看出,王熙凤握掌管家大权后,时时会遇见送礼、巴结与甘心效劳这类事。

有时王熙凤收了别人的礼还不给人办事。在第三十六回里,我们看到这样一段描写:

且说王凤姐自见金钏死后,忽见几家仆人常来孝敬他些东西,又不时的来请安奉承,自己倒生了疑惑,不知何意。这日又见人来孝敬他东西,因晚间无人时笑问平儿道:"这几家人不大管我的事,为什么忽然这么和我贴近?"平儿

荣国府的经济账

冷笑道:"奶奶连这个都想不起来了?我猜他们的女儿都必是太太房里的丫头,如今太太房里有四个大的,一个月一两银子的分例,下剩的都是一个月几百钱。如今金钏儿死了,必定他们要弄这两银子的巧宗儿呢。"凤姐听了,笑道:"是了,是了,倒是你提醒了。……也罢了,他们几家的钱容易也不能花到我跟前,这是他们自寻的,送什么来,我就收什么,横竖我有主意。"凤姐儿安下这个心,所以自管迁延着,等那些人把东西送足了,然后乘空方回王夫人。

王熙凤故意"等那些人把东西送足了",才去提醒王夫人,她身边一个大丫鬟的空额该补上。当王夫人决定不提拔任何丫鬟补金钏儿的缺,而是让她的妹妹玉钏儿拿双份月钱时,收足了各人的礼的王熙凤在旁一言不发,不帮任何人的忙,尽管以她的心机与口才,完全可使王夫人改变主意,其原因就在于那些送礼的人对她来说没有什么用处。

不过对于用得着的奴仆,王熙凤就很注意拉拢。在第二十七回里,王熙凤看见红玉(后改名小红)伶俐能干,便想收她做干女儿,谁知红玉却是"扑哧一笑",原来她的妈妈林之孝家的已是王熙凤的干女儿了。林之孝家的比王熙凤大得多,她认王熙凤为干妈自是甘心投靠,而王熙凤也有意要笼络她,因为她是荣国府的大管家之一,她的丈夫林之孝则在掌管帐房,这可是一个太关键的岗位。王熙凤在财务上许多事的处理,没有林之孝的配合根本做不到;林之孝还曾以虚报账目的方式套出银子,帮贾琏解决了难题。荣国府内管理机构虽多,却没有监察机构与专人;会计与出纳虽分收支两条线,但帐房与银库勾结

第三章　荣国府应该谁管家

却是很容易的事。在这种情况下,身为帐房主管的林之孝自然成了需要重点笼络的对象。王熙凤虽然没有管家的名分,但她利用实际掌控的权力,通过利益交换、恩威并施等手法,将握有要职的奴仆拉在自己身边,组织了一支精干的队伍,以保证其管家措施贯彻得有力有效,侵吞荣国府的公共资产,即"官中的钱"时也较方便。同时,她又尽力地奉承贾母与王夫人,并照应好她们喜爱的人,等这一切安置妥当,她便可随意欺压荣国府中其他大小人等,对贾母与王夫人嫌弃者更是如此。贾琏的心腹兴儿在第六十五回里向尤二姐的介绍,就是关于这一现状的概括:

>　　如今合家大小除了老太太、太太两个人,没有不恨他的,只不过面子情儿怕他。皆因他一时看的人都不及他,只一味哄着老太太、太太两个人喜欢。他说一是一,说二是二,没人敢拦他。又恨不得把银子钱省下来堆成山,好叫老太太、太太说他会过日子,殊不知苦了下人,他讨好儿。估着有好事,他就不等别人去说,他先抓尖儿;或有了不好事或他自己错了,他便一缩头推到别人身上来,他还在旁边拨火儿。

《红楼梦》中提到李纨时,经常是拿她与王熙凤做对比,兴儿向尤二姐介绍时就说"他的浑名叫作'大菩萨',第一个善德人";而给王熙凤下的评语则是"嘴甜心苦,两面三刀;上头一脸笑,脚下使绊子;明是一盆火,暗是一把刀:都占全了。"如果是李纨接管了治家权,依她的性格与教养,当然不会王熙凤那般胡作非为,但她一旦有了治家权,威势与荣耀的光环自然就会笼罩着她,荣国府的上下人等必定是趋炎附势地围绕着她。李纨对这一切自然清楚得很,两人的错位安排与境遇的鲜明对照,决定了李纨对王熙凤感情的基调,我们后面将分析到,曹雪芹在撰写李纨的判词时有意用了个"妒"字,这是在含蓄地暗示李纨与王熙凤关系,这个字实在是用得非常贴切。

李纨默默地承受了种种打击,她不想反抗,也无法反抗,只是安分、低调地度日。可是,她心中的怨恨与不满,却会有意无意地流露出来。当然,这种流露极有分寸,曹雪芹的描写也相当隐晦含蓄,不过若将相关的叙述联系在一起对照看,其中的意义还是很清楚的。

宝玉与黛玉情投意合,这在荣国府里是人所共知的秘密,而宝玉有块玉,宝钗有个金锁配它。曹雪芹给第八回拟的标题就是"比通灵金莺微露意,探宝钗黛玉半含酸",它所透露的消息是宝玉、黛玉与宝钗三人,都明白自己已避不开一场感情纠葛。在前八十回里,除了元妃端午节给宝玉、宝钗的赏赐规格相同曾引起一场风波外,荣国府的舆论是都看好宝玉与黛玉结合的前景。在第二十五回里,王熙凤首次将大家私下议论的话公开了,她开玩笑似的对黛玉说:"你既吃了我们家的茶,怎么还不给我们家作媳妇?"此言一出,"众人听了一齐都笑起来":

> 林黛玉红了脸,一声儿不言语,便回过头去了。李宫裁笑向宝钗道:"真真我们二婶子的诙谐是好的。"林黛玉道:"什么诙谐,不过是贫嘴贱舌讨人厌恶罢了。"说着便啐了一口。

第三章　荣国府应该谁管家

倘若没摸清贾母的意图,王熙凤不会公开地有倾向地谈论这个话题,甚至还可以这样理解,她是借这个场合同时向林黛玉与薛宝钗传递信息。听了王熙凤的话后,李纨偏偏是"笑向宝钗道",内容则是称赞王熙凤的"诙谐是好的",意思是这不过是个笑话,不必当真。薛姨妈与薛宝钗一直怀有金玉良缘的念想,这在府内人所共知,如今王熙凤公开宣称林黛玉应给宝玉"作媳妇",在场的宝钗情何以堪?此时李纨立即对宝钗说,王熙凤所言只是"诙谐",冲淡了她话中暗示的意味,化解了宝钗当场的尴尬,实际上又强化了宝钗对王熙凤所说话的关注。不管李纨说这话的主观意图如何,但她是有意说给宝钗听的却是毋庸置疑。

作品中第二次明确地提及宝玉与黛玉的婚事,是在第五十七回"慧紫鹃情辞试忙玉,慈姨妈爱语慰痴颦"。先是紫鹃劝黛玉:"最难得的是从小儿一处长大,脾气情性都彼此知道的了","趁早儿老太太还明白硬朗的时节,作定了大事要紧。"紧接着,薛姨妈也与黛玉谈起终身大事来:

(薛姨妈道):"我想着,你宝兄弟老太太那样疼他,他又生的那样,若要外头说去,断不中意。不如竟把你林妹妹定与他,岂不四角俱全?"……婆子们因也笑道:"姨太太虽是顽话,却倒也不差呢。到闲了时和老太太一商议,姨太太竟做媒保成这门亲事是千妥万妥的。"薛姨妈道:"我一出这主意,老太太必喜欢的。"

111

薛姨妈进荣国府后不久就曾谈起过宝钗日后的婚事："金锁是个和尚给的,等日后有玉的方可结为婚姻。"薛姨妈这番话的听众是"王夫人等",它的意思再明白不过,就是想将宝钗嫁给宝玉,而书中却没写"王夫人等"听了这番话的反应。如今薛姨妈又当着宝钗的面,对当事人黛玉说,她若与宝玉结合"岂不四角俱全"。她接着又对众人说道："我一出这主意,老太太必喜欢的。"可见薛姨妈立场的大反转,是因为摸清了贾母的意图,同时她也看到了荣国府的舆论倾向,因为连婆子们都认为,"这门亲事是千妥万妥的"。曹雪芹在第六十六回里又借兴儿之口说,宝玉的妻子,"将来准是林姑娘定了的。……再过三二年,老太太便一开言,那是再无不准的了"。

在描写王熙凤打趣林黛玉这一段旁,《石头记》庚辰本上有脂砚斋的侧批："二玉之配偶在贾府上下诸人即观者批者作者皆为无疑,故常常有此等点题语。"曹雪芹显然是有意要让读者们知道,关于"二玉之配偶",荣国府内的舆论基本上是一边倒。可是,在第四十二回里曹雪芹写了这样一件事:大伙儿在稻香村议论惜春作画事时,黛玉出语诙谐,引起全场的阵阵哄笑,接着她又指着李纨说："这是叫你带着我们作针线教道理呢,你反招我们来大顽大笑的。"黛玉仍是在开玩笑,但不小心点到了李纨不得已所接受的那个工作岗位,因而立即遭到了反击。李纨笑着对大伙儿说:

你们听他这刁话。他领着头儿闹,引着人笑了,倒赖我的不是。真真恨的我只保佑明儿你得一个利害婆婆,再得几个千刁万恶的大姑子小姑子,试试你那会子还这么刁不

第三章　荣国府应该谁管家

刁了。

荣国府里一边倒的舆论是黛玉今后要嫁给宝玉,好些人都拿这个话题与她开玩笑,可是李纨却对黛玉说:"保佑明儿你得一个利害婆婆。"这句话粗听只是个笑话,可是稍做思索,便可发现它的矛头指向太明显了,因为黛玉日后若嫁给宝玉,她婆婆就是王夫人。尽管李纨是笑着说的,但话中警告的意味却不容怀疑:你如此向往与宝玉成亲,那就等着"利害婆婆"吧!对于这位"利害婆婆",李纨可是有太多的体会。

话中有话,批评了王夫人却又不留痕迹,李纨如此高超的手法的运用在作品中并非唯一的一次。在第五十五回"辱亲女愚妾争闲气,欺幼主刁奴蓄险心"里,围绕赵姨娘兄弟赵国基的抚恤金闹出了一场风波。最初李纨说:"前儿袭人的妈死了,听见说赏银四十两。这也赏他四十两罢了。"但袭人是后来买进府的奴仆,故而她的妈妈是"外头的",而赵国基是"家里的",即他的父母也是贾府的奴仆,这两种情况的抚恤金标准并不相同。探春查清了规定,据此只发给二十两银。探春的生母赵姨娘为此十分愤怒,她责备探春"只顾讨太太的疼,就把我们忘了"。这里的"太太",指的就是王夫人。这时李纨在旁劝道:"也怨不得姑娘,他满心里要拉扯,口里怎么说的出来。"李纨的话气得探春连说她"糊涂"。其实李纨并不糊涂,她巧妙地将矛头引向了王夫人,在赵姨娘与王夫人之间本来就已很深的矛盾中又打进了根楔子。而且,这场风波本来就是由李纨那句"这也赏他四十两罢了"的话引起的,这到底是无心还是有意,大概也只有她自己知道了。

不过，王夫人到底是个"利害婆婆"，李纨说话还非常注意分寸，但对于王熙凤，这个夺去她职权的王夫人的心腹，她就不愿表现得过分懦弱，她与王熙凤甚至还曾有过十分精彩的交锋。当然，对于这种交锋，李纨早已圈定在不至于使自己"落不是"的范围之内。

四　李纨判词与曲子的难解之处

在曹雪芹笔下，李纨究竟是怎样的人物？王昆仑先生在《红楼梦人物论》中曾说："在太太奶奶中她能古井无波，杜绝尘垢。李纨住的是竹篱茅舍的稻香村，她的诗坛别号叫'稻香老农'，她行酒令时抽得的诗签是'霜晓寒姿'的老梅花，都是要读者意识到这是一个美而不艳、使人可敬的少妇"；同时，"她在很适当的场合也表现着自己生活的兴趣以及对人的热情与正义"。[①]后来许多有关李纨的分析文章，基本上都是按照这个基调展开，还有人说她是"集节妇、才女、仁嫂于一体的崭新艺术典型形象"。

若将《红楼梦》通读一遍，对李纨的初步印象大约也就是如此。可是若将作品中有关李纨的描写汇集在一起细读，便可发现有许多问题颇费思量。我们首先遇到的问题，是作品第五回"游幻境指迷十二钗，饮仙醪曲演红楼梦"中有关李纨的判词及曲子竟然有无法解释之处。有关李纨的判词是这样写的：

---

① 王昆仑：《红楼梦人物论》，生活·读书·新知三联书店1983年版。

第三章　荣国府应该谁管家

　　桃李春风结子完,到头谁似一盆兰。如冰水好空相妒,枉与他人作笑谈。

这首判词的前两句还不难理解,第一句的意思是讲李纨与贾珠结婚,生了儿子,不久贾珠就死了,这就是"桃李春风"与"结子完"的意思;同时,这句中有个"李"字,而"完"又与"纨"谐音,即隐含了"李纨"的名字。第二句"到头谁似一盆兰",是说贾府败落后,唯有贾兰的境遇最好。母以子贵,联系关于李纨曲子中的"带珠冠,披凤袄"之语,作者的意思显然是李纨后来因贾兰的缘故而受到诰封。第三句"如冰水好空相妒"的意思很难解释,人民文学出版社1982年版的《红楼梦》是集众多红学家心血的校勘本,该版注释李纨的判词时,明确指出"后二句句意难以确定"。同时,这条注释又提供了个参考解释:"或谓化用唐代僧人寒山《无题》诗:'欲识生死譬,且将冰水比。水结即成冰,冰销返成水。'说李纨一生三从四德,晚年荣华方至,却随即死去,只留得一个诰封虚名,白白地给世人作谈资笑料。"这个解释是用"或谓"二字引出,表明整理校勘新版《红楼梦》的红学家们认为这样解释比较牵强,但它总算也是个解释,因而列在"后二句句意难以确定"之后,供读者阅读时参考。后来有些学者都沿上述较牵强的解释去分析李纨,说"如冰水好"是指"李纨年轻丧夫尊礼守节,抚孤成立,这种品德在封建统治者看来是像冰水一样得洁净美好",而"空相妒"的解释则是"指虽然贾兰中了举,李纨也博得了'贞节'的美名,但这无法挽回贾府的衰败,只能徒然遭人妒忌罢了"。从字面上解释,"空相妒"是指没

115

有意义或到头一场空的相互妒嫉,上面那些解释都无法使"空相妒"三字得到落实,而且又都是单方面的妒嫉,而非互相妒嫉,这显然不符合曹雪芹的原意。况且李纨一生三从四德,抚养儿子成立,这样的事迹在当时封建社会里应是被表彰的楷模,又怎会"枉与他人作笑谈"呢?被人们当作"谈资笑料"的内容,显然应与"空相妒"三字有关才说得过去。

我们暂且将李纨的判词之谜先放一放,接着读同一回中有关李纨的曲子《晚韶华》:

镜里恩情,更那堪梦里功名!那美韶华去之何迅!再休提绣帐鸳衾。只这带珠冠,披凤袄,也抵不了无常性命。虽说是,人生莫受老来贫,也须要阴骘积儿孙。气昂昂头戴簪缨,气昂昂头戴簪缨;光灿灿腰悬金印;威赫赫爵禄高登,威赫赫爵禄高登;昏惨惨黄泉路近。问古来将相可还存?也只是虚名儿与后人钦敬。

曲子里"气昂昂头戴簪缨""光灿灿腰悬金印"与"威赫赫爵禄高登"等句,都是讲贾兰后来当了高官,这是对前面判词中"到头谁似一盆兰"的补充说明,而"带珠冠,披凤袄",是指由于贾兰当了高官,李纨因此而受皇上的诰封。整首曲子的意思是说李纨青春丧偶,失去了生活的乐趣。后来贾兰"爵禄高登",李纨因子而贵,此时却已是死期将近,故而曲子最后一句是"也只是虚名儿与后人钦敬"。在一般世人眼里,这个"虚名"也是很可羡慕的,因而曹雪芹在这里用了"钦敬"二字,这显然与前面所说的有些人企图解释为"只能徒然遭人妒忌罢了"相矛盾。

第三章　荣国府应该谁管家

这首《晚韶华》曲子中,"虽说是,人生莫受老来贫,也须要阴骘积儿孙"那一句很刺目,同样也是个谜。这一句意思很明白,语句也不艰深,确为作者对李纨的批评:当贾府败落之后,唯有李纨在经济上还拥有较强的实力,但她却不愿积阴骘,帮助某位亲人摆脱危难。曹雪芹曾借兴儿之口称赞李纨是"大菩萨""第一个善德人",可是她在这儿又受到相当严厉的批评。李纨不愿做帮助某位亲人摆脱危难的积阴德的事,这样的举动倒确实可成为人们的"笑料"。如果联系到判词中"如冰水好空相妒,枉与他人作笑谈"二句,我们有理由推测李纨此时不愿出手相援,是因为先前与某人有过节的缘故,同时她也已养成了出手吝啬的习惯。在《红楼梦》的前八十回中,李纨并没有拒绝帮助别人摆脱危难的举动(高鹗所续的后四十回里也没有这方面的描写),以致这三句话一起构成了一个难解之谜。

《红楼梦》第五回"游幻境指迷十二钗,饮仙醪曲演红楼梦",是全书中具有纲领性的章节,贾宝玉在太虚幻境看到了许多人的判词,还听了相应的"红楼梦"十二支曲。这些判词以及曲子归纳或浓缩了相应人物一生中最主要的境遇,并预示了她们的命运;同时,这些判词与曲子又表露了作者对这些人物的态度。如贾宝玉首先看到的是晴雯的判词:

霁月难逢,彩云易散。心比天高,身为下贱。风流灵巧招人怨。寿夭多因毁谤生,多情公子空牵念。

由于晴雯在前八十回里已死去,所以这首判词意思很容易理解,作者对晴雯的同情以及对暗算或迫害她的人愤恨也显示得很清楚。可是,我们今天看到的曹雪芹所写的《红楼梦》只有八十回,判词所提到的多数人的结局都在八十回以后,而高鹗续写《红楼梦》的后四十回时,他是按自己的理念去写各人的结局,其中有一些与曹雪芹原先的设计基本相符,但有许多却是明显地不符。如关于香菱的判词最后两句是"自从两地生孤木,致使香魂返故乡",她的结局在曹雪芹的设计中应是被夏金桂虐待而死,可是高鹗的续书却说香菱最后被"扶正"了。还有些人物,高鹗在续写时没有完全去照应她们的判词与曲子,于是其中有些话就没有了着落。如果曹雪芹能将《红楼梦》写完,那么我们读完全书,就不难理解那些判词和曲子;可是如今我们只能读到前八十回,于是一些判词和曲子中的话就成了谜,前面提到的关于李纨判词和曲子中的有些话,就是很典型的例子。

曹雪芹说自己创作《红楼梦》是"披阅十载,增删五次",又有"字字看来皆是血,十年辛苦不寻常"之说,他那部作品是精心撰写,而其中关键的第五回更是仔细斟酌,反复推敲。因此,我们凭借那些判词与曲子,根据故事情节发展过程中所透露的各种信息或线索,还是可以对李纨判词与曲子中的难解之谜做出推测与判断。

推测与判断的路径其实也是清楚的。前面关于管家权该归谁的讨论,我们已经知道李纨不满的对象就是王夫人与王熙凤两人,但李纨对婆婆王夫人是心怀不满却又畏惧有加,这并不是妒嫉,而眼见王熙凤占据了本应属于自己的管家岗位,且又颐指气使、耀武扬威的模样,李纨确实会暗怀忌恨之心。不过,李纨的判词中用的是"相妒"二字,那么,已经风光荣耀的王

第三章　荣国府应该谁管家

熙凤又为了什么缘故去妒嫉李纨呢？而且，李纨曲子中"虽说是，人生莫受老来贫"一句，已经指明此事与钱财相关，再玩味那首曲子，"只这带珠冠，披凤袄，也抵不了无常性命"那句，指贾兰当高官，为母亲奏请诰命已是李纨晚年的事，贾府败落、李纨不愿出手助人的事远在此之前。那么，在贾府败落时，李纨又怎么会有能救援别人的经济实力呢？疑问不少，可是它们又为我们在作品中寻找答案指示了方向，提供了线索，至少，它们将使我们更加关注荣国府内的经济问题。

第四章 围绕月钱的风波

上一章里已提到,贾府败落后,其他人的处境狼狈不堪,李纨却仍拥有较雄厚的经济实力。她是从哪儿弄来的钱?作品中的描写告诉我们,李纨其实不必索取钱财,她每月都有一笔稳定的收入,那就是月钱,又叫月例。荣国府实行的是由"官中"保障的供给制,即无论主子或丫鬟奴仆,衣食住行都由荣国府包了下来,各人无须付钱,因此所谓月钱并不是生活费,而是每个月按各人等级分发的零花钱。那么,李纨仅靠每月的零花钱能积攒出可观的财富吗?要回答这个问题,还先得从荣国府的月钱制度说起。

一 荣国府的月钱制度

荣国府内实行的是供给制,府内上下人等在生活的方方面面,如按季节换的衣服,每天的饭菜,甚至各人的首饰都有相应的"官中"支出的"分例",即按各人的级别供给,他们日常过活自可无忧。可是,无论是主子还是奴才,他们在府内或府外与

第四章　围绕月钱的风波

人交往时,有时总免不了要花钱。荣国府的祖宗早就考虑到这一点,并定下了月钱制度,这是荣国府供给制中十分重要的一项"分例",故而书中有时也特指为"月例"。在曹雪芹所写的《红楼梦》前八十回里,作者在第三回里就开始提到月钱,那是林黛玉刚进荣国府时,作品中写她听到王夫人的第一句话便是在问王熙凤:"月钱放过了不曾?"第七十三回"痴丫头误拾绣春囊,懦小姐不问累金凤"中,在紫菱洲为攒珠累丝金凤而引起的那场风波中,人们也提到月钱,这是前八十回中最后一次提到月钱。曹雪芹在故事的进展过程中曾多次写到月钱,而且每提到月钱总会生发出一些事件,或发生一些矛盾和纠纷,或显示作者的寓意。如第三回中王夫人的发问,让读者明白了家事虽由她主管,但具体操作却由王熙凤负责的现状,这也是为后面王熙凤不按时发放月钱做伏线;而第七十三回中关于月钱的争论,既写到下人与主子的矛盾,同时又"发邢夫人之私意",强化了她"婪取财货为自得"的一面。由此可见,月钱在曹雪芹的写作计划中占据了很重要的地位,而究其原因,则是月钱在荣国府这个大家族的生活中起着不可忽略的作用,也难怪府内许多人都十分关注每个月的这笔收入。

当然,在荣国府里也有个别的主子不关心月钱,其中最典型的是贾宝玉。在第五十一回"薛小妹新编怀古诗,胡庸医乱用虎狼药"里,宝玉让人请了胡大夫给晴雯看病,因当时袭人不在,面对"小簸箩内放着几块银子",该如何付大夫一两银子的出诊费竟难倒了宝玉,不是没有钱,而是他对何为"一两"毫无概念:

麝月便拿了一块银子,提起戥子来问宝玉:"那是一两的星儿?"宝玉笑道:"你问我?有趣,你倒成了才来的了。"麝月也笑了,又要去问人。宝玉道:"拣那大的给他一块就是了。又不作买卖,算这些做什么!"麝月听了,便放下戥子,拣了一块掂了一掂,笑道:"这一块只怕是一两了。宁可多些好,别少了,叫那穷小子笑话,不说咱们不识戥子,倒说咱们有心小器似的。"那婆子站在外头台矶上,笑道:"那是五两的锭子夹了半边,这一块至少还有二两呢!这会子又没夹剪,姑娘收了这块,再拣一块小些的罢。"麝月早掩了柜子出来,笑道:"谁又找去!多了些你拿了去罢。"

虽在第四十七回"呆霸王调情遭苦打,冷郎君惧祸走他乡"里,宝玉曾向柳湘莲抱怨过"虽然有钱,又不由我使",但实际上由于在荣国府的特殊地位,他并不在乎钱,所以才会出现不识星戥的笑话。相比之下,他的妹妹探春对月钱就很重视,她在第二十七回里对宝玉说:"这几个月,我又攒下有十来吊钱了。你还拿了去,明儿出门逛去的时候,或是好字画,好轻巧顽意儿,替我带些来。"这十来吊钱,就是靠每月发的月钱攒的,她托宝玉外出购物已不止一次。探春拿月钱托宝玉买东西还引起了风波,她告诉宝玉,她的生母赵姨娘为此还埋怨她,先是说"没钱使,怎么难",后见探春不搭理,又直截了当地指责她,为什么攒的钱给了宝玉,"倒不给环儿使呢"。这些细节描写写出了探春对月钱的关注,以及她在经济方面的独立意识。可是对宝玉来说,一切需要用钱的事务都有袭人负责操办,他没有也没有必要去关心这类俗事。比如说,第三十七回"秋爽斋偶结海棠

第四章　围绕月钱的风波

社,蘅芜苑夜拟菊花题"里写道:贾芸送两盆白海棠给宝玉,先让小子送到大观园门口,再由婆子送到怡红院,接收的袭人则封了六钱银子赏那抬花来的小子们,又拿了三百钱给园内的婆子打酒吃。这些事宝玉都不知道,这类俗事他也根本不愿过问。赏钱给为自己服务的人,这在荣国府里是个惯例,如在第二十六回里,佳蕙奉袭人之命给林黛玉送茶叶,黛玉就抓了两把钱给她,在第四十五回里,宝钗派婆子送洁粉梅片雪花洋糖给黛玉,黛玉就命人送几百钱给这婆子买酒吃,那婆子笑道:"又破费姑娘赏酒吃。"读者通过这句话中的"又"字,可以知道这样的事曾多次发生。这类细节描写在作品中多次看到,说明荣国府内盛行着小费制度,而那些公子小姐并没有其他收入,赏下人的小费就得靠月钱来支付。

对奴仆与丫鬟来说,月钱在生活中的重要性就骤然增加了许多。金钏儿死后,王夫人房中该补一个每月一两银子分例的丫鬟,为谋求这个职位,好几家人都向王熙凤送了礼。在第三十九回"村姥姥是信口开河,情哥哥偏寻根究底"里,刘姥姥有一句话可帮助我们理解,他们为什么如此看重每月只有一两银子的月钱。当时刘姥姥看到荣国府里一顿饭用了二十多两银子,就说,"这一顿的钱够我们庄家人过一年了"。在第五十九回里,宝玉的丫鬟春燕就说得更具体:"幸亏有了这园子,把我挑进来,可巧把我分到怡红院。家里省了我一个人的费用不算外,每月还有四五百钱的余剩",这"四五百钱的余剩"指的就是月钱。在第六十回里,柳五儿托芳官帮忙,想谋得一个正式编制进怡红院服役,其中的重要原因便是"添了月钱,家里又从容些"。对下人们来说,他们很看重月钱这笔收入。

客居荣国府的主子,个别的因家境较为贫寒,也很看重这月钱。在第四十九回里,邢岫烟随父母投奔邢夫人,因贾母留她住在大观园里,食宿便由王熙凤安排。邢岫烟是邢夫人的侄女,王熙凤与婆婆邢夫人又素来不和,于是她便决定,"莫若送到迎春一处去,倘日后邢岫烟有些不遂意的事,纵然邢夫人知道了,与自己无干。从此后若邢岫烟家去住的日期不算,若在大观园住到一个月上,凤姐儿亦照迎春的分例送一分与岫烟"。邢岫烟可以享受荣国府的供给制,照理说应是衣食不愁了,可是第五十七回里我们却看到,她竟把冬衣典当了,以至于天冷了还穿着夹衣。这是什么原因呢?邢岫烟告诉宝钗:"姑妈打发人和我说,一个月用不了二两银子,叫我省一两给爹妈送出去,要使什么,横竖有二姐姐的东西,能着些儿搭着就使了。"这里的姑妈是指邢夫人,二姐姐指迎春。邢岫烟住在迎春那儿,常得拿钱给紫菱洲的妈妈丫头们"打酒买点心吃",因为"那些妈妈丫头,那一个是省事的,那一个是嘴里不尖的?"手里的钱付小费都不够,邢岫烟情急无奈,只好"把绵衣服叫人当了几吊钱盘缠"。邢岫烟每月省下一两月钱给父母送去,这是替邢夫人省下了开销。邢夫人连一两银子都不肯放过,充分暴露了她"婪取财货为自得"的一面,同时这细节也让读者体会到那些人对月钱是何等的重视。

《红楼梦》写出了月钱对荣国府上下人等的重要性,而荣国府中有许多人又很牵挂月钱何时发放。这本来不应是个问题,因为月钱理所当然应该是每月定期发放,但此事归王熙凤掌管后,荣国府里的实际情形并非如此。第三回里林黛玉刚进荣国府时,就听到王夫人在问王熙凤月钱是否已经发了。这细节似

第四章 围绕月钱的风波

是曹雪芹不经意随手写上的，但稍做追究，就可发现其中实有名堂：如果月钱每月发放的时间始终正常，大家对此都没意见，王夫人根本想不到要去提出这样的问题。而且，王夫人自己就是月钱领取者，她完全可以根据自己是否拿到月钱做出判断，无须再向王熙凤查问。那时王夫人并不缺钱，按照她的性格，也不会因自己一时没领到月钱而急着查问，现在她提出这个问题，应该是她的月钱已到手，但听到别人还未发放的反映。曹雪芹在这里没展开这个话题，但他为后面王熙凤拖延发放月钱故事埋下了伏笔。在第三十六回里，王夫人又在关心月钱的发放情况，因为她听到反映，说姨娘的丫鬟"短了一吊钱"。在第三十九回里，袭人向平儿打听："这个月的月钱，连老太太和太太还没放呢，是为什么？"而在第五十五回里，我们又看到秋纹在问平儿，"宝玉的月银我们的月钱多早晚才领"。众人如此希望能早日拿到手的月钱，为什么总是拖欠不发呢？曹雪芹在作品中将这个问题的答案揭示得非常清楚：荣国府众人的月钱都被王熙凤挪用去放债了。就在第三十九回里，平儿曾悄悄地告诉袭人，"这个月的月钱，我们奶奶早已支了，放给人使呢。等别处的利钱收了来，凑齐了才放呢"。王熙凤"这几年拿着这一项银子，翻出有几百来了"，她平时无须用钱，自己的月钱也"十两八两零碎攒了放出去，只他这梯己利钱，一年不到，上千的银子呢"。由此看来，在需要月钱这点上，王熙凤与其他人并无差异，但众人只是本分地领自己的那份月钱，王熙凤却是将月钱放债，以谋取更多的财富，而且她还利用自己治家的权力，挪用别人的月钱去放债，于是王熙凤的需要便与众人的需要发生冲突。后来大家慢慢知道了月钱被拖欠的秘密，王夫人几次查问显然是有人忍不住了向她反映。可是王夫人的查问并没产生实际效果,她当然不可能去彻查王熙凤,有些话也只能点到为止。

在《红楼梦》里,一些矛盾的酝酿、发生与爆发过程中,月钱起了很重要的作用,这也容易理解,因为这笔钱对不少人来说分量还是相当重的。《红楼梦》是一部文学作品,曹雪芹当然不可能用专门的篇幅介绍荣国府的月钱制度,但随着情节的推移与故事的进展,不时地透露出有关荣国府月钱发放的内容,将这些内容综合起来做梳理,我们还是可以对此有个较完整的了解。

月钱发放是荣国府各种"分例"中最重要的内容之一,而其核心则是体现尊卑的等级差异。居住在荣国府的主子中,贾母辈分最高,其次是贾政与王夫人,他们三人的月钱也最多。在第四十五回里,王熙凤说李纨每月的月钱是二十两银子,"和老太太、太太平等",据此可以知道贾母、王夫人每月的月钱标准是二十两银子,贾政显然也应同此,而李纨能按最高标准每月拿二十两,则是贾母特别关照的特例,她先是提升到"一个月十两银子的月钱",后来又"足的又添了十两"。除这几人之外,荣国府中较年轻的主子分已婚与未婚两个级别发放。除李纨不算外,年轻已婚的主子其实只有从贾赦这房过来的贾琏与王熙凤。王熙凤说到李纨曾定级为每月十两,"比我们多两倍银子",由此推算,这一级别的月钱是每月四两。至于年轻未婚的主子,作者在第五十六回里探春之口交代得很清楚:"我们一月有二两月银",小姐们原有购买头油脂粉的二两银,后来被探春"蠲了",她认为和月钱重叠,"看起来也不妥当"。关于这个级

第四章 围绕月钱的风波

别的月钱标准,作品里曾多次提到。在第三十六回里,王熙凤向王夫人汇报说,"赵姨娘有环兄弟的二两",即贾环的月钱也是每月二两,公子们原本一年还另有八两银,供"学里吃点心或者买纸笔",这一项后来也被探春革除。在第四十九回里,王熙凤安排邢岫烟与迎春住在一起,"亦照迎春的分例送一分与岫烟",这个分例同样是每月二两。迎春、邢岫烟以及王熙凤、贾琏都不是贾政这一房的人,但只要他们住在大观园或贾政这一房内,就和宝玉、探春等人一样领取月钱。黛玉也不是贾政这一房的人,其月钱标准应同于探春,只不过潇湘馆上下人等的月钱不由王熙凤发放,而是贾母派人直接送来。原因在第一章中已有分析,此处不赘。

至于各个主子使唤的丫鬟们,她们的月钱当然要比主子少,而且她们还分成三等,按各自的级别领取月钱。还是在第三十六回里,曹雪芹通过王夫人与王熙凤一问一答的方式,介绍了主子用丫鬟的定例,以及丫鬟月钱的级别。贾母使唤鸳鸯、琥珀等八个大丫头,她们每月的月钱是一两银子,因袭人调到宝玉处,还剩下七个大丫头,而袭人虽已调走,但月钱仍在贾母名下开支。王夫人是使唤金钏儿、玉钏儿等四个大丫头,月钱也是每月一两,金钏儿死后没补,由玉钏儿领双份。宝玉房中除袭人外还有晴雯、麝月等七个二等丫头,每月人各月钱一吊。此外,众多的丫鬟是三等,她们的月钱是每月五百钱。前面提到怡红院里的三等丫鬟春燕每月省下四五百钱给母亲补贴家用,这也证明了丫鬟们日常生活的开销都已由供给制保障。

除主子与丫鬟之外,还有一类人处于这两者之间,那就是

127

赵姨娘、周姨娘与平儿等人。她们不能算主子，但身份又比丫鬟高，其月钱是每月二两银子，即比已婚的年轻主子低一级，拿到的数量与未婚的主子相同。这样算下来，荣国府内发放月钱时，主子有三个等级，丫鬟也有三个等级，另有姨娘、通房丫鬟等一个等级，即荣国府内月钱发放共分了七个等级。在七个等级中，上五个等级都发银子，下两个等级即二等与三等丫鬟是发钱。细心的读者可能会发现一个问题：银子与铜钱的兑换比例并不是固定不变的常数，不同的地区也会有差异。在清代前期，有时一两银子只能兑换八百钱，公元1800年前后，一两银子可兑换一吊钱左右。依此推算，荣国府内一等丫鬟的月钱岂不就少于二等丫鬟？这样的错误在曹雪芹笔下当然不可能发生，这需要我们再仔细阅读作品。还是在第三十六回里王夫人与王熙凤的对答中，有这样一段话可帮助解决疑惑：

> 王夫人问道："正要问你，如今赵姨娘、周姨娘的月例多少？"凤姐道："那是定例，每人二两。赵姨娘有环兄弟的二两，共是四两，另外四串钱。"王夫人道："可都按数给他们？"凤姐见问的奇怪，忙道："怎么不按数给！"王夫人道："前儿我恍惚听见有人抱怨，说短了一吊钱，是什么原故？"凤姐忙笑道："姨娘们的丫头，月例原是人各一吊。从旧年他们外头商议的，姨娘们每位的丫头分例减半，人各五百钱，每位两个丫头，所以短了一吊钱。"

赵姨娘一共可领取四两银子四吊钱，由于她使唤的两个丫鬟由二等降为三等，所以她后来只拿到四两银子三吊钱，其中一吊钱

第四章 围绕月钱的风波

是那两个三等丫鬟的。也就是说,赵姨娘与贾环的月钱都是二两银子外加一吊钱。这一标准在第三十六回里也得到证实,王夫人因要将袭人升至姨娘,在身份未最后确认前,袭人的月钱得由王夫人自己掏腰包:"把我每月的月例二十两银子里,拿出二两银子一吊钱来给袭人。"由赵姨娘、贾环以及袭人之例,不难推知凡月钱领取的是银子的人,都还另加有钱,其吊数似是银两数的一半。有人曾有疑问:一等丫鬟的月钱是一两银子,二等丫鬟是一吊钱,银两与钱的兑换率时常波动,有时一两银子还不值一吊钱,一等丫鬟的月钱岂不就低于二等丫鬟?其实,一等丫鬟的月钱是一两银子再加五百钱,因此并不存在一等丫鬟的月钱反而比二等丫鬟少的怪事。相应地,上面提及的个人月钱数应做修正:贾母、王夫人诸人是二十两银再加十吊钱,王熙凤等已婚主子是四两银二吊钱,宝玉、探春等未婚公子小姐是二两银一吊钱。银子之外再发钱十分必要,贾府内的小费支付多数是用钱,主子们平日里玩耍斗牌也得用钱。在第四十七回里,王熙凤与贾母玩牌就有意输钱,她述和薛姨妈说:"姨妈瞧瞧,那个里头不知顽了我多少去了。这一吊钱顽不了半个时辰,那里头的钱就招手儿叫他了。"就在这时,"平儿怕钱不够,又送了一吊来"。

从王熙凤所说的赵姨娘共领取四两银子四吊钱可以知道,荣国府里月钱不是直接发到每个人,而是按房发,再由该房的主子发给手下的奴仆,以显示其权威。在第四十五回里,王熙凤说李纨那儿"主子奴才共总没十个人,吃的穿的仍旧是官中的。一年通共算起来,也有四五百银子",这是对稻香村月钱的总算,她只负责将钱交到李纨手中。第二十六回里佳蕙到潇湘馆送茶叶时,正看到林黛玉在给丫鬟们分月钱。分到房再由主

129

子分给奴仆的发放方式,看来也是祖宗定下的"旧例",这也是主子对奴仆展示权力的机会。

现在,关于荣国府内领取月钱的等级与发放方式等情况已基本清楚,还须补充的就是在各级分例之外还有特例,如该领取一两银子的玉钏儿领二两,袭人未有姨娘身份前已按姨娘的级别领取月钱。诸特例中最突出的一例,则当数李纨,按定例她该领取四两,但实际上却领取了二十两。正是这个特例,造成了王熙凤的心理不平衡,她对李纨的妒嫉,也由此而来。

二　李纨与王熙凤的月钱观差异

荣国府里人人都和月钱有关,而围绕着月钱最忙乎的则是王熙凤。别人都是每月领取一次,然后或慢慢消费,或一点点地积攒起来。可是王熙凤却得负责发放,又利用发放权挪用了去放债,还要关心利钱的回收,面对众人催发月钱的询问得设法搪塞,王夫人查问时又得想好一套说辞让她相信,在故事进展的过程中,这状况就月复一月地不断循环下去。

《红楼梦》在第十六回里就开始提到了王熙凤放债的事。当时贾琏带黛玉在苏州安葬了林如海后回府,他与王熙凤相聚时,忽听见外面有人在说话,询问平儿是怎么回事,平儿说是薛姨妈派了香菱来说事,已打发走了。等贾琏走后,平儿向王熙凤说出了实情:

平儿笑道:"那里来的香菱,是我借他暂撒个谎。奶奶

第四章　围绕月钱的风波

说说,旺儿嫂子越发连个承算也没了。"说着,又走到凤姐身边,悄悄的说道:"奶奶的那利钱银子,迟不送来,早不送来,这会子二爷在家,他且送这个来了。幸亏我在堂屋里撞见,不然时走了来回奶奶,二爷倘或问奶奶是什么利钱,奶奶自然不肯瞒二爷的,少不得照实告诉二爷。我们二爷那脾气,油锅里的钱还要找出来花呢,听见奶奶有了这个梯己,他还不放心的花了呢。所以我赶着接了过来,叫我说了他两句,谁知奶奶偏听见了问,我就撒谎说香菱来了。"

曹雪芹在这里第一次提到王熙凤放债收利钱的事,并特地点明王熙凤是瞒着贾琏偷偷摸摸地干,知道这件事的只有她的心腹平儿与旺儿嫂子,所以即使屋内并无他人,平儿还是很小心地"走到凤姐身边,悄悄的说道"。作者没有告诉读者这是什么样的利钱,只是留下了悬念,而他在书中又设置了一条众人关心月钱发放的线索。第三回里林黛玉刚进荣国府时,王夫人就在问王熙凤:"月钱放过了不曾?"只有月钱每月发放的日期飘忽不定或发放被拖延,这样的问题才会产生。在第三十六回里,王夫人又在关心月钱的发放情况,王熙凤回答说:"如今我手里每月连日子都不错给他们呢。先时在外头关,那个月不打饥荒,何曾顺顺溜溜的得过一遭儿。"所谓"在外头关",是指原先是二门外的帐房发,此处"关"是发给或支领薪饷之意。原先是帐房发,后来又为何改为王熙凤发呢?作品中对此未做交代,但管帐房的是林之孝,他的老婆林之孝家的是二门内的管家,又认王熙凤做干妈。这对夫妇行事有迎合王熙凤的一面,如果不是王熙凤想揽下这件事,林之孝绝无可能将原属帐房的月钱发放权硬塞给她。王熙凤曾说:"这个事我不过是接手儿,怎么来,怎么去,由不得我作主。"确实,各人的月钱数有明确的标准,帐房按总数拨出后,很难从中克扣,否则会立即引发强烈反响。王熙凤接下此事明显的好处是可借发放权而立威,同时她又可以拖延发放的方式挪用月钱去放债。

王熙凤曾理直气壮地标榜说,自从接管月钱发放权后,"如今我手里每月连日子都不错给他们呢",这话大概只有听汇报的王夫人相信。就在她说后的没几天,在第三十九回里,曹雪芹就安排了一段情节,让大家知道王熙凤在说谎:

> 袭人又叫住问道:"这个月的月钱,连老太太和太太还没放呢,是为什么?"平儿见问,忙转身至袭人跟前,见方近无人,才悄悄说道:"你快别问,横竖再迟几天就放了。"袭人笑道:"这是为什么,唬得你这样?"平儿悄悄告诉他道:"这个月的月钱,我们奶奶早已支了,放给人使呢。等别处的利钱收了来,凑齐了才放呢。因为是你,我才告诉你,你可不许告诉一个人去。"袭人道:"难道他还短钱使,还没个足厌?何苦还操这心。"平儿笑道:"何曾不是呢。这几年拿着这一项银子,翻出有几百来了。他的公费月例又使不着,十两八两零碎攒了放出去,只他这梯已利钱,一年不到,上千的银子呢。"袭人笑道:"拿着我们的钱,你们主子奴才赚利钱,哄的我们呆呆的等着。"

在第五十五回里,我们又看到秋纹在问平儿:"宝玉的月钱我们的月钱多早晚才领?"曹雪芹一再用这样的情节告诉读者,王熙

第四章　围绕月钱的风波

凤说按期发放月钱是在蒙骗王夫人。平儿向袭人透露了实情，拖延发放日期，是因为月钱已被王熙凤挪用去放债了，而众人拿到的月钱，实际上是王熙凤放债后收来的利钱。月钱发放为什么拖欠，王熙凤放债究竟是怎么回事，曹雪芹设置的这两条悬念线索至此汇合在一起，谜底完全揭开。

平儿的那段话信息量很丰富，除了众人的月钱已被挪用放债外，她还告诉袭人，大家拿到的月钱其实已不是帐房拨出的专款，而是王熙凤放债收回的利息，而且她在好几处放债，"等别处的利钱收了来，凑齐了才放呢"。由第十六回可以知道，打理放债事务的是王熙凤的心腹旺儿夫妇，此事已持续了好多年，"这几年拿着这一项银子，翻出有几百来了"。提起王熙凤的放债，现在大家都认为她是在放高利贷，相关的红学论文更是对此严加鞭挞。可是在曹雪芹所写的前八十回里，只有描写倪二借钱给贾芸时，才说他"专放重利债"，提及王熙凤放债时，却从未见"重利""高利贷"之类的字眼，将它们安到王熙凤头上，只见于八十回后的续书中。在第一百零四回"醉金刚小鳅生大浪，痴公子余痛触前情"中，贾芸说王熙凤"拿着太爷留下的公中银钱在外放加一钱"。所谓"加一钱"，是指月息为本金的十分之一，这显然是高利贷了。接着在第一百零五回"锦衣军查抄宁国府，骢马使弹劾平安州"中，又看到从王熙凤房中查出"一箱借票，都是违例取利的"，既然是"违例取利"，锦衣府堂官赵全也就立即为之定性："好个重利盘剥！很该全抄！"在第一百零六回里，皇上责成北静王"查核"那些借券，"如有违禁重利的，一概照例入官，其在定例生息的，同房地文书，尽行给还"。皇上的旨意原本只是"查看贾赦家产"，可是居住在贾政那儿的王熙凤房中查出了债券,贾政一房也被卷了进来,急得贾政追问:"那重利盘剥究竟是谁干的?"在前八十回里,关于王熙凤放债提到过三次,其中只有平儿对袭人的透露可算是正面描写,而在后四十回里,接连三回都紧咬着王熙凤放债事不放,并点明是"重利盘剥",使之成为重大事件。

应该承认,后四十回的作者是尽可能地接续前八十回的线索,可是关于王熙凤放债的描写,却有两处明显对不上号。第一百零六回里贾琏声称对放债的事不知情,而且他是"一心委屈,含着眼泪"说的,可见续书者是认定贾琏对此一无所知。确实,刚开始时王熙凤放债这件事做得相当隐秘,除旺儿夫妇外,知情者也只有王熙凤从娘家带来的心腹亲信平儿,贾琏完全被蒙在鼓里。第十六回里平儿将送利钱来的旺儿媳妇支开,就是因为贾琏在家,此事说不得。不过,王熙凤放债的事还是慢慢地传开了。第三十九回里袭人追问月钱为什么还不发放时,平儿因她是信得过的好友,"见方近无人",才悄悄地告诉她:"这个月的月钱,我们奶奶早已支了,放给人使呢。等别处的利钱收了来,凑齐了才放呢。"平儿还向袭人强调:"因为是你,我才告诉你,你可不许告诉一个人去。"可是,袭人难免也有些信得过的好友,她是否也在关照"你可不许告诉一个人去"后透露此事,那就说不准了,经手的旺儿夫妇的口风也未必严实得一丝不漏,而借贷人那里也会传出信息来。其实,同样是在第三十九回里,平儿对二门当值的小厮吩咐道:"你这一去,带个信儿给旺儿,就说奶奶的话,问着他那剩的利钱。明儿若不交了来,奶奶也不要了,就越性送他使罢。"平儿吩咐这些话时,周瑞家的也在场,王熙凤放债的事,至少又多了两人知道。第六十五

第四章　围绕月钱的风波

回里兴儿曾向尤二姐介绍说,二门当值的小厮有几个是王熙凤的心腹,这平儿吩咐的小厮应该就是,而周瑞家的是王夫人的陪房,也是自己人,因此知道此事的还是在自己人的圈子里。不过,贾琏到了第七十二回时已知此事,王熙凤为此还当着他的面说了一大番话。首先,她关照旺儿媳妇:"说给你男人,外头所有的帐,一概赶今年年底下收了进来,少一个钱我也不依的。"王熙凤似是下决心收手不干了,从"我的名声不好,再放一年,都要生吃了我呢"一语来看,她确已受到了压力。其他主子以及管家们的嫉恨须得提防提防,面对贾母、王夫人的查问会很尴尬,顶着"放帐破落户"恶谥过日的滋味可不好受。接着她又解释说,现在"日用出的多,进的少",放债是为了补贴家用,即贾琏也是受益者;而荣国府现金周转不灵,也是她拿钱"白填在里头"勉力维持。要言之,她为公而放债,却蒙受了天大的委屈。贾琏听了这番话后未发一言,这也是态度的表明,他熟悉各种事务,并不会轻易就相信王熙凤强词夺理的狡辩。第七十二回里的情节表明,贾琏已完全知晓王熙凤放债的事,脂砚斋在此处还有"可知放帐乃发,所谓此家儿如耻恶之事也"的批语,即原本隐秘的事现在已经传开,知晓者又何止贾琏。另外,在前八十回里,平儿明确地说放债的本金是挪用众人的月钱以及王熙凤自己的"梯己",而且这"梯己"钱占了放债的大头,可是在第一百零四回里,却将放债的本金说成是"太爷留下的公中银钱"。查出王熙凤放债是贾府被抄中的重要情节,将其坐实为"高利贷"是故事展开的前提,可是续书者做此描写时,显然是未仔细辨析前八十回中的相关内容便轻率动笔。

续书中关于王熙凤放债的几处描写明显地与第三十九回

中平儿所言"这几年拿着这一项银子,翻出有几百来了"相矛盾。根据周汝昌先生《红楼梦新证》中"红楼纪历"的排列,第三回王夫人向王熙凤查问月钱发放事为红楼纪历的第七年,第三十九回中平儿告诉袭人放债事为第十三年,即"翻出有几百来了"是六年间的事,[①]而由作品的介绍可知,王熙凤可挪用的二门内月钱发放的总数是三百两银。当然,王熙凤并不是每个月都挪用三百两月钱去放债,她收齐利钱后即发放月钱,而下个月又挪用月钱去放债,这相当于有三百两银一直在被她挪用。现在需要做的是分析这些数据并做出判断:后四十回称王熙凤放高利贷的说法是否成立。

在回答这个问题之前,我们得了解下当时国家关于放债的法律条文。《大清律·户律·钱债》中明确规定:"凡私放钱债或典当财物,每月取利并不得过三分。年月虽多,不过一本一利。违者笞四十,以余利计赃重者,坐赃论,罪止杖一百。"[②]这条法律规定中有几个要点:首先,放债利率的最高上限是月息三分,即3%;其次是"年月虽多,不过一本一利",即一旦利息积累至与本金相同,本金就不再产生利息,在随后的日子里,其性质就成了无息贷款。《大清律例会通新纂》中对此还有专门的说明:"如借银一两,按每月三分取利,积至三十三个月以外则利钱已满一两,与本相等,是谓一本一利。虽年月之多,不得复照三分算利,即五年十年亦止还一本一利,此债当取利之禁限也。"[③]由该

[①] 周汝昌:《红楼梦新证》,人民文学出版社1976年版。
[②] 《大清律例》卷十四,天津古籍出版社1993年版。
[③] 姚云芗:《大清律例会通新纂》卷十,见《近代中国史料丛刊》三编第二十二辑,文海出版有限公司1987年版。

第四章　围绕月钱的风波

说明还可以知道,一个月的利息产生后,不得归入下个月的本金去计算利息,即禁止利上滚利。不过,如果借给一人后到时收回,再借贷给他人,这时利息就可以归入本金,所谓"一本一利"与禁止利上滚利都可以规避了。因此,上述法律条文中最关键的一条是"每月取利并不得过三分"。续书的第一百零四回称王熙凤放债的利率是"加一钱",即月息为10%,它是国家标准的三倍多,"违例取利""重利盘剥"的认定均是由此而来。

或许续书者认为,既然前八十回中没有明确提到利率,就可以根据自己构思的需要而杜撰,他没想到曹雪芹在描述时,对王熙凤的放债已有性质上的框定。第三十九回平儿与袭人谈及王熙凤挪用月钱放债时说:"这几年拿着这一项银子,翻出有几百来了。"根据周汝昌先生《红楼梦新证》中的排列,第三回王夫人向王熙凤查问月钱发放事为红楼纪历的第七年,第三十九回中平儿告诉袭人放债事为第十三年,即"翻出有几百来了"是六年间的事。按挪用的二门内月钱三百两银计,如果放债的利率是"加一钱",每月利息是30两,一年为360两,六年共计2160两,这与"翻出有几百来了"完全对不上号。若按国家标准"三分"计,每月利息是9两,一年为108两,六年共计648两,这正与"翻出有几百来了"相符。平儿还告诉袭人:"他的公费月例又使不着,十两八两零碎攒了放出去,只他这梯己利钱,一年不到,上千的银子呢。"这句话讲了两层意思,一是王熙凤自己的月钱也是"零碎攒了放出去",一是她梯己钱的利息数量。这里需要说明,王熙凤的梯己钱并不只是月钱,她受馒头庵老尼之托拆散守备之子与金哥的婚事,就"坐享了三千两"。若以此为本金按"三分"利放债,"一年不到"就按十个月计,利息共为

137

900两,正与"上千的银子"相符。倘若本金不止于三千两,那月息还低于国家规定的"三分"。若按续书所说的"加一钱"计,十个月的利息总计为3000两,远远超过了曹雪芹所说的"上千的银子"。两组数据的比较,证明了王熙凤只是一般的放债而非高利贷,这是性质不同的两码事。

第三十九回平儿那段话中还有两个问题需要解释。首先,王熙凤为何竟敢连贾母、王夫人的月钱都拖着不发?其实道理很简单:这两人根本无须急着等这笔钱用。贾母与王夫人都是大家必须奉承的长辈,平日里不必花什么钱,而月钱的长期积攒,已成一笔极为可观的财富。在第五十五回里,王熙凤与平儿议论到家中将会发生的几件大事时说:"宝玉和林妹妹他两个一娶一嫁,可以使不着官中的钱,老太太自有梯己拿出来。"这个"梯己"有多少?王熙凤接着盘算探春等人婚事的花费时说,"满破着每人花上一万银子",而贾环则是"环哥娶亲有限,花上三千两银子",宝玉或黛玉婚事的花费自然比他们的标准要高得多,贾母几十年月钱积攒的数目已大致可推测,王夫人进荣国府比贾母迟了二十余年,其月钱积蓄当然要少一些,但也相当可观。拖延一些日子,她们并不会在意,王熙凤必定也想好了,如果被问时该如何应答。第二个问题是,为何拿众人的月钱去放债,"这几年"利钱"翻出有几百来了",可是王熙凤自己月钱"十两八两零碎攒了放出去",一年不到,利钱竟会有"上千的银子"?王熙凤每月的月钱只有四两银,如果仅靠她个人积攒的月钱放债而获取"上千的银子"的利息,其利率将高得不可思议,她将承担的风险也相应高得难以承受。其实,平儿的这段话中,意思是指王熙凤用自己的"梯己"钱放债,而她的

第四章　围绕月钱的风波

私房钱中,月钱只占了极小的比例,其中的主要成分是她的非法收入。上文中已提到,馒头庵的老尼在第十五回里托王熙凤干预讼事,谢礼是三千两银。于是王熙凤便让旺儿"假托贾琏所嘱,修书一封",连夜给长安节度云光送去。那云光"久见贾府之情,这点小事,岂有不允之理",于是立即遵命照办。结果是张金哥与守备之了双双殉情,而王熙凤"却坐享了三千两"。此事只有她的心腹旺儿知道,王夫人与贾琏等人"连一点消息也不知道",平儿看来也不知情,即使知情也不会告诉袭人,对外宣称只能说是积攒的月钱放债。曹雪芹在写完这个故事后还加了一句:"自此凤姐胆识愈壮,以后有了这样的事,便恣意的作为起来,也不消多记。"这些钱都成了王熙凤的梯己钱,她显然不会只拿出积攒的月钱放债,而将那不法收入藏在家里不动。这里还需要说一句,王熙凤非法干预讼事是让旺儿去办,而放债的事是委托旺儿夫妇,她将这类非法事的知情人限定于极小的范围以防外泄,而旺儿是她从娘家带来的人,尽可放心差使。

将有关王熙凤与月钱、放债等事的关系梳理清楚,我们就可以明白,王熙凤究竟在妒嫉李纨什么了。在第四十五回里,宝玉等人要举办诗社,李纨便带着大家去找王熙凤索取活动经费。眼见李纨来要钱,王熙凤因此触动了心事,脱口说了一大段话:

> 亏你是个大嫂子呢!把姑娘们原交给你带着念书学规矩针线的,他们不好,你要劝。这会子他们起诗社,能用几个钱,你就不管了?老太太、太太罢了,原是老封君。你——

个月十两银子的月钱,比我们多两倍银子。老太太、太太还说你寡妇失业的,可怜,不够用,又有个小子,足的又添了十两,和老太太、太太平等。又给你园子地,各人取租子。年终分年例,你又是上上分儿。你娘儿们,主子奴才共总没十个人,吃的穿的仍旧是官中的。一年通共算起来,也有四五百银子。这会子你就每年拿出一二百两银子来陪他们顽顽,能几年的限?他们各人出了阁,难道还要你赔不成?这会子你怕花钱,调唆他们来闹我,我乐得去吃一个河涸海干,我还通不知道呢!"

在《红楼梦》中,这是难得一见的王熙凤与李纨的正面交锋,虽然带着开玩笑的口吻,但其中对李纨不满的情绪还是相当明显,而原因就在于两人领取月钱的数量悬殊。李纨和王熙凤都是已婚的贾母孙辈的主子,月钱领取属于同一级别,可是贾母的一句话,她的月钱数就提升到二十两银,另还加十吊钱,总数约值三十两银,王熙凤每月却只有四两银子,另加二吊钱,共约值六两银。就相对比例来说,李纨所得是王熙凤的五倍,就绝对数而言,每月比王熙凤多二十四两银,一年下来,仅月钱一项就比王熙凤多获取约三百两银。李纨拿到的无论银子还是钱,都可以积攒起来,可是王熙凤拿到的那几吊钱,还得用于奉承贾母,陪她玩牌故意输钱,第四十七回里她拉着薛姨妈,指着贾母素日放钱的一个木匣子笑道:"姨妈瞧瞧,那个里头不知顽了我多少去了。"除月钱外,到过年时,荣国府里还分年例,在第四十九回里,宝玉等人在芦雪庵举办诗社,派人邀请王熙凤,王熙凤派平儿来说"为发放年例正忙",来不了,紧接着后一回里王熙凤又与贾母

第四章 围绕月钱的风波

谈到给寺庙发放年例银子的事。年例颇有点年终奖的意思,虽然曹雪芹对其数目多少未做交代,但肯定要比月钱多得多。年例的分配也得按各人的等级,而李纨的领取又超越自己原有的级别,第四十五回里王熙凤说她"年终分年例,你又是上上分儿",比自己还是多了许多。最后,王熙凤还提到作品中绝无仅有的一个现象,即李纨有"园子地",可以独立收租。试想,王熙凤靠挪用月钱放债,既担惊受怕,又得设法找出说得过去的理由应付众人的催讨,几年下来才收到几百两银子的利钱,可是李纨什么都不必干,坐享的月钱年例就比她多许多,这能让她不妒忌吗?如果王熙凤领取的月钱能和李纨一样多,那她放债所得的利息岂不就可以迅速增长?正因为平日常念想到此事,她才会脱口算出这笔帐,而且算得如此迅速、全面和准确。

王熙凤的这番话当众击中了李纨平时隐蔽的思想,李纨当然要立即反击。她抓住王熙凤生日那天正碰上贾琏与鲍二家的偷情,情急中竟打了平儿的事做文章:

> 你们听听,我说了一句,他就疯了,说了两车的无赖泥腿市俗专会打细算盘分斤拨两的话出来。这东西亏他托生在诗书大宦名门之家做小姐,出了嫁又是这样,他还是这么着;若是生在贫寒小户人家,作个小子,还不知怎么下作贫嘴恶舌的呢!天下人都被你算计了去!昨儿还打平儿呢,亏你伸的出手来!那黄汤难道灌丧了狗肚子里去了?气的我只要给平儿打报不平儿。忖夺了半日,好容易'狗长尾巴尖儿'的好日子,又怕老太太心里不受用,因此没来,究竟气还未平。你今儿又招我来了。给平儿拾鞋也不要,你们两

141

个只该换一个过子才是。

《石头记》庚辰本在这儿有段双行夹批:"心直口拙之人急了恨不得将万句话来并成一句说死那人。"脂砚斋的批语,可帮助读者理解李纨对王熙凤点破她的心思的恼怒,她的急不择言正是平日里对王熙凤不满与嫉妒思想的暴露。她半开玩笑地骂王熙凤是"下作贫嘴恶舌""无赖泥腿市俗专会打细算盘分斤拨两",甚至把她比作狗。李纨挑出平儿挨打这件事反击,又颇能得人心,因为荣国府里的人都为平儿抱不平,在她挨打后纷纷表示安慰,只是没人当面批评王熙凤而已。了解舆情的李纨此时趁势指责她连"给平儿拾鞋"也不配,两人"只该换一个过子"。王熙凤也立即反唇相讥:"竟不承望平儿有你这一位仗腰子的人",言下之意是你有什么能耐给平儿撑腰。最后王熙凤使出硬软两手:她正在打点众人年下的衣裳,"她姐妹的若误,却是你的责任"。这针对李纨凡事怕落不是被王夫人责怪的反击,果然击中了要害。接着她又答应给李纨五十两银子"慢慢作会社东道",这又迎合了李纨"怕花钱"的心理,于是李纨便体面地退却了。

通过李纨与王熙凤的这次交锋,我们可以看到这两人对于钱的态度的截然不同。王熙凤说:"你娘儿们,主子奴才共总没十个人,吃的穿的仍旧是官中的。一年通共算起来,也有四五百银子。"这句话既显示了王熙凤平时对别人用钱动向的关心,同时也让读者知道,李纨领取了月钱或年例,基本上都是积攒起来,若干年下来,这可是相当可观的一笔财富。李纨的做法是古代多少年来传统的认识,即积累财富最现实、最可靠的方法,就是将货币直接贮藏起来,这其实也是贾母与王夫人等多

第四章　围绕月钱的风波

数人的做法。王熙凤的观念则不然。按照平儿的说法,王熙凤平时的月钱、年例是不用的,尽管其数量少于李纨,但若干年积攒下来也是比较可观的,至于她的贪赃枉法所得,更比月钱的积攒多得多,可是从要等从别处收来了利钱才能给众人发月钱来看,她身边能动用的现钱却非常少。作品中交代得很清楚,她的钱都拿出去放债赚利钱了。王熙凤的四两月钱还能积攒一部分去放债,李纨的二十两月钱更是大部分花费不了。钱在李纨那儿处于静态,但钱在王熙凤那儿却处于动态,它在流通中不断地增值。王家祖上管过洋船货物,王熙凤明了货币在流通中可以增值的观念,也许就是从这儿来的吧。

李纨与王熙凤之间的互相嫉妒,说穿了都是基于经济利益的考量,而她们观念的不同,则表明即使没有经济利益的纠葛,这两人的关系也不会很融洽,所谓道不同,不相为谋是也。不过,她们却又有着共同的一点,即对金钱的看重。王熙凤看穿了李纨带公子小姐们前来索讨诗社活动经费的原因:"这会子你怕花钱,调唆他们来闹我。"确实,李纨就是拿出点钱供诗社活动,又能花费多少钱呢?曹雪芹通过这一情节的描写,暴露了李纨吝啬小气的一面,而若进一步探究诗社活动经费的来源与使用,便可发现小气吝啬实际上已成为李纨的性格特征之一,而作者在这一方面可没少花笔墨。

三　李纨的经济筹划及后来

诗社活动是《红楼梦》前八十回中的重要内容之一,从探春初办海棠社到黛玉重建桃花社，曹雪芹花费了相当大的篇幅描写几次诗社活动的全过程，借此展现了宝玉、黛玉、宝钗、湘云与探春等人的才华，丰富了对他们的性格刻画。在阅读这些篇章时，读者对此都有充分的领略，但诗社的"社长"李纨的表现，却常被置于遭忽略的角落。作者其实并没有忽略她，通过对诗社活动的描写，李纨的形象同样在丰满起来，这其中也包括她的吝啬小气，以及征收钱财手法的笨拙。大观园中诗社的出现始于探春的发起，这是第三十七回"秋爽斋偶结海棠社，蘅芜苑夜拟菊花题"里的故事。探春一时兴起，发帖子召集大家来到秋爽斋吟诗闲聊。事毕，大家"略用些酒果，方各自散去"，而这些"酒果"，自然是东道主探春准备的。在这次活动中，大家商议组建诗社，李纨毫不谦让地说，"要起诗社，我自荐我掌坛"，她还宣布"每月初二、十六这两日开社"，地点就在她的稻香村，因为"我那里地方大"。可是，尽管是社长兼东道主，李纨却拿定主意不出一分钱。果然，在第四十五回里，我们看到李纨带着公子、小姐们去找王熙凤索取活动经费了。由于这是拿"官中的钱"做好人的事，王熙凤便答应"明儿一早就到任，下马拜了印，先放下五十两银子给你们慢慢作会社东道"。李纨带着众姐妹临走时还留下一句话："咱们家去罢，等着他不送了去再来闹他。"钱不送来，这件事就没完，这五十两银子自然由自任社长的李纨掌管。可是经费有了，诗社的活动却因故一再拖延，一直到第四十九回"琉璃世界白雪红梅，脂粉香娃割腥啖膻"，诗社活动的时间才总算定了下来。到临开社之时，李纨将众人召集到稻香村开筹备会议，并在最后提出了活动经费的问题，核心要点是要收费，标准是"每人一两银子"：

第四章　围绕月钱的风波

（李纨）："你们每人一两银子就够了，送到我这里来。"指着香菱、宝琴、李纹、李绮、岫烟，"五个不算外，咱们里头二丫头病了不算，四丫头告了假也不算，你们四分子送了来，我包总五六两银子也尽够了。"宝钗等一齐应诺。

当时除李纨外有十人，李纨明确说香菱、宝琴、李纹、李绮、岫烟五人因是客人等缘故无须出钱，而后面所说的"你们四分子送了来"中的"你们"是指谁并不明确，但按实际情况，收费的对象应该是宝钗、宝玉、探春和黛玉，大家都知道史湘云手头拮据，李纨当着众人的面不好要她缴费，却又不干脆把她列入免缴之列。李纨说每人一两，连她自己共五人，算得的总数却是"五六两"，很可能是将湘云缴与不缴的两种情况都考虑在内。从善意的角度猜测，这可能是照顾湘云的自尊心，但考虑到前面湘云举办菊花社时，她的东道费用全都是宝钗支付，我们有理由怀疑李纨故意讲出对不上号的数字，是在暗示宝钗这次仍然替湘云缴费。在后来的诗社活动中，湘云最为活跃，众人所联的诗句中，"独湘云的多"，她丝毫没有因有否缴费的心理障碍而扭捏窘迫，由此可以推测，她的费用仍是宝钗代缴了。细心的读者应该记得，就在前不久，王熙凤刚刚答应了拨出五十两银子做诗社活动的费用，正因为做过这次好人，第五十回当众人在芦雪庵举办诗社活动时，不识字的王熙凤还特地冒雪赶到，在大家联句前她还提出"我也说一句在上头"的要求，联句的首句"一夜北风紧"就是王熙凤的，她是活动的赞助者，自认为理应占据首位。可是王熙凤没有料到，李纨收进那五十两银子后却不动用，而是另要向大家收取活动经费。王熙凤宣布拨五十两银子做诗社活动经费时，那些公子、小姐们都在场，但谁都不好意思问这笔钱的去向，而只是对李纨另又收费的要求"一齐应诺"。

接下来的诗社活动是在芦雪庵，而非李纨先前承诺的稻香村，第五十回"芦雪庵争联即景诗，暖香坞雅制春灯谜"里有详细描述。大观园里并没有收取场地费一说，那些公子、小姐们吃的、喝的都是厨房里拿来的，包括那块新鲜的鹿肉，即使标准比平日的伙食分例高些，也不会有人提出异议，整个活动过程中似乎并没有需要花钱的地方。纵观《红楼梦》中的几次诗社活动，秋爽斋咏海棠时大家"略用些酒果"是探春掏腰包，菊花社吃蟹饮酒的费用是由宝钗代湘云支付，黛玉重建桃花社时在潇湘馆"预备了几色果点"，也不曾向人收过一文钱，唯独李纨召集大家详细指示如何缴费，而且为多收一两银子也煞费心机。在芦雪庵的活动并没有花费众人缴来的五六两银子，至于从王熙凤那儿拿到的五十两银子更是无须动用。

李纨不像王熙凤那样与贾府有着亲上加亲的关系、又拥有治理家务的实权以及纵横捭阖的能力，书中说她"居家处膏粱锦绣之中，竟如槁木死灰一般"，同时又通过一些细节描写她以点点滴滴的方式聚敛钱财，这看似有点矛盾，李纨的苦心却不难理解：她的儿子贾兰尚还年幼，眼前虽是衣食无虑，但荣国府经济衰败的阴影她已有所感知。面对这一大趋势她无能为力，为保证儿子日后的前途，她唯一能做的是自己在经济上尽可能地做好准备，主要途径则是月钱与年例等的积攒。自己的钱决不用在他人身上，这可以说是她奉行的铁定原则。在第四十三

第四章　围绕月钱的风波

回"闲取乐偶攒金庆寿,不了情暂撮土为香"里,贾母提出大家凑分子给王熙凤过生日,各人自报数额。当李纨报出银十二两时,贾母忙说:"你寡妇失业的,那里还拉你出这个钱,我替你出了罢。"王熙凤要讨贾母高兴,又为在李纨前做好人,便提出"大嫂子这一分我替他出了罢了"。照理说,庆贺别人生日送礼理当自己掏腰包,十二两银子对李纨来说又是区区小数,至少口头坚持一下说自己出这一分子是理应之事,可是李纨此时就是一声不吭,能省下十二两银子也是好的。这件事到头来最合算的还是王熙凤。在场众人都知道李纨这十二两银子由王熙凤代出了,贾母等人很赞赏她的这番"义举",可是等到尤氏到王熙凤处取银子时,发现全然不是这么回事:

>　　尤氏问:"都齐了?"凤姐儿笑道:"都有了,快拿了去罢,丢了我不管。"尤氏笑道:"我有些信不及,倒要当面点一点。"说着果然按数一点,只没有李纨的一分。尤氏笑道:"我说你肏鬼呢,怎么你大嫂子的没有?"凤姐儿笑道:"那么些还不够使?短一分儿也罢了,等不够了我再给你。"尤氏道:"昨儿你在人跟前作人,今儿又来和我赖,这个断不依你。我只和老太太要去。"凤姐儿笑道:"我看你利害。明儿有了事,我也丁是丁卯是卯的,你也别抱怨。"尤氏笑道:"你一般的也怕。不看你素日孝敬我,我才是不依你呢。"说着,把平儿的一分拿了出来,说道:"平儿,来!把你的收起去,等不够了,我替你添上。"

作者描写这段故事时将李纨与王熙凤结合在一起,同时写出了

147

这两人吝啬钱财的一面,结果则是王熙凤占了上风,既赚得仗义疏财的好名声,又获得贾母等人欢心,实际上又没拿出一文钱。李纨的心机,显然比王熙凤差了许多。

细细算来,曹雪芹描述李纨小气吝啬之处还不少,甚至还写了她如何想方设法多积攒些钱。不过,大家对于李纨都较为体谅,作品中也鲜见对她的微词。这是因为李纨并不像邢夫人那样"婪取财货为自得",也不像王熙凤那样以侵犯他人利益的方式聚敛财富,她只是未雨绸缪,为日后做准备,而且一次次的数量都较微小。李纨的儿子贾兰尚还年幼,荣国府却已开始由盛而衰。早在贾珠死后,联结李纨与日益衰败的荣国府的纽带就较为脆弱,她不能不考虑"树倒猢狲散"的可能性,而经济上预做准备,是她唯一可以采取的应急手段。日后的温饱与儿子长大后做官,这都只能靠每月的月钱以及年例的积累,她又怎能不小气。贾府衰败后各人的境遇都很狼狈,贾兰却是例外。最后能争取到"到头谁似一盆兰"的结局,李纨预先的精细筹划是十分重要的原因,而在前八十回里,这些都是以李纨的小气与吝啬的方式来表现的。

在败落之后,贾府诸人的境遇无疑问地都很糟糕,脂砚斋在第十九回中的批语说宝玉甚至沦落到"寒冬噎酸齑,雪夜围破毡"的境地,但此时李纨母子却是个例外。由第五回《红楼梦曲》中的那首《晚韶华》可知,贾兰后来当了官,"威赫赫爵禄高登",李纨因此也受到诰封,"带珠冠,披凤袄"。贾府败落后,李纨具有帮助别人的经济实力,但贾府诸人都需要帮助,要李纨普降甘霖显然是强人所难,作者也不会因为李纨没有这样做而指责她。《晚韶华》批评李纨道:"虽说是,人生莫受老来贫,也须

第四章　围绕月钱的风波

要阴骘积儿孙",这一指责的成立需有这样的前提,即需要帮助的不是因败落而面临困境的贾府诸人,而是有人遇上了很大麻烦,此人与李纨有相当亲近的关系,在曹雪芹的写作计划中应受到读者的同情,此时不向他伸出援手,就必定会遭到舆论的谴责。在第五回的判词与曲子里,我们确实可找到符合那些条件的人和事,那就是巧姐。巧姐的判词是:

> 势败休云贵,家亡莫论亲。偶因济刘氏,巧得遇恩人。

在这段判词旁,《石头记》甲戌本有双行夹批:"非经历过者,此二句则云纸上谈兵。过来人那得不哭!"从这段批语可以看出,巧姐在贾府败落后的故事,是作者或脂砚斋在实际生活中曾有过的一段难忘的经历,而并非向壁虚构的产物,只可惜曹雪芹还没来得及将它写出来。关于巧姐的曲子《留余庆》是这样写道:

> 留余庆,留余庆,忽遇恩人;幸娘亲,幸娘亲,积得阴功。劝人生,济困扶穷,休似俺那爱银钱忘骨肉的狠舅奸兄!正是乘除加减,上有苍穹。

在高鹗所续的后四十回里,是贾环、贾芸、贾蔷以及王仁等人乘贾政、贾琏等人都不在家时,骗得邢夫人同意,要将巧姐说给外藩做偏房,以便从中赚取银钱。由于邢夫人是巧姐的亲祖母,王夫人、平儿与巧姐得知这消息后,急得只会哭,却想不出解救的办法。在此时,恰好刘姥姥来到贾府,她悄悄地带走了巧姐,使她逃过一难。最后是刘姥姥解救了巧姐,这在判词与曲子中都有较明显的说明,高鹗的安排可以说是符合曹雪芹的原意,但与判词和曲子相对照,高鹗杜撰的贾环、贾芸、贾蔷以及王仁为赚取银钱坑害巧姐的情节却有着明显的漏洞。首先,在高鹗所写的故事里,出主意算计巧姐,又鼓动邢夫人赞同的都是贾环,他在整个过程中一直起着最恶劣的作用。高鹗在故事中以贾芸、贾蔷与王仁来印证曲子中"狠舅奸兄",但既然贾环是罪魁祸首,曲子中为什么丝毫不提及这位叔叔呢?其次,靖藏本《石头记》中脂砚斋在第二十四回有段批语:"'醉金刚'一回文字,伏芸哥仗义探庵。"甲戌本第二十六回中也有段畸笏叟的眉批:"狱神庙红玉、茜雪一大回文字惜迷失无稿。叹叹!"红玉(即小红)后来与贾芸结亲,他们在贾府被抄家后还去狱神庙探望过王熙凤与宝玉,这说明在曹雪芹的计划中,贾芸在贾府被抄没后的举动还很"仗义",这与高鹗所写的贾芸参与陷害巧姐明显地相矛盾。第三,曲子里说的是"劝人生,济困扶穷,休似俺那爱银钱忘骨肉的狠舅奸兄!"意思是批评"狠舅奸兄"不愿拿钱出来"济困扶穷",而并不是说他们故意设计算计巧姐。巧姐曲子中的那句话,正好与李纨曲子中"虽说是,人生莫受老来贫,也须要阴骘积儿孙"相对应,而此时贾府诸人中,也只有李纨、贾兰在经济上有能力解救巧姐。高鹗写"狠舅"是王仁,这估计没错,因为巧姐只有这样一个亲舅舅,可是他将贾芸、贾蔷写成"奸兄"却没有任何依据,而且还违背了曹雪芹的原意。其实,这里"爱银钱忘骨肉"的"奸兄",应该是指贾兰,当然也是在批评他背后决策的李纨。

现在,我们可以来解释李纨判词的最后两句:"如冰水好空

第四章 围绕月钱的风波

相妒,枉与他人作笑谈。"从字面上看,这两句是说"冰"与"水"作无意义的互相妒嫉,结果是白白地给世人做谈资笑料。李纨一生的行为举止以柔顺著称,因此判词中的"水"无异议地该是用来比喻李纨。基于以上的分析,我们知道那"冰"是喻指王熙凤。第五回中王熙凤的判词旁有一幅画,画的是"一片冰山,上面有一只雌凤","雌凤"是喻王熙凤的名字,而"冰山"有不牢靠,遇阳光会融化的含义,同时也可理解为在比喻她的为人。在《红楼梦》中,王熙凤做过的唯一的一句诗,便是"一夜北风紧",也给人以寒气凛冽之感。一旦明确"冰"是比喻王熙凤,那么也就可明白"如冰水好空相妒"一句,是在喻指久已心存芥蒂的李纨和王熙凤之间的关系。这也应该是后来王熙凤的女儿巧姐身陷危难,李纨却不愿援手相助的重要原因吧,当然,这也与李纨已养成的小气吝啬的习惯有关。正由于有这些原因,李纨最后在第五回的曲子里受到了作者"虽说是,人生莫受老来贫,也须要阴骘积儿孙"的严厉批判。

第五章　探春和她的治家尝试

第五十三回描写的"荣国府元宵开夜宴",是《红楼梦》中最后一次喜气洋洋、热热闹闹的聚会,此后,荣国府经济上捉襟见肘的窘相开始显露,原先潜藏的各种矛盾也开始表面化,一处未了又是一处。曹雪芹对这些内容的描写,是从第五十五回王熙凤的生病起笔:"刚将年事忙过,凤姐儿便小月了,在家一月,不能理事。"王夫人是荣国府总管家务之人,实际事务她都委托王熙凤操办。王熙凤确有治家之才,她协理宁国府时"日夜不暇,筹理得十分的整肃。于是合族上下无不称叹者"。至于荣国府,她对于王夫人的交代也尽心尽力,日日四处巡走,大小事务均一一快速决断。生病后她无法出门,但待在家里仍在"筹画计算",只是处理的方式不得不变,由亲自操办改为"想起什么事来,便命平儿去回王夫人"。于是,已闲适多年的王夫人一下子被推向前台,直接面对各种繁杂事务。

这样的管家方式持续了一个月,王熙凤的病却未好,而王夫人已感到难以支撑,用书中的话说,是"一人能有许多的精神"?府内已找不出才干类似王熙凤者,而且推出新人又必然涉及各种纠缠在一起的矛盾。可是摆脱繁杂的事务已成当务

第五章　探春和她的治家尝试

之急，王夫人终于想出了个万全之策，即让李纨、探春与宝钗共同治家，这既可使各种矛盾得到平衡，她们三人又可相互制约，而自己的主导权也由此得到了保证。

此处还应提及，王夫人是得到贾母的首肯后，才先后任命李纨、探春与宝钗代管家务，作品中对此有个间接的说明。在第五十六回里，江南甄府的家眷到京后"遣人来送礼请安"，收下礼品后，"贾母便命人叫李纨、探春、宝钗等也都过来，将礼物看了"，实际上是向代管家务者做移交，而作者接着又写道："李纨收过，一边吩咐内库上人说：'等太太回来看了再收。'"这是件大事，必须向王夫人汇报后才能做最后的处理。

一　代理治家团队的确立

令李纨代理自己治家是合乎情理之事，但王夫人却是满心的不情愿。荣国府最先是贾母管家，后来她将权移交给自己的儿媳妇王夫人，王夫人若要交权，那对象应该是自己的儿媳妇李纨，可是她找来的却是自己的内侄女、贾赦的儿媳妇王熙凤。《红楼梦》故事开始时，贾赦与贾政已分房而居，兄弟分家后，哥哥那儿"家下一应大小事务，俱由贾赦摆布"，这是理所当然的事，可是"摆布"贾政家事的却是贾赦的儿媳妇王熙凤。曹雪芹时不时地提醒读者注意这一错位安排：第十三回里贾珍向邢夫人请求让王熙凤操办秦可卿丧事，邢夫人的回答是"你大妹妹现在你二婶子家，只和你二婶子说就是了"。邢夫人在人前话说得很平和，但私下里就毫不掩饰自己的愤恨，第六十五

153

回里兴儿就曾转述她的话："自家的事不管，倒替人家去瞎张罗。"第六十一回里平儿曾劝谏王熙凤："纵在这屋里操上一百分的心，终久咱们是那边屋里去的。"王熙凤盘点谁可以帮忙管家时，否定迎春的理由就是"不是这屋里的人"，她当然清楚自己管理贾政一房的家事在合法性上有点问题。至于合法的接班人李纨，则被寡妇"只宜清净守节"的理由排斥了。第三章里曾分析过，贾兰是贾政一房的长房长孙，按封建宗法制度，他应是当然的继承人，可是王夫人属意的则是宝玉。倘若让李纨出来管家，等到日后继承人问题无可回避时，王夫人与宝玉就将处于不利的地位。按照王夫人的计划，是先由王熙凤帮忙处理家务，等到宝玉成亲后，再将权移交给宝玉的妻子。如今王熙凤突然病了，推出李纨管家实是迫不得已之事。

正是出于深深的疑虑，王夫人让李纨管家时的授权就与王熙凤大不相同。王熙凤名义上也是协理，实际上是基本握掌全权，许多事可以自行决断，而对于李纨的协理，王夫人却是加了不少限定。在第五十五回里任命时，王夫人已明确宣示了方针大计：首先，她主掌大权，"凡有了大事，自己主张"，李纨的协理权限被限定于"家中琐碎之事"；其次，协理的时间只有一个月，"凤姐将息好了，仍交与他"；再次，即使是"家中琐碎之事"，李纨仍不可独自处理，须得是"探春合同李纨裁处"，理由是担心李纨"未免逞纵了下人"。李纨素有"厚道多恩无罚"的名声，众人听说李纨出山的消息"各各心中暗喜"，即使李纨没有主观上的意愿，她的仁厚行权在客观上会起到笼络那些管家媳妇，施恩于下人效果，从而形成自己的势力，王夫人必须预先就做防范。以上三条中，第二条未能做到，一个月后王熙凤因为"着实

第五章 探春和她的治家尝试

亏虚下来",仍需疗养,还是无法出来管事,她"一直服药调养到八九月间,才渐渐的起复过来"。此时,王夫人又请宝钗参与协理家事,她虽是荣国府以外的人,却是自己信任的外甥女,经过这次调整,形成了李纨、探春与宝钗共同理事的架构。王夫人的防范措施不可谓不周密,李纨是聪明人,又有积年的经验,自然明白是怎么回事,因此在协理期间,她基本上仍是以"问事不知,说事不管"的状态以避风险。

推出探春是防范李纨的措施之一,这一人选确定前,王夫人必定有过一番盘点分析。书中没有描写王夫人如何做出这一决定,但在第五十五回里,可以看到王熙凤在做同样的排队筛滤,她将想到的九个人排来拨去,得到的结论和王夫人一样:"倒只剩了三姑娘一个"。就身份而言,她"是咱家的正人",若论才干,她"心里嘴里都也来的",王熙凤甚至还自认不如她:"他虽是姑娘家,心里却事事明白,不过是言语谨慎;他又比我知书识字,更厉害一层了。"当然,更重要的是,探春尽管是赵姨娘所生,却已得到了王夫人的信任。王熙凤看得很清楚:"太太又疼他,虽然面上淡淡的,皆因是赵姨娘那老东西闹的,心里却是和宝玉一样呢。"书中没有出现过王夫人如何疼爱探春的描写,但王熙凤与王夫人关系密切,又善于捕捉人的心思,她透过"面上淡淡的"表象做出"太太又疼他"的判断,不会是随意的猜测。探春本人也感受到了王夫人的态度,故而有"太太满心疼我"之语,她清楚地知道,"如今因看重我,才叫我照管家务"。敏感的赵姨娘自然也有觉察,亲生女儿向王夫人倾斜使她很愤怒,便指责探春"你只顾讨太太的疼,就把我们忘了"。这些人的判断都指向一个事实,即王夫人信任探春。

王夫人信任探春却不露于形色，原因就在于探春是赵姨娘所生。在封建社会里，妻与妾历来是相互争斗的对立面，许多时候更是剑拔弩张、水火不容，王夫人与赵姨娘的相处也不例外。庶出子女遭正妻嫌弃是历来的常事，他们常会对嫡出子女造成某种威胁，而在《红楼梦》中，赵姨娘的儿子贾环的作为尤为恶劣，他对宝玉竟是"每每暗中算计"，一有机会就立即付诸行动。第二十五回里，贾环"故意装作失手，把那一盏油汪汪的蜡灯向宝玉脸上只一推"，目的是"要用热油烫瞎他的眼睛"。这次他没有得逞，"宝玉左边脸上烫了一溜燎泡出来，幸而眼睛竟没动"。第三十三回里，贾环暗中向贾政进谗言，诬陷宝玉强奸未遂，"把个贾政气的面如金纸"，下令将宝玉"堵起嘴来，着实打死"，甚至是"要绳索来勒死"，如果不是贾母与王夫人及时赶到，真不知宝玉会是怎样个结局。以上两次是曹雪芹明写贾环如何加害宝玉，其实还有一次，也应是贾环作的案。也是在第二十五回里，赵姨娘央求马道婆作法害死宝玉与王熙凤，马道婆见有银子与欠契，便"满口里应着"。书中写道：

（马道婆）伸手先去抓了银子掖起来，然后收了欠契。又向裤腰里掏了半晌，掏出十个纸铰的青面白发的鬼来，并两个纸人，递与赵姨娘，又悄悄的教他道："把他两个的年庚八字写在这两个纸人身上，一并五个鬼都掖在他们各人的床上就完了。我只在家里作法，自有效验。千万小心，不要害怕！

马道婆作法成功，"那凤姐和宝玉躺在床上，亦发连气都将

第五章 探春和她的治家尝试

没了",若非癞头和尚与跛足道人及时赶到破解魔魇,赵姨娘的"把他两个绝了,明日这家私不怕不是我环儿的"愿望就会实现。曹雪芹的这段描写中留下一个疑团没有点破:究竟是谁将那些纸人纸鬼偷偷地掖在宝玉的床上? 如此机密的大事一旦外泄,后果不堪设想,知情与作案者不可能超出赵姨娘与贾环母子两人。此时宝玉住在大观园的怡红院内,那里服侍的丫鬟与婆子有二十余人,赵姨娘前往太引人注意,鬼鬼祟祟地在宝玉床上做手脚更无可能,而贾环有弟弟的身份,比较容易找到作案的机会。从第六十回里贾环说赵姨娘"遭遭儿调唆了我闹去"来看,由贾环出面闹出的事端还真不少,故而王夫人斥骂他是"黑心不知道理下流种子"。可是对于探春,王夫人的看法却截然不同,用第五十五回里王熙凤的话说,是"真真一个娘肚子里跑出这个天悬地隔的两个人来"。那么,究竟是什么缘故使探春能得到王夫人的认可呢?

探春在书中首次出场是在第三回,当时迎、探、惜三姊妹与刚来到荣国府的黛玉相见,作者对探春的描述用了二十八个字:"削肩细腰,长挑身材,鸭蛋脸面,俊眼修眉,顾盼神飞,文彩精华,见之忘俗。"她初一亮相,就给人以非凡的感觉。探春第二次出场,要等到第十七回至第十八回中元春省亲命众人赋诗时,作者着重写了宝玉、黛玉与宝钗,但也没忽略探春:"迎、探、惜三人之中,要算探春又出于姊妹之上,然自忖亦难与薛、林争衡,只得勉强随众塞责而已。"脂砚斋在此批道:"只一语便写出宝、黛二人,又写出探卿知己知彼,伏下后文多少地步。"读者再次看到探春,已是第二十二回中众人制作灯谜时,她的"风筝"谜中有"游丝一断浑无力,莫向东风怨别离"之语,与第五回中她的判词"千里东风一梦遥"相呼应。在这一回里,探春除了应答贾政一声"是"外,并无其他言语,但此回中有两条关于探春的批语却十分重要。一是脂砚斋批道:"使此人不远去,将来事败,诸子孙不致流散也,悲哉伤哉!"另一条是畸笏叟的批语:"湘云、探春二卿,正'事无不可对人言'芳性。"两位批者都知道后面的故事如何进展,他们的批语让读者预知后来探春对荣国府的重要性以及她爽朗的性格。

有了以上铺垫,我们终于在第二十七回中看到了对探春的正面描写,她将宝玉拉到一旁说起了悄悄话:

> 探春又笑道:"这几个月,我又攒下有十来吊钱了。你还拿了去,明儿出门逛去的时候,或是好字画,好轻巧顽意儿,替我带些来。"宝玉道:"我这么城里城外、大廊小庙的逛,也没见个新奇精致东西,左不过是那些金玉铜磁没处撂的古董,再就是绸缎吃食衣服了。"探春道:"谁要这些。怎么像你上回买的那柳枝儿编的小篮子,整竹子根抠的香盒儿,泥塑的风炉儿,这就好了。我喜欢的什么似的,谁知他们都爱上了,都当宝贝似的抢了去了。"宝玉笑道:"原来要这个。这不值什么,拿五百钱出去给小子们,管拉一车来。"探春道:"小厮们知道什么。你拣那朴而不俗、直而不拙者,这些东西,你多多的替我带了来。我还象上回的鞋作一双你穿,比那一双还加工夫,如何呢?"

读者由上面的描写看到了这对兄妹关系的亲密,以及探春的雅好,这段文字同时又透露了一个信息,即探春对自己的月钱已

第五章 探春和她的治家尝试

拥有自主权。第三十六回里王熙凤向王夫人汇报姨娘的月钱是二两时，又补充说道："赵姨娘有环兄弟的二两，共是四两，另外四串钱。"这意味着贾环的月钱一直是由赵姨娘领取，而探春在先前也应是如此。等搬进大观园的秋爽斋后，月钱自然应是直接发给她。可是入住大观园是第二十三回里的事，在第二十七回里，探春已在说"我又攒下有十来吊钱了"，由那"又"字可知，她并非第一次攒钱，而上次攒的是托宝玉买了"柳枝儿编的小篮子，整竹子根抠的香盒儿，泥坯的风炉儿"一类物品。这细节表明，早在搬进大观园之前，探春已从赵姨娘手中争得了使用月钱的自主权，而且有计划地攒钱。虽说是小小年纪，她已有了经济独立的思想，以及初步的理财意识。

上文的最后提到探春为宝玉做鞋一事，作者又抓住这个话题继续展开。宝玉告诉探春，为了这事，"赵姨娘气的抱怨的了不得：'正经兄弟，鞋搭拉袜搭拉的没人看的见，且作这些东西！'"此语触及了探春心中的疙瘩，她的反应十分强烈：

> 探春听说，登时沉下脸来，道："这话糊涂到什么田地！怎么我是该作鞋的人么？环儿难道没有分例的，没有人的？一般的衣裳是衣裳，鞋袜是鞋袜，丫头老婆一屋子，怎么抱怨这些话！给谁听呢！我不过是闲着没事儿，作一双半双，爱给那个哥哥兄弟，随我的心。谁敢管我不成！这也是白气。"……探春听说，益发动了气，将头一扭，说道："连你也糊涂了！他那想头自然是有的，不过是那阴微鄙贱的见识。他只管这么想，我只管认得老爷、太太两个人，别人我一概不管。就是姊妹弟兄跟前，谁和我好，我就和谁好，

什么偏的庶的,我也不知道。论理我不该说他,但忒昏愦的不象了!还有笑话呢:就是上回我给你那钱,替我带那顽的东西。过了两天,他见了我,也是说没钱使,怎么难,我也不理论。谁知后来丫头们出去了,他就抱怨起来,说我攒的钱为什么给你使,倒不给环儿使呢。我听见这话,又好笑又好气,我就出来往太太跟前去了。"

前面的二十六回曹雪芹已洋洋洒洒写了二十余万字,可是涉及探春的文字一共也只有三百余字,都是一些铺垫,正如第二十二回中脂砚斋的批语所言:"此处透出探春,正是草蛇灰线,后文方不突然。"在这一回里,作者只是行文中带到探春而已。直到第二十七回探春的故事才正式开始,比宝玉、黛玉、宝钗与湘云都迟了很多。作者让探春一出场就发表长篇大论,当含有让读者明了自己创作这个人物形象基调的意图。在探春的那段话中,"什么偏的庶的,我也不知道","我只管认得老爷、太太两个人,别人我一概不管"等语最引人注目,在她的伦理纲常观念里,王夫人才是她的母亲,而自己的亲生母亲则是等级较高的奴才,故而在第五十五回里,她会对赵姨娘说,"谁家姑娘们拉扯奴才了"?至于血缘上的舅舅赵国基,她自然更是不认:"谁是我舅舅?我舅舅年下才升了九省检点,那里又跑出一个舅舅来?"我们不能责怪探春绝情,她浸淫于封建伦理思想中成长,这样的观念已根深蒂固。这是在封建社会里占统治地位的观念,贾府当然也不例外。在第六十回里可以看到,面对赵姨娘摆出主子架势的训斥,芳官就以"梅香拜把子——都是奴几"作反驳,根本不承认她是主子。自己是庶出而非嫡出,这是探春

第五章　探春和她的治家尝试

平生最大恨事,她坚定地奉封建伦理观念为圭臬,只认王夫人是母亲,这一做法自然赢得了贾母与王夫人的欢心,而她的母亲赵姨娘绝不能接受。赵姨娘批评探春"如今没有长羽毛,就忘了根本,只拣高枝儿飞去了",所谓"根本",就是她才是母亲,而赵国基是舅舅。探春听了赵姨娘那番话"气的脸白气噎",她哭着反驳道:

> 谁是我舅舅?我舅舅年下才升了九省检点,那里又跑出一个舅舅来?我倒素习按理尊敬,越发敬出这些亲戚来了。既这么说,环儿出去为什么赵国基又站起来,又跟他上学?为什么不拿出舅舅的款来?何苦来,谁不知道我是姨娘养的,必要过两三个月寻出由头来,彻底来翻腾一阵,生怕人不知道,故意的表白表白。也不知谁给谁没脸?幸亏我还明白,但凡糊涂不知理的,早急了。

第五十五回里围绕赵国基事件的描写,是对第二十七回里探春那些话的具体阐述,探春始终立足于封建伦理的制高点,维护了自己主子的尊严,这也是她在荣国府内巩固地位的根本之道。

第二十七回里探春说那段话,起因是她攒钱托宝玉买东西以及替宝玉做鞋,这两件事都引起了赵姨娘的愤怒:贾环是探春的同母兄弟,可是探春却明显地偏向同父异母的宝玉。探春对赵姨娘愤怒的反应也是愤怒,斥之为"阴微鄙贱的见识"。她声明,与宝玉走得近的原因是"姊妹弟兄跟前,谁和我好,我就和谁好",是"随我的心",而并非贾环是庶出的缘故。探春的话应该是她真实思想的反映,贾环在书中也确实讨人嫌。第二十五回里王夫人骂他是"黑心不知道理下流种子",第五十五回里王熙凤轻蔑地将他比喻为"燎毛的小冻猫子",而第六十七回里赵姨娘说林黛玉对他们母子是"正眼也不瞧"。在第二十三回里,身为父亲的贾政将两个儿子做比较,评价是宝玉"神彩飘逸,秀色夺人",而贾环则是"人物委琐,举止荒疏"。书中似乎只有宝钗没表现出对贾环的鄙恶,第二十回写她"素习看他亦如宝玉,并没他意",也愿意带他一起玩,明明是贾环耍赖,宝钗却指责受委屈的莺儿"越大越没规矩,难道爷们还赖你?"第六十七回里她拿薛蟠带来的东西送礼,贾环也同样有一份,"并不遗漏一处,也不露出谁薄谁厚"。赵姨娘见状"心中甚是喜欢",她的评价是"怨不得别人都说那宝丫头好,会做人,很大方,如今看起来果然不错","会做人"三字可谓抓住了真谛。那么,探春对自己的同母兄弟的态度又如何呢?第二十七回里那段话已显示了她的倾向,可是曹雪芹在书中却从来不写探春与贾环的对话。这对同母姐弟必然会有许多接触,第五十八回里也写到,探春虽在秋爽斋另住,却"不时有赵姨娘与贾环来嘈聒"。可是究竟怎样"嘈聒",他们谈论了些什么,曹雪芹对此有意不着一字,他再次运用"不书"手法,留下空白让读者去思索。

　　第二十七回那段话中还透露了探春与赵姨娘之间经常发生争论。那些争论都是些琐碎小事,如探春为宝玉做了双鞋,但没给贾环做,探春攒了钱给了宝玉,"倒不给环儿使"之类,但所涉及的却是在荣国府的人事纷争中站队的大问题。在赵姨娘看来,探春与贾环都是她所生,三人间有着天然的联系,如果精诚抱团,就可形成荣国府内谁都不可小觑的势力,而且他们

第五章 探春和她的治家尝试

可较容易地得到贾政的支持,若果能如此,无论是王夫人还是王熙凤,都不能对这团体随心所欲地打压。可是,自己是姨娘所生,这是探春最大的心结,她只认王夫人为母亲,决不干"拉扯奴才"的事,这也是赵姨娘与探春矛盾不断的原因。赵姨娘的一贯情绪,以及探春的立场与态度,王夫人与王熙凤当然是心知肚明的。从这个角度来看,这些关于赵姨娘与探春的矛盾以及探春在经济方面留心的描述,也是在为后面探春治家做铺垫,诚如脂砚斋在此回的批语所言:"这一节特为'兴利除弊'一回伏线。"第三十七回里探春创办海棠社,这是大观园里结社吟诗之始,脂砚斋再次批道:"结社出自探春意,作者已伏下回'兴利除弊'之文也。"了解曹雪芹写作计划的脂砚斋反复提醒读者注意:"敏探春兴利除宿弊"等几回,是全书中探春最出彩的篇章,而此前曹雪芹关于探春的描写,都是为高潮来临而在各个方面预做铺垫式的准备。

将探春与赵姨娘、贾环,以及与王夫人、王熙凤、宝玉等的关系交代清楚,是那些预备性描写的重要内容,她与赵姨娘、贾环的关系已如前所述,而王夫人如何评价探春,书中没有直接描写,而王熙凤在第五十五回里的赞誉却是溢于言表:"好,好,好,好个三姑娘!"探春唯一的先天不足,只是"没托生在太太肚里"。通过长期的观察,王熙凤认定探春心里却事事明白,才干不输于自己,而且她又"知书识字,更厉害一层了"。王熙凤是王夫人的心腹,又是她的内侄女,她们对探春的评价完全一致,王熙凤甚至还说,探春虽为赵姨娘所生,但王夫人实际上视她如同己出,只是公开场合不做表露而已。我们有理由猜测,推出探春代理治家,是王夫人与王熙凤共同商量的结果。

王夫人视探春如同己出，反过来探春也时常为王夫人着想。在第四十六回"尴尬人难免尴尬事，鸳鸯女誓绝鸳鸯偶"里，鸳鸯向贾母泣诉贾赦强要她做屋里人一事，贾母闻言震怒，并迁怒于坐在一旁的王夫人："你们原来都是哄我的！外头孝敬，暗地里盘算我"，"弄开了他，好摆弄我"。受到了冤枉指责，"王夫人忙站起来，不敢还一言"，薛姨妈是王夫人的妹妹，"反不好劝的了"，而"李纨一听见鸳鸯的话，早带了姊妹们出去"。贾母震怒之下，屋里无人敢为王夫人辩解，而出面打破僵局帮王夫人摆脱困境的，正是已被李纨带至屋外的探春：

> 探春有心的人，想王夫人虽有委曲，如何敢辩；薛姨妈也是亲姊妹，自然也不好辩的；宝钗也不便为姨母辩；李纨、凤姐、宝玉一概不敢辩；这正用着女孩儿之时，迎春老实，惜春小，因此窗外听了一听，便走进来陪笑向贾母道："这事与太太什么相干？老太太想一想，也有大伯子要收屋里的人，小婶子如何知道？便知道，也推不知道。"犹未说完，贾母笑道："可是我老糊涂了！姨太太别笑话我。你这个姐姐他极孝顺我，不象我那大太太一味怕老爷，婆婆跟前不过应景儿。可是委屈了他。"

事情涉及王夫人，探春不想置身事外，她在"窗外听了一听"，便果断地进屋为"母亲"声辩，而探春一说，贾母立即发现自己怪错人了，她先向薛姨妈为王夫人平反："你这个姐姐他极孝顺我"，接着又让宝玉代自己向王夫人认错："你说太太别委屈了，老太太有年纪了，看着宝玉罢。"全靠探春的一席话，王夫人的

第五章 探春和她的治家尝试

危机才得以化解。毫无疑问,王夫人心中必定十分感激探春,只是作者对此没有任何描述,估计王夫人仍和以往一样"面上淡淡的"。不过,四个多月后,探春就接到了协同李纨理家的任命。这固然是因为王熙凤生病出于无奈的举措,同时也充分显示了王夫人对探春的认可与信任。这一决定当然要得到荣府最高领导贾母的同意,书中对此虽未做交代,却在别处描写了贾母对探春的格外眷顾,借用第七十一回里鸳鸯对探春的话来说,是"如今老太太偏疼你",不过鸳鸯说这话的本意是提醒探春当心由此而产生的负面效应。贾母生日那天,南安王太妃提出要见贾府那些孙女们,可是迎春、探春、惜春三姊妹中,贾母只让探春出场,她特意关照王熙凤:"再只叫你三妹妹陪着来罢。"邢夫人眼见"贾母又只令探春出来,迎春竟似有如无,自己心内早已怨忿不乐"。作者在这里所用的"又"字表明,这类事的发生并非偶尔的一次。在孙女辈中,贾母对黛玉与探春特别疼爱,而且还毫不掩饰,她身边的人自然都看在眼里。赖大家的得到了些水仙与腊梅,就只送给了宝琴、黛玉与探春。贾母对宝琴异常喜爱,甚至要来荣府做客的她与自己"一处安寝",黛玉更是贾母的"心肝儿肉",无须赘言,而迎春、探春与惜春三姊妹中,赖大家的只送给探春,正是她熟知贾母好恶的反映。赖大家的是荣府的大总管,她的行为自然是众管家的风向标。

　　王夫人以探春牵制李纨的意图很快得到了实现。书中描写代理治家期间的第一件大事,是赵姨娘兄弟赵国基的抚恤金该是多少。这本来是按府中"旧例"操办的简单事,姨娘若是"家生子儿",其亲人去世只该得银二十两;若是"外头的"则是四十两。可是王夫人听了吴新登媳妇的汇报却不做明确表态,因为前不久袭人母亲去世是得银四十两。袭人确是从府外买来的，可是她的身份毕竟还只是丫鬟。王夫人视她为宝玉的"屋里人"，也按姨娘标准发放月钱，但这是王夫人自掏腰包，别人无话可说，如今四十两抚恤金却是在动用"官中的钱"。自己破例在先，遇上赵姨娘的事就不大好处理，于是她便要吴新登媳妇"回姑娘奶奶"，借此观察李纨与探春的态度：李纨不可信任，而探春正是赵姨娘的亲生女儿。果然，李纨一改"说事不管"的作风，立即指示仿袭人母亲之例赏银四十两，其意直指王夫人的心病。李纨的指示很快被探春纠正，她坚持府中"旧例"，只赏银二十两。袭人至多只是"准姨娘"，赵姨娘可是办过正式手续的妾，她当然要为自己"连袭人都不如了"前来争论。探春面对生身母亲的不满仍维持原议，这时李纨的"怨不得姑娘，他满心里要拉扯，口里怎么说的出来"一语，名为劝说，实是又将矛头引向了王夫人，同时也触及了探春"只管认得老爷、太太两个人"的底线，故而气得探春直说李纨"糊涂"。这番争执传至王夫人耳中，她对李纨的不信任会加深一层，同时也会为自己选中探春而欣慰。

在王夫人原先的盘算中，王熙凤将息一个月后便可重新管事，李纨与探春协理家务只是短暂的临时安排，可是没料到王熙凤由于"着实亏虚下来"，还将长期疗养。此时王夫人又请出宝钗参与协理，宣称的理由是担心"园中人多，又恐失于照管"，故而委托宝钗帮忙"照看照看"，而深层次的原因恐怕是对李纨与探春较长时间地理家实在不能放心。至此，李纨、探春与宝钗共同理事的架构正式形成，其中李纨因名分最高而为三人之首，但她得不到王夫人的信任，故而仍拿定"问事不知，说事不管"的主张；宝钗虽似客卿，但她是王夫人的外甥女，和王熙凤一样与王夫人有直接的血缘关系，因而最被信任，也只有她从王夫人那儿得到明确指示："凡有想不到的事，你来告诉我"，"他们不听，你来回我"，即被赋予直接上奏权。可是，就在宝钗协理家事期间，王熙凤对她做出了评定："拿定了主意，'不干己事不张口，一问摇头三不知'"。三人架构中两人的态度如此，探春的作用便被凸显。曹雪芹用了相当篇幅描写她的治家与经济改革，在某种意义上可以说，安排王熙凤生病的重要目的之一，就是为探春提供了施展才华的平台。

二 探春的治家业绩

许多人都研讨过探春治家问题，但他们的着眼点都在她的兴利除弊，津津乐道于在这期间开了多少源，节了多少流。对于探春与李纨、宝钗治家第一位的任务，即整饬秩序，保证荣国府管理机构的正常运转方面，却是很少有人论及。王熙凤生病后，王夫人让李纨与探春管家，说好时间是一个月。一个月的期限到了，王熙凤的病仍未好，还需长期休养，这时王夫人又请出宝钗帮忙，并关照道："老婆子们不中用，得空儿吃酒斗牌，白日里睡觉，夜里斗牌，我都知道的。凤丫头在外头，他们还有个惧怕，如今他们又该取便了。"对于这些管家与婆子们，王夫人说得还算是轻的，在一直和她们打交道的王熙凤看来，情形要严重得多，她在第十六回里就曾对此做过评估：

> 咱们家所有的这些管家奶奶们,那一位是好缠的?错一点儿他们就笑话打趣,偏一点儿他们就指桑骂槐的抱怨。"坐山观虎斗""借剑杀人""引风吹火""站干岸儿""推倒油瓶儿不扶",都是全挂子的武艺。

王熙凤已管家多年,她熟悉府内的各种规章制度,清楚那些管家与婆子们偷闲与占便宜的心思与手段,故而能有针对性地采用各种制服措施,盘算调度也都有制约的章法,在协理宁国府的那几回里,我们已看到她才能与手段的充分展示。王熙凤治家的二字要诀是"严"与"罚",同时又伴以各种手腕,下人的形容是"嘴甜心苦,两面三刀;上头一脸笑,脚下使绊子;明是一盆火,暗是一把刀:都占全了"。周瑞夫妇是王夫人从娘家带来的陪房,他们自然是王熙凤的亲信,但在第六回里周瑞家的也向刘姥姥埋怨,说王熙凤"待下人未免太严些个",可见她也深有体会。

当王熙凤因病离职,由李纨与探春代为治家时,管家与婆子们以为解放的日子来到了:

> 众人先听见李纨独办,各各心中暗喜,以为李纨素日原是个厚道多恩无罚的,自然比凤姐儿好搪塞。便添了一个探春,也都想着不过是个未出闺阁的青年小姐,且素日也最平和恬淡,因此都不在意,比凤姐儿前更懈怠了许多。

在李纨与探春管家一个月后,王夫人又决定增添宝钗的原因正在于此。因此,对新的管家队伍来说,当务之急是改变荣国府

第五章 探春和她的治家尝试

内普遍的"懈怠"状况。新的治家团队上任后,李纨与探春"一日皆在厅上起坐"处理日常事务,宝钗则是"一日在上房监察",而每晚临寝之前,这三人还"坐了小轿带领园中上夜人等各处巡察一次"。探春等人恪尽职守,从下人抱怨可以知道收到了一定的成效:"刚刚的倒了一个'巡海夜叉',又添了三个'镇山太岁',越性连夜里偷着吃酒顽的工夫都没了。"这埋怨说得有点夸张,探春等人临寝前的巡视之后,夜间那些下人的活动空间何止是"偷着吃酒顽",督查只是使他们稍有收敛,不久又故态复萌,第七十三回就写道,"近来渐次放诞,竟开了赌局",终于引起了贾母的震怒。不过,这只是一部分夜间值班人员所为,毕竟从清晨到晚上探春等人巡查时,"懈怠"状况得到了一定程度的纠正。

探春等人治家面临的第二个要务,是树立权威,从而严格与维护府内的管理制度。王熙凤治家时,她熟悉府内各种规章制度,也清楚历年来各种个案的处理方式,那些管家与婆子们不敢在她面前胡乱搪塞,从中取利。探春等人则不然,她们对府内规章制度只有大概的了解,不清楚以往各种个案的处理情况,又缺乏解决具体问题的实践经验,这也是被人认为"比凤姐儿好搪塞"的重要原因。那些管家奶奶们有心要和探春等人博弈一番,挫折其锐气后,她们便可施展拳脚了。曹雪芹安排了相当的篇幅描写双方的较量,而其中涉及的赵国基,又恰是探春血缘上的舅舅:

只见吴新登的媳妇进来回说:"赵姨娘的兄弟赵国基昨日死了。昨日回过太太,太太说知道了,叫回姑娘、奶奶

169

来。"说毕,便垂手旁侍,再不言语。彼时来回话者不少,都打听他二人办事如何:若办得妥当,大家则安个畏惧之心;若少有嫌隙不当之处,不但不畏伏,出二门还要编出许多笑话来取笑。吴新登的媳妇心中已有主意,若是凤姐前,他便早已献勤说出许多主意,又查出许多旧例来任凤姐儿拣择施行。如今他藐视李纨老实,探春是青年的姑娘,所以只说出这一句话来,试他二人有何主见。

吴新登媳妇一改在王熙凤跟前积极建言献策的做法,她明知探春等人没处理过类似事务,却故意不提供任何提示或建议,只是"垂手旁侍,再不言语",貌似恭谦,实是欺负她们缺乏经验,准备等着看笑话。而且,赵国基是探春血缘上的舅舅,如果探春徇私处理,今后治家时将无法服众,如果按祖宗定下的"旧例"操作,接下来就会有难缠的赵姨娘登场,因此拿此事测试探春等人,实是居心不良,而王夫人听了汇报后竟不做指示,只是关照吴新登媳妇将此事交探春等人处理,也难保不含有测试之意。吴新登媳妇是府内的大管家之一,她丈夫是银库的主管,是荣国府内有地位有脸面的人,在场的管家媳妇们都明白她的心思,只等这位大管家一旦试探成功,大家都将群起而效仿,她们对探春诸人将"不但不畏伏",而且还要"编出许多笑话来取笑",更重要的是,她们可以此为例,理直气壮地利用职权为自己谋利。

李纨或是由于缺乏经验,或是有意显露王夫人关于袭人事处理的破绽,她闻言后当即指示,仿不久前袭人母亲去世之例,赏银四十两。吴新登媳妇眼见自己的设计已获成功,"忙答应

第五章 探春和她的治家尝试

了是,接了对牌就走"。可是,精细的探春叫住了她,询问"家里的"与"外头的"赏银差别。吴新登媳妇无言以对,只能推说"记不得"。探春点穿了她的意图:"你办事办老了的,还记不得,倒来难我们",并责令她交出账本以供查对。账本上各种旧例均有明确记载,探春修正了李纨的指示,改为赏银二十两,即使赵姨娘前来闹场,她也毫不通融,坚决按府内规矩办理。同时,探春也不放过吴新登媳妇,她告诉平儿:"连吴姐姐这么个办老了事的,也不查清楚了,就来混我们。幸亏我们问他,他竟有脸说忘了。"其意图显然借王熙凤与平儿的威势震服众人,平儿反应也快,她当即警告众人:"你们只管撒野,等奶奶大安了,咱们再说。"在这一事件的过程中,探春对吴新登媳妇的追问一一点到要害,了解详情后的处置又果断坚决。下人们终于认识到,探春虽然"言语安静,性情和顺",但"精细处不让凤姐",吴新登媳妇讨了没趣,"满面通红",众媳妇更被警醒,她们都悄悄地议论说:"大家省事罢,别安着没良心的主意。连吴大娘才都讨了没意思,咱们又是什么有脸的。"从这一反应来看,探春树立权威,从而严格与维护府内的管理制度的目的已初步达到。

如何才能完全树立自己的权威,探春心中自有盘算。按旧例,宝玉等人上学,"一年学里吃点心或者买纸笔,每位有八两银子的使用"。当一位媳妇来领取贾环与贾兰的学中费用时,探春就断然拒绝发放,因为他们都有月钱,"怎么学里每人又多这八两?原来上学去的是为这八两银子!"她下令:"从今儿起,把这一项蠲了",并指示平儿去回禀王熙凤:"我的话,把这一条务必免了。"话说得斩钉截铁,使众管家都领略了探春毫无商量余地的强硬态度,而机灵的平儿立即领悟了探春的思路:"找几件利害事与有体面的人开例作法子,镇压与众人作榜样。"书中随后的细节安排,都是在说明探春思路的贯彻。先是宝钗临时决定与探春一起用餐,丫鬟便传令管家媳妇将宝钗的饭菜送来。探春闻言当即"高声说道":"你别混支使人!那都是办大事的管家娘子们,你们支使他要饭要茶的,连个高低都不知道!"她下令要平儿去传饭。平儿是王熙凤的心腹,常代表她行使职权,众管家对她都不敢有丝毫怠慢,可是她毕竟只是个通房丫头,地位低于众管家,故而探春令她去传饭。此举还含有一层意思,即探春已意识到,只有整饬已有混乱的等级制度,她在治家过程中的权威地位方可牢固地树立。接着,作者又写了秋纹来询问宝玉一房月钱发放的事,平儿赶紧拦住,告诉她"二奶奶(注:指王熙凤)的事,他还要驳两件,才压的众人口声呢","何苦你们先来碰在这钉子上"。这些细节似是可有可无,而作者接连做此安排,说明这是后面探春兴利除宿弊的必要铺垫。

听了平儿的汇报后,王熙凤立即明白了探春的思路,她关照平儿道:

> 如今俗语"擒贼必先擒王",他如今要作法开端,一定是先拿我开端。倘或他要驳我的事,你可别分辩,你只越恭敬,越说驳的是才好。千万别想着怕我没脸,和他一犟,就不好了。

王熙凤的态度是在帮助探春立威以掌控局面,对于探春准备改革的设想,也表示愿全力支持。王熙凤全力支持探春有自己的盘算,她深知荣国府"凡百大小事仍是照着老祖宗手里的规矩,

第五章　探春和她的治家尝试

却一年进的产业又不及先时"的困境,"家里出去的多,进来的少",败落的势头业已显露,"若不趁早儿料理省俭之计,再几年就都赔尽了"。探春的努力有利于败落势头的缓解,而且她只是暂时代管,日后还得由王熙凤直接面对这一困境,因此王熙凤拿定了主意:"正该和他协同,大家做个膀臂。"同时,王熙凤还有个不可言于外人的考量:她管家期间得罪了许多人,"我也太行毒了,也该抽头退步"了。即使从私心角度着眼,也应支持探春的兴利除宿弊,因为"他出头一料理,众人就把往日咱们的恨暂可解了"。

探春在改变众人"懈怠"状况,严格与维护府内管理制度的过程中树立了自己的权威,同时也确立了她在三人治家格局中的主导地位,可是探春并没有立即推出经济改革计划,而是对平儿说,"咱们四个人商议了,再细细问你奶奶可行可止",当得到王熙凤全力支持的保证后,她才提出兴利除宿弊的设想。王熙凤经验丰富,其背后又是王夫人,探春显然已经明白,没有她们的允诺,其实什么事都干不成。

探春的改革有个现成的范本,那就是赖大家的花园。在第四十七回里,探春随贾母前去游玩,发现"那花园虽不及大观园,却也十分齐整宽阔,泉石林木,楼阁亭轩,也有好儿处惊人骇目的"。探春是有心人,尽管当时她还没有代理管家的职责,却已在细细打听这花园的具体情况:

> 我因和他家女儿说闲话儿,谁知那么个园子,除他们带的花、吃的笋菜鱼虾之外,一年还有人包了去,年终足有二百两银子剩。从那日我才知道,一个破荷叶,一根枯草根

173

子,都是值钱的。

探春所谓的"兴利",其实就是借鉴赖大家花园的管理模式,从而使大观园在经济上有所产出,而大观园要比赖大家花园大一倍多,"加一倍算,一年就有四百银子的利息"。不过,赖大在经济上虽已是个财主,但他的身份毕竟还是下人,而荣国府是钟鸣鼎食之家,不能那般"小器"地样样都去"出脱生发银子",于是探春将赖大家的经验做修正后,提出了自己的方案:

> 在园子里所有的老妈妈中,拣出几个本分老诚能知园圃的事,派准他们收拾料理,也不必要他们交租纳税,只问他们一年可以孝敬些什么。一则园子有专定之人修理,花木自有一年好似一年的,也不用临时忙乱;二则也不至作践,白辜负了东西;三则老妈妈们也可借此小补,不枉年日在园中辛苦;四则亦可以省了这些花儿匠山子匠打扫人等的工费。将此有余,以补不足,未为不可。

这个方案的关键,是不再雇用"花儿匠山子匠打扫人等",而是将大观园分片包给那些本在园中服役的婆子,而上岗承包的条件只有两条:一是"本分老诚",二是"能知园圃的事"。与统包给外来工匠的模式相较,被选出的婆子各自分管一片的做法具有明显的优越性:大观园的各园地都得到了"专定之人修理",效益自然倍增,而且各园地的产出"也不至作践",都可在府内做到物尽其用,因为对那些婆子来说,责、权、利已紧密地捆绑在一起,不会像先前统包给外来工匠那般,除应付必要的上缴

第五章 探春和她的治家尝试

外,或私自处理,或任意作践。若就现金收支而言,雇用外来工匠的工费可省去,但由于探春明确提出对分管各园地的婆子们"也不必要他们交租纳税",因此这一举措并没有以增加收入为目的,它只是一种省俭之计。以往论及探春的经济改革,都说她是"开源节流",实际上她做的仅是省去雇用外来工匠费用的"节流",而并非是增加收入的"开源"。

探春的方案得到了李纨、宝钗与平儿的赞同,但她并未立即动手操作,而是先让平儿去向王熙凤汇报,取得她的同意后,接着又是让李纨召集众婆子宣布新政,在公众面前,她对自己只是协同李纨管家的位置把握得十分到位。众婆子对新政的反响非常热烈:

> 众人听了,无不愿意,也有说:"那一片竹子单交给我,一年工夫,明年又是一片。除了家里吃的笋,一年还可交些钱粮。"这一个说:"那一片稻地交给我,一年这些顽的大小雀鸟的粮食不必动官中钱粮,我还可以交钱粮。"

作者这里只提到竹林与稻田两例,其实大观园的各处均有"出利息之物",他后来又借李纨之口补充说,蘅芜苑和怡红院的花草茂盛,除每日向各房供给鲜花外,那些花草处理后尽可出售到茶叶铺、药铺、香料铺或大市大庙去,"算起来比别的利息更大"。总之,大观园分片后,无一处不可生出利息来。

探春设计改革方案时,还不清楚各块园地能有多少生息,粗略的估计也明显偏低,故而表示对于承包者,"也不必要他们交租纳税,只问他们一年可以孝敬些什么"。后来几人一会商,发现其间利益还比较丰厚,全归承包的婆子们似不合理;同时,众婆子在竞争上岗时也都表示"还可以交钱粮"。这笔收益该如何处理?在实施方案前,须对此有个妥善安排。若按制度办事,"年终算帐归钱时,自然归到帐房"。探春感到这样处理会有麻烦,她的新政并没征求过帐房的意见,"已是跨过他们的头去了,心里有气,只说不出来",等到"年终去归帐",那些承包者必会受到刁难。因此探春提出:"如今这园子里是我的新创,竟别入他们手,每年归帐,竟归到里头来才好。"所谓"里头",指的应是二门内的治家者,这样操作确可越过帐房,但它意味着在荣国府管理制度外开设了新的资金流通渠道,若用今天的术语,是治家者绕过了帐房与银库设立了一个"小金库"。这样操作为财务制度所不容,帐房只要搬出祖宗定下的"旧例"就可否定探春的设想。探春毕竟是不谙世故的小姐,她初次理家,还不清楚此中的机关与诀窍。相比之下,宝钗对探春方案的修正就显得变通得法:这笔钱同样不上缴帐房,却不作为"小金库"存在,而是直接分给承包者之外的婆子们,理由是园内"一应粗糙活计,都是他们的差使。一年在园里辛苦到头,这园内既有出息,也是分内该沾带些的"。倘若这些人在改革中分享不到红利,他们只要做些手脚,如"只用假公济私的多摘你们几个果子,多掐几枝花儿"之类,承包者就会遭受很大损失。宝钗的修正案得到了众婆子的拥护,她们无论承包与否,"各各欢喜异常","欢声鼎沸",因为都有利益可分享,皆大欢喜。

　　宝钗也考虑到帐房等处的管事者会讨厌之类改革,因为这是"夺他们之权,生你们之利"的方案,但她又认为只要"大家齐心把这园里周全的谨谨慎慎",那些"有权执事的"就会心生"敬

第五章 探春和她的治家尝试

伏",诚心支持。宝钗训导那些婆子时自然要这样说,但事情究竟会如何她何尝不清楚。新政的实施对荣国府整体固然有利,但对"有权执事的"来说,他们个人都没得到任何好处,相反是权威遭到了挑战。探春论及府内的管家们曾说:"主子有一全分,他们就得半分。这是家里的旧例,人所共知的,别的偷着的在外。"眼见婆子们都从新政实施中获取利益,自己却无丝毫的进账,这些"有权执事的"怎能容忍?当然,他们对于新政或许不会直接刁难,也不会去做与李纨、探春与宝钗发生争执的傻事,但以冠冕堂皇的理由从其他方面掣肘报复,实在是机会太多,操作起来也很容易。

经宝钗修正后,改革方案终于定型,宝钗与平儿对它涉及的范围以及经济效益做了归纳:

宝钗笑道:"……我替你们算出来了,有限的几宗事:不过是头油、胭粉、香、纸,每一位姑娘几个丫头,都是有定例的;再者,各处笤帚、撮簸、掸子并大小禽鸟、鹿、兔吃的粮食。不过这几样,都是他们包了去,不用帐房去领钱。你算算,就省下多少来?"平儿笑道:"这几宗虽小,一年通共算了,也省的下四百两银子。"

以上所言各项"不用帐房去领钱"向外购买,而是靠园内的生产自行解决,这固然有"开源"的意味,但对荣国府的经济体系来说,这类"省俭之计"并没有增加收入,从严格的意义来说,仍只属于"节流"。宝钗提到的头油、脂粉等项,按府内规定,每位姑娘每月有二两银子,每人每年二十四两并非小数。由于买办们从中渔利,买来的尽是伪劣商品,那些小姐只能托人另行购买。探春鉴于此,先前已下令将这一项蠲了,而现在的方案是头油、脂粉等由承包的婆子负责供给,姑娘们的利益得到了保证,且无须再掏钱托人购买。失去一次渔利机会的买办房肯定是不乐意,而细观宝钗对改革方案的归纳,被省俭的各项原先都是由买办房领了钱派人外出购买,如今这些项目都堵塞了买办们渔利的渠道。这意味着除帐房外,不乐见改革方案者又增添了买办房。而且,帐房与买办房以往能从中渔利,少不了银库的协助,于是荣国府重要的几个管理机构都已站在对立面,探春新政的前景着实堪忧。

在《红楼梦》中,并不只是探春提出了"省俭之计",如第七十二回里林之孝就向贾琏建议,将一些老家人开恩放出去,可"省些口粮月钱",减少些小姐使唤的丫鬟数,"一年也可以省得许多月米月钱"。此方案是通过降低主子待遇标准与裁员的方式压缩开支,而"放出去"则是给下人以人身自由,即与主子争利。探春的改革是不降低待遇标准,也不裁员,而是通过调动已有人员积极性从事生产,以达到减少开支的目的。这一改革的涉及面却非常小,它仅限于大观园内各园地的管理方式,而效益总数也只有四百两银子。尽管宝钗说,"一年四百,二年八百两,取租的房子也能看得了几间,薄地也可添几亩",但相对于荣国府经济体系及其运转来说,这实在是个太小的数字,其经济效益明显地低于林之孝等人的省俭之计。而且,探春的做法也不可能成为解决问题的方向。将由向外购买改为园内自己生产,其经济意义是从商品经济退向自给自足的自然经济范畴。由书中描写可知,荣国府生活在商品经济相当发达的时

第五章 探春和她的治家尝试

代,它在食物方面的需求除新鲜蔬菜、鸡蛋等外,基本上可由庄田缴租满足,而其他方面的开销大多来自于市场。荣国府内能自己生产的大概也主要是限于大观园内,探春的新政在府内无法推广,荣国府与商品经济的联系也不可能被割裂。

探春代管家务之初就曾说过:"我但凡是个男人,可以出得去,我必早走了,立一番事业,那时自有我一番道理。"探春胸怀大志,代理管家给她提供了施展抱负的机会,而她最得意之笔,则是将大观园分块让婆子们包干。由第五十九回里春燕与莺儿的对话可以知道,新政实施以后,大观园的管理出现了新的气象,这在第五十九回里有描述:

> 春燕笑道:"……这一带地上的东西都是我姑娘管着,一得了这地方,比得了永远基业还利害,每日早起晚睡,自己辛苦了还不算,每日逼着我们来照看,生恐有人糟踏,又怕误了我的差使。如今进来了,老姑嫂两个照看得谨谨慎慎,一根草也不许人动。你还掐这些花儿,又折他的嫩树,他们即刻就来,仔细他们抱怨。"

那些婆子虽只是承包,但"比得了永远基业还利害","每日早起晚睡","照看得谨谨慎慎",甚至"一根草也不许人动",各块园地的花儿、果儿都得到严密的照料,第六十一回里还介绍说,那些婆子"一个个的不象抓破了脸的,人打树底下一过,两眼就象那黧鸡似的,还动他的果子"!与原先从府外雇用些"花儿匠山子匠打扫人等"打理相较,那些婆子不知尽心尽力了多少倍。园中各房也从中得益,用莺儿的话来说,"自从分了地基之后,

179

每日里各房皆有分例",承包种植花草园地的,每天都"必要各色送些折枝的去",供各房的小姐、丫头们消费。这一介绍透露了一个信息,即对承包各园地的婆子们,都有个如何履行职责的实施细则,承包者都必须按章行事,稍有怠慢或疏漏,就立刻会被发觉并受到相应处理。各房中只有薛宝钗不要这个"分例",她是在遵循刚进荣国府时薛姨妈与王夫人所说的"一应日费供给一概免却,方是处常之法"的约定。她的丫鬟莺儿认为自己一房从未享用此"分例",难得折些花草应该不是问题,但没想到结果是引来了春燕姑妈的破口大骂,这正是作者对"比得了永远基业还利害"的形象写照。

在利益驱使下,婆子们尽心尽力,大观园各园地的管理秩序井然,在探春的推行与引导下,严肃的纪律也随之而建立,而她本人也身体力行,作众人的表率。在第六十一回里,探春与宝钗想吃"油盐炒枸杞芽儿",这其实在每日的"分例"里换个菜即可,但探春却派人给大观园小厨房送去五百钱,实际上这个菜只需二三十钱。小厨房将钱送回,但探春"到底不收"。在第六十二回里,探春要厨房准备酒菜为平儿祝寿,也是关照"开了帐和我那里领钱",公与私分割得清清楚楚。就在这一回里,宝玉与黛玉对探春的管家有番评论。宝玉告诉黛玉,"这园子也分了人管,如今多掐一草也不能了",这正说明了大观园内管理制度的严格,而黛玉则说,一旦握掌管家大权,"差不多的人就早作起威福来了",可是探春却是"倒也一步儿不肯多走",这是在称赞她的严格自律,以及对自己身份地位的把握。总之,大观园出现了新气象,可以说,若仅就这一方面而言,探春的新政实现了预期的目标。

第五章 探春和她的治家尝试

可是,若从经济效益着眼,新政实施后的收益却是微不足道。平儿曾做过计算,实行新政后,"一年通共算了,也省的下四百两银子",这一数字与荣国府庞大的开支相较,几乎可以略而不计。由第六十一回可以知道,大观园内供约四十人用膳的小厨房,每天消耗"一吊钱的菜蔬",约一两银子,全府约四百人,这方面消费约为十两银子。也就是说,省下的四百两银子,只能满足荣国府四十天新鲜蔬菜的购买。在第七十二回里又看到,周太监到荣国府打秋风,"张口一千两",此时那四百两银子能顶什么用?更严重的是,"需用过费,滥支冒领"是府内普遍现象,主子清楚管理中的这一弊病,却又无可奈何,因为他们不可能事必躬亲,对各个环节逐一审计,更何况有时自己也参与其中,第四十四回里贾琏就在帐房总管林之孝的协助下用此法侵吞了二百两银子,而管家们靠"滥支冒领"更是常事。面对这一现状,探春省下的四百两银子又何济于事。四百两银子在荣国府的经济生活中实在是太不显眼,于是第七十二回里就可看到荣国府现金链断裂,王熙凤靠典当东西才能应对,在同一回里,还可看到林之孝向贾琏诉说"家道艰难",建议裁减人员,贾琏可能将这主张转告了王熙凤,于是在第七十四回里,王熙凤向王夫人提出了类似的建议,目的是"可省些用度"。由此可见,探春省下的那一点点钱,对延缓荣国府经济颓败的趋势并没有也不可能起到什么作用。

在酝酿与推出改革方案的过程中,三人治家团队中各人的作用也得到了充分的体现。探春是与李纨同时首批受委托代管家务者,她的任务王夫人说得很清楚,是"合同李纨裁处"。由她代理管家时的言行可知,探春此前已留心府内各种事务,发现了其间一些不合理处甚至是弊端。尽管还是未出阁的小姐,视野受到了局限,对复杂的人情世故尚未参透,但她素有"立一番事业"的志向,一旦能进入管理层,便将此作为自己展现才华的舞台。在三人管理团队中,探春实已占据了主导地位。李纨与探春原说代管一个月,但到时王熙凤病仍未痊愈,还将长期疗养,王夫人担心"园中人多,又恐失于照管",便又委托宝钗帮忙"照看照看"。王夫人外出时,三人的分工是"他二人(注:指李纨与探春)便一日皆在厅上起坐,宝钗便一日在上房监察,至王夫人回方散"。此处"上房"是指王夫人的居所,如此安排,似是李纨与探春处理日常事务,而宝钗是代行王夫人的职权,这正与王夫人关照宝钗有事"你来告诉我"相呼应。对于探春的改革方案,宝钗在第五十六回里以"兴利节用为纲"做了理论上的归纳与提升,她解释说,"此刻于小事上用学问一提,那小事越发作高一层了"。宝钗同时也对方案做了重要修正,既避免了违反府中规定设立小金库之嫌,又让下人们利益均沾,消弭了一些可能发生的矛盾,显示了思虑细致,处事稳重的一面。

与探春、宝钗相较,在集中介绍改革方案酝酿与推出的第五十五回与第五十六回里,关于李纨的描写少得多,尽管她是三人团队的领衔者。这期间她们遇到的第一场风波是赵国基的抚恤金该发多少。李纨听了汇报后做出了违反府内规定的指示,立即被探春否定,而赵姨娘指责探春时,李纨的劝说竟是"也怨不得姑娘,他满心里要拉扯,口里怎么说的出来",气得探春忙说她"糊涂":"谁家姑娘们拉扯奴才了?"这一事件后,书中再也未见她在治家过程中对什么事拿主意,读者也几乎忘了她才是治家团队的负责人。对于探春的新政,李纨表示了支持:"好主意。这果一行,太太必喜欢。"她首先考虑的是王夫人的态度,这当然也包括了此举对王夫人与她的关系会有何影响,因为她毕竟要承担领导责任。在讨论改革方案时,李纨只发表过一次意见,当时探春惋惜"蘅芜苑和怡红院这两处大地方竟没有出利息之物",李纨当即纠正说,那两处花草都可卖钱,"算起来比别的利息更大"。这一话题是由李纨所居住的稻香村引起,先是 婆子申报承包稻香村的稻田,表示愿意"以交钱粮",接着考虑承包人选时,又提到稻香村的"菜蔬稻稗之类"。稻香村一带的收益原先都归李纨所有,第四十五回里王熙凤与李纨交锋时就说过:"又给你园子地,各人取租子。"李纨提出蘅芜苑和怡红院是收益最大之处,含有降低众人对稻香村关注的意味。尽管书中没有明言,但可以设想,李纨一定会设法让探春与宝钗明白稻香村的收益原归自己所有的现状,而最后的方案也决不会影响李纨原有的利益。李纨有限的几次发声,似都基于自己的盘算,探春能在实际上占据主导地位,这固然与她有心借此施展才华有关,而李纨有意退让也是造成此态势重要的原因。

三 探春治家的失败及其原因

探春的改革只限于大观园内各园地的管理,应该承认她的改革取得了成效,但她领命管家时,王夫人并没有交代这项工作,纯是探春为她展胸中抱负自己外加出来的。王夫人请二人代理管家的初衷,是除保证平日的各类事务正常运转外,主要是维持二门内,尤其是大观园的秩序不至乱套。王夫人住在园外,但因宝玉住在园内,她对那儿的动向十分关注,正如她在第七十七回里所言,"我身子虽不大来,我的心耳神意时时都在这里"。对园内那些婆子们懈怠公事,"得空儿吃酒斗牌"的状况了解得清清楚楚,也知道王熙凤病倒后,她们更是肆无忌惮了。王夫人最担心的是"别弄出大事来",所以她对暂代王熙凤理事的李纨、探春与宝钗三人要求加强管理,以防不虞。她们刚上岗时,面对的状态是"比凤姐儿前更懈怠了许多",那些下人发现"探春精细处不让凤姐"后,便有所收敛。可是那些管事娘子毕竟是"心术利害",婆子与丫鬟们也各有心机,过了段时间,他们又故态复萌,甚至变本加厉。

　　作者在第五十五回与五十六回集中描写了李纨、探春与宝钗管家之初的故事,此时贾母、王夫人等人都在府中,她们在需要时可作督查,遇见大事也可指示处置方式。可是从第五十八回起,荣国府出现了高层暂时"真空"的状态,因为朝廷的老太妃死了,按规定"凡诰命等皆入朝随班按爵守制",因此"贾母、邢、王、尤、许婆媳祖孙等皆每日入朝随祭,至未正以后方回"。二十一天的朝中祭祀结束后,又有"请灵入先陵"的仪式,"这陵离都来往得十来日之功",而且到了孝慈县的陵地,"还要停放数日,方入地宫",等到诸事妥当,"得一月光景"。也就是说,从"每日入朝随祭"到从陵地回府,在约两个月的时间里,贾母与王夫人都无法督查府内诸事。在较长时间内宁、荣两府的主子都不在家总不是回事,"因此大家计议,家中无主,便报了尤氏产育,将他腾挪出来,协理荣、宁两处事体。因又托了薛姨妈在

第五章 探春和她的治家尝试

园内照管他姊妹丫鬟"。可是,尤氏的主要精力是放在宁国府,对于荣国府,"虽天天过来,也不过应名点卯,亦不肯乱作威福"。至于薛姨妈,她"只不过照管他姊妹,禁约得丫头辈,一应家中大小事务也不肯多口"。管家团队在名义上新增了二人,实际上她们却没起什么作用。

对于当时荣国府内纷乱的情形,作者在第五十八回里曾做了概括性的叙述:

> 当下荣、宁两处主人既如此不暇,并两处执事人等,或有人跟随入朝的,或有朝外照理下处事务的,又有先跴踏下处的,也都各各忙乱。因此两处下人无了正经头绪,也都偷安,或乘隙结党,与权暂执事者窃弄威福。荣府只留得赖大并几个管事照管外务。这赖大手下常用几个人已去,虽另委人,都是些生的,只觉不顺手。且他们无知,或赚骗无节,或呈告无据,或举荐无因,种种不善,在在生事,也难备述。

第六十四回里王熙凤也说道:"老太太、太太不在家,这些大娘们,嗳,那一个是安分的,每日不是打架,就拌嘴,连赌博偷盗的事情,都闹出来了两三件了。"贾母等人从第五十八回开始"入朝随祭",最后从陵地回到府中是第六十四回的事,在这七回里,曹雪芹用了很大篇幅描写了荣国府内矛盾与纠纷的接连不断,看来都是琐碎小事,却是由来已久的各种矛盾的深化与公开化。治家团队遇上了大挑战,而几次纷争的处理最后都得由平儿甚至王熙凤出面,借用麝月在第五十九回里的话来说,是"请出个管得着的人来管一管",这表明探春等人的管理已是

185

力不从心。

　　一连串矛盾与纠纷的开端仍与老太妃去世有关。当时朝廷明令,"凡养优伶男女者,一概蠲免遣发",于是大观园内的戏班遵旨解散,那些不愿离园的女孩子分配到各房使唤。由于前几年学唱戏的特殊经历,这些女孩子的性情风格不同于一般的丫鬟,作者的归纳是"或心性高傲,或倚势凌下,或拣衣挑食,或口角锋芒,大概不安分守理者多",她们突然被抛掷到与自己性情脾胃不甚协调的环境中,一系列的矛盾就必然产生。曹雪芹正是从她们身上着笔,渐次展现大观园内的各种纷争,而由她们引起的纷争,实是府内固有矛盾激化的反映。

　　风波的开始是第五十八回里藕官在大观园内私烧纸钱,婆子训斥时,宝玉为藕官辩解,甚至指责婆子"故意来冲神祇,保佑我早死"。宝玉分明是强词夺理,而婆子只得忍气吞声,心中却不服,后来将此事告诉了赵姨娘,撺掇她去闹事,以发泄胸中的愤懑。在同一回里,芳官为了洗头的事又和她的干妈何婆吵了起来,这次还是宝玉出面维护芳官:"赚了他的钱。又作践他,如何怪得。"何婆是春燕的娘,在第五十九回里她又打自己的女儿,宝玉再一次出面干预,他对春燕说:"别怕,有我呢。"麝月派小丫鬟去向平儿汇报了此事,得到的指示是"撵他出去,告诉了林大娘在角门外打他四十板子"。何婆赶紧千求万求,宝玉才放过了她。平儿也同意宝玉的处理,并告诉怡红院诸人:

　　"得饶人处且饶人",得省的将就省些事也罢了。能去了几日,只听各处大小人儿都作起反来了,一处不了又一处,叫我不知管那一处的是。……这算什么。正和珍大奶

第五章 探春和她的治家尝试

奶算呢,这三四日的工夫,一共大小出来了八九件了。你这里是极小的,算不起数儿来,还有大的可气可笑之事。

贾母、王夫人等人刚离开荣国府没几天,府内居然已是"各处大小人儿都作起反来了,一处不了又一处"的局面,探春等三人管家团队已无力弹压,只能搬出代表王熙凤的平儿出面。这样的乱局平儿先前也未曾见过,一时颇有捉襟见肘之感,"不知管那一处的是"。

这还是各种风波兴起的开端,紧接着又可看到贾环索要蔷薇硝,芳官却给了他茉莉粉,赵姨娘为此气势汹汹地前往怡红院问罪。她正与芳官闹得不可开交时,藕官、蕊官、葵官与豆官又闻讯赶来,她们抱定"须得大家破着大闹一场,方争过气来"的主张为芳官助战,众人扭作一团,直到尤氏、李纨、探春与平儿等人赶来才被"喝住"。尽管跟随探春的艾官未来加入战团,可是探春等人还是感到事情难以处理,须知芳官背后是宝玉,藕官是黛玉的人,蕊官跟随宝钗,葵官与豆官背后的湘云与宝琴是荣国府的客人,复杂的关系纠缠于其间,矛盾的解决超出了探春等人的能力,于是她们做出的决定是要赵姨娘"忍耐这几天,等太太回来自然料理"。几乎同时,王夫人房中的玫瑰露丢失了,林之孝家的查找不到,而"每日凤姐使平儿催逼他"。情急之时,林之孝家的根据线报,在柳家的主管的大观园厨房里找到了玫瑰露,这其实是芳官送给柳家的女儿柳五儿的。林之孝家的怎肯听声辩:"不管你方官圆官,现有了赃证,我只呈报了,凭你主子前辩去。"王熙凤听禀报后即做判决:"将他娘打四十板子,撵出去,永不许进二门。把五儿打四十板子,立刻交

187

给庄子上,或卖或配人。"林之孝家的乘此机会拿下柳家的,将大观园厨房交与自己的人秦显家的管理。由于事涉芳官,柳家的掌管厨房时对怡红院又一直格外厚待,于是又是宝玉出面说情。最后,柳家的母女二人无事放归,秦显家的刚接手又被赶出了厨房。

当大大小小的事件发生时,行使管家职责的李纨、探春等人却有意置身事外。第六十一回里林之孝家的在大观园厨房里找到了玫瑰露后,首先是请示李纨如何处理柳家的母女二人,李纨推说贾兰病了,故"不理事务,只命去见探春",而向探春汇报后,得到丫鬟侍书的传话是"姑娘知道了,叫你们找平儿回二奶奶去"。至于三人团队中的宝钗,她只是以亲戚的身份帮忙,更不愿沾手这类麻烦事。她小心地将大观园通向自己家的角门锁上,以保证荣国府内的事都与自己家的人毫无关系。对府内发生的事,宝钗心如明镜似的都很清楚,在玫瑰露与茯苓霜这两件事发生后,她曾告诉宝玉:"殊不知还有几件比这两件大的呢。若以后叮登不出来,是大家的造化;若叮登出来,不知里头连累多少人呢。"她对这些事件总的态度是:"若不出来,大家乐得丢开手。"由第六十二回里的一段描写可以看出,这也是三人团队对那些事件处理的共同态度:

(探春)问:"什么事?"林之孝家的便指那媳妇说:"这是四姑娘屋里的小丫头彩儿的娘,现是园内伺候的人。嘴很不好,才是我听见了问着他,他说的话也不敢回姑娘,竟要撵出去才是。"探春道:"怎么不回大奶奶?"林之孝家的道:"方才大奶奶都往厅上姨太太处去了,顶头看见,我已回明

第五章 探春和她的治家尝试

白了,叫回姑娘来。"探春道:"怎么不回二奶奶?"平儿道:"不回去也罢,我回去说一声就是了。"探春点点头,道:"既这么着,就撵出他去,等太太来了,再回定夺。"

探春的第一反应是此事让李纨处理,她毕竟是治家团队的领衔者,林之孝家的回复说李纨已知此事,说让探春处理;探春又将处置权推给王熙凤,等平儿代王熙凤表态后,她才表示同意。黛玉根据自己的观察对探春管家做出了评价:"虽然叫他管些事,倒也一步儿不肯多走。"三人管理团队的不作为,实际上又将正在病中的王熙凤推向了前台。

在这三人中,李纨一直以"问事不知,说事不管"的方法自我保护,也获得了"厚道多恩无罚"的名声,宝钗始终将荣国府与自己家的关系界定得很清楚,谁都知道她是"不干己事不张口,一问摇头三不知"。至于探春,她虽有施展抱负的志向,却小心地不作名分上的逾越,她管家的身份毕竟只是"协同"。而且,那些事件背后的复杂犬牙交错,厘清不易且耗费时日,即使处理了,贾母与王夫人回来后又不知会有何种看法,于是探春只能用推诿的方式做处置。

原先荣国府内有王熙凤的强势管理,又有贾母、王夫人坐镇,在此威慑力的笼罩下,各种受到压制的矛盾还不至于爆发。如今王熙凤病倒了,贾母、王夫人又离府外出,于是很快就形成了晴雯在第六十回里所说的"如今乱为王了"的局面。探春面对的事件中,有不少并非是单纯的个案,其间涉及的人际关系错综复杂,是府内盘根错节的势力组合的显示,探春即使想处理也难以下手。为了"茉莉粉替去蔷薇硝"一事,赵姨娘去向芳官问罪,如果仅是这两人间的事倒也罢了,可是藕官的干娘夏婆子又向她说了烧纸钱事,并鼓动她"把威风抖一抖","倘或闹起,还有我们帮着你呢"。这里所说的"我们",首先包括她的姊妹何婆,那时为了谁先洗头事,何婆正与芳官闹得不可开交。赵姨娘打了芳官后,跟她来的一干人"各各称愿",同时"又有那一干怀怨的老婆子见打了芳官,也都称愿",可见夏婆子所说的"我们",人数还相当众多。芳官也并非势单力薄,藕官、蕊官、葵官与豆官都前来相助。她们平日里都受到干妈的欺负,藕官在第五十九回里说道:"在外头这两年,别的东西不算,只算我们的米菜,不知赚了多少家去,合家子吃不了,还有每日买东买西赚的钱",乘着相助芳官之际,她们将平日积蓄的怨恨全都发泄了出来。这些人斗作一团时,"晴雯等一面笑,一面假意去拉",表明了以宝玉为首的怡红院众人同情芳官的倾向。艾官虽未出面与赵姨娘相斗,但后来在第六十回里,她利用跟随探春的便利做了倾向于芳官的报告,只不过探春"虽知情弊,亦料定他们皆是一党","不肯据此为实"。看来探春已经明白,引发争端的"茉莉粉替去蔷薇硝"只是小事并不足谓,而赵姨娘和芳官之间的纠纷也不是单纯的事件,而是两股势力抗争的爆发,对探春来说,"等太太回来自然料理"是明智之举。事情到此还不能算完,探春再也想不到贴身丫鬟翠墨竟将艾官向自己汇报事告诉了蝉姐儿,而同在秋爽斋当役的蝉姐儿正是夏婆子的外孙女儿;同样,赵姨娘也想不到身边的丫鬟小鹊,会将自己的言动向怡红院密报。探春知道府内各股势力难以对付,但恐怕没料到自己身边的人也纠结于其间,而作者在事件结束时又加上双方阵营都有人向对方密报的情节,当是在提醒读者,这

第五章　探春和她的治家尝试

类争端还将继续延伸发展。

玫瑰露与茯苓霜事件的性质也同样如此。彩云偷了王夫人房里的玫瑰露给了赵姨娘，林之孝家的在大观园厨房发现玫瑰露后便认定是柳五儿偷的。尽管柳五儿声辩是芳官送的，但林之孝家的根本不听，她每日受到王熙凤的催逼，急于结案，同时也想乘此机会拿下柳家的厨房管理权，代之以自己的亲信秦显家的。柳家的为了能让柳五儿去怡红院服役，平日对晴雯、芳官等人"狗颠儿似的"巴结，同时也得罪了不少人，与迎春的大丫鬟司棋更发生过直接冲突，而秦显家的，正是司棋的婶婶。柳家的与怡红院诸人交好，客观上已在大观园的内斗中站队。如小厮钱槐欲娶柳五儿而未能遂愿，"心中又气又愧"，他是赵姨娘的内侄，其父母又是银库的管账之人，这股"有些钱势"的势力也站在柳家的对立面。于是，柳五儿被林之孝家的看管起来，"素日一干与柳家不睦的人，见了这般，十分趁愿"，甚至还"悄悄的来买转平儿，一面送些东西，一面又奉承他办事简断，一面又讦诉他母亲素日许多不好"。最后，又是怡红院诸人出面干预，柳家的才恢复了对大观园厨房的掌控。一瓶小小的玫瑰露竟会扯出这许多事，就是因为它引起了各方势力的角力，其间又有赵姨娘的身影，探春自然不想也不便发表什么意见，还得由王熙凤与平儿按"大事化为小事，小事化为没事"的原则做处置。

荣国府内盘根错节的各股势力相互争斗是由来已久之事，王熙凤治家时暗流涌动也是常态，但毕竟未爆发公开的激烈争斗。这是由于王熙凤明了个中详情，善于处理处置，风格又尖刻泼辣。惩罚下人时，她会下令"只叫他们垫着磁瓦子跪在人阳地下，茶饭也别给吃。一日不说跪一日，便是铁打的，一日也管招了"。下人对王熙凤均怀惧怕之心，而她拉拢与抑制等手腕的运用，也是一直未出大事的重要原因。在恩威并施之下，大管家吴新登家的早被她收拾得服服帖帖，成为她的得力助手，作者在第五十五回里写道，平日里遇见什么事，"他便早已献勤说出许多主意，又查出许多旧例来任凤姐儿拣择施行"，脂砚斋此语后批道："可知虽有才干，亦必有羽翼方可。"脂砚斋看来对王熙凤收纳羽翼以治家的做法十分赞赏，故而后来又批道："阿凤有才处全在择人收纳膀臂羽翼，并非一味以才自恃者，可知这方是大才。"林之孝夫妇是荣国府内地位仅次于赖大夫妇的大管家，自然也是王熙凤的笼络对象，她认林之孝家的为干女儿，两人间建立了亲密的关系。她还将林之孝的女儿小红收在自己房中，这固然是相互拉近，同时也含有钳制林之孝夫妇的意味。王熙凤在拉拢的同时，还伴有抑制的手段，以防止某股势力坐大。林之孝家的让秦显家的掌控大观园厨房的主张就被拒绝了，当然，宝玉保护柳五儿的意愿在其间也起了重要作用。林之孝反对旺儿的儿子娶彩霞，甚至还准备"等他再生事"就处置他，可是王熙凤执意要成就这桩婚姻，既不让林之孝事事如愿，同时还使旺儿夫妇更死心塌地地效忠于她，这是从娘家带来的嫡系，当然需要格外照料。王熙凤玩弄权术形成了自己的"羽翼"，从而能驾驭各股势力，反观探春，她不仅没有"羽翼"辅助，就连她身边的艾官与翠墨，也分属不同的势力。而且代管团队不会似也不屑玩弄权术，以及使出严酷的惩罚手段，面对各种纷争时，自然是力所不逮，束手无策了。在第六十四回里，宝玉去探望王熙凤，看到"正有许多执事婆子们回

第五章 探春和她的治家尝试

事毕,纷纷散出"的景象。此时正是王熙凤养病,李纨、探春与宝钗代管家务之时,这些执事婆子们为何都跑到王熙凤这儿来了?王熙凤对宝玉解释道:"虽说有三姑娘帮着办理,他又是个没出阁的姑娘。也有叫他知道得的,也有往他说不得的事,也只好强扎挣着罢了",但这解释比较牵强。显然,李纨、探春诸人的遇事不决与相互推诿,已影响到府内各事务的处理,故而那些"执事婆子们"恢复到直接向王熙凤请示的状态,三人代管团队存在的作用与意义,可以说已消失大半了。

贾母与王夫人等刚离去不久,府内事件就连续发生,曹雪芹只写了"茉莉粉替去蔷薇硝"与"玫瑰露引来茯苓霜"等事,同时又通过平儿之口告诉读者:"这三四日的工夫,一共大小出来了八九件了。"宝钗也告诉宝玉:"殊不知还有几件比这两件(按:指玫瑰露和茯苓霜两件)大的呢","若叫登出来,不知里头连累多少人呢"。由宝钗的话可以知道,有些事的发生管理层其实也清楚,但因涉及面太大,纠结的关系又复杂,故秉持"大事化为小事,小事化为没事,方是兴旺之家"的指导思想装作不知道,只想拖过去了事,"若以后叫登不出来,是大家的造化"。管理层的态度如此,府内管理松弛、下人懈怠的现象便越演越烈,即使后来贾母、王夫人回府后,局面仍然如此,因为整个管理层默不作声,她们误以为大卜依旧太平,故而也未出手整饬。

在第七十三回里,不断积累的矛盾终于引爆。事情的起因是怡红院半夜里竟有"一个人从墙上跳下来了",宝玉乘机装病以躲避贾政查问功课,怡红院诸人"故意闹的众人皆知宝玉吓着了"。王夫人闻讯后立命"各上夜人仔细搜查","于是园内灯笼火把,直闹了一夜",至五更天时,又命管家们"拷问内外上夜男女等人"。贾母得知此事后,即查问夜里当值的状况。实际情况其实大家都知道,可是王熙凤、李纨诸人"都默无所答",显然是不愿引火烧身,只有探春出面回答贾母的询问:

> 近因凤姐姐身子不好,几日园内的人比先放肆了许多。先前不过是大家偷着一时半刻,或夜里坐更时,三四个人聚在一处,或掷骰或斗牌,小小的顽意,不过为熬困。近来渐次放诞,竟开了赌局,甚至有头家局主,或三十吊五十吊三百吊的大输赢。半月前竟有争斗相打之事。

贾母闻言大为震惊,忙问:"你既知道,为何不早回我们来?"探春的回复是王夫人事多,没去打扰,但告诉了李纨与管家,也已诫饬过几次。这是帮王夫人洗脱了责任,但同时暴露了李纨的不认真查办。贾母认为"这事岂可轻恕",下令彻查,"有人出首者赏,隐情不告者罚"。事情很快查清楚了,聚赌者都被带到,"跪在院内磕响头求饶"。

这次是"贾母动怒,谁敢徇私",事情才终于曝光。犯事者很快被查清并被带来受罚,效率如此之高,表明这些事的原委管理层就清楚,只是不愿查办而已。作者进一步的介绍使读者明白了一直未做查办的原因:"原来这三个大头家,一个就是林之孝家的两姨亲家,一个就是园内厨房内柳家媳妇之妹,一个就是迎春之乳母。"她们都是有关系有背景之人,柳家媳妇背后是怡红院,迎春的乳母暴露后,黛玉、宝钗、探春还为她"向贾母讨情",而为首者就是大管家林之孝家的亲戚,平时谁个敢查办她们?据说柳家媳妇和她妹妹靠赌局"赚了钱两个人平分",而

第五章　探春和她的治家尝试

林之孝家的两姨亲家胆大妄为，林之孝家的也难逃嫌疑。每日夜里园中巡夜由她负责，哪有不知之理，从中收取好处也是情理中事，在第六十二回里我们就曾看到，林之孝家的私自委任秦显家的管理大观园的厨房，后者立马"悄悄的备了一篓炭，五百斤木柴，一担粳米，在外边就遭了子侄送入林家去了"。

严查赌局事刚告一段落，紧接着就发生了抄检大观园事件。此后，宝钗搬出蘅芜苑回家居住，有意避开各种矛盾与纷争。李纨生怕王夫人为此而责怪，劝她"好歹住一两天还进来，别叫我落不是"，探春却说"不来也使得"，"也不在必要死住着才好"。三人管理团队实际上就此散伙。探春还认清了这"一家子亲骨肉"的另一面，即"恨不得你吃了我，我吃了你"的乌眼鸡式的关系。实际的经历使她感受到"我们这里说不出来的烦难，更利害"，她对于治家已心灰意冷。与此同时，王夫人在抄检大观园后又亲自重新巡查，驱赶了晴雯、芳官以及贾兰的奶妈等人，随后又与王熙凤共商治家大计，这在某种意义上可视为她们重新接手管家大权，这也意味着探春等三人的治家已告失败。虽然《红楼梦》前八十回的故事到此结束，谁也不知其后曹雪芹将做怎样的描写，但通过此前一连串事件的爆发与处理，读者却可感受到荣国府的混乱与颓败是个叫逆转之势，探春的治家是一次扭转的努力，而其失败也正表明了大势已去。曹雪芹在第五回里曾给探春下了"才自精明志自高，生于末世运偏消"的判词，而他描写的探春治家及其失败，正是对此判词的形象写照。

第六章　那些半奴半主们

　　《红楼梦》故事的铺开描述是始于第六回"贾宝玉初试云雨情，刘姥姥一进荣国府"，在说明为何要从刘姥姥起笔时，作者解释道："按荣府中一宅人合算起来，人口虽不多，从上至下也有三四百丁，虽事不多，一天也有一二十件，竟如乱麻一般，并无个头绪可作纲领。"这里所谓的"并无个头绪"，是指要有条不紊地反映出荣国府丰富的生活内容，确定写作线索并非易事，而不是说生活在荣国府的人整日家乱哄哄地过日子。实际上，我们阅读作品时，可以发现那儿生活的展开相当有序，这首先得感谢曹雪芹高超的叙事手法，其中包括他展现荣国府生活画卷时，随着故事情节的发展，点点滴滴且又自然地交代了府内诸人的等级划分、处理日常事务的管理机构与制度，这正是荣国府生活能基本有序地展开的可靠保障。

　　关于府内诸人的等级划分以及管理机构与制度的描述，是作品的重要组成部分，它们不仅使读者能了解到荣国府生活的全貌，同时又具有保证情节有序推进的作用。可是，如果将这些内容做大篇幅的集中介绍，其冗长枯燥会引起读者的反感，而且这样的写作方式会破坏情节描写的节奏，《红楼梦》

第六章 那些半奴半主们

也就不像一部小说了。这些内容既不可少同时又不可做集中介绍,于是曹雪芹采取了依循创作的原则,随着情节发展的需要不时有所透露的方式,于是这方面的呈现显示出散见于作品各处的形态。曹雪芹早年曾经历过封建大家族的繁华岁月,对这方面内容是了然于胸,在铺叙故事需要时便可随手拈来,与他同时代的读者对此也有直接或间接的感性了解,尽管在阅读过程中是点点滴滴地接触,实际上却有一定程度的框架式把握。这便利条件对于今日的读者来说已不再具备,而这方面的了解又是理解作品的重要前提,于是就需要对那些内容做全面的综合考察,方法是从作品中勾稽相关的描写,进而将它们按专题归类进行分析。当这一工作完成后,可以发现这方面的内容十分丰富,曹雪芹透露的相关信息,足以搭建成相当完整的构架,而等级制度以及对它的维护是其中重要的组成部分。

将众人划分为不同等级,是维系封建统治的重要的制度上的保障,荣国府的情况也不例外。那里约四百人首先被分为两大块:主子与奴才。主子是指自贾母而下的诸人,他们按辈分等标准又分为不同层次,即使是同一层次的人也会有差别。如同是未婚的公子小姐,实际上存在着正出与庶出的差异,而贾姓主子与客居者如林黛玉与薛宝钗,他们的境况也不尽相同。居住于荣国府的主子不到二十人,其他都是服侍他们的没有人身自由的奴才。奴才的来源分两类,除一些如袭人、晴雯等人是从外面买来的外,其余都是"家生子儿",即府内奴才所生的子女。一旦为奴,其子孙就都是奴才,荣国府每年都要为小厮与丫鬟指婚,其目的是奴才的再生产,因为"成了房,岂不又擎生出人来"？大管家林之孝曾提议"把这些出过力的老家人用不着的，开恩放几家出去"，即给他们以人身自由，但这侵犯主子权益的方案根本不会被采纳。书中唯一的例外是赖大的儿子赖尚荣，作者在第四十五回里写道，他"一落娘胎胞，主子恩典，放你出来"，这是赖家"熬了两三辈子"才获得的恩典，故而赖嬷嬷要教诲他："你那里知道那'奴才'两字是怎么写的！"

荣国府近四百名奴才也按等级划分，第六十二回中叙及平儿过生日时就写道："上中下三等家人来拜寿送礼的不少。"对照书中的描写，可知上等家人是指赖大、林之孝等大管家，中等是各管理机构的执事者，下等人数最多，他们分属各管理机构，府内各种粗笨活都由他们承担。丫鬟也分为三等，一等丫鬟有鸳鸯、袭人等，晴雯、紫鹃则属于二等，三等丫鬟人数最多，小红、坠儿等都是。这些丫鬟分属各房主子，而主子能使唤什么等级的丫鬟以及数量是多少，则是按其等级有所不同。除大小管家外，这些奴才中还有些特殊的群体。如个别丫鬟被主子收为"屋里人"，即成为妾，书中称其为"姨娘"。她们的地位优于一般奴才，所生的子女也是主子，但其本人身份仍是奴才，故而王熙凤骂赵姨娘"也不想一想是奴几"，芳官也不客气地对赵姨娘说"梅香拜把子——都是奴几"。奶妈的地位也较特殊，她们"仗着奶过哥儿姐儿，原比别人有些体面"。此外，各房的大丫鬟可代主子行使权力指挥奴仆，其生活也较娇贵，故而下人们称其为"副小姐"。

荣国府近四百名奴才中，位于上等的管家、丫鬟以及奶妈、姨娘等构成了性质与地位相似的阶层。为了保证荣国府奢华生活有序地持续，主子赋予这些人一定的分管权力，他们可以调度乃至责罚一般的奴才,颇有些主子的架势,但这并没有改变他们是奴才的实质,其人身自由仍握掌在主子手里。这些人可称为"半奴半主",书中有时称他们为"半个主子""二层主子"或"奴字号的奶奶们"。荣国府生活的有序展开离不开他们,而要考察《红楼梦》所描写的经济生活,对这些人的了解分析也是必不可少的内容。

一 荣国府的管家们

荣国府的大总管是赖大(宁国府大总管赖二当是他的兄弟),他负责府内各类事务的总调度,重要的事也由他直接操办。贾政突然被皇上召去,前往宫门外等候消息并传回荣国府的就是赖大。朝廷的老太妃死了,贾母、王夫人诸人都得入朝随祭,还要护送到陵地安葬,约有两个月的光景不在家中,此时荣国府留守的总负责人又是赖大。为筹备元春省亲事,贾赦与贾政召开最高决策会议,管理府内事务的贾琏、王熙凤连列席的资格都没有,只好在家中坐等消息,可是赖大却是会上的重要筹划者。贾赦与贾政把握原则与决定人事,具体落实则是赖大。如需要有人去江南"聘请教习,采买女孩子,置办乐器行头",贾赦派定贾蔷去办这件"里头大有藏掖的"事,经费落实则由赖大安排:"不用从京里带下去,江南甄家还收着我们五万银子。明日写一封书信会票我们带去,先支三万,下剩二万存着,等置办花烛彩灯并各色帘栊帐幔的使费。"这些事务估计贾赦与贾政都懵懂不知,他们也无意理会这类俗事。兴建大观园是十分繁杂的工程,"贾政不惯于俗务",置身事外,贾赦虽是领衔者,但"只在家高卧",他所做的只是听取汇报与发布指示,各项事务,甚至是"点人丁,开册籍,监工等"琐事,全都由贾珍、赖大等负责,而贾珍又有宁国府一摊事需要照料,这类杂务实际上都得由赖大总经办。

当然,赖大是大总管,不必事事亲力亲为,自可吩咐其他管家或奴仆去办理,他只需留心监察与适时调整。不过有这么多事得由他安排,也够忙乎的了,而这正表明了他受到了充分的信任。主子对他及其家人还给予了相当的尊重,在第四十三回里可以看到,赖大的母亲赖嬷嬷在贾母面前可以入座,尽管只是"坐在小杌子上",但此时年轻的主子"尤氏、凤姐儿等只管地下站着"。在第三十五回里,王夫人和贾母在一起时,要待贾母吩咐后"方向一张小杌子上坐下",在第七十五回里,贾敬身为宁国府家主,同样也是"贾母命坐,方在近门小杌子上告了坐,警身侧坐"。由此可见,赖嬷嬷等人在贾母跟前受到的是高规格的礼遇。王熙凤对于赖嬷嬷也同样表示出尊重,她曾想将醉酒误事的周瑞的儿子开革出府,也就是因赖嬷嬷劝她"仍旧留着才是",便收回了成命。书中同样可看到青年主子对赖大的尊重,第五十二回里宝玉遇见赖大,就"忙笼住马,意欲下来",尽管赖大"忙上来抱住腿"劝阻,宝玉还是"在镫上站起来"表示尊重。至于更低一辈的贾蔷,对赖大还得口称"赖爷爷",脂砚斋还批云:"好称呼!"赖大并没有因受到尊重而托大,他不改勤勉作风,这一家人不仅对主子恭顺有加,对主子中的小辈也着意讨其欢心。他的妻子赖大娘平日里会想到主动给黛玉、探春等人送腊梅与水仙,对宝玉则会送上大鱼风筝。平儿虽然只是个通房丫鬟,但她是王熙凤的心腹,又常代其行使职权,故而生日时就会收到赖大家的礼物,乖巧的平儿收到礼物后"又色色的回明凤姐儿",因为她清楚送礼者同时也在间接地向王熙凤表示尊崇之意。

赖大大总管的地位是"熬"出来的,按他母亲赖嬷嬷的说法,是"熬了两三辈子",其间有着说不尽的"苦恼"。当然,光靠"熬"并不能当上大总管,焦大资格够老的,而且还救过主子的命,可是他居功自傲,对后来的主子极不恭顺,甚至还公开抖出他们爬灰养小叔子的隐私,于是就被"揪翻捆倒,拖往马圈里去",而且还"用土和马粪满满的填了他一嘴"。所谓"熬"字,不仅包含了对主子的驯服,而且还须得让主子逐步发现与赏识其忠心与才干。这一过程想必是充满了艰辛,书中对此都没做交代,而是借赖嬷嬷之口用"熬了两三辈子"六字概括了。比较而言,作品对赖大家今日的风光倒有一定篇幅的描述:荣国府允许赖大的儿子赖尚荣一出生就脱籍成为自由人,后来还花力气将他推选为州官。此举固然含有扩大自己政治势力的意图,但对赖家来说正是莫大的恩典。赖家已"熬"成了颇有势力的家族,赖嬷嬷享有可在贾母跟前看座的荣耀,第四十五回里李纨与王熙凤还劝她"闲了坐个轿子进来,和老太太斗一日牌,说一天话儿","家去一般也是楼房厦厅",日子过得"老封君似的了"。她甚至可请主子们去自己家做客,虽然自称是"破花园子",可是贾母带了王夫人、薛姨妈及宝玉姊妹等到后看到,"那花园虽不及大观园,却也十分齐整宽阔,泉石林木,楼阁亭轩,也有好几处惊人骇目的"。赖大一家人是荣国府的奴仆,回到家里便成了主子,住的是楼房厦厅,他家的孩子"也是丫头、老婆、奶子捧凤凰似的"环绕,同样是一番奢华景象。不过荣国府已有百年的历史,家中奴仆"家生子儿"似占多数,而赖大家中的奴仆主要是从外面买的,晴雯当年就是"赖大家用银子买的",后来因贾母"十分喜爱","赖嬷嬷就孝敬了贾母使唤"。

奴仆也有奴仆供使唤,这在荣国府并不是个别的现象。刘姥姥一进荣国府走的是周瑞家的门路,她来到周家时,就有小丫头给她倒茶,不过赖大家的奴仆是"用银子买的",周瑞家的小丫头则是"雇的",他们的经济实力有天壤之别。赖大家的富有远超过贾府一般的旁系子孙,作者在第二十四回里写到,贾芸的父亲独立过活时,就只有"一亩地两间房子",这与赖大花园如何能比。主子们也清楚赖大家的富有,在第四十三回里,贾母让大家凑份子为王熙凤过生日,王夫人等出银二十两,李纨、尤氏是十二两,身为奴仆的赖嬷嬷该出多少呢?

> 赖大之母因又问道:"少奶奶们十二两,我们自然也该矮一等了。"贾母听说,道:"这使不得。你们虽该矮一等,我知道你们这几个都是财主,分位虽低,钱却比他们多。你们和他们一例才使得。"众妈妈听了,连忙答应。

上述描述表明,主子们知道赖大等人"都是财主",而贾母吩咐的对象是"众妈妈"而非赖嬷嬷一人,这意味着那些大管家们都已是腰缠万贯,尽管他们在荣国府的身份仍是奴仆。于是一个问题油然而生:这些人的钱是从哪里来的?

荣国府中一般奴仆的生活极为贫困,宝玉在晴雯的哥哥家就看到,他们睡的是"芦席土炕",所谓茶壶是个"黑沙吊子",而

第六章 那些半奴半主们

茶水是"绛红的,也太不成茶"。很显然,赖大等人能发家致富,是因为他们在荣国府内执掌职权,大管家又优于一般管家。探春曾一度代理治家,她提到那些管家时就愤愤地说:"这一年间管什么的,主子有一全分,他们就得半分。这是家里的旧例,人所共知的,别的偷着的在外。"探春讲了管家聚敛财富的两种途径,一种是"家里的旧例",即主子认可的合法行径,他们可拿到主子的一半。主子的待遇有不同的级别,奴仆们也有不同等级的差异,管家们如何一一对应拿一半,书中没有具体的交代,此处也不宜妄加猜测。现在看到的是鸳鸯、袭人等一等丫鬟月银是一两,是宝玉、探春等未婚主子的一半;赵姨娘的月银是二两,恰是王熙凤等少奶奶的一半。赖大与他的媳妇是主子极为倚重的大总管,他们似可与贾政、王夫人做对应,这样每个月可有十两银子的月钱,节例与年例又不是小数,再加上衣物、首饰以及其他物品的发放,平日的伙食又全由"官中"供给,这样一年下来,赖大家的进账数确实相当可观。

不过,这笔每年常规性的钱财即使再多,恐怕也造不起楼阁亭轩,做不到家中奴仆丫鬟环绕,靠它维持赖大家目前的生活水准,估计也不会宽裕。当然,有可能是赖大动用了从爷爷辈开始积攒的财富,也可能是从爷爷辈就开始经营建造。但即使如此,其经济实力能否支撑仍是个问题。这里不妨将赖大家花园与大观园做个比较。大观园的建造花费巨大,那些楼阁亭轩都是用银子堆起来的,而修建前该范围内原先的房屋还得"尽已拆去"。楼房厦厅建成后,家具的配置又得花钱,从"椅搭、桌围、床裙、桌套,每分一千二百件"也可知道其数量之巨,而"置办花烛彩灯并帘栊帐幔"的预算就是二万两银子。此外,园内泉水的引入与开挖河道,花草树木的购买与种植,假山石的采购与运入园后的安放等等,这又得花费多少银子。赖大家花园的面积将近大观园的一半,虽不似大观园那般精雕细琢,显示出与元春省亲相称的气派,看上去却也"十分齐整宽阔",泉石林木与楼阁亭轩无有一缺,"也有好几处惊人骇目的",其建造花费银两之巨可想而知。而且,大观园建造时土地是宁国府与荣国府各出一部分,无须动用银子购买,而赖大家花园土地的购置须得花钱。

很明显,仅靠荣国府"分例"的常规性收入,甚至是两三辈的积攒,赖大也无力建造这样的花园,他须得另有财路。由于衣食各色住行都已由"官中"供给,常规性收入中相当部分逐步积攒后,可购置土地收租,可购买房屋出租,也可像王熙凤那般放债,或者去从事其他营生,这样方能较快地积聚财富。赖大的身份是奴仆,可以无顾忌地去做这些事,不像贾府的主子是皇亲国戚,做这类事一旦被外人知道,"祖宗颜面何在"! 书中虽没赖大这方面活动的描述,但对他的经营思想却有所介绍。探春来到赖大家花园做客时惊讶地发现,偌大园子的管理不仅不需要投入,而且还有赢利:"谁知那么个园子,除他们带的花、吃的笋菜鱼虾之外,一年还有人包了去,年终足有二百两银子剩。"赖大家的经营之道是后来探春改革的蓝本,她实地考察后增长了见识:"从那日我才知道,一个破荷叶,一根枯草根子,都是值钱的。"花园里的产出赖大一家消费不了,解决的办法便是对外出售,否则银子从何而来? 这段描写,可以说是对赖大家同时在进行商业活动的暗示。

赖大的财路还不止于此。第七十七回写道,赖大家的将买

第六章 那些半奴半主们

来的晴雯送给了贾母,晴雯赢得了贾母的欢心,"却倒还不忘旧",即还惦记着赖家的好处,于是赖大家的"又将他姑舅哥哥收买进来,把家里一个女孩子配了他",这两人便是"多浑虫"与"灯姑娘",他们都是荣国府的奴才。由此可以知道,荣国府购买奴隶的权限在赖大夫妇手中。他们若要在其间赚些好处,那是太容易的事,须知帐房与银库都在大总管的管辖之下,而赖大拥有的权限,也远非向外购买奴隶这一项。主子们对此并非毫无觉察,就连探春论及管家们的收入时也提到"别的偷着的在外"。主子们无法事事具体彻查,管家们又能在账面上做得天衣无缝,无可奈何的主子看来只能以"自祖宗以来,皆是宽柔以待下人"自慰了。

为了维持一个大家族的消费,在府外采购的事几乎每日都要发生,大总管、帐房、银库与买办的从中渔利也持续不断,日常持久的点滴积累也颇为可观。一旦遇上大工程,兴奋的人就更多了。为修建大观园,需要去苏州"聘请教习,采买女孩子,置小乐器行头",预算是三万两银。贾琏对领命的贾蔷说:"你能在这一行么?这个事虽不算甚大,里头大有藏掖的。"所谓"藏掖",就是可从中渔利。贾琏的奶妈赵嬷嬷闻讯赶紧要将自己的两个儿子塞进采购队伍,为的就是借此从中分一杯羹。大观园的修建是巨大且复杂的工程,楼房厦厅委派谁建造,花草树木向谁购买,让谁去种;需要购买的物品更是琳琅满目,该派谁去采购,又该向哪家买?工程的总负责人是贾赦,他确也安插了人,如贾蔷去江南就是他委派的,不过平日里他"只在家高卧",不管具体事务,于是实际上的总管便是赖大。不难想象,众多商家与修建房屋者会争先恐后地谋得承包业务,府内众人为争得差使也会费尽心机，赖大无须明言，尽可等着坐享，其他管家自然也可得益。赖大花园的建造应在大观园之后，在主子们尚未享受游园赏花之乐之前，身为奴仆的赖大怎敢僭越主子。在兴修大观园之后再建造自己的花园，此时赖大已积累了丰富的经验，在兴建过程中也拿了不少好处，经济实力更为雄厚。建造自己的花园时，经验可帮助他在建造时避免走弯路，同时他又熟知一个大工程中的种种弊端，可针对性地采取措施预做防范。大观园是应元春省亲的特殊需要而修建，规模自然巨大，而赖大建造花园只是为满足自己的享乐，过大没有必要，而且会使主子不高兴。虽然面积不及大观园的一半，但赖大花园看上去已是"齐整宽阔"，同时又配以严格的管理制度，显示出欣欣向荣的景象，也难怪探春等人仅是粗略游览，已是钦羡不已。

荣国府的时代是封建社会的晚期，社会上市民，特别是商贾阶层正在崛起，他们甚至是依仗富有谋求政治上的发展，从而攫取更大的利益。赖大的富有以及为扩张利益奋起的精神与之很是相像，有一点却是根本上的不同，即他仍是荣国府内没有人身自由的奴才，一家人只有赖大的儿子赖尚荣在出生时被主子开恩脱籍，所以他后来可以当官，能在政治上图谋发展。脱籍是已经富起来的管家们的最大企望，一旦摆脱这一桎梏，他们就可以依仗财富到社会上去大显身手。

荣国府的二号大管家林之孝曾委婉地提出这一要求。当荣国府经济颓势越来越明显时，他在第七十二回里"趁势"向贾琏提出了建议：

第六章　那些半奴半主们

　　人口太重了。不如拣个空日回明老太太、老爷,把这些出过力的老家人用不着的,开恩放几家出去。一则他们各有营运,二则家里一年也省些口粮月钱。再者里头的姑娘也太多。俗语说:"一时比不得一时。"如今说不得先时的例了,少不得大家委屈些,该使八个的使六个,该使四个的便使两个。若各房算起来,一年也可以省得许多月米月钱。况且里头的女孩子们一半都太大了,也该配人的配人。成了房,岂不又孳生出人来。

所谓"开恩放几家出去",就是将他们脱籍还其自由身,他们在衣食住行方面也就不再享受荣国府"官中"的待遇,实际上"他们各有营运",可发展得更好,而主子由此也可得到"省些口粮月钱"的好处。荣国府曾有过让奴隶脱籍的特例,赖大的儿子赖尚荣一出生就得到了这一恩典,林之孝也是大管家,可是他女儿小红的身份仍是"家生子儿",须得在大观园当差服役。悬殊差异的强刺激应是林之孝提出建议的动因之一,但他在贾琏面前没有提到自己,似是纯为主子减轻经济负担着想,但他预设了"出过力的老家人"的前提,只要此例一开,他既是"世代的旧仆",又是大管家,自然就有机会。林之孝的建议还包含了减少丫鬟使用数量的内容,目的仍是"可以省得许多月米月钱",而安排够年龄的丫鬟"配人",则是为主子的奴隶再生产考虑:"成了房,岂不又孳生出人来。"

　　这些建议林之孝只是对贾琏说,因为贾琏是他的直接领导,相互较为熟悉,而且他俩还曾在第四十四回里合伙侵吞过"官中"的钱财。林之孝一时不敢直接向荣国府高层提出这些敏感的话题,而是希望贾琏"拣个空日回明老太太、老爷"。兹事体大,贾琏怎敢轻易表态。他含含糊糊地以"我也这样想着"应付林之孝的提议,同时又以"老爷才回家来,多少大事未回,那里议到这个上头",委婉地拒绝了上报,他可不愿为脱籍问题为林之孝等人火中取栗。不过,贾琏毕竟在管理家务,经济上的困境确使他深感施展拳脚的不便。他显然在私下里与王熙凤议论过林之孝的提议,所以后来王夫人在第七十四回里提出抄检大观园的计划时,王熙凤乘机提出将那些"人大心大,生事作耗"的丫鬟"撵出去",这样"一则保得住没有别的事,二则也可省些用度"。这明显是由前不久林之孝的提议生发而来,但性质却有了不同。林之孝基于家道艰难这一客观现实,提出"如今说不得先时的例了",主张修订"旧例",即要求在制度上进行变革:"该使八个的使六个,该使四个的便使两个",而王熙凤的设计只是乘机赶走一些不称意的丫鬟,这是一次性的措施,与制度无关,至于林之孝最关心的脱籍问题,王熙凤压根没提。可是听了王熙凤的建议,敏感的王夫人立即联想到制度上的裁员,并当即驳回:

> 如今这几个姊妹,不过比人家的丫头略强些罢了。通共每人只有两三个丫头像个人样,余者纵有四五个小丫头子,竟是庙里的小鬼。如今还要裁革了去,不但于我心不忍,只怕老太太未必就依。虽然艰难,难不至此。我虽没受过大荣华富贵,比你们是强的。如今我宁可省些,别委屈了他们。以后要省俭先从我来倒使的。

第六章　那些半奴半主们

谁敢从王夫人开始实行省俭之计,她的意思很清楚:一切按旧例办,不同意做任何变革,这也是对林之孝提议的全盘否定,而"虽然艰难,难不至此"一语,则从根本上否定了林之孝的立论基础。

林之孝提出脱籍等建议是在第七十二回,此后一直到曹雪芹《红楼梦》结束的第八十回,他在作品中再未现身,他媳妇林之孝家的情况也类似。第七十四回抄检大观园是《红楼梦》中最重要的篇章之一,王夫人先是组织抄检队伍:王熙凤为领队,人员除邢夫人的陪房王善保家的之外,其余都是自己与王熙凤的陪房"周瑞家的与吴兴家的、郑华家的、来旺家的、来喜家的",她们都是从王家带来的心腹嫡系,而身为园内事务总负责人且每日巡夜的林之孝家的却被排斥在外。这是因为在先前的第七十三回里,贾母彻查大观园内的赌局,发现头家之一便是林之孝家的两姨亲家。处理了这些人员后,贾母"又将林之孝家的申饬了一番",这既是因为她的亲戚开设赌局,也是对她每日巡夜不力的问责,而她先前擅自委任秦显家的掌管大观园厨房,也会引起主子的不快。此后一直到第八十回,林之孝家的在作品中失去了踪影,以往逢年过节,或贾母过生日,林之孝家的在荣国府家宴上忙前忙后地服侍,可是在第七十五回的中秋家宴上,却未见她在场。相对于原先这对夫妇在书中出现的频率甚高,此时曹雪芹是以"不书"的方式写出了他们的失势。失势的原因有很多,而提出"脱籍"估计是犯了大忌,须知奴隶制正是荣国府立家之根本。

林之孝夫妇"原是荣国府中世代的旧仆",他们的女儿小红也是奴隶,在怡红院服役时还常受晴雯、秋纹等丫鬟的欺负,这对夫妇自然会有摆脱世代为奴处境的愿望,尽管他们在府内已是权势颇重。林之孝夫妇是仅次于赖大夫妇的二号大管家,书中也常见赖大与林之孝并称。不过,赖大统筹全局,林之孝却有具体的分管部门,他是帐房的主管,管理家务的贾琏也将许多事交与他办理,林之孝家的则是大观园事务的总负责人。此外,第二十四回里还介绍说,这对夫妇兼领"收管各处房田事务"。平日里,他们在主子跟前一直是恭顺低调,谨言慎行,以至于王熙凤误以为他们是"一对夭聋地哑","锥子扎不出一声儿来的"。其实,书中描写这对夫妇的言谈可真不少,第六十三回里林之孝家的巡夜到怡红院,既劝导宝玉行事要像"受过调教的公子",又训斥丫鬟们"别耍钱吃酒,放倒头睡到大天亮",发表了好一通长篇大论,不耐烦的晴雯为此埋怨她"唠三叨四的,又排场了我们一顿去了"。王熙凤与晴雯的观感完全不同,就是因为他们在主子面前是恭顺的奴才,而在一般奴才面前又摆出颐指气使的主子的架势,其言行恰符半奴半主的身份。

书中赖大与林之孝时常并称,但两人的资历与权限都有差异。林之孝的女儿小红只是十多岁的小丫鬟时,赖大的儿子赖尚荣已经外放当官了,赖大走上管理岗位,显然要比林之孝早得多。赖大在府内统筹全局,直接对贾母与贾政负责。贾母有事会"唤进赖大来细问端的",第三十三回里贾政听说有人跳井,第一反应便是传唤贾琏、赖大问话。在第七十回里有一个细节:"林之孝开了一个人名单子来,共有八个二十五岁的单身小厮应该娶妻成房,等里面有该放的丫头们好求指配。"他汇报的对象是贾琏夫妇,再由王熙凤"先来问贾母和王夫人",然后再做定夺。林之孝显然拥有人事建议权,但他不能像赖大那样

第六章 那些半奴半主们

就事务处理直接与荣国府高层产生交集,在书中也看不到这方面的描写,赖大与林之孝虽同为大管家,他们之间却有着重要的差异。

林之孝夫妇当然不甘于此,他们希望能得到荣国府高层的赏识以谋取更进一步。既然制度限制了其间的接触,他们就把目标移至贾母钟爱的孙子宝玉身上。林之孝家的巡夜到怡红院,就殷勤地关心宝玉的饮食起居,希图博得宝玉的好感;赖大家的给宝玉送了个大鱼风筝,林之孝家的也赶紧送去一个,而且是投宝玉所好,是个美人风筝。宝玉因误信紫鹃的黛玉"回苏州家去"的谎言而发病,林之孝家的更是赶去探望。此时贾母说了句"难为他们想着,叫他们来瞧瞧",这一表扬大概会使林之孝家的兴奋一段时间。可是尽管做出了种种努力,却并未改变林之孝与赖大在与荣国府高层接触方面的差异。

综合书中的描写,可对荣国府事务管理的结构关系做一归纳:事关全局时,荣国府高层给赖大夫妇下达指示,赖大夫妇安排整个管家层实施完成,平时他们则按常规制度做调度;或者贾母等人就一些具体事务指示贾琏夫妇,此时林之孝夫妇协助他们操办,同时也是贾琏夫妇日常事务处理的助理。显然,林之孝夫妇不可越级向贾母等人请示汇报,而贾琏夫妇也不便指挥赖大夫妇。有次王熙凤想增添一个丫鬟,交办的对象就是林之孝家的而非赖大家的,她还解释道:"赖大家的如今事多,也不知这府里谁是谁。"同时,王熙凤对赖家的人又相当尊重,赖嬷嬷只说了一句"撵了去断乎使不得",就使她改变了原想将周瑞的儿子撵出荣国府的决定。荣国府人多事多却运转基本不乱,类似这样的管理结构应是其保障之一。

211

荣国府的经济账

　　长期的上下级关系，使林之孝夫妇与贾琏夫妇间形成了紧密的联系，甚至还超越了正常的协助关系。第二十七回里曾提到，王熙凤比小红大不了多少，小红的母亲林之孝家的显然要比王熙凤大得多，可是她却认王熙凤为干妈。双方结成私密关系是你情我愿，因为借此都可以为自己谋取更多的利益。最典型的例证是鲍二家的因与贾琏通奸事发自杀，鲍二为此得到二百两银子的补偿。银子是贾琏拿出来的，但他动用的是"官中的钱"，书中写道："贾琏又命林之孝将那二百银子入在流年帐上，分别添补开销过去。"所谓"分别添补开销过去"，是将二百两银子的账化整为零，每次向外购物上账时虚报一些数目。林之孝直接掌管帐房，在账面上轧平是轻而易举的事，可是要顺利地套出现金，那就得与负责银两支出的银库以及向外采购的买办做好协商，当然也须得给他们一些好处。贾琏遇事就立即想到这个办法，可见他并非第一次这样做，而既然有这样一条生财之道，没有贾琏指令时，林之孝也完全可以用这个方法伙同银库、买办侵吞"官中的钱"。尽管每次所得数量不大，但日积月累，也可集腋成裘。此现象应是荣国府内的常态，在第五十六回里又可以看到，买办们每月按正品的价格支取银两，买来的头油脂粉却全都是"不过是个名儿，其实使不得"的伪劣商品，其中的差价都落入了买办的腰包，当然，他们也得打点帐房与银库方能顺利地报账。

　　为了生活的舒适奢华，不愿为琐碎杂事烦心的主子们委任了一些管家，并给予一定的权力，而那些管家在履行职责的同时，也利用各种机会利用手中的权力谋取钱财。王熙凤曾总结过封建大家族管理中的弊病，其中重要一条便是"需用过费，滥

第六章 那些半奴半主们

支冒领"。倘若帐房能严格把关,此弊病的程度至少可减轻许多,可是以林之孝为首的帐房怎肯做这种自绝财路的事。帐房对其他管理机构并无管辖之权,但各机构为一些经济事务免不了要与帐房打交道,这里也有生财的门径。探春曾批评道,凡事到了帐房,就得"又剥一层皮",这是不点名地指责林之孝及其手下人敛财,而林之孝夫妇掌控的又何止是帐房。第六十二回里林之孝家的委任秦显家的掌管大观园的厨房,秦显家的上任后,立马就"悄悄的备了一篓炭,五百斤木柴,一担粳米,在外边就遣了子侄送入林家去了",同时她"又打点送帐房的礼"。书中没有披露林之孝利用职权究竟聚敛了多少财富,但有一细节可供做推测。第五十四回里有张正月里请贾母吃年酒的清单,由于请的人太多,薛姨妈被排在十七日,十八与十九日分别是荣、宁两府的大总管赖大与赖升,而二十日便轮到林之孝了。在交代了请吃年酒的名单后作者又写道:"凡诸亲友来请或来赴席的,贾母一概怕拘束不会","倒是家下人家来请,贾母可以自便之处,方高兴去逛逛"。贾母一出动,王夫人、王熙凤、宝玉及众姊妹多半会跟从,林之孝若无宽敞气派的府第,怎敢向贾母发出邀请。第四十三回里贾母对赖嬷嬷等人说,"我知道你们这几个都是财主","这几个"中,显然应包括林之孝的长辈。结论很清楚,身为名列第二的大管家,林之孝同样很有钱。

在请吃年酒的名单上,紧排在林之孝之后还有两位管家,即单大良与吴新登,他们有资格请贾母吃饭,其地位之重要无疑,其财力雄厚也同样无疑。吴新登只在第八回里出现过一次,那是宝玉外出时的偶遇,作者对他只有六个字的介绍:"银库房的总领。"脂砚斋对"吴新登"的命名有个解释:"妙!盖云

213

无星戥也。"古代银两进出时要用秤,所谓"无星戥"是指秤杆上没有秤星,这样的银两进出显然是一笔糊涂账。《红楼梦》中人物的命名常用谐音法,脂砚斋常对此做了注释,如贾化即"假话",他字时飞是"实非",别号雨村是"言以村粗之言演出一段假话也"。又如张如圭"盖言如鬼如蜮也",单聘仁是"善于骗人之意",而卜世仁自然是"不是人"的谐音。银库总管名字谐音"无星戥",显为作者对银库混乱的喻指,而这混乱多半是为渔利而人为制造的。吴新登的媳妇主要在第五十五回里出现,她是王熙凤的心腹,探春代理家务时却有意刁难。从下人们"连吴大娘才都讨了没意思,咱们又是什么有脸的"的议论来看,她显然也是位大管家。相比之下,请吃年酒名单上的单大良几乎就是个隐身人,他在故事情节中从未出现过,其媳妇也只出现过两次。一次是第五十六回里医生进园看病,平儿问道:"难道没有两个管事的头脑带进大夫来?"她得到的答复是"有,吴大娘和单大娘他两个在西南角上聚锦门等着呢"。另一次是第五十七回,宝玉发病后,"林之孝家的、单大良家的都来瞧哥儿来了"。被称为"管事的头脑",她或与林之孝家的,或与吴新登家的同进出,其身份显然是大管家。荣国府中有二门内外的严格界限,二门内住女眷,男性管家一般不得随意出入。《红楼梦》描写的主要是二门内的故事,单大良与吴新登分管的部门设于二门外,这是书中难见其踪影的原因,但他们及其分管部门的重要性并不因此而减弱。书中有几处提到荣国府设有总管房,又称总理房,其成员应该就是有资格请贾母吃年酒的那四对夫妇。

这些大管家们有权有势,一般下人平日里见主子一面也

第六章　那些半奴半主们

难,同时又无法越出大管家威势的笼罩,在他们眼中,这些大管家就几乎等同于主子,他们可以根据主子的原则性指示,创造性地为所欲为,责罚下人更是寻常事。可是这些大管家面对下人威势再足,他们在主子面前依然仍是奴才。为了保证府内管理机构与制度的正常运转,主子离不开那些管家,一般也都采纳他们的建议,可是最后否决权仍在主子手中。林之孝反对旺儿之子迎娶彩霞,甚至还想伺机惩罚他,而王熙凤的一句话使他的谋划全都化为流水。林之孝家的委派秦显家的掌管大观园厨房,还收下了她的孝敬,可是主子不同意这一任命,秦显家的只管了一天便"轰去魂魄,垂头丧气,登时掩旗息鼓,卷包而出"。林之孝家的对玫瑰露和茯苓霜等事的处理因冒犯了怡红院而被否决,在第六十二回里还被批评为"一点子小事,便扬铃打鼓的乱折腾起来,不成道理"。王熙凤的处理明显有曲意维护色彩,但"林之孝家的不敢违拗"。主子对管家有很大的依赖性,有时也容忍他们的渔利行径(实际上也做不到明察秋毫),但管家扩张自己权势时若构成了对主子权威的侵犯,就会遭到否决甚至打击,更何况这些管家的人身自由还掌控在主子手里。所谓半奴半主,其实就是代主子行使职权的奴才,抓住这句话中"职权"与"奴才"两个关键词,便可理解那些大管家的实际处境。

　　赖大、林之孝、单大良与吴新登,这四对夫妇是总管房的大管家,在他们与一般下人之间还有一个层次,那便是分属于各大管家且具体管理某事项的小管家,书中曾提及"上、中、下三等家人",其间的"中"正是指他们。荣国府各机构分工较细,这一等级人数不少,书中也经常笼统泛指。如第五十五回里"凡一应执事媳妇等来往回话者,络绎不绝",第六十四回里"正有许多执事婆子们回事毕,纷纷散出"等,第七十一回里则介绍说,"二门外鹿顶内,乃是管事的女人议事取齐之所"。《红楼梦》是小说,当然不会专门开列各管家及其分管事项的清单,它是随着情节的进展,不时地透露些这方面的信息。如周瑞因是王夫人的陪房而颇受信任,他"只管春秋两季地租子,闲时只带着小爷们出门子就完了",而周瑞家的则"只管跟太太奶奶们出门的事"。荣国府在府外设有家庙,还定时资助一些庙宇,而"月例香供银子"是由"余信管着"。戴良分管粮仓,买办房负责人"名唤钱华",脂砚斋说这是取"钱开花之意"。管理针线房的是张材家的,柳家的执掌大观园的厨房,鸳鸯的父亲金彩在看管南京的房子,乌进孝的哥哥则是荣国府庄田的庄头。书中提到的分管具体事务的管家不多,有些管理机构在作品中出现了,如大厨房、茶房、药房等,但未透露管家之名,有些管理机构按常理判断应该存在,如马厩之类,但书中只是一带而过。此中原因容易理解,这是作者根据情节描写的需要而做取舍,他是在创作小说,而非巨细无遗的荣国府生活的实录。

作者在那些二等管家身上着墨不多,常是寥寥数笔带过,可虽是些微信息,却也可归纳出这批人的一些特点。他们同样只是代主子行使职权的奴才,其权势、待遇等全都捏在主子的手里,逆其心意即受责罚,故而在主子面前都是低眉顺眼恭顺状,心里却是积怨甚深,就连颇为得宠的周瑞家的,背后也在埋怨王熙凤"待下人未免太严些个"。这里所谓的"严",有时是指王熙凤对财务的审核。第十四回里四个"执事人"要领对牌支银购物,王熙凤审核后否定了两项:"这两件开销错了,再算清了来取。"眼见"滥支冒领"被察觉了,于是"那二人扫兴而去"。四项中就有两项是明显虚报,这比例也够高的,而得以通过的那两项,也很可能只是虚报得不那么过分而已。有许多琐碎事务主子顾不上,也懒得管,那些管家们就可以各显神通了。如荣国府给各庙的月例香供银子由余信经手转发,他却挪作别用,拖延不发。第七回里水月庵的净虚等不及了上门催讨,因担心事发受责罚,"余信家的就赶上来,和他师父咕唧了半日"。那些管家在自己的职权范围内不放过觅财的门径,他们的口子似乎还得过得蛮滋润,一些小钱还看不上。刘姥姥得到赠馈后为感谢引见人留下一块银子,可是"周瑞家的如何放在眼里"。这些人虽是奴才,却可借其职权以谋利,又可欺凌下人,动辄以"且打给他们几个耳刮子"相威胁。鸳鸯在第七十一回里将那些管家媳妇称为"奴字号的奶奶们",形象地勾勒了这些半奴半主式人物的嘴脸。

二 姨娘与"准姨娘"

姨娘是荣国府内对妾的称谓之一,她们经过"开了脸"等正规仪式获得此身份,俗称"屋里人"或"跟前人"。这是另一种类型的半奴半主。这些由奴才而升任的人享有一些主子的权利与待遇,王熙凤曾将其概括为"半个主子",而另外"半个"则是奴才,这在书中也是由王熙凤做了概括,她曾斥骂赵姨娘"也不想一想是奴几"。此处"几"含有"次第"之意,所谓"奴几",是指尽管排行时等级有高低,但都是奴才,故而芳官曾形象地对赵姨娘点明:"梅香拜把子——都是奴几";"拜把子"有排行的讲究,但在都是奴才这点上却并无差异。从王熙凤到芳官都说出"奴几"一词,表明对姨娘毕竟还是奴才的身份与地位本质,合府上下的认定都很清楚。这是赵姨娘最忌讳的话题,难怪她一听芳官之言,"气的便上来打了两个耳刮子"。

《红楼梦》所描写的姨娘中,作者着笔最多的是赵姨娘,她是贾政的妾,首次登场是在第二十回,读者可看到第二十回里她刚出场就在挨骂,王熙凤禁止她数落贾环:"他现在是主子,横竖有教导他的人,与你什么相干!"尽管贾环为她所生,但赵姨娘连教训儿子的资格都没有,因为这对母子之间有着主子与奴才的严格界限。诚然,荣国府让姨娘享有相当的权利与待遇,但那是出于保证她服侍丈夫的需要,如果配备得差了,身为丈夫的主子就没了体面,说到底,这是关系到家族的体面。书中几次提到贾政在赵姨娘的房中安寝,姨娘的居所就非得有与之相当的规模与等级。配置一定数量的下人供使唤也是必须的,王熙凤曾为赵姨娘"也配使两三个丫头"愤愤不平,但她只是说说而已,这是家族的规定,她并无力改变。作为主子的妾,姨娘在生活上有一系列的配套安排,而这些安排正与其半奴半主地位相适应。贾政与家人共处时,赵姨娘有资格参与其间,但贾政与王夫人是"对面坐在炕上说话",赵姨娘却得站着干些"打帘子"的差使。又如月钱,主子系列中最低等级是未婚的公子小姐,每月是二两,姨娘虽长他们一辈,也只是领取二两。若对照丫鬟系列,等级最高的一等丫鬟是每月一两,姨娘所得是她们的两倍。可以说,姨娘的不少待遇正卡在主子与奴才的衔接点上。赵姨娘对这一待遇很不满意,她曾向探春埋怨"没钱

第六章 那些半奴半主们

使,怎么难",第二十五回里又对马道婆诉苦:"我手里但凡从容些,也时常的上个供,只是心有余力量不足。"可是埋怨归埋怨,她对制度性的规定实是无可奈何。

贾政还有个妾是周姨娘,但她在书中似隐似现,而围绕赵姨娘的故事却占了相当的篇幅。她常服侍贾政安寝,有机会进言或报告府内的动态,当然这都带有她的倾向性。贾政也很乐意听取,因为许多事他在别处听不到。如关于宝玉"屋里人"已有安排,贾母与王夫人就从未告诉过这位父亲。清人涂瀛在《红楼梦论赞》中称,赵姨娘"不徒臭虫、疮痂也,直狗粪而已矣,而贾政且大嚼之有余味焉"。[①]贾政尽管被说得如此不堪,他毕竟是元妃与宝玉的父亲,荣国府内除贾母外,他的主张无人敢违拗。赵姨娘得宠于贾政,这一事实使上下人等都得有所顾忌,更何况她为贾政生育了探春与贾环一对儿女,他俩可是荣国府内的正经主子。书中只有三人毫不掩饰对赵姨娘的蔑视,王夫人不便直接斥骂贾环,就叫来赵姨娘训斥:"养出这样黑心不知道理下流种子来"。王熙凤对赵姨娘的训斥也毫不客气,第二十回里她听到赵姨娘在教训贾环,就立即干预:贾环"现是主子","凭他怎么去,还有太太老爷管他呢",教育他的事"与你什么相干"。赵姨娘认为自己是母亲,教训儿子是天经地义的事,而王熙凤则搬出尊卑大义,称贾环是主子,身为奴才的赵姨娘根本没资格教训他。作者显然赞同王熙凤的意见,这一回的回目就是"王熙凤正言弹妒意"。王熙凤平时见到赵姨娘也不愿搭理她,在第二十五回里可以看到:"赵姨娘和周姨娘两个人

[①] 涂瀛:《红楼梦论赞》,见一粟编《红楼梦卷》,中华书局1963年版。

进来瞧宝玉。李宫裁、宝钗、宝玉等都让他两个坐。独凤姐只和林黛玉说笑,正眼也不看他们。"在第三十六回里,王熙凤更是在背后咒骂赵姨娘是"不得好死的下作东西"。赵姨娘对王熙凤极为嫉恨,她早就宣称"我只不伏这个主儿",她对林黛玉也是一直怀恨在心,因为"那林丫头,他把我们娘儿们正眼也不瞧"。其他人对赵姨娘都还尊重,薛宝钗将薛蟠带来的东西分送诸人时,"并不遗漏一处,也不露出谁薄谁厚",贾环照样有一份,赵姨娘见了"心中甚是喜欢",偶尔客居荣国府的史湘云设螃蟹宴款待诸人时,也忘不了"令人盛两盘子与赵姨娘、周姨娘送去"。赵姨娘毕竟是贾政的妾,按礼数应给予尊重,更何况她还是探春的生母,小姊妹的颜面还是得照应的。

不过赵姨娘心里清楚,自己能得到一定的尊重,只是大家在按礼数行事而已,她终究只是个妾,将始终为卑微的阴影所环绕,内心的自卑会不经意地在各方面表现出来。贾环去与宝钗等人玩,赵姨娘便啐道:"谁叫你上高台盘去了?下流没脸的东西!那里顽不得?谁叫你跑了去讨没意思!"不过,赵姨娘并不甘心安于如此地位,而翻身的希望全都寄托在儿子贾环身上,他日后可以当官,而继承家业、爵位也并非毫无希望之事。在第七十五回里,现任的荣国公贾赦曾"拍着贾环的头"赞许道:"将来这世袭的前程定跑不了你袭呢。"贾赦当着全家族的面这样说有其目的与谋划,是借此发泄对贾母偏爱贾政与宝玉的不满,同时也有意加剧府内的不和与不安。日后如果要在宝玉与贾环之间选择继位人,确实很难说现任荣国公就一定会按贾母与贾政的意愿推荐宝玉。贾赦说这番话时,《红楼梦》八十回的故事已行将结束,而且他只有"言"而未见其"行"。贾赦的

第六章 那些半奴半主们

话说出了赵姨娘不敢公开表露的心愿,不过她与儿子贾环早已将其付诸行动。他们的目标很清楚:只要除去宝玉,贾环就可能上位。

赵姨娘母子对于宝玉是久有谋划,"每每暗中算计,只是不得下手",而一旦机会来临,他们一出手就是狠招。在第二十五回里,他们接连进行了两次行动。先是贾环"故意装作失手,把那一盏油汪汪的蜡灯向宝玉脸上只一推",有意"要用热油烫瞎他的眼睛"。眼睛一瞎就什么都完了,皇上肯定不愿在庙堂上看到一个瞎眼的荣国公。这次行动没有成功,宝玉很侥幸,只是"左边脸上烫了一溜燎泡出来,幸而眼睛竟没动",而赵姨娘母子则受到好一阵训斥,只是人们还没意识到这是贾环目的险恶的"故意"。紧接着,赵姨娘又勾结马道婆施展妖法谋害宝玉与王熙凤,她向马道婆许诺道:"你若果然法子灵验,把他两个绝了,明日这家私不怕不是我环儿的。那时你要什么不得?"为了敦促马道婆痛下杀手,赵姨娘第一次说出了隐藏在心底的愿望。马道婆施法有个关键的前提,即须将一些纸人纸鬼"都掖在他们各人的床上"。赵姨娘出入宝玉与王熙凤的卧室不方便,年幼的贾环作案却不易被人发现,如此机密大事也不会再有第三人参与。这次行动差点就成功了,宝玉与王熙凤"浑身火炭一般,口内无般不说",到后来"连气都将没了","合家人口无不惊慌,都说没了指望",而"赵姨娘、贾环等自是称愿",最后是全靠癞头和尚与跛足道人及时赶到,宝玉与王熙凤才幸免于难。在第三十三回里,赵姨娘母子第三次施展暗算手段。当贾政为宝玉在外流荡优伶,在家荒疏学业极为愤怒之时,贾环乘机进谗言,污蔑宝玉"拉着太太的丫头金钏儿强奸不遂",致使

221

金钏儿投井自杀,他还说这是"我母亲告诉我",以示消息来源可靠。贾政被贾环的谗言"气的面如金纸",喝令将宝玉捆上拿大棍往死里打,即使王夫人前来救护,贾政还更进一步"要绳索来勒死"。最后是贾母救下了宝玉,但宝玉此时已是"腿上半段青紫,都有四指宽的僵痕高了起来"。贾环进谗言时不只是贾政在场,这次陷害就未能像前两次那样未露痕迹。焙茗向袭人报告:"那金钏儿的事是三爷说的,我也是听见老爷的人说的。"消息也传到了王夫人耳中,她在第三十四回里向袭人查问:"我恍惚听见宝玉今儿捱打,是环儿在老爷跟前说了什么话。你可听见这个了?"尽管王夫人保证"告诉我听听,我也不吵出来教人知道是你说的",但世故的袭人不愿卷入矛盾而答以"实在不知道"。先前贾环用热油烫伤了宝玉,王夫人就已训斥赵姨娘道:"几番几次我都不理论,你们得了意了,越发上来了!"贾环在宝玉挨打事件中已暴露陷害的马脚,此后王夫人等人必将高度警惕,赵姨娘母子不得不有所收敛,这也许就是后来书中不再有这类情节描写的缘故吧。

宝玉挨打事件后,作者对赵姨娘描写的重点是为兄弟赵国基的抚恤金标准与探春争论,借此表示她对王夫人的不满:自己是正经的妾,袭人只是王夫人私下封的"准姨娘",她的待遇凭什么就高过了自己。同时,作者又写了赵姨娘为形成自己势力的张罗。第五十五回里,吴新登媳妇为赵姨娘的兄弟赵国基的抚恤金事请示李纨与探春,却又不告知历来办理的"旧例",有意等着她们出错,而清楚吴新登媳妇居心的管家媳妇们,"都打听他二人办事如何","若少有嫌隙不当之处",她们将不再有畏伏之心,而会抓住制度执行的漏洞乘乱渔利。探春对管理制

第六章 那些半奴半主们

度的坚持,击碎了众管家媳妇的期望,后来赵姨娘赶来与探春论理时,众管家媳妇都在冷眼旁观,为自己的利益着想,她们寄希望于赵姨娘胡搅蛮缠的成功,而赵姨娘能够及时地赶到,而且来之前已经对李纨与探春处理的全过程了然于心,这显然是某位管家媳妇已及时地向她做了报告。由此可见,荣国府管家层面有一股推戴赵姨娘的力量,她本人也在积极主动地经营,作者在第七十一回中就说她"素日又与管事的女人们扳厚,互相连络,好作首尾"。即使是王熙凤的亲信如林之孝家的,赵姨娘也照样有意笼络。有两个婆子得罪了尤氏,林之孝家的被连夜传进府中处理,她心中已是不满,赵姨娘还乘机挑唆:"事虽不大,可见他们太张狂了些。巴巴的传进你来,明明戏弄你,顽算你。"这番话还真起了作用,对王熙凤与邢夫人不和全然知悉的林之孝家的,居然指点受罚婆子的女儿去找亲戚费大娘,因为她是邢夫人的陪房,接着便是邢夫人故意当众讨情,让王熙凤下不了台,又羞又气,"憋得脸紫涨"。

除了管家媳妇外,一些婆子也乐意奉赵姨娘为首,鼓动她挑头闹事。第六十回里夏婆子就向赵姨娘进言道:

你老想一想,这屋里除了太太,谁还大似你?你老自己撑不起来;但凡撑起来的,谁还不怕你老人家?如今我想,乘着这几个小粉头儿恰不是正头货,得罪了他们也有限的,快把这两件事抓着理扎个筏子,我在旁作证据,你老把威风抖一抖,以后也好争别的礼。便是奶奶姑娘们,也不好为那起小粉头子说你老的。

夏婆子为藕官烧纸事受到宝玉训斥,她心怀不满却不敢声辩,便转而挑唆赵姨娘,此时赵姨娘正为芳官以粉作硝轻侮贾环而生气,两人一拍即合,夏婆子还进一步鼓动道:"你只管说去。倘或闹起,还有我们帮着你呢。"于是赵姨娘直奔怡红院斥骂殴打芳官,"外面跟着赵姨娘来的一干的人听见如此,心中各各称愿",就是在怡红院内,"又有那一干怀怨的老婆子见打了芳官,也都称愿"。利益的交汇,使围绕赵姨娘的那个松散群体显得颇有声势。

作者对赵姨娘的描写通篇是贬,她也为历来读者所不齿,清代人的厌恶尤甚,脂砚斋斥其为"愚恶",姜祺《红楼梦诗》所下判词是"托质蠢愚禀性偏,含沙兴浪费周旋";[1]姚燮的《读红楼梦纲领》称她是"天下之最呆、最恶、最无能、最不懂者";[2]涂瀛的《红楼梦论赞》更斥为"不徒臭虫、疮痂也,直狗粪而已矣"。[3]后来的红学论文评析赵姨娘时或兼论封建的正庶问题,或涉及贾府财产权力争斗,或探讨作者设计这人物形象的意图,而贬斥、厌恶倾向与前人一脉相承。可是谁也没触及这样一个问题:如此不堪的赵姨娘何以能成为贾政的"跟前人"?难道当时的贾母与贾政都是"糊涂油蒙了心"?

赵姨娘原是贾政房中的丫鬟,由她兄弟赵国基死时抚恤金为二十两银可以知道,她的身份是"家生子儿",即其父母也是荣国府的奴隶,在这点上赵姨娘与鸳鸯相同而异于袭人。在第六十五回里,兴儿曾向尤二姐等人介绍:"我们家的规矩,凡爷

---

[1] 姜祺:《红楼梦诗》,见一粟编《红楼梦卷》,中华书局1963年版。
[2] 姚燮:《读红楼梦纲领》,见一粟编《红楼梦卷》,中华书局1963年版。
[3] 涂瀛:《红楼梦论赞》,见一粟编《红楼梦卷》,中华书局1963年版。

第六章　那些半奴半主们

们大了,未娶亲之先都先放两个人伏侍的。"也就是说,早在王夫人嫁至贾府之前,赵姨娘与周姨娘就已是贾政的"跟前人"了,其大致时间可从王夫人的长子贾珠死时已二十岁推知,估计约是三十年前的事。姨娘来自丫鬟,但只有极个别的丫鬟才能上位,入选者须如邢夫人在四十六回中所说,"模样儿,行事做人,温柔可靠,一概是齐全的"。赵姨娘入选时应该符合这个标准,当时如果她像后来那般"倒三不着两"的,那早在初选阶段就会被淘汰。邢夫人所说的标准与读者在书中看到的赵姨娘形成了巨大的反差,而反差的出现并越来越醒目,其间经历了约三十年的岁月。这一变化或许可借贾宝玉的理论做解释。

宝玉对于女性曾做过两次概括性的论述,前一次大家都很熟悉,见于第二十回:"原来天生人为万物之灵,凡山川日月之精秀,只钟于女儿,须眉男子不过是些渣滓浊沫而已。"这大概是红学论文中被引用最多的话语之一,因为据说它反映了贾宝玉或作者曹雪芹反对男尊女卑的民主思想,或称其为女权主义的主张。其实,这句话并非曹雪芹的首创,仅就小说而论,早在他百年前,清初顺治年间出版的小说《平山冷燕》里,主人公燕白颔就曾感叹道:"天地既以山川秀气尽付美人,却又生我辈男子何用。"在当时另一部小说《玉娇梨》中,也有着类似的话语。据脂砚斋的批语可知,曹雪芹对明末清初的才子佳人小说十分熟悉,那段称颂女性的话便被他移植至《红楼梦》,成了贾宝玉的名言。

若将这句话与《红楼梦》中的描写比对,可发现不合拍处实在太多。"禀性愚犟""婪取财货为自得"的邢夫人与"山川日月之精秀"何干？抄检大观园时凶神恶煞的王善保家的，以及与她同类的谀上欺下的管家媳妇们，还有那一大批颟顸贪小利的婆子们，她们与"山川日月之精秀"同样挂不上钩。即使年轻的女性，如第七十九回才开始出现的夏金桂，尽管"十分俊俏，也略通文翰"，却是"盗跖的性气"，"爱自己尊若菩萨，窥他人秽如粪土"，香菱就受尽了她的折磨，此人与"山川日月之精秀"似乎也无关系。宝玉可能感到自己的理论与现实相违之处太多，便又做了番修正，它见于第五十九回中怡红院丫鬟春燕之口：

> 怨不得宝玉说："女孩儿未出嫁，是颗无价之宝珠；出了嫁，不知怎么就变出许多的不好的毛病来，虽是颗珠子，却没有光彩宝色，是颗死珠了；再老了，更变的不是珠子，竟是鱼眼睛了。分明一个人，怎么变出三样来？"

新理论将女性变化分为三个阶段，未出嫁前才是"无价之宝珠"，"凡山川日月之精秀，只钟于女儿"也被限定于此时。宝玉在第七十七回里还曾进一步解释："这些人只一嫁了汉子，染了男人的气味，就这样混帐起来，比男人更可杀了"，甚至认为"凡女儿个个是好的了，女人个个是坏的了"。这一理论不妨称之为"鱼眼睛论"，它仍有以偏概全之嫌，但能从发展的角度审视女性的变化却是一个进步，而且它为理解《红楼梦》的内容提供了一条思路：那些女性人物在作品中都处于相对稳定状态，而根据宝玉的新理论并结合书中描写，可以对现属"鱼眼睛"者，推知其当年"宝珠"状态时的模样，反之，对现为"宝珠"者，也可预知她日后将成为怎样的"鱼眼睛"。

第六章　那些半奴半主们

赵姨娘当年显然也应是"宝珠",而且应是其中的佼佼者。赵姨娘经历了主子的层层筛滤终于上位是三十年前的故事,《红楼梦》未做描写是情理中事,不过,对于赵姨娘当时状况,邢夫人在第七十三回里训斥迎春时曾有透露:

> 你是大老爷跟前人养的,这里探丫头也是二老爷跟前人养的,出身一样。如今你娘死了,从前看来你两个的娘,只有你娘比如今赵姨娘强十倍的,你该比探丫头强才是。怎么反不及他一半!

邢夫人推理的思路很清晰:探春精明能干是秉承母风,自属正常,而迎春的母亲比赵姨娘"强十倍",她却远不及探春,这"可不是异事"?在文字辈的媳妇中,邢夫人最先进入荣府,她亲眼目睹了王夫人来贾府前赵姨娘的机敏与精明。这是女奴中颇为拔尖的人物,故而才会被自称比王熙凤还强得多的贾母看中。

贾母为宝玉选中的袭人是"性情和顺,举止沉重",晴雯则"千伶百俐,嘴尖性大",这是柔刚相映的组合;周姨娘在书中从不发声,不卷入矛盾,当是温顺之人,她与机敏与精明的赵姨娘也是柔刚相映的组合,而据第七十八回里的介绍,贾政"起初天性也是个诗酒放诞之人",并非现在书中所看到的迂腐冬烘、专横顽固的形象,这三人的搭配形成一种平衡。赵姨娘最初被拨给贾政使唤时,应该还是个天真烂漫的小女孩,她或许已知道将来可能的归宿,就像袭人早就知道"贾母已将自己与了宝玉的"一样,然而这仅是通向姨娘的漫长道路的开始,要最终能成为贾政的"跟前人"并非轻而易举之事,她须得努力地保持谨慎、乖巧与克制的状态,方能通过主子们长期的重重考察。书中没有提及三十年前贾母如何为贾政做考察与选择,但贾府的祖宗定下的"旧例"几十年来未曾改变,因此根据贾母、王夫人为宝玉的"跟前人"所做的考察与选择,以及晴雯与袭人的遭遇,也大致可知晓三十年前姨娘筛选过程的曲折复杂。

荣国府对主子的"跟前人"的初选工作开始得很早,袭人与晴雯都是由贾母亲选,不到十岁就被放在宝玉房中,她们对将来可能的角色也是渐渐地心中有数。第六回写"贾宝玉初试云雨情"时也提到袭人的考虑:"袭人素知贾母已将自己与了宝玉的,今便如此,亦不为越礼,遂和宝玉偷试一番",脂砚斋还在此批曰:"写出袭人身份。"晴雯也知晓贾母将她派到宝玉房中的原因,自知是贾母"挑中的人",有了今后"横竖是在一处"的念头,贾母对她的评价还高于袭人:"这些丫头的模样爽利,言谈针线多不及他,将来只他还可以给宝玉使唤得",这也是晴雯、袭人同列于"又副册",晴雯又先于袭人的原因之一。不过,从候选人到身份最后确认,还得经历主子们的长期考察。王夫人将晴雯撵出大观园后,曾向贾母做专题报告,她先恭维"老太太挑中的人原不错",自己也是"先只取中了他"。可是这些年"冷眼看去,他色色虽比人强,只是不大沉重",而相比之下,"若说沉重知大礼,莫若袭人第一"。王夫人顾及贾母面子,未提及已将晴雯撵出大观园,但她撤销晴雯候选人资格的汇报得到了贾母认可。此时袭人的地位得到进一步肯定,而王夫人先前就已以"以后凡事有赵姨娘、周姨娘的,也有袭人的"的方式昭告全府,但这些都是王夫人私下的举措,她决定"如今且浑着,等再

第六章 那些半奴半主们

过二三年再说"。王夫人让袭人按姨娘标准领取月钱,但只是从自己的月钱中拨出,这是在第三十六回里做出的决定,可是一直到第七十二回,身为父亲的贾政才刚从赵姨娘那儿得知消息,而王夫人将此事向贾母汇报,更是迟至第七十八回,这意味着在相当长的时间里,袭人领取到的月钱数量虽和姨娘一样,她的身份却仍未得到最后确认,还得继续接受考察。

荣府内处于"准姨娘"地位的还不止袭人,另一重要人物平儿同样如此。平儿平素常代王熙凤行使职权,在奴仆们以及一些管家媳妇的眼中,"遍身绫罗,插金带银"的她不断地向他们发出各项指示,俨然就是位主子,但"都是奴几"一语仍适用于她,一直到第八十回故事终止,平儿的身份仍是"心腹通房大丫头",由第五十五回里探春让管家媳妇歇着而要平儿传饭的细节可知,她地位实际上还不如那些"管家娘子们",而由平儿对王熙凤所说的"这不是嘴巴子,再打一顿。难道这脸上还没尝过的不成",也可知她平日在贾琏屋里的地位。王熙凤将贾琏原有的两个"跟前人"以及自己带来的陪房丫鬟都撵走了,只有平儿由于"一味忠心赤胆伏侍他,才容下了"。鸳鸯在第四十六回里曾警告袭人与平儿:"你们自为都有了结果了,将来都是做姨娘的。据我看,天下的事未必都遂心如意。你们且收着些儿,别忒乐过了头儿!"果然,过后不久,贾琏就在外偷娶了尤二姐,贾赦又赏了秋桐给他为妾。"秋桐自为系贾赦之赐,无人僭他的,连凤姐、平儿皆不放在眼里",对尤二姐更是百般打压,而王熙凤则拿定主意,"用'借剑杀人'之法,'坐山观虎斗',等秋桐杀了尤二姐,自己再杀秋桐"。一时间贾琏屋里杀气环绕,尤二姐硬是被逼自杀,平儿的地位也急剧下降,秋桐还向王熙凤

229

挑拨,说她的名声"生是平儿弄坏了的",王熙凤为此警告平儿:"人家养猫拿耗子,我的猫只倒咬鸡。"此时平儿的处境可想而知,她通向姨娘之路硬是添生了许多荆棘。

　　同时受到鸳鸯警告的还有袭人,她的处境也不安宁。尽管已名列候选人,但她身边"心内着实妄想痴心的往上攀高"者有的是,她须得时时留神,而且候选人间也会发生倾轧。听说王夫人私下里已定袭人为"准姨娘",晴雯便在怡红院众人前"冷笑道":"或者太太看见我勤谨,一个月也把太太的公费里分出二两银子来给我,也定不得。"这番话混杂着酸意与向往,正是晴雯心声的反映。一次袭人将自己与宝玉称作"我们",晴雯听后顿生"酸意"。立即辛辣讽刺道:"明公正道,连个姑娘还没挣上去呢,也不过和我似的,那里就称上'我们'了!"这里所谓的"姑娘",指的就是得到主子正式承认的"跟前人"。反过来,袭人为维护自己的发展前景也用上了手段。第七十七回里王夫人抄检怡红院,赶走了"四五日水米不曾沾牙,恹恹弱息"的晴雯,致使其夭亡,又赶走了宝玉宠爱的芳官与四儿,这些人都是袭人的对手或潜在的竞争者,那四儿因生日与宝玉相同,竟公然宣称"同日生日就是夫妻",这简直就是公开叫板。她们被赶出怡红院后,宝玉责问袭人:"咱们私自顽话怎么也知道了?"他还进一步问:"怎么人人的不是太太都知道,单不挑出你和麝月、秋纹来?"怡红院中确实只是袭人有向王夫人密报的条件与机会,面对宝玉的责问,袭人是"心内一动,低头半日,无可回答",她无法否认自己密报的事实。这段情节可与第二十回中的描写对照看,当时宝玉的奶妈在怡红院当面斥骂:"谁不是袭人拿下马来的!"

第六章　那些半奴半主们

袭人通向"跟前人"之途本已太不平坦，更何况贾政独自的考察物色也会带来变数，他在第七十二回里曾告诉赵姨娘："我已经看中了两个丫头，一个与宝玉，一个给环儿。只是年纪还小，又怕他们误了书，所以再等一二年。"书中未透露贾政究竟选中了谁，但他平素只在贾母、王夫人与赵姨娘那儿出现，并不认识宝玉身边的丫鬟，第二十三回里他还问王夫人"袭人是何人"，并毫不含糊地表示了对"袭人"这一名字的厌恶，他看中的丫鬟显然不会是袭人。当贾政听赵姨娘说宝玉的"跟前人"已有安排时，首先关心的是"谁给的"，而这时贾母对此事也毫不知情。贾政与贾母、王夫人之间显然缺乏沟通，王夫人可能是心存顾忌，在等待适合的时机再提出，这种状况对于一个丫鬟最后成为"跟前人"更增加了不少难度。鸳鸯一直生活在人生经验丰富的贾母身边，对世间人情炎凉与府内关系的复杂看得更深，她对袭人与平儿的"天下的事未必都遂心如意"的警告并非无谓之言。

不少丫鬟向往能挤进"跟前人"行列，这将获得相当的权势与待遇；一些奴仆也希望自己的家人能当上姨娘，"一家子都仗着他横行霸道的"。金文翔媳妇听说自己的小姑子鸳鸯被贾赦看中，而且是"进门就开了脸，就封你姨娘，又体面，又尊贵"，于是赶紧来说服鸳鸯："可是天大的喜事！"谙熟人情冷暖与世态炎凉的鸳鸯一眼看穿金文翔媳妇所说的"喜事"，其实就是为了自己的利益而将她推入"火坑"："我若得脸呢，你们外头横行霸道，自己就封自己是舅爷了。我若不得脸败了时，你们把忘八脖子一缩，生死由我。"尤氏在第四十三回里根据姨娘的处境曾做过个概括，称她们为"苦瓠子"，《红楼梦》中写到的"跟前人"

也大多没有好结局。贾琏婚前也有两个"跟前人"，王熙凤与他成婚后，"来了没半年，都寻出不是来，都打发出去了"。作者虽是略写，但其间王熙凤的泼辣与贾琏的无奈都是可以想见的。贾珠生前同样有两个"跟前人"，李纨嫁给他后，"天天只见他两个不自在"，但碍于贾珠，关系总还算维持着。可是贾珠一死，情况就立即发生变化，用李纨在第三十九回里的话来说，是"珠大爷一没了，趁年轻我都打发了"。李纨被下人誉为"第一个善德人"，号称"大菩萨"，与王熙凤性格品行差异甚大，但她对姨娘的处置，却同样是撵出家门。"娇妻自古便含酸"，这是曹雪芹对表面现象的一种概括，但他的实际描写又指出，正室偏房之争纠缠着家产、权势、继承人等诸种因素，绝非简单的拈酸吃醋问题。封建礼法以男子为中心，规定他们可以拥有三房四妾，同时，又明确地划分了正庶的界限，在这样的婚姻制度下，正室与偏房之争难以避免。正妻拥有名分上的优势与各种特权，而妾往往具备得宠或有子嗣等有利条件，双方的明争暗斗有时还颇惊心动魄，也难怪古人要把"齐家"与"治国平天下"相提并论，而《红楼梦》所描写的，正是这种自古以来不知重演了多少遍的活剧。

"跟前人"的悲惨故事，在借居荣国府的薛家同样也在上演。香菱是薛蟠的姨娘，而且是"摆酒请客的费事，明堂正道的与他作了妾"，可是薛蟠待她却是"过了没半月，也看的马棚风一般了"。等到存有"卧榻之侧岂容他人酣睡"之心的正妻夏金桂进门后，尽管香菱"十分殷勤小心伏侍"，受到的却是百般刁难与折磨，终至"气怒伤感，内外折挫不堪，竟酿成干血之症，日渐羸瘦作烧，饮食懒进"。薛姨妈待香菱似是不错，可这只是主子对奴才的赏识，绝非真有感情。关键时她明知香菱在受欺辱，却是吩咐"快叫个人牙子来，多少卖几两银子"，既不论是非曲直，更不管香菱再度被卖后的命运，而宝钗也只是怕别人笑话才表示反对，因为薛家"从来只知买人,并不知卖人之说"。这母女俩竟像对待什么物件似的讨论是否应该出售当年"明堂正道的"娶来的妾，这就是姨娘的真实地位,香菱始终没被改变身份，即她是薛家买来的奴才。《红楼梦》的后四十回说香菱后来被扶正,将她的结局写成了喜剧,这明显违反了原书的本意,曹雪芹在第五回给香菱的判词写得明明白白："自从两地生孤木,致使香魂返故乡。"

赵姨娘的处境何尝不是如此,待王夫人嫁入荣国府后,她就须得为保住地位而费心。对于王熙凤与王夫人的排挤只能"吞声承受",用她自己在第五十五回里的话来说,是"熬油似的熬了这么大年纪",这"熬"字的使用,与赖嬷嬷如出一辙。王夫人嫁到荣国府后,先后生下贾珠、元春与宝玉,赵姨娘生下探春与贾环是后来的事,这或有助于她处境的改善,儿子更是其地位的重要保障。可是贾环却被王夫人骂作"黑心不知道理下流种子",探春虽是得到王夫人的赏识,但前提是只认王夫人为母亲,与她有密切血缘关系的赵姨娘一系被认为"与我什么相干",她绝不干"拉扯奴才"的事。不过,赵姨娘毕竟是探春与贾环的生母,又是受贾政眷顾的"跟前人",人们一般都不得不给她以形式上的尊重,反过来,赵姨娘在各种场合上,也须得按礼仪与各人曲意周旋,尽管他们对自己的实际态度如何,她心里透亮着呢。如赵姨娘明知黛玉"把我们娘儿们正眼也不瞧",她却会到潇湘馆问候,讨个"顺路的人情",以表明自己对人情礼数的遵循。在她心目中,这类违背内心本意的举止,大概也属于"吞声承受"与"熬油似的熬"的内容之一。

所谓"吞声承受"是赵姨娘的自我表白,是她在公开场合的表现,实际上随着岁月推移,环境的压力使赵姨娘常显出病态式精明,并使用不合礼数乃至下三滥的手段以反抗。尤氏将赵姨娘等称为"苦瓠子",既是形容其"苦",同时也可能是在借用"苦瓠子"含有毒素的寓意。在书中可看到,王熙凤克扣她的月钱,她反过来唆使彩云从王夫人房中偷出玫瑰露,而怡红院的麝月急于收回联珠瓶,原因就是"赵姨奶奶一伙的人见是这屋里的东西,又该使黑心弄坏了才罢"。王夫人房中的丫鬟婆子大多已被她笼络,第四十九回里湘云曾叮嘱宝琴:"若太太不在屋里,你别进去,那屋里人多心坏,都是要害咱们的。"宝钗批评湘云"虽然有心,到底嘴太直了",表明她对此状况同样是心知肚明。金钏儿死后,王夫人身边有玉钏儿、彩云与彩霞三个大丫鬟,她大概没想到,彩云与彩霞均已被赵姨娘所笼络。在第六十回里,可以看到彩云与赵姨娘坐在一处闲谈,这当是常有之事,而贾环讨得所谓的"蔷薇硝",也兴冲冲地要送给彩云。彩云还禁不住赵姨娘"央告我再三",从王夫人房中偷了玫瑰露送给贾环。第三十回中金钏儿对宝玉说,"你往东小院子里拿环哥儿同彩云去",这是作者在暗示彩云与贾环已有私情。至于彩霞,她差不多已成为赵姨娘的心腹之人,第七十二回里就有"赵姨娘素日深与彩霞契合"的描述。不过正如探春在第三十九回中所说,彩霞是"外头老实,心里有数儿",她同时也得到王夫人的信任,"凡百一应事都是他提着太太行"。王夫人是彩霞的正经主子,而赵姨娘给出的好处却十分诱人,她曾

第六章 那些半奴半主们

许诺彩霞日后做贾环的"跟前人",这虽是拉拢的手段,但赵姨娘确实也看中了彩霞,通过这样的安排,自己"方有个膀臂"。第七十二回里以"有旧,尚未作准"形容贾环与彩霞的关系,当赵姨娘"每唆贾环去讨"时,贾环却"不大甚在意",认为"他去了,将来自然还有",于是便"迁延住不说,意思便丢开"。后来彩霞发急了,催赵姨娘兑现许诺,赵姨娘也确实去请求贾政,不料贾政却说他已替贾环选中了"跟前人",但此人并非彩霞。最后,在王熙凤的强力干预下,彩霞被迫嫁给了旺儿之子。由彩霞联想到彩云,她甘冒风险为贾环偷玫瑰露,又常与赵姨娘"闲谈",估计赵姨娘也曾给过让她做贾环"跟前人"的暗示。书中没有写到彩云的结局,不过据已有情节的逻辑延伸,估计应与彩霞相类似。

赵姨娘不仅笼络了王夫人的贴身大丫鬟,她还十分注意"与管事的女人们扳厚",目的就是遇事可"互相连络,好作首尾",实际上围绕着她已形成一股可兴风作浪的势力,给王熙凤等人带来了不少的麻烦。依仗多年蓄意编织的关系网,赵姨娘成了荣国府内的消息灵通人士,一些下人会主动向她传递信息,如夏婆子向她报告宝玉包庇藕官私烧纸钱的事,关于赵国基抚恤金处理的结果,也很快有人传送给她。同时,她也能通过这一关系网,将一些事传送到王夫人等人耳中。在第二十六回里,王夫人突然向王熙凤查问赵、周两位姨娘月钱发放的事:"前儿我恍惚听见有人抱怨,说短了一吊钱,是什么原故?""恍惚"两字表明,王夫人的消息来源并非是赵姨娘的亲口告状,这当是她身边的大丫鬟彩云或彩霞,或某位管家媳妇传递的信息。此事对赵姨娘来说是利益攸关,传递信息者与此却没有直接的利益关系,故而当是受赵姨娘郑重相托而为。赵姨娘既有贾政的眷顾,又蓄意编织了关系网,纠集了一股势力,从而有了搅起风波的资本。于是,在自以为受到不公正对待时就会奋起抗争,但其手段却常是粗鄙卑劣,行动言语也往往颠顸可笑,而抗争精神却相当顽强,只是作者从没让她的抗争成功过。赵姨娘这样做的目的,首先是保住眼前的地位与利益,而她的最高纲领,则是拱贾环上位,他尽管是庶出,却也是荣国府玉字辈的正牌主子,说不定就有机会继承家业,何况在第七十五回里,贾赦还"拍着贾环的头"许诺道:"将来这世袭的前程定跑不了你袭呢。"要实现这一理想,横亘在面前的最大障碍是玉字辈的正出主子宝玉,无论如何,他总是排在庶出的贾环前面。为了"这家私不怕不是我环儿的",赵姨娘两次施展阴招,几致宝玉于死地:她买通马道婆暗算宝玉,若无癞头和尚与跛足道人及时救治,就不仅作案成功,而且贾府中人并不知情。至于刺激贾政发狠毒打宝玉,想把他"一发勒死",贾环诬告是起因,而关键是赵姨娘将事实篡改为宝玉"拉着太太的丫头金钏儿强奸不遂,打了一顿",致使其投井而死。对于贾环的进谗,王夫人只是"恍惚听见宝玉今儿挨打,是环儿在老爷跟前说了什么话",她向袭人求证,却又得不到结果。害了人却不让人捉住把柄,只是被批评为"忒昏愦的不像了",这正是赵姨娘变态精明的显示。尤氏所说的"苦瓠子"确是很恰当的比喻,不仅言其"苦",而且寓示其有毒。

有封建礼法支持的正妻往往是胜利者,但也有较幸运的妾,如后来被贾雨村扶正的娇杏。对于"娇杏"的命名,脂砚斋的批注是"侥幸也",这分明说她只是属少数的例外。封建礼法

第六章　那些半奴半主们

替为人妾者设计的最好出路,正是书中周姨娘身体力行的,清人姜祺的《红楼梦诗》曾称赞她是姨娘的楷模:"身为人妾抱衾裯,奉侍殷勤性顺柔。安分谨言随处好，也无儿女也无愁。"[①]探春也很希望自己的生母赵姨娘向她学习,在第六十回里曾劝导她:"你瞧周姨娘，怎不见人欺他，他也不寻人去。"周姨娘在书中若有若无,正是因为她默默地顺从命运的摆布,所以才得到了主子的称赞。可是即使如此,王熙凤照样将她丫头的月钱扣去一半,遇上过生日还强要她"自愿"奉上份子钱,尤氏开恩将钱退还时她"还不敢收",可见这位模范姨娘平日里是在怎样的氛围中过活。在《红楼梦》中,周姨娘与赵姨娘是作者塑造的正、反两个典型,合而观之,可以体会到作者对封建社会中为人妾者命运的概括。在主子看来,女奴当上姨娘是"遂了素日志大心高的愿",因为从女奴中分离出来的她们将享有一定的待遇与权益,然而她们在人格受侮辱、肉体遭欺凌、心灵被扭曲等方面与其他女奴并无实质性的差别,行进曲折有异,却是殊途同归。曹雪芹笔下的姨娘正是在这个意义上,成了荣国府内半奴半主的重要类型。

二　奶妈与"副小姐"

奶妈,在书中又被称为"乳母""奶娘"或"奶子",这是《红楼梦》中常出现的人物形象。那些奶妈的职责是哺育孩子,孩子

[①] 姜祺:《红楼梦诗》,见一粟编《红楼梦卷》,中华书局1963年版。

长大不需要吃奶后,她仍留在其身边照料护理,这是旧时中国封建大家庭的传统习惯,荣国府也不例外。荣国府的下人一般都是奴隶,或是用钱买来的,如袭人等,或是原有奴隶的子女,即"家生子儿",如赵姨娘、鸳鸯等人,可是奶妈中却有些人是和荣国府没有人身依附关系的自由人。在第七十八回可看到,贾兰的奶妈是"新进来的",王夫人看不上她,却无权以对待奴隶那般做处置,只是吩咐"好不好叫他各自去罢"。这些奶妈与哺育过的小主子关系密切,即使年纪大了"告老解事出去",此时她们仍有权随时回府看望照顾过的主子,如贾琏的奶妈赵嬷嬷与宝玉的奶妈李嬷嬷。这些人当年哺育过主子,后来又一直和他们形影不离,第三回写林黛玉初到荣国府与迎春、探春与惜春相见时,引领三姊妹前来的便是"三个奶嬷嬷",这些小姐的待遇配置是"每人除自幼乳母外,另有四个教引嬷嬷,除贴身掌管钗钏盥沐两个丫鬟外,另有五六个洒扫房屋来往使役的小丫鬟",其中奶妈居于首位;第二十三回写宝玉与众姊妹搬进大观园时,随他们入住的就有"各人奶娘亲随丫鬟"。奶妈们的特殊经历使她们在府内拥有特殊的地位,书中有些矛盾冲突就因她们而引起,有时她们还成为某些情节的中心人物。

《红楼梦》中,那些小辈主子出入都有个奶妈相随,可是提到宝玉时,作者却常写"众奶妈",如第五回中"众奶母伏侍宝玉卧好"等。原来,宝玉的待遇与众不同,别人都是一个奶妈,贾兰的奶妈还要被王夫人赶走,而宝玉的奶妈却有四个。第六十二回写宝玉过生日,他去各房长辈处行过礼后,便是"复出二门,至李、赵、张、王四个奶妈家让了一回",以表示对哺育、照料他的奶妈的尊重。这四个奶妈中,以李嬷嬷为首,书中第一个

第六章　那些半奴半主们

有关奶妈的故事,就是围绕她展开。李嬷嬷首次出场是在第三回,作者写到宝玉安寝时介绍道:"宝玉之乳母李嬷嬷,并大丫鬟名唤袭人者,陪侍在外面大床上。"这也是袭人的首次出场。宝玉身边的奶妈丫鬟多矣,而作者在开始时只向读者介绍这两人,以显示其重要性,她们也深受贾母与王夫人的信任,是传递有关宝玉信息的重要渠道。这两人的重要性相似,身份却有本质上的差别。袭人是荣国府买来的且在岗服役的奴隶,李嬷嬷却是自由人,第十九回里写她已"告老解事出去"。李嬷嬷即使在离职后,她对宝玉的情况仍十分了解,这不仅是因为她的儿子李贵是宝玉的贴身奴仆,而且她还时常进府在宝玉身边服侍,有些与宝玉相关的事,贾母也常习惯性地仍让她去办理。

"我的血变的奶,吃的长这么大",这大概是李嬷嬷最喜欢说的话,须知她在宝玉身边奴仆间的地位,正是赖此而支撑,重回怡红院的李嬷嬷之所以要向丫鬟们重申这点,则是因为她离职后地位与权威已立时下降。李嬷嬷不仅有言,而且还有行,在第八回里,她擅自将宝玉留给晴雯的豆腐皮包子拿家去给孙子吃,又将宝玉留下的好茶喝了;在第十九回里,她又吃了宝玉留给袭人的酥酪,还责问道:"这盖碗里是酥酪,怎不送与我去?"脂砚斋对这些情节的批语是"奶母之倚势亦是常情,奶母之昏愦亦是常情",这一分析并未到位,实际上是李嬷嬷感觉到自己地位因离职而下降,借此发泄胸中的愤懑,同时也是向周围人显示自己的权威仍在,她很清楚地知道,宝玉身边的丫鬟们认为她"已是告老解事出去的了,如今管不着他们"。李嬷嬷的这些举动是一贯的,有次醉中的宝玉被激怒了发狠道:"不过是仗着我小时候吃过他几日奶罢了。如今逞的他比祖宗还大

239

了。如今我又吃不着奶了,白白的养着祖宗作什么!撵了出去,大家干净!"宝玉还十分厌烦李嬷嬷啰啰唆唆的管教,曾向贾母告状道:"他比老太太还受用呢,问他作什么!没有他只怕我还多活两日。"倘若李嬷嬷亲耳听到这些话,不知会有何感想。

李嬷嬷"告老解事"后,她在宝玉身边的权威地位便由袭人接替,可是李嬷嬷却又时不时地回来,这时她瞧什么都不顺眼,或是批评"只从我出去了,不大进来,你们越发没了样儿了",或是指责那些丫鬟"越不成体统了"。她唠唠叨叨地关心宝玉的起居,那些丫鬟可是要么"不理他",要么"胡乱答应",或是干脆骂她是"好一个讨厌的老货"。原先在宝玉屋内,李嬷嬷是受众下人奉承的中心,如今稳居中心者换成了袭人,她昔日的威势已荡然无存。李嬷嬷承受不了这巨大的落差,于是便将怨恨集中于占据她位置的袭人身上。在她看来,袭人"那是我手里调理出来的毛丫头,什么阿物儿",她在第二十回里还当面提醒袭人,你能有今天,全靠"我抬举起你来",因此又理直气壮地斥骂袭人是"忘了本的小娼妇",甚至将心中怨恨对着袭人一股脑儿地发泄出来:"你不过是几两臭银子买来的毛丫头,这屋里你就作耗,如何使得!好不好拉出去配一个小子,看你还妖精似的哄宝玉不哄!"宝玉在一旁看不下去,"少不得替袭人分辨病了吃药等话",李嬷嬷听了益发动气,索性连宝玉也骂上了:"把你奶了这么大,到如今吃不着奶了,把我丢在一旁,逗着丫头们要我的强。"

人走茶凉是人世间的常情,失去威势的李嬷嬷却无法接受,再加上打牌输了钱,袭人便成了她迁怒的对象,闹得宝玉房

第六章　那些半奴半主们

中不得安宁。王熙凤一听到喧闹声,便知道"李嬷嬷老病发了",这显然已不是偶然发生的事件。当时黛玉、宝钗劝解都不顶用,最后还是王熙凤赶来收拾局面。她先提醒李嬷嬷:"难道你反不知道规矩,在这里嚷起来,叫老太太生气不成?"脂砚斋在这句话旁分析说,王熙凤这是在暗示李嬷嬷:袭人"是老太太的人",对她不可任性胡来。接着王熙凤又对李嬷嬷说:"你只说谁不好,我替你打他。我家里烧的滚热的野鸡,快来跟我吃酒去。"这可谓是给足了李嬷嬷的面子,倘若是一般下人吵闹,王熙凤早就拿出杀伐决断的手段了。这一细节可让人们形象地感知奶妈的地位,她们即使再有不是,其体面却仍得到荣国府礼仪制度的保障,而由第七十三回中迎春奶妈的故事可知道,府内也只有贾母有资格惩罚那些奶妈。后来,李嬷嬷就像没发生过争执似的仍经常出现在宝玉身边,第二十六回里可看到,宝玉让她去通知贾芸来怡红院;第三十六回作者又写到,贾母为保护挨了打的宝玉,以"得着实将养几个月才走得"为由拒绝贾政的传唤,"又命李嬷嬷袭人等来,将此话说与宝玉,使他放心";第五十七回里宝玉被紫鹃的几句谎言吓得"两个眼珠儿直直的起来,口角边津液流出,皆不知觉",这时怡红院众人首先想到的,又是"差人出去请李嬷嬷",后来宝玉又由"李奶母带领宋嬷嬷等几个年老人用心看守"。可见不管先前李嬷嬷如何吵闹,奶妈毕竟还是奶妈。

继李嬷嬷后出场的,是贾琏的奶妈赵嬷嬷,脂砚斋为此批道:"宝玉之李嬷,此处偏又写一赵嬷,特犯不犯。""特犯不犯"是古代文学批评的专用术语,意思是叙述情节或刻画人物形象等故意重复,但笔法绝不相同,能给读者新鲜的惊喜感。这是作家高超才力的施展,《红楼梦》中这一文学笔法的使用尤多。仅就大者而言,如两次描写元宵节家宴,两次描写宝玉的大病以及他身边人的忙乱,两次描写咏景联句,公子小姐们的诗社则是写了多次,各人生辰的庆贺也是多次描写,看似重复屡见,但其内容、写法与作者的意图又各不相同,难怪脂砚斋在第十八回会批云:"《石头记》惯用特犯不犯之笔,读之真令人惊心骇目。"脂砚斋在批语中多次使用"特犯不犯"一词,而他首次使用,就在赵嬷嬷出场之时。

　　李嬷嬷与赵嬷嬷有重要的相同点,她们都是奶妈,且都已离职家住,作者描写的也都是她们重返荣国府时的情景,可是她们形象的差异却十分明显。李嬷嬷给人的感觉是年老昏聩啰唆,离职家住的境遇使她怀有强烈的失落感,她总想重现昔日的威势。这样的处境又怀有这样的思想,李嬷嬷变得十分敏感,别人一些无意识的举止,她也会怀疑是有意的冒犯。于是她更要炫耀哺育过宝玉这一资本,人们也正是碍于她的奶妈身份而尽量让着她。作者通过一系列细节刻画了李嬷嬷的形象,而对于赵嬷嬷,则主要是通过对话刻画她的形象。赵嬷嬷重回荣国府时表现得很低调,也许她本来的性格就是如此,但更可能的是自王熙凤嫁给贾琏后,赵嬷嬷的锐气已被逐渐消磨,须知泼辣强势的王熙凤怎能容许话语权落入他人之手。不过赵嬷嬷毕竟是奶妈,她重回故地受到了热情的款待。贾琏夫妇邀她"上炕去"一起用膳,赵嬷嬷执意不肯违背礼仪,便在炕下另设一杌自吃,王熙凤则热情地张罗,一会儿说"那一碗火腿炖肘子很烂,正好给妈妈吃",一会儿又说"你尝一尝你儿子带来的惠泉酒"。赵嬷嬷重回荣国府是为两个儿子谋取差使,她曾经

第六章　那些半奴半主们

求过贾琏,可是贾琏"只是嘴里说的好,到了跟前就忘了我们"。赵嬷嬷央求贾琏还不止一次:"我还再四的求了几遍,你答应的倒好,到如今还是燥屎。"几次央求都得不到落实,赵嬷嬷终于转向王熙凤求援,王熙凤也答应得很爽快:"妈妈你放心,两个奶哥哥都交给我。"果然,王熙凤立即安排赵嬷嬷的两个儿子随贾蔷夫江南采购,这可是"里头大有藏掖的"肥缺。事实的教训使赵嬷嬷终于认识到,"所以倒是来和奶奶说是正经。靠着我们爷,只怕我还饿死了呢。"

赵嬷嬷为儿子谋得差事后,又与贾琏夫妇聊起了元春即将省亲、"当年太祖皇帝仿舜巡的故事",以及王熙凤的爷爷"单管各国进贡朝贺的事",这些文字的篇幅更长,内容也很丰富,而借赵嬷嬷引出又了无斧凿痕迹。脂砚斋理解曹雪芹的匠心,特地写了段较长的批语:

> 一段赵妪讨情闲文,却引出通部脉络。所谓由小及大,譬如登高必自卑之意。细思人观园一事,若从如何奉旨起造,又如何分派众人,从头细细直写将来,几千样细事,如何能顺笔一气写清?又将落于死板拮据之乡,故只用琏凤夫妻二人一问一答,上用赵妪讨情作引,下文蓉、蔷来说事作收,余者随笔、顺笔略一点染,则耀然洞彻矣。此是避难法。

作者通过赵嬷嬷等人之口,交代了有关元春省亲诸事项以及一些历史往事,同时也通过口吻、表述内容与方式的描写,塑造了低调又自恃奶妈身份的赵嬷嬷形象,这是创作设想中奶妈系列中的重要人物,作者并无偏废地同时展现了上述两类内容。戚

243

蓼生在序《红楼梦》时注意到曹雪芹这一高妙的写作手法,并将它归纳为"一声也而两歌,一手也而二牍"。

《红楼梦》随着情节的需要,会时不时地写到奶妈,而它集中描写的有三个,除李嬷嬷与赵嬷嬷外,第三个便是迎春的奶妈,她之所以会引起众人关注并引起一些风波,是因为她居然在号称"天上人间诸景备"的大观园内开设了赌局。事情的起因是在第七十三回,为了躲避第二日贾政查问功课,晴雯以怡红院发现"一个人从墙上跳下来了"为由头,建议宝玉"趁这个机会快装病,只说唬着了",怡红院诸人还"故意闹的众人皆知宝玉吓着了"。王夫人得知后,急令"各上夜人仔细搜查","于是园内灯笼火把,直闹了一夜"。事情传到贾母耳中,她细问缘由,人们"不敢再隐,只得回明",这时贾母才知道,她与王夫人等人为老太妃丧事离家期间,大观园的管理已懈怠松弛,而且"近来渐次放诞,竟开了赌局,甚至有头家局主,或三十吊五十吊三百吊的大输赢。半月前竟有争斗相打之事"。贾母闻言大为吃惊,她深知赌局的开设将引发严重的恶果:"夜间既耍钱,就保不住不吃酒,既吃酒,就免不得门户任意开锁。或买东西,寻张觅李,其中夜静人稀,趋便藏贼引奸引盗,何等事作不出来。"在贾母震怒之下,赌局案情迅速查清,犯赌之人均被带到贾母跟前。贾母首先关心的是开设赌局的首犯:"原来这三个大头家,一个就是林之孝家的两姨亲家,一个就是园内厨房内柳家媳妇之妹,一个就是迎春之乳母。"这是迎春的奶妈在书中首次亮相,而她的出场,又是以不光彩的角色聚焦于众人的视线之下。

这三个大头家都算是有体面之人,其中迎春的奶妈身份更

第六章　那些半奴半主们

为特殊。碍于迎春的面子,黛玉、宝钗、探春"都起身笑向贾母讨情",而所谓"偶然高兴"才参赌等语,显然是罔顾事实的曲意辩解。对于这些心爱的小姑娘的意愿,贾母一般都不会拂逆,可是这次却是绝不通融,她还当众讲述了一番道理:

> 你们不知。大约这些奶子们,一个个仗着奶过哥儿姐儿,原比别人有些体面,他们就生事,比别人更可恶,专管调唆主子护短偏向。我都是经过的。况且要拿一个作法,恰好果然就遇见了一个。你们别管,我自有道理。

贾母的分析可谓点到了根本。荣国府的制度保证了奶妈们衣食无愁,受人尊重,而在贾母的经验中,这批人不安分者居多,往往以"比别人有些体面"为资本"生事","专管调唆主子护短偏向"。保障奶妈的地位是祖宗定下的"旧例",贾母无法更改,可是眼见那些奶妈令人生厌的行径,她早就存有"要拿一个作法"的念头,如今正好有一个撞在枪口上,怎可轻易放过?于是她断然下令,迎春的奶妈等大头家"每人四十大板,撵出,总不许再入"。

当迎春的奶妈跪在贾母面前接受处罚时,读者对她的行径、品格的了解都还较模糊,作者是通过对她受处罚后余波的描写,使其面目逐渐清晰,而在此过程中,迎春奶妈本人始终没有现身,这与通过一系列细节的描绘或长篇大论的铺叙刻画李嬷嬷、赵嬷嬷形象的手法又有所不同。作者先是描写邢夫人来到紫菱洲责备迎春,因为迎春是贾赦的女儿,邢夫人感到自己这一房在众人面前丢了面子:"如今别人都好好的,偏咱们的人

245

做出这事来,什么意思。"邢夫人要迎春管好自己的奶妈,没想到迎春的回答竟是"他是妈妈,只有他说我的,没有我说他的"。脂砚斋在这句话后的批语是"直画出一个懦弱小姐来",由此可以推想,迎春性格的懦弱使紫菱洲实际上已成为奶妈说一不二的领地,她平时的张扬跋扈不难想见。邢夫人由迎春的答话明白了紫菱洲的日常格局,而由奶妈是赌局的大头家,又立即联想到她在经济上必然会有侵吞手段:"还恐怕他巧言花语的和你借贷些簪环衣履作本钱,你这心活面软,未必不周接他些。"邢夫人恐怕没想到自己还是估计不足,那位奶妈根本不需要"巧言花语"地借贷,她对迎春的财物已是不告自拿。

邢夫人走后,迎春的贴身丫鬟绣桔又提起攒珠累丝金凤失踪的事,她认定是奶妈"拿去典了银子放头儿",迎春也说"何用问,自然是他拿去暂时借一肩儿"。大家都清楚攒珠累丝金凤的去向,可是迎春"脸软怕人恼",竟然不敢去问奶妈一声。绣桔一直在为此事发愁,迎春、探春与惜春在重要场合,"三人皆是一样的妆饰",只怕一声通知下来,"明儿要都戴时,独咱们不戴,是何意思呢"?迎春不敢与奶妈正面相对,她的应对之策是"(奶妈)私自拿去的东西,送来我收下,不送来我也不要了"。可是作为贴身丫鬟,绣桔就得为这攒珠累丝金凤失踪承担责任。类似的事已发生过多次,奶妈敢于擅自拿走又不归还,就是"试准了姑娘的性格,所以才这样"。

其实不只是奶妈,就连她的媳妇王住儿家的"也明欺迎春素日好性儿","因素日迎春懦弱,他们都不放在心上"。她根本不管什么礼仪与规矩,直闯迎春房中,要求迎春去央求撤销对自己婆婆的处分:"如今还要求姑娘看从小儿吃奶的情常,往老

第六章　那些半奴半主们

太太那边去讨个情面,救出他老人家来才好。"这本是人之常情,无可非议,但王住儿家的竟将撤销处分作为归还攒珠累丝金凤的交换条件。迎春奶妈的这位媳妇还说得理直气壮,她搬出的理由除"从小儿吃奶"外还有两条,一条是"满家子算一算,谁的妈妈奶子不仗着主子哥儿多得些益",拿了攒珠累丝金凤之类的物件又算得了什么?另一条便是迎春一房"常时短了这个,少了那个,那不是我们供给",他们已"白填"了许多,"算到今日,少说些也有三十两了",据说邢岫烟暂住紫菱洲后,她们也增加了不少开支。其实,早在第五十七回,作者就通过邢岫烟向薛宝钗的诉说交代了真相:"那些妈妈丫头,那一个是省事的,那一个是嘴里不尖的";"过三天五天,我倒得拿出钱来给他们打酒买点心吃才好"。邢岫烟被逼得无法可想,只得将衣服送进当铺"当了几吊钱盘缠"。荣国府内从主子到下人,吃穿用的都是"官中"供给,各人又有月钱,紫菱洲难道会是奶妈在补贴?原来,紫菱洲的经济模式是连迎春的月钱都掌握在奶妈手里,而奶妈负责供给,谁亏谁赢并无账面记录,这就是所谓"白填"的由来。奶妈不会吃亏是显而易见,否则她将迎春的月钱捏在手中干吗?财权任由奶妈掌控,读者又一次看到迎春性格的懦弱,这与探春的情形恰是一鲜明对比。探春自小就从赵姨娘手中争得了月钱使用的自主权,搬进秋爽斋后,更是一切都由探春说了算,她甚至在第七十四回里对着抄检队伍声称"凡丫头所有的东西我都知道"。探春牢牢地掌控着秋爽斋的财权与话语权,可是在紫菱洲,这一切都归于奶妈。

因此,当探春来到紫菱洲迎春的闺房,她为看到的情况而震惊,迎春奶妈的媳妇王住儿家的在此吵闹,而"迎春倚在床上看书,若有不闻之状"。后来赶到的平儿也大为惊讶,在荣国府内,"几曾有外头的媳妇子们无故到姑娘们房里来的例",更何况是喧闹不已。在第七十三回里,作者用了很大篇幅描写王住儿家的与绣桔、司棋的争论,迎春的奶妈没有出场,因为她已被贾母撵了出去。可是,王住儿家的言语、所表述的主张以及盛气凌人的态度,无一不是得自其婆婆的真传,如果迎春的奶妈亲临,其口吻做派当更为凌厉,平日里她在紫菱洲恃强凌弱的景象也不问可知。曹雪芹对迎春的奶妈始终没有正面描写,但通过其他人围绕她的争执,却已活灵活现地勾勒出这位奶妈的形象。作者对另两位奶妈的描写在这里也起了烘托作用,当第二十回描写李嬷嬷时,畸笏老人就批道:"特为乳母传照,暗伏后文倚势奶娘线脉。《石头记》无闲文并虚字在此。"《红楼梦》中提到的奶妈有十余个,正因为已形成一个系列,她们之间可互做比照,让读者对奶妈职责有一个较完整的印象。如第五回写"众奶母伏侍宝玉卧好,款款散了";第七回写"奶子正拍着大姐儿睡觉呢";第八回写奶妈劝宝玉少饮酒;第二十四回邢夫人训斥贾琮:"你那奶妈子死绝了,也不收拾收拾你,弄的黑眉乌嘴的,那里象大家子念书的孩子";第四十回因刘姥姥的逗乐,"惜春离了坐位,拉着他奶母叫揉一揉肠子";第五十六回写买办买来的头油脂粉都是伪劣商品,于是小姐们"只能可使奶妈妈们"重新购买;第七十四回奶妈劝惜春别撵走入画,"他从小儿伏侍你一场,到底留着他为是";等等。这些作者一笔带过的描写,都显示了奶妈的职责本分,而其中作者重点描写的那三位,则是在凸显她们如何为自己争讨权益,她们振振有词的依据又如出一辙。李嬷嬷说,"我的血变的奶,吃的长这么大";赵嬷嬷

第六章 那些半奴半主们

说,"幸亏我从小儿奶了你这么大";迎春的奶妈则通过媳妇之口说道,"如今还要求姑娘看从小儿吃奶的情常"。贾母根据多年的观察,批评那些奶妈"一个个仗着奶过哥儿姐儿"而生事,这可谓是点到了根本。奶妈们半奴半主的地位是荣国府的制度所造成,主子们出于需要也容忍这种现象的存在,但其中专横者如迎春的奶妈居然充任起主子,而主子迎春却成了遭欺凌的对象,这大概是贾母等人未曾想到的。

荣国府内属于半奴半主的还有一类人,那就是年轻主子的贴身丫鬟,府内的下人送了她们一个称号,叫"副小姐"。"小姐"是主子,丫鬟是奴隶,而那些丫鬟被称为"副小姐",与她们半奴半主的地位十分相称。"副小姐"一词见于第七十七回周瑞家的撵司棋出园时的训斥:"你如今不是副小姐了,若不听话,我就打得你。别想着往日姑娘护着,任你们作耗。"此词的出现虽然较晚,但周瑞家的能随口而出,可见在府内流传已久。在第六十一回里,又可看到柳家的将这类人称为"二层主子",其含义与"副小姐"完全一致,这意味着府内诸人对这批丫鬟半奴半主地位的认定已是共识,而第五十九回里所说的"凡房中大些的丫鬟都比他们有些体统权势"的现状,使一般下人们久怀怨恨。

这类丫鬟的生活待遇十分优渥,据第十九回袭人回娘家时的自述,她在府中"吃穿和主子一样,又不朝打暮骂",而且"凡老少房中所有亲侍的女孩子们,更比待家下众人不同,平常寒薄人家的小姐,也不能那样尊重的"。这些人吃的是"细米白饭,每日肥鸡大鸭了",穿的是绫罗绸缎,也一样是披金戴银。以晴雯为例,她十岁进府,十六岁夭折,六年间她"剩的衣履簪环,约有三四百金之数",已是一笔不小的财富。了解了这一背

249

景,对她们发出"戒指儿能值多少"的议论就不会感到奇怪。且看第五十一回中大夫为晴雯诊脉的一段描写:

> 这里的丫鬟都回避了,有三四个老嬷嬷放下暖阁上的大红绣幔,晴雯从幔中单伸出手去。那大夫见这只手上有两根指甲,足有三寸长,尚有金凤花染的通红的痕迹,便忙回过头来。有一个老嬷嬷忙拿了一块手帕掩了。

大夫见"那屋子竟是绣房一样,又是放下幔子来的",满以为诊疗对象是位小姐,当听老嬷嬷说只是位丫鬟时,自然是极为惊讶。府内的婆子们对此早已是司空见惯,故而才会发明"副小姐"这一十分贴切的称谓。

"副小姐"一词的产生,带有下人们鄙恨嫉妒的色彩,大家同为奴仆,凭什么这些人就能对自己白眼相待?第七十四回里王善保家的向王夫人告状道:"这些女孩子们一个个倒象受了封诰似的。他们就成了千金小姐了。闹下天来,谁敢哼一声儿。"可是王夫人却不以为然,还用"跟姑娘的丫头原比别的娇贵些"做解释。在第六十三回里,林之孝家的拿宝玉曾呼唤身边丫鬟名字说事,教育他"还该嘴里尊重些才是",应该叫她们"姐姐"。在这样的背景下,这些"副小姐"也就自视甚高,在第五十二回里可以看到她们训斥一般的下人:"你见谁和我们讲过礼?""就是赖奶奶、林大娘,也得担待我们三分。"连荣国府的高层管家也要让三分,她们已被娇宠得似乎忘了自己仍是个奴隶,不明白主子给她们高于一般下人的待遇与地位,并非是对其个人的恩宠,而是要借此凸显主子的高贵与气势。其实,林

第六章 那些半奴半主们

之孝家的在第六十三回里教育宝玉时已透露了这层意思:那些丫鬟是"从老太太、太太屋里拨过来的",所以必须尊重,她还加了句讲得更透彻:"便是老太太、太太屋里的猫儿狗儿,轻易也伤他不的。这才是受过调教的公子行事。"在第六十回里可看到类似的表述,探春称这些丫鬟"原是些顽意儿","便他不好了,也如同猫儿狗儿抓咬了一下子",不必在意。正因为如此,主子对这些人的一些骄纵行为能够容忍,甚至是纵容。

于是,一些"副小姐"在一般下人面前便耀武扬威、颐指气使起来,司棋大闹厨房是较典型的一例。在荣国府内,不同等级人的伙食都有一定的标准,即所谓"分例",这由"官中"供给。若有谁想另外点菜,就须得付钱,即使是主子也须如此,"谁不是先拿了钱来,另买另添"。探春与宝钗代管家务时大权在握,可是她们想在"分例"外加菜,也是遵循制度,派人送钱给厨房。第六十二回里探春要厨房在"分例"之外准备酒席为平儿庆生辰,也交代明白是"开了帐和我那里领钱",而第六十九回里,平儿眼见尤二姐遭受虐待,便"白拿了钱出来弄菜与他吃"。王熙凤曾动过假公济私的念头,第三十五回里宝玉想吃小荷叶儿小莲蓬儿的汤,王熙凤立即吩咐厨房杀几只鸡做十几碗,"借势儿弄些大家吃"。贾母当即开玩笑似地批评:"把你乖的!拿着官中的钱你做人。"王熙凤闻言马上更正,吩咐厨房做好后"在我的帐上来领银子"。在"分例"之外再弄些吃的须得付钱,即使贾母、王熙凤也不得违反这一原则。可是司棋不管这些规矩,在第六十一回里,她派小丫鬟莲花儿去厨房吩咐,要碗"炖的嫩嫩的"鸡蛋。大观园厨房的主管柳家的感到为难,这些"副小姐""天天又闹起故事来了,鸡蛋、豆腐,又是什么面筋、

251

酱萝卜炸儿，敢自倒换口味"，而厨房的经营有成本核算，怎么"还搁的住这个点这样，那个点那样"。消息传回紫菱洲，司棋闻言大怒，率领众人赶赴厨房：

> 司棋便喝命小丫头子动手，"凡箱柜所有的菜蔬，只管丢出来喂狗，大家赚不成。"小丫头子们巴不得一声，七手八脚抢上去，一顿乱翻乱掷的。众人一面拉劝，一面央告……司棋被众人一顿好言，方将气劝的渐平。小丫头们也没得摔完东西，便拉开了。司棋连说带骂，闹了一回，方被众人劝去。柳家的只好摔碗丢盘自己咕嘟了一回，蒸了一碗蛋令人送去。司棋全泼了地下了。

司棋违反制度在先，后又为自己的私利得不到满足而大闹厨房，一个蛮不讲理的泼辣形象跃然纸上。

在书中，"副小姐"一词是周瑞家的讥讽司棋时所言，但它所涵括的对象绝非司棋一人，如宝玉最钟爱的晴雯也正是这样的典型。第五十一回里，袭人回家奔丧，晴雯成了怡红院里下人的老大。那时大家都在忙碌，而"晴雯只在熏笼上围坐"，实在看不过的麝月说道："你今儿别装小姐了，我劝你也动一动儿。"一个"装"字，正可作为"副小姐"的注解。晴雯享受的待遇已非一般寒素人家小姐所能及，而第三十一回描写她撕扇子取乐的情节，更暴露了在养尊处优的环境中所诱发的娇宠、暴殄天物的一面。晴雯声称自己"最喜欢撕（扇子）的"，宝玉就纵容她撕，还在一旁笑着说："响的好，再撕响些！"这段描写很容易使人想到《东周列国志》第二回"褒人赎罪献美女，幽王烽火戏诸侯"中的描述:褒姒说"曾记昔日手裂彩缯,其声爽然可听",于是周幽王"即命司库日进彩缯百匹,使宫娥有力者裂之,以悦褒妃"。[1]这一记叙其实是夏桀的王妃妺嬉故事的演化,东汉皇甫谧的《帝王世纪》记云:"妺嬉好闻裂缯之声而笑,桀为发缯裂之,以顺适其意。"[2]妺嬉、褒姒与妲己、骊姬并称古代的四大妖姬,历来是受贬斥批判的对象,曹雪芹自然也当知晓,可是他偏让晴雯做出了类似的事,其间批判的意味十分明显,尽管晴雯是他最喜爱的人物之一。

晴雯的表现还不止于此。第五十二回里可看到这样一段描写:

> 晴雯道:"你瞧瞧这小蹄子,不问他还不来呢。这里又放月钱了,又散果子了,你该跑在头里了。你往前些,我不是老虎吃了你!"坠儿只得前凑。晴雯便冷不防欠身一把将他的手抓住,向枕边取了一丈青,向他手上乱戳,口内骂道:"要这爪子作什么?拈不得针,拿不动线,只会偷嘴吃。眼皮子又浅,爪子又轻,打嘴现世的,不如戳烂了!"坠儿疼的乱哭乱喊。

坠儿偷虾须镯固然不对,可是晴雯拿簪子乱戳却使读者陡生反感,大观园中那些真正的小姐没有也不会使出如此狠辣的手段,正如司棋大闹厨房一样,这些"副小姐"折腾起来可要厉害

---

[1] 冯梦龙 蔡元放编:《东周列国志》,人民文学出版社1979年版。
[2] 皇甫谧:《帝王世纪》,中华书局1985年版。

得多。

　　晴雯自己可以逍遥自在地"装小姐"，可是对于小丫鬟，她却严厉地监督她们干活。第二十七回里晴雯与几个大丫鬟在大观园闲逛，看到小丫鬟小红也在园中走动，便立即开口训斥："你只是疯罢！院子里花儿也不浇，雀儿也不喂，茶炉子也不煽，就在外头逛。"当小红说明是在帮王熙凤取东西后，又马上遭到讥讽："怪道呢！原来爬上高枝儿去了，把我们不放在眼里。"而后一句话则是明显的威胁："过了后儿还得听呵！"晴雯训斥时，在场的大丫鬟碧痕、绮霞也你一言我一语地帮腔，这些人处境相同，对小丫鬟的态度也完全一致，她们之间也会有矛盾，但如果该群体的利益有可能遭到冒犯时，就会步调一致地进行打压。第五十二回里晴雯传来坠儿的母亲，令她带女儿出园，而那媳妇却固执地要讨个说法。眼见晴雯"一发急红了脸"，麝月连忙厉声相助："嫂子，你只管带了人出去，有话再说。这个地方岂有你叫喊讲礼的？你见谁和我们讲过礼？"她不仅要撵人，而且还吩咐小丫鬟"拿了擦地的布来擦地"以表示极度的蔑视，这种盛气凌人的架势，在那些大丫鬟中是常态。

　　大丫鬟可由着性子欺压甚至凌辱小丫鬟及下人，那些小丫鬟也都懂得"这个地方难站"，为了改变处境，其中有的人就想方设法要跻身贴身丫鬟的行列，而她们能想出的办法也只是"在宝玉面前现弄现弄"以图得到赏识，达到"往上攀高"的目的。可是要实现计划却是阻力重重，第二十一回与第二十四回中的描述告诉我们，宝玉并不认识自己怡红院里的小丫鬟，偶尔遇见了还会问："你也是我这屋里的人么？"宝玉接触不到那些小丫鬟，是因为那些大丫鬟们看防得很紧，绝不允许这样的

第六章 那些半奴半主们

事发生,作者曾介绍说:"宝玉身边一干人,都是伶牙利爪的,那里插的下手去。"一次屋里正好没人,小红抓住这机会为宝玉倒了碗茶,话还没说上两句,秋纹与碧痕就回来了。她们见此情景,"心中大不自在",不仅对小红"兜脸啐了一口",还骂她是"没脸的下流东西","你也拿镜子照照,配递茶递水不配!"通过给宝玉倒茶而跻身上位的小丫鬟也有,那是第二十一回中的故事。当时宝玉与袭人、麝月赌气,不要她们服侍,袭人便派了两个小丫鬟去照料。宝玉看中了其中的蕙香,并将她改名为"四儿"。四儿抓住了这个机会,"变尽方法笼络宝玉",从此她便留在宝玉身边了,在第六十三回"寿怡红群芳开夜宴"时,她也和大丫鬟们一起团团围坐饮酒。地位的突然提升,使四儿有点得意忘形,她恰巧与宝玉同一天生日,便去告诉宝玉:"同日生日就是夫妻。"看来,四儿并不以跻身大丫鬟为满足,她已将目标锁定于宝玉的"跟前人"。四儿显然被怡红院那些丫鬟们表面上相互嘻嘻哈哈的和睦景象所迷惑,没想到其间争斗的复杂尖锐甚至是残酷,她与宝玉私下说的话已被密报给王夫人。在第七十七回里,王夫人就是凭着"同日生日就是夫妻"这句话将四儿撵出了大观园。

宝玉后来反省道:"四儿是我误了他",因为将她"叫上来做些细活,未免夺占了地位,故有今日"。四儿厕身于宝玉贴身丫鬟的行列,并没有损害其他大丫鬟眼前的待遇与权益,可是从长远看,她地位的提升却是造成了一种威胁。荣国府给予大丫鬟较高的待遇,容许她们养成"副小姐"的气势,不仅是要借她们凸显主子的高贵尊荣,另一重要目的就是将她们当作"预备队"看待,因为荣国府将来主子的"跟前人"、一些管家的媳妇,以及随小姐出嫁的陪房就是在她们中产生。不过,只有一部分大丫鬟才能升任主子的"跟前人"或管家的媳妇,她们须通过主子的考察与筛滤。此现状必然导致大丫鬟之间的争斗,而若有新人加入,则会加剧竞争的程度,涉及自己的前程,谁肯谦让?宝玉说四儿"未免夺占了地位"就是这个意思。

大丫鬟之间有争斗,而要进入大丫鬟行列,也得经历一番激烈的竞争。金钏儿死后,王熙凤发现"几家仆人常来孝敬他些东西,又不时的来请安奉承",她一时间感到迷惑不解,还是平儿的提醒使她恍然大悟,原来这些人家想让自己的女儿顶替金钏儿留下的一两银子的空缺,成为王夫人身边的大丫鬟。王熙凤明白后,有意"自管迁延着,等那些人把东西送足了,然后乘空方回王夫人",而王夫人做出的决定是"就把这一两银子给他妹妹玉钏儿罢"。从表面上看,玉钏儿只是月钱增加到了二两,但这可是姨娘的月钱标准,而且王夫人同时还决定,将袭人的月钱从一两提升到二两,明确了她"准姨娘"的身份。这两件事联系在一起分析,很可能会引起宝玉身边大丫鬟的惊疑,这会是王夫人的一种暗示吗?须知玉钏儿是王夫人信任的大丫鬟,更何况她不久前刚受王夫人指派,将小荷叶儿小莲蓬儿汤送到怡红院服侍宝玉享用。

贾母为宝玉初选的"跟前人"候选人是袭人与晴雯,后来晴雯被王夫人撵走,出现的空额会落到谁的头上,这在曹雪芹所写的八十回里并没有交代,可能是他还来不及写到,也可能是王夫人一时还委决不了。玉钏儿是可供考虑的对象,但进入王夫人视野的并不止于一人,她在第七十四回里议论到袭人与麝月时就相当肯定:"这两个笨笨的倒好。"这"笨笨的"三字是关键,对王夫人来说,它既是评判丫鬟的标准,也是能入选宝玉"跟前人"的前提条件。书中写到有的丫鬟或机敏,或泼辣,或"伶牙利爪",可是一味地机灵外露正说明是胸无城府,不谙复杂环境中的生存之道,于是金钏、彩霞、司棋、晴雯、四儿等人都没有好结果。袭人的情况与此正好相反,她与宝玉议论到晴雯时曾说:"在太太是深知这样美人似的人必不安静,所以恨嫌他,像我们这粗粗笨笨的倒好。"这里"粗粗笨笨的"五字,与王夫人的择人标准"笨笨的"完全是一个意思,原来袭人早已摸透了门道,故而能一路顺风顺水。袭人在人前话不多,贾母曾评论道:"袭人本来从小儿不言不语,我只说他是没嘴的葫芦。"同时,她对上从不抗争,与周围的人也不争执,看似吃了点亏,实际上却是已获大利。《红楼梦》对薛宝钗曾有一判语:"罕言寡语,人谓藏愚,安分随时,自云守拙。"将它移至袭人,也同样适用。因此,尽管环境再复杂,竞争再激烈,袭人却能稳操胜券。

书中没有一一描述那些"副小姐"的结局,但对她们的去向却有个大概的交代。这些人在府中没有经济压力感受、天真烂漫地过了一段时间后,离开的日子终究要到来。在第七十回里,我们读到了这样一段文字:

> 因又年近岁逼,诸务猬集不算外,又有林之孝开了一个人名单子来,共有八个二十五岁的单身小厮应该娶妻成房,等里面有该放的丫头们好求指配。凤姐看了,先来问贾母和王夫人。

大约是每年春节前,总有些到年龄的男仆女奴由主子"指配"成亲,这算是主子的恩典,但实际上他们还是在为自己的长远利益考虑:"成了房,岂不又孳生出人来。"丫鬟小厮成亲后仍是供主子驱使的奴才,而他们的被称为"家生子儿"的子女也是奴才,到了七八岁时就可服役听使唤了。这样的奴隶再生产,岂不比花银子外买合算?

　　在读者看来,八个单身小厮求丫鬟婚配,这尽可放手让管家或管家媳妇处理,可是在荣国府,此事操办却有个正规严肃的流程。首先当然是当事人或其父母提出申请,总管房汇总名单后呈报给王熙凤,接下来是贾母、王夫人与王熙凤郑重其事地坐下来"大家商议",在她们心目中,显然这已是重要事项。《红楼梦》中有一处描写,可以帮助我们明白荣国府的主子们为何如此重视:小红的父母林之孝夫妇都是总管房的大管家,多少重要事务都得由他们经手处理。可是父母的位高权重,却不能荫庇小红享有特权,因为实际上他们都是府内的奴隶。小红在怡红院是最下层的丫鬟,做一些浇花、喂雀与烓茶炉子之类的杂活,还时常受晴雯等大丫鬟的排挤。她平日里连与宝玉打个照面的机会都没有,偶尔倒了次茶,就遭到严厉训斥。可是在指派婚姻时,小红的父母是林之孝夫妇的因素就必须考虑,同样,那八个单身小厮,有的是无任何背景的一般人,有的则可能是管家之子。大管家赖大的爸爸与爷爷都是荣国府的管家,其他管家基本上也应是世代相袭,他们儿子被指婚的对象,除管家之女外,就应是那些居于一般丫鬟之上的"副小姐"。这是她们在通常情况下的出路(个别升任姨娘者除外),而若干年之后她们重又登场时,其身份就很可能是管理各具体事务的管家媳妇了。由此可知,贾母、王夫人与王熙凤讨论的内容并非简单的丫鬟配小厮,她们筹划的是日后荣国府管理层次的人事布局,也难怪乎要如此地郑重其事。

将丫鬟配小厮,这是每年春节前需要办理的常规事务,贾母、王夫人与王熙凤这样的重要会商每年都得举行。作者在《红楼梦》故事开始时就已介绍,宁、荣二府功名奕世,富贵传流,已历百年,在这漫长的过程中,府内的奴隶世代为奴,而他们之间又有着等级差别。由发展的角度审视,书中写到的管家,多半是昔日出自管家家庭的小厮,而管家媳妇或姨娘,则大多来自当年的大丫鬟,至于一般的奴仆与那些婆子们,就是由过去无背景的小厮与小丫鬟演化而来。同样,今日书中描写的众多小厮与丫鬟,根据他们的背景、性格与举止,日后的去向也可大致判定。时间不断流逝,这样的角色转换也在府内周而复始地重演。本章分析的"半奴半主"的群体,除了多半有自由身的奶妈外,各色人等都由时间将他们按一定的对应关系串联在一起。这个群体间必然会产生复杂的关系与矛盾,主子对此可以利用、调节,使其态势更有利于自己。这个群体中的不少人会想方设法地侵吞"官中"的,即主子的钱财,而主子们对此是给予一定程度的容忍,他们更在意的是自己奢华生活的有序展开不被扰乱。主子们对这个半奴半主的群体已产生明显的依赖性,故而它虽经历百年而依然不变,只要在政治上或经济上不遭受重大冲击,这一管理模式还将一直延续下去。

第七章　荣国府的经济制度与管理机构

李纨靠积攒月钱与年例等增加财富,王熙凤利用职权挪用众人的月钱放债,荣国府内的管家们也自有其生财之道,或是用高价购买伪劣商品,或是将贪污的钱"入在流年帐上,分别添补开销过去"。荣国府"官中的钱"有相当一部分通过不同的方式与途径落入了某些人的私人腰包。到后来我们看到的图景是,作为整体来说,荣国府是在一天天穷下去,可是作为个人,府内那些主子和管家,却是有钱得很,而且他们的财富还在不断地增长,旺儿媳妇就曾说过,"那一位太太奶奶的头面衣服折变了不够过一辈子的"。第七十二回中写到荣国府"官中的钱",某些环节的流动资金已经到了告罄的地步,可是这时府内各人手里的现金却仍相当可观。当然,荣国府诸人并不可以随心所欲地将"官中的钱"化为己有,府内有一套管理制度,它们被称为祖宗定下的"旧例",由令人敬畏的光环所围绕。有一套管理机构在按祖宗定下的"旧例"运转,各级执掌者虽是主子的奴仆,但他们执行祖宗定下的"旧例"时,主子却不能轻易地干预。这套制度与机构已维系了百年,而我们在作品里所读到的,已是荣国府这座大厦摇摇欲坠时的状况。若要更全面地把

第七章　荣国府的经济制度与管理机构

握故事的进展,更深入地探寻荣国府诸人言行举止背后的经济动因,那就须得对荣国府的经济制度与管理机构有所了解。首先需要考察的是荣国府内的分配制度,因为它与府内各人的利益密切相关,而且对故事进展的方向、节奏实是直接的摄动力之一。

一　荣国府内是怎样的分配制度?

荣国府内实行的是供给制,不论主子奴仆均是如此,只是各人供给的等级不同而已。在《红楼梦》中,有两个词经常出现,一是祖宗定下的"旧例",一是"分例",前者是指贾家前辈传下来的各种规章制度,后者则是指各人的等级待遇。供给制是荣国府的祖宗定下的"旧例",实行时是各人按级别享受自己的"分例",而这个供给制,覆盖了日常生活的方方面面。"分例"一词最早出现在第二十七回,赵姨娘抱怨探春替宝玉做鞋而不给同母兄弟贾环做,探春登时沉下脸来反驳:"怎么我是该作鞋的人么?环儿难道没有分例的?"此处的"分例"是指衣裤鞋袜的发放。第三十六回里王熙凤向王夫人报告道,一等丫鬟是"一个月一两银子的分例",这是指月钱的发放。第五十五回里可以看到,"丰儿便将平儿的四样分例菜端至桌上",这是指一个通房大丫头的伙食标准。作品中关于吃的"分例"描写得相当多,有些重要的情节就是围绕着吃而展开。

曹雪芹在第六回里交代,荣国府"从上至下也有三四百丁",他们的吃饭问题全由厨房负责。荣国府在二门内原先只

有一个厨房,在第五十一回里,经王熙凤提议,并得到王夫人、贾母的赞同,在大观园内又新设了一个小厨房:

> 王夫人笑道:"这也是好主意。刮风下雪倒便宜。吃些东西受了冷气也不好;空心走来,一肚子冷风,压上些东西也不好。不如后园门里头的五间大房子,横竖有女人们上夜的,挑两个厨子女人在那里,单给他姊妹们弄饭。新鲜菜蔬是有分例的,在总管房里支去,或要钱,或要东西;那些野鸡、獐、狍各样野味,分些给他们就是了。"贾母道:"我也正想着呢,就怕又添一个厨房多事些。"凤姐道:"并不多事。一样的分例,这里添了,那里减了。"

从此,在大观园厨房就餐的人,他们的"分例",即伙食供给关系便从大厨房转了过来。在第六十一回里,迎春的丫鬟司棋派人去吩咐厨房:"要碗鸡蛋,炖的嫩嫩的。"掌管大观园厨房的柳家的听了这话不乐意了,这些丫鬟已经是"每日肥鸡大鸭子"地享用,如今还要点菜倒换口味。她埋怨说:"我倒别伺候头层主子,只预备你们二层主子了。"就在发牢骚的时候,柳家的提到了大观园小厨房每日分到的"分例"的数量:"连姑娘带姐儿们四五十人,一日也只管要两只鸡,两只鸭子,十来斤肉,一吊钱的菜蔬。"荣国府各人所吃的"分例",有着森严的等级差异。级别最高的是贾母,第六十一回里介绍说,"大厨房里预备老太太的饭,把天下所有的菜蔬用水牌写了,天天转着吃,吃到一个月现算"。由第七十五回的描写可以知道,贾母吃的是特供的红稻米,即御田胭脂米,同时除了自己的"分例菜"外,各房还得各

第七章　荣国府的经济制度与管理机构

孝敬一样菜给她。一个老年人哪里吃得了这许多,她常叫人陪她一起吃,或自己吃完后再叫一些人接着吃。在第七十五回里,我们看到探春与宝琴在陪贾母吃饭,接着吃的则是服侍贾母吃饭的尤氏、鸳鸯、琥珀与银蝶,贾母则是"负手看着取乐",还说:"看着多多的人吃饭,最有趣的。"

按王夫人的级别,吃饭该是怎样的待遇呢？关于这点作品中未具体描写,我们只知道有次她孝敬给贾母一碗椒油莼齑酱。关于王熙凤的"分例菜",曹雪芹在第六回里借初到荣国府的刘姥姥之眼作虚写:

> 刘姥姥屏声侧耳默候。……又见两三个妇人,都捧着大漆捧盒,进这边来等候。听得那边说了声"摆饭",渐渐的人才散出,只有伺候端菜的几个人。半日鸦雀不闻之后,忽见二人抬了一张炕桌来,放在这边炕上,桌上碗盘森列,仍是满满的鱼肉在内,不过略动了几样。

由"碗盘森列"四字,可以想见王熙凤"分例菜"之多。到了平儿这一级别,第五十五回里介绍说,这位通房大丫鬟是"四样分例菜"。至于一般丫鬟,她们的"分例菜"自是更等而下之,而她们之间,又有一等、二等与三等之分。

不同等级的人的伙食都有相应的"分例"标准,厨房准备时自然不敢违例,不过分量与质量却会有多少与好次之分。对丫鬟等下人,克扣是公开的秘密,即使是主子,恐怕也难逃此例,只是程度有所不同而已。厨房对有些人也会做超标准供应,关键看对象是谁。如第六十二回里柳家的就给怡红院的小丫鬟芳官开小灶,送去了"一碗虾丸鸡皮汤,又是一碗酒酿清蒸鸭子,一碟腌的胭脂鹅脯,还有一碟四个奶油松瓤卷酥,并一大碗热腾腾碧荧荧蒸的绿畦香稻粳米饭",这标准超得够厉害了,仅论其数量,芳官与宝玉、春燕一起吃了都还有剩余;晴雯要吃芦蒿,柳家的就"忙的还问肉炒鸡炒",亲自动手烧好后,又"狗颠儿似的亲捧了去",服侍主子也不过如此。对宝玉身边受宠的丫鬟们如此奉承,原因就在于柳家的想把自己的女儿柳五儿送进怡红院当差,这样她便可享受各种"分例"的供给,"家里又从容些"。可是对没有特殊关系或需要的丫鬟,那克扣就免不了,矛盾也因此而发生。在第六十一回里,迎春房里的丫鬟莲花儿就当面责问柳家的:"你就这么利害!吃的是主子的,我们的分例,你为什么心疼?"曹雪芹没明写丫鬟的"分例"遭克扣的事,但他将掌管厨房写成了大家争夺的肥缺,如果只有职责而没有好处,谁会去争夺?负责二门内事务的林之孝家的利用职权撤掉柳家的大观园厨房的差使,换上自己的人秦显家的。秦显家的进驻大观园厨房后首先"接收家伙米粮煤炭等物,又查出许多亏空来":"粳米短了两石,常用米又多支了一个月的,炭也欠着额数。"接着秦显家的干的第一件事,便是"打点送林之孝家的礼,悄悄的备了一篓炭,五百斤木柴,一担粳米,在外边就遣了子侄送入林家去了;又打点送帐房的礼"。她造成了更大的亏欠,这自然只能从平日各人的"分例"中克扣,就连主子都难以幸免,谁都知道他们的实际饭量与"分例"标准有着明显的数量差。秦显家的只管了一顿饭就被赶了出去,因为柳家的有怡红院做后台,很快又恢复原职。

荣国府中各人的穿着也是按"分例"供给。在第二十七回

第七章 荣国府的经济制度与管理机构

里赵姨娘埋怨探春为宝玉做了双鞋,而没给自己的同母兄弟贾环做。探春反驳时就说道:"环儿难道没有分例的,没有人的?"这句话指明各人衣着都有"分例",而最后提到的"人",是指"针线上的人",原来各主子还有专门的"针线上的人"为他们缝制衣服。丫鬟们的衣服,也是由荣国府统一发放。第七十七回里王夫人撵晴雯出大观园时,曾吩咐"只许把他贴身衣服撂出去,余者好衣服留下好给丫头们穿",她这样处理时感到理直气壮,因为这些衣服都是荣国府统一供给的,尽管归丫鬟们使用,但所有权仍在主子手里,属于府内的财产。后来袭人悄悄地派人将那些衣物给晴雯送去,作者在第七十八回里写道,晴雯死后,她"剩的衣履簪环,约有三四百金之数,他兄嫂自收了为后日之计"。晴雯留下的衣物首饰就价值三四百两银子,这与第三十九回里刘姥姥所说的二十多两银子够一户庄稼人过一年相比,实是相当大的一笔资产。这段描写还让读者知道,荣国府内丫鬟所戴的戒指首饰之类,同样也是统一供给。在第三十二回里,史湘云向袭人等人赠送戒指,袭人感谢时说:"戒指儿能值多少,可见你的心真。"这里竟已是礼轻人意重的意思,戒指的价值在袭人眼里已算不了什么了。由于同样的原因,第五十二回里坠儿偷虾须镯事发时,麝月就感到很不理解:"这小娼妇也见过些东西,怎么这么眼皮子浅。"

在荣国府里,主子的衣物也是统一发给。在第三回里,刚到荣国府的林黛玉就发现,迎春、探春与惜春三姐妹出来相见时,"其钗环裙袄,三人皆是一样的妆饰"。在第四十五回里,王熙凤曾半开玩笑地警告李纨,你别来耽误我的正事,"误了别人的年下衣裳无碍,他姊妹们的若误了,却是你的责任"。这说明过年前，荣国府里要统一发放一次新衣服。在第七十三回里还可以看到，迎春的奶妈赌博输了钱，就偷偷地将迎春的攒珠累丝金凤拿出去当钱还赌债。小姐的首饰不见了，贴身丫鬟有责任，因此绣桔急着要迎春出面催讨：

> 前儿我回姑娘，那一个攒珠累丝金凤竟不知那里去了。回了姑娘，姑娘竟不问一声儿。我说必是老奶奶拿去典了银子放头儿的，姑娘不信，只说司棋收着呢。问司棋，司棋虽病着，心里却明白。我去问他，他说没有收起来，还在书架上匣内暂放着，预备八月十五日恐怕要戴呢。姑娘就该问老奶奶一声，只是脸软怕人恼。如今竟怕无着，明儿要都戴时，独咱们不戴，是何意思呢。

由这段描写可以知道，攒珠累丝金凤并不只是迎春独有，而是小姐们每人都发了一只，出席中秋节家宴时很可能会要求大家统一着装。小姐、太太们的首饰衣物累积下来可有多少呢？我们可由晴雯做一推算。晴雯自十岁进荣国府到十六岁死去，总共不到六年的时间里，"剩的衣履簪环，约有三四百金之数"，即平均每年约六十两银。在第七十二回里，大管家林之孝针对府内的经济困难而提出相应的对策，裁员是其中重要的一条："如今说不得先时的例了，少不得大家委屈些，该使八个的使六个，该使四个的便使两个。"这里指的是一、二等的大丫鬟，如果每个主子少使唤两人，总计约可裁员二十人，这些人仅每年发放衣履簪环这一项，荣国府就可省下约一千二百多两银子，这可是相当大的一笔开支，若再加上月钱与伙食开支就更可观，但

第七章　荣国府的经济制度与管理机构

这个主张被一心维持主子体面的王夫人否决了。晴雯还只是荣国府里的一个二等丫鬟，其耗费已经如此，至于主子，其数量自然要远比她高得多。同在第七十二回里，当王熙凤谈到经济困难时，旺儿媳妇说道："那一位太太奶奶的头面衣服折变了不够过一辈子的，只是不肯罢了。"总之，在荣国府供给制的各项开销中，主子奴才衣履簪环"分例"的支出应是最大的一项。

除了日常的衣食开销之外，荣国府供给制中还有各式各样的"分例"。如第五十六回"敏探春兴利除宿弊，时宝钗小惠全大体"里，平儿提到小姐奶奶们每个月有二两银子买头油脂粉，"外头买办总领了去，按月使女人按房交与我们的"。只不过买办弄来的都是伪劣商品，叫其他人去买，仍是如此，因为"他买了好的来，买办岂肯和他善开交，又说他使坏心要夺这买办了"，于是小姐奶奶们另拿钱再买。公子们到家塾去读书，每年也有八两银子"吃点心或者买纸笔"的分例。协助李纨治家的探春认为，这些分例"重重叠叠，事虽小，钱有限，看起来也不妥当"，便提出革除，她要求平儿"回去告诉你奶奶，我的话，把这一条务必免了"，话虽说得斩钉截铁，但改变"分例"毕竟不是小事，需要得到批准。探春的革新也增加了新的"分例"，她让婆子们分别承包各块园地，产出的花木水果供府内诸人享用，"每日里各房皆有分例"。增加新的"分例"时，探春同样要求平儿去向王熙凤汇报："再细细问你奶奶可行可止。"

以上所说的都是常规的分例，而遇上一些非常规的事件，也由荣国府的供给制负责处理。第五十一回写到晴雯生病的事。宝玉不愿晴雯搬回家去住，便违反规定让她留在怡红院里，并偷偷地请医生来治病。看完病后该给医生出诊费，这时作者通过宝玉与老婆子的对答，介绍了荣国府里看病制度：

> 老婆子道："用药好不好，我们不知道这理。如今再叫小厮去请王太医去倒容易，只是这大夫又不是告诉总管房请来的，这轿马钱是要给他的。"宝玉道："给他多少？"婆子道："少了不好看，也得一两银子，才是我们这门户的礼。"宝玉道："王太医来了给他多少？"婆子笑道："王太医和张太医每常来了，也并没个给钱的，不过每年四节大趸送礼，那是一定的年例。这人新来了一次，须得给他一两银子去。"

由这段对答可以知道，主子或奴仆生病后，只要报告了总管房，那么看病就无须自己掏腰包，医生的出诊费由自管房每年统一总付。荣国府里又设有药房，供各人抓药。这就是说，荣国府里上下人等生病，从看病到吃药，费用全都由供给制包了。不过，若像宝玉这样绕过总管房私自请医生，那就得自掏腰包付费。

供给制覆盖了府内各色人等生活上的方方面面，但人们还是难免会有分例之外的享受要求，这时就需要缴纳费用，方能使要求得到满足。在第六十一回里柳家的提到这样一件事："三姑娘和宝姑娘偶然商议了要吃个油盐炒枸杞芽儿来，现打发个姐儿拿着五百钱来给我。"探春与宝钗是较自觉地遵守规定，换了王熙凤，她就要利用职权谋取私利了。在第三十五回"白玉钏亲尝莲叶羹，黄金莺巧结梅花络"里，宝玉挨打后想吃小荷叶儿小莲蓬儿的汤，作者写道：

第七章 荣国府的经济制度与管理机构

(王熙凤)吩咐厨房里立刻拿几只鸡,另外添了东西,做出十来碗来。王夫人道:"要这些做什么?"凤姐儿笑道:"有个原故:这一宗东西家常不大作,今儿宝兄弟提起来了,单做给他吃,老太太、姑妈、太太都不吃,似乎不大好。不如借势儿弄些大家吃,托赖连我也上个俊儿。"贾母听了,笑道:"猴儿,把你乖的!拿着官中的钱你做人。"说的大家笑了。凤姐也忙笑道:"这不相干。这个小东道我还孝敬的起。"便回头吩咐妇人,"说给厨房里,只管好生添补着做了,在我的帐上来领银子"。妇人答应着去了。

宝玉在疗养期间吃这汤属分例,无须付费,王熙凤却吩咐厨房做十碗大家一起吃,这就越过了分例规定。尽管贾母十分喜爱王熙凤,但此事涉及府内规定的执行,便用玩笑的形式表示反对:"拿着官中的钱你做人。"以奉承贾母为第一要务的王熙凤于是马上改口,说这笔钱由她负责出。

上面两个例子都是在分例之外享受,因此都要交钱,这实际上是荣国府内一项重要的财务制度。可以想见,生活奢华的荣国府每日都须有大笔的银钱在周转,这个大家族如果没有一套较严整的财务制度,那么府内诸人就很容易地陷入明争暗抢"官中的钱"的纠纷,荣国府经济也会很快地由混乱走向崩溃。为防止这类事件的发生,那许多祖宗定下的"旧例"便被制定出来。曹雪芹创作时不可能用很大的篇幅来集中介绍相关的祖宗定下的"旧例",否则《红楼梦》就不是小说,而成了一本财务手册。不过,曹雪芹毕竟在这样的大家族里生活过,他知道这套制度的存在,也清楚它是如何运转执行,甚至还了解其中的弊病。因此他在创作时,这方面的内容便成了那许多故事的有机组成部分,他笔下的那些人物的活动,也就有了个经济生活的基础,从而更真实,也更符合生活的逻辑。曹雪芹是随着情节的进展,不时地透露或介绍某些经济细节,而将其综合梳理,则可较系统地了解荣国府内这台经济机器的构造及其运转情形。

二　荣国府的财务与人事制度

在第六十八回"苦尤娘赚入大观园,酸凤姐大闹宁国府"里,王熙凤将尤二姐骗入了荣国府,并派丫头善姐看住她。有次尤二姐想要些头油,善姐就说,怎能为这点小事去麻烦王熙凤:

> 二奶奶,你怎么不知好歹没眼色。我们奶奶天天承应了老太太,又要承应这边太太那边太太。这些妯娌姊妹,上下几百男女,天天起来,都等他的话。一日少说,大事也有一二十件,小事还有三五十件。外头的从娘娘算起,以及王公侯伯家多少人情客礼,家里又有这些亲友的调度。银子上千钱上万,一日都从他一个手一个心一个口里调度,那里为这点子小事去烦琐他。我劝你能着些儿罢。

不少读者曾真的以为荣国府的银钱全由王熙凤"一个手一个心一个口里调度",但这只是善姐唬骗尤二姐的话,如何能当真。

第七章　荣国府的经济制度与管理机构

譬如说,预备元春省亲并建造大观园时耗银数以万计,这笔预算外的巨额开支由贾赦、贾政、贾珍等人与赖大等大管家共同讨论决定,王熙凤连参加讨论如何筹划安排的资格都没有,实际上她对这方面的情形也不了解,于是只能坐等会议结果而已。又小如月钱,它由帐房按预算发出,负责二门内发放的王熙凤"不过是接手儿",如何发放有祖宗定下的"旧例"管着,具体则是帐房操作,各人也清楚自己的"分例","怎么来,怎么去"由不得王熙凤做主,她只能在发放时间上做些手脚。贾琏与王熙凤确实掌管着相当数目的银钱,但绝不是荣国府的全部流动现金,这一点作者在第七十二回里交代得尤为清楚。为筹办贾母八十大寿,贾琏王熙凤掌管的银钱都使了,但还有元春和南安府的礼及几家红白大事得应付,于是只好央求鸳鸯从贾母处弄些金银家伙去当钱。但此时银库并未枯竭,"也还有人手里管得起千数量银子的",只是贾琏无法向其挪借。这里的"有人",是指总管房的大管家。原来,荣国府的各项开支都有预算,一旦确定后就专款专用,管家事的主子们无权挪用管家掌管的银钱。如帐房按预算每月发放月钱,这笔钱涉及府内所有人的利益,谁都不敢挪用;厨房大部分食材由庄田供给,但保存不易又每日都须消费的新鲜蔬菜等得现买,这笔钱也挪用不得,其他一些管理机构掌握预算的使用也同样如此。因此贾琏向鸳鸯告贷后就无法当年归还,而必须要等到年末庄田缴租后重订预算。贾琏借贷是八月,而荣国府九月就可收春租。作者在第六回就写明周瑞负责"春秋两季地租子",贾琏所说的"几处房租地税通在九月才得",指的也当是春租。贾琏告诉鸳鸯九月份可有笔收入进账,但他却说要等到年底得了银子才"赎了交还"。这证实了全年收支预算早已定好,贾琏无法挪用九月的收入,而只能寄希望于来年的预算。

  细读全书就可发觉,荣国府流动现金的调度分三个层次,第一层次如迎接元春省亲这类无例可循的重大开支,由长一辈主子与大管家讨论决定,类似的事件其实并不多见。第二层次则是日常单调重复的开支,由总管房按祖宗定下的"旧例"调度,作品中常见的重要开支有两项:一是每日的伙食费。正如王熙凤所说:"新鲜菜蔬是有分例的,在总管房支去,或要钱,或要东西。"大观园厨房操办园内主子及贴身丫鬟的伙食,每日就可支"两只鸡,两只鸭子,十来斤肉,一吊钱的菜蔬"。由于各人的分例难得变动,主子没有必要为这开支分心。荣国府所需的米肉等主要靠实物地租,但新鲜菜蔬却得现买。大观园厨房管四五十人的饭菜,仅购买新鲜菜蔬每日就得花一吊钱,鸡蛋的消费也较可观,遇到市场紧缺时,"十个钱一个还找不出来",这些都须得用银子现买。照此粗略推算,荣国府四百来人一年在伙食上因向外购买需动用的现金大约总得四五千两银子。

  二是月钱。荣国府内不论主子还是奴才,都有自己对应的等级,月钱数量由其等级决定,这是祖宗定下的"旧例"早就规定了的,逢年过节时的节例、年例也同样如此,总管房只要到时令帐房、银库造册分发即可。只是由于帐房的人不便进二门,那里的月钱或节例、年例才统一交给王熙凤分发。据作品里的介绍,二门内月钱总数约三百两。二门外管家与奴仆众多,月钱的总数少说也得翻倍,即荣国府一年在银钱上的开销得有万余两,若加上新鲜菜蔬、鸡蛋等伙食方面必要的开支,两项总数得有约二万两。此外,还有许多开支书中没有也无必要一一载

第七章 荣国府的经济制度与管理机构

明,因此粗做推算,总管房可调度的现金恐怕不会少于三万两。数量如此巨大的现金在流通过程中,难免会留下不少可上下其手的空间,林之孝帮贾琏作弊贪污二百两银子,那只是区区小数而已。

日常非单调重复的开支,由贾琏、王熙凤负责调度,调度时主要是"按例行事",但可有一定的伸缩性。第二十二回中贾琏与王熙凤讨论该如何给薛宝钗过生日时透露出,"大生日料理,不过是有一定的则例在那里"。贾琏认为薛宝钗生日的操办无须讨论,"往年怎么给林妹妹过的,如今也照依给薛妹妹过就是了",这也是按例办事,"那林妹妹就是例"。当王熙凤告诉他贾母对薛宝钗生日特别关注时,贾琏便立即改口:"既如此,比林妹妹的多增些。"这便是调度时伸缩性的表现。贾琏、王熙凤调度的范围很广泛:过年过节及主子生日的开销、婚丧大事的筹划及请客送礼、向宫内进贡等。第十四回描写王熙凤协理宁国府之繁忙时,又插叙了不少避不开的事务,如缮国公诰命亡故,那就需要打祭送殡,当然送礼是少不了的;西安郡王妃过生日,那就得送寿礼;镇国公的夫人生了长男,预备贺礼是必须的;此外又有王熙凤的胞兄王仁连家眷回南,须得准备带往父母之物;而迎春正又染病在床,每日请医服药等事也得操劳。作者的本意是通过头绪纷繁的各事务的处理,以显示王熙凤的才干,而这些事务的处理,无一不隐含着银钱的调度。银钱调度的依据是什么,又怎样调度?综合书中各回中相关描写,我们可对此做一梳理。

是否该调度银钱或该调度多少,王熙凤主要是按例行事,什么事该按什么例,在一般情况下她大致都有个数目,有时也

273

以此为基础做变通处理。如第五十五回里赵姨娘兄弟死了,她就立即能想起赵姨娘是里面收的,即是"家生子儿",其父母也是贾府的奴才,按例应赏银二十两。不过她又表示"再添些也使得",因为赵姨娘是探春的生母,她愿意给探春这个面子。王熙凤当然也会遇上不清楚前例的情形,这时她身边的吴新登媳妇等人就会"查出许多旧例来任凤姐儿拣择施行"。王熙凤调度银钱是靠对牌,对牌一半在银库,另一半在王熙凤手里。这有点像古代调动军队的虎符,很可能就是受此启发而发明。动用对牌支钱有两种情况。一是她下令办某事,但需花钱多少她只有大概的数目,这时总管房或相关管家就按其指令开出帖子,写明何物购多少,应用银若干。王熙凤审核后同意,就命身边小童彩明收帖登记,并将对牌交来人去支银。银库验牌后发出银钱,该人再将银钱交买办外出购物。事办完后,持牌人将对牌与买办购物用银多少的证明,即书中所说的"回押"交还王熙凤,此时王熙凤再开始处理下一项事务。第十四回里有关于这一过程的具体描写:

(王兴媳妇)连忙进去说:"领牌取线,打车轿网络。"说着,将个帖儿递上去。凤姐命彩明念道:"大轿两顶,小轿四顶,车四辆,共用大小络子若干根,用珠儿线若干斤。"凤姐听了,数目相合,便命彩明登记,取荣国府对牌掷下。王兴家的去了。

凤姐方欲说话时,见荣国府的四个执事人进来,都是要支领东西领牌来的。凤姐命彩明要了帖念过,听了一共四件,指两件说道:"这两件开销错了,再算清了来取。"说着掷

第七章　荣国府的经济制度与管理机构

下帖子来。那二人扫兴而去。

凤姐因见张材家的在旁,因问:"你有什么事?"张材家的忙取帖儿回说:"就是方才车轿围作成,领取裁缝工银若干两。"凤姐听了,便收了帖子,命彩明登记。待王兴家的交过牌,得了买办的回押相符,然后方与张材家的去领。一面又命念那一个,是为宝玉外书房完竣,支买纸料糊裱。凤姐听了,即命收帖儿登记,待张材家的缴清,又发与这人去了。

王熙凤手里的对牌只有一个,因此必须等前一人事毕缴回后,王熙凤才能让下一人领牌支钱,上文中"待王兴家的交过牌"后,张材家的才能开始办事;王熙凤也不是一下子就将待审事项全部处理完,而是等前一人领取对牌后,才审核下一人的帖子。如果多制作几副对牌,事务处理的效率可明显提高,但这样容易造成混乱,被人乘乱作弊。秦钟曾提出过疑问:"倘或别人私弄一个,支了银子跑了,怎样?"王熙凤的回答是:"依你说,都没王法了。"确实,管家奴仆并没胆量私制对牌,他们宁可钻其他空子,如帖上数目多开一些。但虚报数不能过大,否则王熙凤就会看出破绽而不发对牌,上文中荣国府的"执事人"被驳回"扫兴而去",估计就属于这种情况。

动用对牌的第二种情形是直接赏人或拨款给某事的经办人,这时就只需王熙凤发出领票与对牌即可支钱。如第二十四回里王熙凤委贾芸管大观园内种树栽花事务就属这种情形:

(贾芸)便写个领票来领对牌。至院外,命人通报了,彩明走了出来,单要了领票进去,批了银数年月,一并连对牌交与了贾芸。贾芸接了,看那批上银数批了二百两,心中喜不自禁,翻身走到银库上,交与收牌票的,领了银子。

第二十三回里贾芹因掌管小和尚小尼姑的事务领取银子也属于这种情形:

> 贾芹便来见贾琏夫妻两个,感谢不尽。凤姐又作情央贾琏先支三个月的,叫他写了领字,贾琏批票画了押,登时发了对牌出去。银库上按数发出三个月的供给来,白花花二三百两。

这次贾琏还画了押,原因就是先支三个月是破例,否则,银库恐怕就有权拒发。夏太监派人来打秋风时,王熙凤令旺儿媳妇"不管那里先支二百两来",旺儿媳妇却说"我才因别处支不动,才来和奶奶支的"。这固然是做戏给小太监看,但王熙凤无权任意乱支确是实情,她毕竟得按例行事,并不能独断独行。王熙凤与贾琏共同管理家务,尽管在安排贾芹与贾芸的工作时已显示了其间的强弱之别,但他们之间毕竟存在着互相掣肘的关系。第二十二回里为料理宝钗十五岁的生日,王熙凤担心提高规格后"不告诉明白你"而被见怪,而贾琏却表示"这空头情我不领,你不盘察我就够了"。同时,贾琏、王熙凤虽监察着帐房与银库,但反过来帐房与银库也在一定程度上以祖宗定下的"旧例"制约着他们。分而治之,互相牵制,这就是荣国府的财务制度,不过那些本该互相牵制的人串通作弊的事还是发生了。

"对牌"一词在书中首次出现是在第十三回里,当时王熙凤

第七章　荣国府的经济制度与管理机构

受委托办理秦可卿丧事,"贾珍便忙向袖中取了宁国府对牌出来"。这表明宁国府只有一副对牌,荣国府的情形也当如此,根据书中第十四回、第二十三回与第二十四回中的描述,荣国府是贾琏、王熙凤夫妇掌管对牌,而第五十五回里王熙凤因病休养,李纨与探春代管家务,此时对牌就到了李纨手中,读者可看到她的使用:处理赵国基抚恤金时,李纨指示仿不久前袭人母亲去世之例,赏银四十两,前来请示的吴新登媳妇"忙答应了是,接了对牌就走"。如前所述,对牌的使用方法是前一人事情办了缴回后,才能将对牌给后一人去银库支银。可是府内需要支取银两的事务颇多,对牌以这样的方式周转效率太低,容易误事,而且无论贾琏、王熙凤夫妇或是李纨、探春,都不可能整天就应对批领票与发放对牌。动用对牌是为了从银库支取银两,而书中那几次对牌使用的描写,都是非常规事项的处理。对于不断重复的常规事项,如厨房每日得支取银两购买新鲜蔬菜与鸡蛋之类,就无须去动用对牌的程序,因为那些机构的开支与一年的总计都有预算控制,银库对此也十分清楚,因此只要各机构执事者在预算内批了领票,银库就可以发放。这样处理,既可避免事事都要动用对牌而产生的效率低下,同时也减轻了王熙凤等人不胜其烦的负担,荣国府对牌的使用应该是采用了这种模式。

　　至于荣国府的用人方式,那也是祖宗按照封建等级制度定下的。各个主子各该使多少丫鬟小厮,这些奴仆等级又如何,这些都有严格的规定。贾母等级最高,她可使八个月银为一两的大丫头;邢、王夫人次之,各能使四个大丫头;年轻主子只能使二等及以下的丫头。作品在第三回里就介绍说,迎春等姐妹的待遇便是"每人除自幼乳母外,另有四个教引嬷嬷,除贴身掌管钗钏盥沐两个丫鬟外,另有五六个洒扫房屋来往使役的小丫鬟"。姨娘则只能使两个三等丫鬟。不过也有例外,宝玉不仅借用了贾母的大丫鬟袭人,而且还有七个二等丫鬟,八个三等丫鬟及十个小厮。曾有人以贾环与宝玉不同的待遇来论证贾环因庶出而受到歧视,其实这是个误解。第三十六回里王熙凤曾特地声明:若将袭人干脆调归宝玉,就"须得环兄弟屋里也添上一个才公道均匀",宝玉使的人多"是老太太的话",是贾母因宠爱宝玉而破了例,"别人如何恼得气得呢"。就物质待遇而言,贾环并未因庶出而遭歧视,这些书中都是写明的,况且迎、探二春甚至贾琏都是庶出,他们在物质待遇上也并没受到任何歧视。贾环受歧视只是主子间互相排挤倾轧的缘故,而且即使这样,贾环的"分例"并未因此少了些什么,这可由探春所说的"环儿难道没有分例的,没有人的"证明。

　　在荣国府经济每况愈下的背景下,大管家林之孝曾对这种制度提出了异议:"如今说不得先时的例了,少不得大家委屈些,该使八个的使六个,该使四个的便使两个"。但他的建议传至王夫人耳中后被断然否决,因为这种用人规矩不仅关系到荣国府的气派与主子的尊严,而且也是森严的封建等级制度的主要表现形式之一,不到迫不得已之时,主子决不愿有任何改动。林之孝提出裁减各房用人数,其目的是为了节缩开支,因为他是荣国府财务的负责人,这建议同时还透露出另一信息,即林之孝还掌管着荣国府奴仆的人事权。不过他的权力只限于二门外,二门内由他老婆林之孝家的负责,即他夫妻俩负责对全府奴仆的监察以及对他们的赏、罚与调动。

第七章 荣国府的经济制度与管理机构

监察奴仆并不轻松,遇上主子外出,如第五十八回里所写的贾母、王夫人等人因老太妃去世都"入朝随祭"时,林之孝家的就在大观园内巡视个不停,"恐丫鬟们年青,乘王夫人不在家不服探春等约束"。夜晚她还得巡夜,以防上夜的人"耍钱吃酒,放倒头睡到大天亮"。但她监察时并不秉公办事,她的两姨亲家竟在大观园并设赌局,这连探春都知道了,但一直在巡夜的她却听之任之,不做干预。在第七十一回里还可看到,林之孝家的对王熙凤不满虽不敢公开表示,但在处理两个婆子对尤氏不恭事件时,她故意挑唆小丫鬟向邢夫人一房求情,结果导致邢夫人当众让王熙凤难堪。

根据平日的监察,林之孝夫妇到时就向主子提出赏罚名单,而单身小厮与丫鬟的婚配,初选名单也是由他们先提出。据第七十回里的描写,这似是每年年终做的事,这年林之孝开的名单里,共有八个二十五岁的单身小厮应该娶妻成房,"等里面有该放的丫头们好求指配"。满二十五岁的小厮可以得到婚配,这也算是主子的恩典,同时也可达到"孳生出人来"增加家奴的目的。大丫鬟与管家的子女由贾母、王夫人与王熙凤亲自过问,其余一般的奴仆如何指配主子就不屑管了,因此林之孝夫妇手中就有很大的分配权,而他们平素对二门内的丫头也确实留心,像林之孝虽几年不见彩霞,却清楚地知道她"越发出挑的好了"。第二十六回里宝玉病愈时也有个赏人名单,这也是林氏夫妇开列的。他们不得不把自己的女儿小红列在下等以示公正,因为她只是三等丫鬟;而为了奉承赖大,他们又把应列为中等的晴雯开在上等,因为她是赖嬷嬷孝敬给贾母的。在惩罚下人时他们可不心慈手软,不过这又得看对什么人。彩儿的娘仅仅因"嘴很不好",就决定将她驱逐出府,而自己两姨亲家开设赌局则可放任不管。荣国府里发生了玫瑰露被偷的事件,为了推卸责任,林之孝家的不查明真相就硬要将柳家的与五儿说成是偷玫瑰露的贼,免得"每日凤姐儿使平儿催逼他"。从王熙凤传令严厉惩罚柳家母女来看,林之孝家的汇报不实显而易见。在第七十一回里还可看到,对于得罪尤氏的两个婆子,尽管自己被召来以前已被捆进马圈,林之孝家的却愿设法解救她们,不管她的主观目的如何,但客观结果则是加剧了邢夫人与王熙凤的矛盾。在人员调动方面,林氏夫妇也常是秉私处理。林之孝家的起用秦显家的接管大观园厨房,就不仅是为了安插亲信,而且也是希望常有炭、柴、米等物的进帐。王熙凤要林之孝家的"好好的挑两个丫头我使",她却"一般答应着"拖着不办,其原因多半是想充分利用这机会,就像金钏儿死后王熙凤要等下人将礼送足后再去与王夫人讨论哪个丫头该升级一样。

不过,林之孝夫妇在处理这类事务时受到了很多约束。首先,他们得按祖宗定下的"旧例"行事,不能违规操作,自搞一套,他们手中的权力不小,但女儿小红进大观园服役时只是三等丫鬟的原因就在于此。其次,他们做出的各项决定须得报主子批准或事后追认。在一般情况下,主子也总是首肯的,如第六十二回里林之孝家的要撵彩儿的娘出园,代管家事的李纨与探春就都认同她的处置。但也有例外,如王熙凤因不愿得罪探春和宝玉,就不同意撤换柳家的,硬是将已上任的秦显家的拉下。再次,林氏夫妇卷入了主子间的争斗。林之孝家的与赵姨娘"扳厚";王熙凤下令处罚两个婆子时,她又设计让邢夫人出面反对,王熙凤热心地为旺儿之子迎娶彩霞张罗,林之孝却公开表示不

第七章　荣国府的经济制度与管理机构

赞成这门婚事。这一切都加深了王夫人、王熙凤这一系主子对他们的不信任感。抄检大观园时，王夫人干脆撇开了总理大观园事务的林之孝家的，而是委派自己与王熙凤的几个陪房，她们才是最可信任之人；王熙凤将林之孝的女儿小红留在自己身边，看中小红口齿伶俐办事简断确是主要原因，但此举动含有对林氏夫妇笼络与控制的意味也是很明显的。总之，主子用种种方法控制着林之孝夫妇，并通过他们去控制监察全府的奴仆。

主子让林氏夫妇处理一般的奴仆人事事务，但自己却保留了最后批准权，有时还直接出面处理，不让管家架空自己。在赏罚管家、奴仆以及派人管某机构或事务等关键问题上，主子更是自己决定，不让管家插手。在第四十五回里，王熙凤下令将周瑞的儿子撵出荣国府，丝毫不给周瑞夫妇面子，就是主子处罚管家的一例。王熙凤下令后，"赖大家的只得答应着"。这短短的一句话，不仅透露出管家们相互庇护的隐情，同时也写出了主子不愿让管家们自己决定处罚管家这类事的原因。大丫鬟金钏儿被逼自杀后，按例可有一个丫鬟升级顶替。这时王夫人房中丫鬟们的家长展了激烈的角逐。他们纷纷送礼给王熙凤，"又不时的来请安奉承"，以图谋取这一两月银的缺。他们送礼给王熙凤而不送给林之孝夫妇，这也证明了决定奴仆升级权确在主子手里。

某机构或某事分派何人管理，更是只有主子才能决定。贾芹分管家庙铁槛寺，贾芸负责大观园内的植树，他们都由王熙凤与贾琏商议后指派。那些旁系子孙中谁能得到照顾与恩惠，关键在于对王熙凤的奉承得法，而那些差使都是可"弄些银钱使用"的肥缺。王熙凤又破例让贾芹预支三个月的供给，"白花

281

花二三百两",贾芹顿时阔绰起来,他"随手拈一块,撂予掌平的人,叫他们吃茶罢"。第五十三回里贾珍训斥贾芹时说,他领了差使后,在铁槛寺"就为王称霸起来,夜夜招聚匪类赌钱,养老婆小子",而他之所以有钱,就是因为"这些和尚的分例银子都从你手里过"。除了旁系子孙外,也常有奴仆被选中分管某事,这是主子笼络控制奴仆的主要手段之一。第五十六回里,探春与宝钗决定将大观园土地分片承包出去,承包者可获取种植产出的红利。闻知消息后,众婆子趋之若鹜,而探春与宝钗的做法是先"将园中所有婆子的名单要来"做筛滤,入选者都是她们"素昔冷眼取中的",而标准则须是"本分老诚"。这是荣国府历来的用人原则,它在向奴仆们宣告,俯首帖耳就可得到好差使,反之就得受惩罚。赖家可算是正面的典型,赖氏家族"熬了两三辈子",一贯地忠心耿耿,所以赖大才当上了大总管。周瑞的儿子则是反面的例子,尽管他母亲是王夫人的陪房,属心腹亲信,父亲被安排在分管春秋两季地租的重要岗位上,平时宝玉外出诸事也由他负责。在众奴仆中,他可算是大有背景之人,可是一旦恃醉顶撞主子,就照样要被撵出府去,即使后来有赖嬷嬷说情,也仍被打了四十棍。宁国府的情形同样如此。焦大曾舍命救过主子,有莫大的功劳,可是居功自傲的他对主子不恭,就被拖到马圈里,"用土和马粪满满的填了他一嘴"。后来焦大在书中再未出现,估计是宁国府采纳了王熙凤的建议,"打发他远远的庄子上去"了。总之,怀柔与镇压兼使,这是主子的一贯手法,也是他们祖传的用人家规。

荣国府的这套奴仆管理制度维持了百年之久,但不能使荣国府得到永久的安宁。随着各种矛盾的发展与激化,终于"各

第七章　荣国府的经济制度与管理机构

处大小人儿都作起反来了,一处不了又一处",即使贾母亲自出面整饬或王夫人抄检大观园都无济于事。《红楼梦》故事的时代环境是封建社会晚期,而荣国府内实行的却是奴隶制度,尽管作品反映的状况是清初特殊的历史条件所造成,但与时代的严重脱节使荣国府无法长期地维持现状。此时的奴隶制度本身就是腐朽的与反时代的,奴仆们"都作起反来了",正是被压迫者对这制度的必然反应。

三　名目繁多的管理机构

当阅读《红楼梦》时,大多数读者恐怕没意识到,荣国府里竟还存在着一个完整的管理机构,它正按相应的规章制度运行着。这并不是曹雪芹为写小说特意设置的,而是他所亲历的大家族生活中的客观存在,他在讲述故事时自然也少不了这方面的内容。从客观上说,这是曹雪芹能将"竟如乱麻一般"的人与事有机地组织在一起的重要手段之一。它的存在,是全书情节能有条不紊地发展,矛盾冲突会不断产生与激化的重要保障之一。曹雪芹当然不可能用专章介绍这些机构及其运行,它们是在情节发展必需时才会零星地出现。可是,综合这些零星透露的信息,曹雪芹胸中原有的模型却能被大致复原。

(一)总管房

总管房(在第五十八回里又曾称总理房)的职能是根据祖

宗定下的"旧例"或主子的指示，指挥各具体管理机构处理荣国府各种日常事务，可以说它是保证荣国府生活有序的中枢所在。总管房的总负责人是赖大，本书第六章"荣国府的管家们"一节中根据请吃年酒名单等已分析过，总管房的组成人员是赖大、林之孝、吴新登与单大良四对夫妇，男性总管的管辖范围在二门外，其中林之孝与吴新登还直接领管帐房与银库，而女性总管负责二门内诸事务，包括设于二门内的管理机构。分工明确，职权相与，荣国府生活的秩序与节奏全赖于此，而若遇见什么大事，在第一线筹划、调度与指挥的就更是总管房。在第十六回里，为了迎接元春省亲，贾府决定建造大观园，土地由荣、宁二府共出："老爷们已经议定了，从东边一带，借着东府里花园起，转至北边，一共丈量准了，三里半大，可以盖造省亲别院了。"这里的"老爷们"指的是贾赦、贾政与贾珍。建造偌大的花园，其内还须有许多楼台亭阁，即使在今日，也算是不小的工程。《红楼梦》作为一部小说，自然不可能去描写耗费时日的建造过程，读者只是在第十六回里看到一段提纲挈领式的介绍：

  贾政不惯于俗务，只凭贾赦、贾珍、贾琏、赖大、来升、林之孝、吴新登、詹光、程日兴等几人安插摆布。凡堆山凿池，起楼竖阁，种竹栽花，一应点景等事，又有山子野制度。下朝闲暇，不过各处看望看望，最要紧处和贾赦等商议商议便罢了。贾赦只在家高卧，有芥豆之事，贾珍等或自去回明，或写略节；或有话说，便传呼贾琏、赖大等领命。……贾珍、赖大等又点人丁，开册籍，监工等事，一笔不能写到，不过一时喧阗热闹非常而已。

第七章　荣国府的经济制度与管理机构

上述文字透露了大观园建设指挥部的人员组成,"不惯于俗务"的贾政只是挂名,只是"下朝闲暇,不过各处看望看望",遇到"最要紧处和贾赦等商议商议",不过他身边的清客相公算是代表他参与策划。贾赦虽经常发布指示,但他不到现场,"只在家高卧"。贾珍与贾琏辈分比贾赦与贾政低,他们的参与就多一些,而剩下的便是赖大、来升、林之孝与吴新登。来升书中又常写作"赖升",第十四回中作者曾介绍他是"宁国府中都总管"。整个工程显然是宁国府与荣国府的总管房协同实施,从人员组成看,荣国府承担的分量更重,那些"点人丁,开册籍,监工等事",估计多半都是它的事。

建造大观园动用的银子成千上万,如何筹划调度,建议也多半来自总管房。贾府为预备元春省亲派人去江南采购时,其步骤与财务上的安排都是按赖大的主意办理,第十六回里就写道:

> (贾琏)因问:"这一项银子动那一处的?"贾蔷道:"才也议到这里。赖爷爷说,不用从京里带下去,江南甄家还收着我们五万银子。明日写一封书信会票我们带去,先支三万,下剩二万存着,等置办花烛彩灯并各色帘栊帐幔的使费。"贾琏点头道:"这个主意好。"

在《红楼梦》叙述的故事中,荣国府大规模动用银钱仅有建造大观园这一次,而它正显示出了总管房在筹划荣国府经济生活中的重要性。

大事由总管房负责是理所当然,而有些看似小事,也少不了它的协调处理。第五十八回里,朝廷因老太妃死了,颁旨令"各官宦家,凡养优伶男女者,一概蠲免遣发"。为迎接元春省亲,荣国府曾设立了个戏房,这次奉旨撤销,就是派人"说与总理房"具体执行。戏房的撤销关系到人与物:它所在的梨香院"凡一应物件,查清注册收明,派人上夜";同时"每教习给银八两,令其自便",而唱戏的女孩子,愿意回去的须通知家长领回,并发给遣散费,愿意留下的则分至各房,她们的系列须转为在编丫鬟,并享受相应的待遇。这一系列的操作,涉及帐房、银库、库房与其他一些管理机构,须得由总管房出面调度。总管房负责的范围很广,甚至就连丫头生病请大夫看病这类芥豆小事也得它处理:总管房派人请大夫;令"管事的头脑"带进大夫的同时,知令"各处丫鬟回避";大夫开出药方后,得到府内的药房领取,若府内没有,又得派买办外出购买。因为这要动用银钱,就得禀报王熙凤批准、帐房上帐、银库支出银子。事虽小,但牵一发动全身,非得总管房出面总负责协调不可。主子想越过总管房办些事当然也可以,但不通过总管房就不能动用"官中的钱"。如第五十一回里宝玉请大夫给晴雯看病就是自掏腰包,因为"这大夫又不是告诉总管房请来的"。又如荣国府主子与奴仆的伙食都由厨房办理,但米、菜与钱等都要到"总管房里支去"。总管房按各人的"分例"发放,超出分例就概不认帐,故而掌管大观园厨房的柳家的在第六十一回里说:"凡各房里偶然间不论姑娘姐儿们要添一样半样,谁不是先拿了钱来,另买另添。"不过就是这个柳家的,当司棋要加碗蒸鸡蛋时,她严格执行规定断然拒绝,可是晴雯要吃芦蒿,她就主动热情地问是

第七章　荣国府的经济制度与管理机构

"肉炒鸡炒",做好后还"狗颠儿似的亲捧了去"。她正努力巴结怡红院,想让女儿柳五儿去那里当差,谋个正式编制。可见制度是有的,而且还很严格,可是执行起来,却是因人因事而异。

只要总管房正常运转,荣国府奢华生活的秩序就可保无虞。可是自第五十八回起,事态发生了变化。朝廷的老太妃死了,此时荣国府内除了王熙凤因病留守外,以贾母为首的主子们都得入朝随祭并赴陵地参加安葬大典,在近两个月的时间里,他们都无法顾及府内诸事,荣国府在一时间陷入了混乱状态。贾母等主子外出时,一些管家与下人须得跟去服侍,"或有人跟随入朝的,或有朝外照理下处事务的,又有先跴踏下处的"。赖大一时缺少人手,不得已只好起用些新人,他的管理自然会"只觉不顺手"。随着贾母等人的离府,懈怠松弛现象的出现几乎同步跟上,开始可能是小心翼翼的试探,后来就"渐次放诞"。书中写道:那些人"无了正经头绪,也都偷安,或乘隙结党,与权暂执事者窃弄威福"。代王熙凤行使职权的平儿对此感受颇深:"能去了几日,只听各处大小人儿都作起反来了,一处不了又一处,叫我不知管那一处的是。"平儿所说的只是二门内的现象,其实此时全府的状态都是如此,书中用"或赚骗无节,或呈告无据,或举荐无因"数语做了概括,并又以"种种不善,在在生事,也难备述"做补充。赖大身为大总管,他的捉襟见肘之感当然就更强烈。

等到贾母等人回府,事态的发展已经难以收拾。后来虽有贾母暴怒彻查赌局与王夫人下令抄检大观园等一连串举措,其中包括"速传林之孝家的等总理家事四个媳妇到来"严加申饬,但她们整饬的效果似乎并不明显。若追溯事态发展的根源,可发现这是由于荣国府经济渐陷困顿,各种矛盾随之加剧,而贾母等人离府近两个月提供了矛盾爆发的契机,而一旦爆发,就无法使之重回原来的状态,更何况荣国府经济的困顿还在继续发展。在这样的情况下,总管房已无腾挪的余地,它所能做的,实际上也只是勉力维持而已。

(二)帐房、银库与买办房

在荣国府内,帐房、银库与买办房是直接与银钱流通相关的管理机构,只要是用"官中的钱"向外采购物件,其流程就必定要经过这三个机构。为防止财务弊端,它们的管理不得由一人同时兼任。据书中的介绍,林之孝分管帐房,银库的主管是吴新登,对买办房的主管虽未提及,但根据分人管理的原则,他似应是总管房的另一个大管家单大良。分人专管为防止财务作弊构筑了篱笆,可是只要账房、银库与买办房三家相互默契,利益均沾,这一篱笆还是能较轻松地逾越。具体操作流程是买办房采购时虚报,银库认可发出银子,帐房审核通过入账,最后是大家利益分成。遇见一次性数额较大的特例,就将它分解为若干较小的开支,多次重复这一过程,贾琏让林之孝用"官中的钱"支付鲍二二百两银子,就是采用了这一方法。荣国府设立的管理机构不少,但就没有监察或审计部门,这一职能实际上由贾琏、王熙凤承担了,可是贾琏自己也在作弊,那自然就无法可想了。贾琏能立即想到这种作弊方式,表明这早已是荣国府的痼疾,而长年累月的积聚,"官中的钱"的流失就是一个不小的数字。

第七章　荣国府的经济制度与管理机构

就这三个机构的功能而言,帐房是凭借上帐手段控制府内与经济相关的大小事件,在第十一回里可看到,为庆贺贾敬生辰,诸王爷、国公与侯爷共十余家纷纷送来寿礼,都是"先收在帐房里",由帐房登录上账。这虽是在写宁国府,荣国府的情形也当如此。不过,书中提及帐房时,更多是与银钱有关的事项,府内众人关心的月钱,就是由帐房发放。书中提及月钱都是说王熙凤在发放,而在第三十六回里王熙凤追述往事时说:"先时在外头关,那个月不打饥荒,何曾顺顺溜溜的得过一遭儿。"王熙凤陈述了原先二门内诸人的月钱都由帐房发放的事实,而且每次都不能按时,总要拖延些时日。拖延当然要引来众人抱怨,后来帐房就每月按时将二门内诸人的月钱统一交给王熙凤,由她负责按各人的标准发放,所以王熙凤说"这个事我不过是接手儿,怎么来,怎么去,由不得我作主",即她无权更改各人的领取标准。王熙凤声称她负责此事后,"如今我手里每月连日子都不错给他们呢"。作品中关于王熙凤拿众人的月钱放债,拖延了发放时间,以及袭人、秋纹催问何时发放月钱的描述,证明了她是公然撒谎,只有蒙在鼓里的王夫人才信以为真,但也有可能她是装着信以为真。由此可以推测,王熙凤说帐房决定"姨娘们每位的丫头分例减半,人各五百钱",这多半也是谎言。相对于荣国府的庞大开支,两吊钱实是些微小数,帐房犯不着为此做得罪人的事,何况月钱标准是祖宗定下的"旧例",若无主子批准,帐房不敢擅自妄为。此事很可能是王熙凤提出,帐房执行,只是遇上王夫人查问,王熙凤便解释说是"从旧年他们外头商议的"。对王熙凤的这一行事风格,作者在第六十五回曾借兴儿之口作了归纳:"有了不好事或他自己错了,

289

他便一缩头推到别人身上来。"王熙凤扣减姨娘丫鬟的月钱是出于对赵姨娘的厌恶,而赵姨娘不肯驯服地忍受,更使她愤恨不已:"不得好死的下作东西,别作娘的春梦!明儿一裹脑子扣的日子还有呢。"

　　月钱是逐月发放,领取节例、年例是逢年过节时,帐房固然是到时操作,但这笔钱它早就预留,不至于到时发生发不出的危机。又如厨房每天消耗的新鲜蔬菜与鸡蛋得向外购买,全府四百人全年的开销不是小数,这笔钱也得预留。第五十六回提到探春改革的成就之一,是"各处笤帚、撮簸、掸子并大小禽鸟、鹿、兔吃的粮食"都可自给自足,"不用帐房去领钱",看起来仿佛各处有何需要都可到帐房开销,但这样必然会导致开支混乱的状态。实际上府内诸事都由相应的机构分管,帐房对它们一年的开支也都做好预算,保证专款专用。各管理机构的负责人都清楚自己可动用的银两数额,连大观园小厨房负责人柳家的都知道她每天购买新鲜蔬菜的预算是一吊钱。帐房负责的是账面上的预算,银子则都在银库,各管理机构需要时前去支取。银库当然也清楚预算情况,一旦哪家预算用完,它就有权拒付。这样的事在第七十二回里发生过,当时贾琏的预算用完了,"所有的几千两银子都使了",可是"又要送南安府里的礼,又要预备娘娘的重阳节礼,还有几家红白大礼,至少还得三二千两银子用,一时难去支借"。贾琏无法可想,只得央求鸳鸯"暂且把老太太查不着的金银家伙偷着搬运出一箱子来,暂押千数两银子支腾过去"。贾琏对鸳鸯说:"也还有人手里管的起千数两银子的,只是他们为人都不如你明白有胆量。"谁都没有"胆量"将自己的预算挪用给贾琏开支,因为自己分管的那一摊

第七章　荣国府的经济制度与管理机构

的运转就可能因银钱缺乏而停顿,须知贾琏得等到收租帐房重做预算后方可归还,这就是他所说的"不上半年的光景,银子来了,我就赎了交还"的意思。

编造预算与监察执行情况是帐房的常规工作,平日里只要与银钱相关的事,也都属于帐房的分管范围。在第五十六回里,探春将大观园分片包给一些婆子分管,还允诺收益归包干者。可是有个问题她绕不过去:"若年终算帐归钱时,自然归到帐房,仍是上头又添一层管主,还在他们手心里,又剥一层皮。"探春是主子,她可以无所顾忌地推行新政而不理会帐房,尽管此事"已是跨过他们的头去了,心里有气,只说不出来",可是对那些承包者来说就不同了:"你们年终去归帐,他还不捉弄你们等什么?"或松或紧,解释权全归帐房,而这关系到各人的具体利益,这个机构谁敢小视?难怪秦显家的刚到大观园厨房上任,首先要办理的事务之一,就是"打点送帐房的礼"。

帐房在作品中首次出现是第八回:"可巧银库房的总领名唤吴新登与仓上的头目名戴良,还有几个管事的头口,共有七个人,从帐房里出来",估计是一次财务会议刚结束。这也是银库在作品中首次出现。帐房负责会计,银库分管出纳,只要是银钱流动,这两个机构就缺一不可,它们同时出现是情理中事。相比之下,银库的功能比较单一,它后来在书中还出现过两次,相关描述清楚地介绍了它日常工作的情形。一是第二十三回被委以分管那些小和尚小道士的贾芹,交上贾琏画过押的领票与对牌后,"银库上按数发出三个月的供给来"。一是第二十四回里,分管大观园种树的贾芸从贾琏、王熙凤处拿到领票与对牌后,"翻身走到银库上,交与收牌票的,领了银子"。贾芹

291

去银库领取银子后,还"随手拈一块,撂予掌平的人,叫他们吃茶罢"。作者描写的这一细节既刻画了贾芹顿时富起来的心态,同时也显示了人们对银库人员敬畏奉承的心理,银库的那些人就是凭此获取合法的外快。贾芹与贾芸这两次都是为非常规事务支取银两,不仅要有批押的领票,而且要有对牌为凭证。至于府内常规事务,各管理机构按预算执行,它们支取银两,就只需要执事者批字画押的领票即可。当然,支取必须在预算之内,倘若超支,银库就有权拒绝发放,也就是说,它同时负有监察预算执行的职责,由第六十回的介绍可知,在银库管账的是钱槐的父母,即赵姨娘的兄弟及其媳妇。在执行过程中,银库还需要经常与帐房对账。

与吴新登一起走出帐房的还有买办钱华,说明参加财务会议的还有买办房。买办房是与帐房、银库业务联系最为密切的机构,凡是动用"官中的钱"采购物品,都是由买办房负责操办。第十四回里王兴家的要购买车轿网络,她支取银钱后不是自己外出购买,而是交与买办房办理,回复王熙凤时不仅缴对牌,同时还有审核"得了买办的回押相符"的程序。第五十六回里平儿介绍说,各房购买头油脂粉的钱,都是"外头买办总领了去,按月使女人按房交与我们的"。厨房每日需要的新鲜蔬菜与鸡蛋,也是由买办房统一采购,第六十一回里柳家的提到鸡蛋短缺时就说,"四五个买办出去,好容易才凑了二千个来"。要承担全府的采购事务,买办房的成员应该不会少,现在明确知道的有两人,一是钱华,脂砚斋批注道,这名字是"钱开花之意",他能参加帐房、银库与买办房的联席会议,估计应是买办房的首领;另一人是金文翔,他妹妹是贾母身边的鸳鸯,凭着这

第七章　荣国府的经济制度与管理机构

层关系,他在买办房的地位不会低,他的媳妇也因这一关系成了浆洗房的首领,不过鸳鸯很瞧不起她,骂她是"九国贩骆驼的"。买办房每日都要经手现金往来,从中渔利的机会也多,就拿头油脂粉来说,买来的都是伪劣商品,自己赚取差价。不过,买办毕竟是奴才,他能揩主子的油以肥己,但其人身自由乃至死活掌握在主子手里,第四十六回里贾赦训斥金文翔时就警告道:"仔细你的脑袋!"

由于是管理银两往来,帐房、银库与买办房是荣国府管理层中最重要的三家机构,它们对相关的"旧例",即财务制度的执行是防止弊端的保障,可是一旦它们串通作弊,事态就严重了,而这恰恰发生了。第四十四回里,贾琏吩咐林之孝将本应自己支付的二百两银子"入在流年帐上,分别添补开销过去",就是典型的一例。主子们清楚其中的弊端,却不想解决,也无力解决。像宝玉就完全不识星戥,连一块银子大概有多重也弄不清楚;在第十六回里贾蔷被派往江南采购,但他"不过是个坐纛旗儿",并不懂如何讲价钱会经纪,未必清楚那些买办中饱私囊的手段,也不会去认真监督防范,因为他自己将此次出差也看作是充实钱袋的好机会,贾琏就提醒过他,下江南采购,"里头大有藏掖的"。主子和奴才都在设法将"官中的钱"转化为自己的私产,他们甚至还互相串通勾结,这样的大家族焉得不败!

(三)庄田、粮仓与饲养场

荣国府收入的主要来源是庄田,每年都要从庄田获取大量的粮食、牲畜,以及出售粮食、牲畜而来的银两。作者在第五十三回里描写了乌进孝向宁国府缴租的情形,以及开列详尽的租单。乌进孝向贾珍汇报时提到,他兄弟"现管着那府里八处庄地,比爷这边多着几倍,今年也只这些东西,不过多二三千两银子,也是有饥荒打呢"。由此可以对荣国府的庄田有个大概的了解,而由乌进孝所说的"今年雪大,外头都是四五尺深的雪"来看,宁、荣两府的庄田似应在东北。不过根据第六回里一细节的透露,荣国府在南方似乎也有庄田。当时刘姥姥到荣国府找周瑞却没遇见,因为"管春秋两季地租子"的周瑞"已往南边去了"。第十六回里有句话似可视为照应:赖大说"江南甄家还收着我们五万银子",此似当是从江南收得的租银未运回北京,而是存放在甄家。

《红楼梦》描写的是宁、荣两府内的故事,除了第五十三回乌进孝缴租外,作者只有两次提到了庄田。一次是在第七回,宁国府的焦大恃功自傲,喝醉了酒对主子不恭,甚至公开抨击他们见不得人的隐私,于是王熙凤就向尤氏建议:"何不打发他远远的庄子上去就完了。"另一次是在第六十一回,柳五儿遭受了冤屈,可是王熙凤不细究缘由就下令:"把五儿打四十板子,立刻交给庄子上,或卖或配人。"宁国府与荣国府的下人都是奴隶,而在庄田劳作的则是农奴,这是清初特定的历史条件下形成的状态。府内下人的生活相对而言较为优厚且有保障,庄田上农奴的生活则是困苦悲惨,因此主子就将发配到庄田当作严厉的惩罚。主子根本不在意受罚者到了庄田将会如何,他们关心的只是从庄田获取粮食与银两,贾珍还振振有词地对乌进孝说:"不和你们要,找谁去!"

第七章　荣国府的经济制度与管理机构

庄田缴租入府登账后，银两存放在银库，而粮食则是入粮仓。粮仓在书中只出现过一次，也是在第八回，那时随乌新登走出帐房的众人中，有一人是"仓上的头目名戴良"，粮仓的职能是贮藏与发放粮食。乌进孝向宁国府一次缴了1002石又300斛粮，约13万5千斤，据他说荣国府收到的大概也是这些。粮仓一下子至少能贮藏约13万5千斤粮食，难怪脂砚斋对"戴良"这一名字的解释是"盖云大量也"。

畜牧场在《红楼梦》中并没出现过，但它却应是荣国府必有的机构。乌进孝缴租时，同时还送来了"孝敬哥儿姐儿顽意：活鹿两对，活白兔四对，黑兔四对，活锦鸡两对，西洋鸭两对"，这些该放在哪里？其实，大观园建造时就有放养玩赏类动物的计划，第十七、十八回中就写道："采办鸟雀的，自仙鹤、孔雀以及鹿、兔、鸡、鹅等类，悉已买全，交于园中各处像景饲养"。书中后来有些描写对此也做了呼应，如第二十六回中，宝玉看到"那边山坡上两只小鹿箭也似的跑来"，第五十一回中麝月看到一个黑影吓了一跳，后来才发现"原来是那个大锦鸡"。因此，庄田上缴来的玩赏类动物放养在大观园里即可。可是，庄田送来的还有许多鲜活的家禽牲畜，如"活鸡、鸭、鹅各二百只"，还有不少汤猪、家汤羊之类，这还只是秋租，到缴春租时还得送来一批。如果这许多全都放养在大观园里，那这号称"仙境别红尘"的所在将成何种模样？这些鲜活的家禽牲畜是供府内众人日常消费，第六十一回里掌管大观园小厨房的柳家的就曾说过，她每日要领取"两只鸡，两只鸭子，十来斤肉"。由此可见，荣国府内必设有饲养场，以保证这方面的供应基本上自给自足，而无须买办每日向外购买。

295

（四）厨房、茶房与药房

论及荣国府的厨房时，首先得注意一个事实，即贾赦与贾政已分房而居。贾赦的居所是独立的庭院，虽是"荣府中花园隔断过来的"，但其间的往返并不方便。第三回里林黛玉从贾母那儿出发去拜见贾赦，就得坐车"出了西角门，往东过荣府正门，便入一黑油大门中"，这才是贾赦的家。当时"邢夫人苦留吃过晚饭去"，林黛玉谢绝了，此细节表明贾赦家有独立的厨房，其伙食并非由贾母那儿的厨房供给。这方面的信息作者后来也有所透露，如第五十三回描写过年时写道，"十一日是贾赦请贾母等"，又写"贾赦自到家中与众门客赏灯吃酒"，第七十一回写庆贺贾母八十大寿时又云："初一日是贾赦的家宴。"因此在讨论开始时就须说明，下面所说的荣国府厨房，是指贾母、贾政一房的厨房。

荣国府原先只有一个厨房，而住在大观园内的宝玉、黛玉等人是到贾母那儿用膳，即使遇上雨雪天也得"来回的跑"。为解决这个问题，王熙凤在第五十一回里提议并得到批准，大观园内新设了一个小厨房，由柳家的负责。虽说是"单给他姊妹们弄饭"，实际上他们身边的丫鬟也在此搭伙。荣国府的伙食开支并没有因新设厨房而增加，王熙凤提议时就解释道："新鲜菜蔬是有分例的，在总管房里支去，或要钱，或要东西；那些野鸡、獐、狍各样野味，分些给他们就是了"；"一样的分例，这里添了，那里减了"。第六十一回里柳家的透露，小厨房每日菜肴"分例"的总额是"两只鸡，两只鸭子，十来斤肉，一吊钱的菜

第七章 荣国府的经济制度与管理机构

蔬"。由此可知,荣国府伙食开支的多少不在于有几个厨房,而是取决于各人的"分例"。

《红楼梦》一般没有描写各人的"分例"菜具体是些什么内容,作者写到吃时,其目的或是渲染那些主子生活的奢华,或是借此烘托家道的艰难。作者首次描写用膳是在第三回林黛玉刚到荣国府时:

> 贾珠之妻李氏捧饭,熙凤安箸,王夫人进羹。贾母正面榻上独坐,两边四张空椅,熙凤忙拉了黛玉在左边第一张椅上坐了,黛玉十分推让。贾母笑道:"你舅母你嫂子们不在这里吃饭。你是客,原应如此坐的。"黛玉方告了座,坐了。贾母命王夫人坐了。迎春姊妹三个告了座方上来。迎春便坐右手第一,探春左第二,惜春右第二。旁边丫鬟执着拂尘、漱盂、巾帕。李、凤二人立于案旁布让。外间伺候之媳妇丫鬟虽多,却连一声咳嗽不闻。寂然饭毕,各有丫鬟用小茶盘捧上茶来。

这一段叙述了荣国府用膳时的种种规矩,但没提到他们到底吃了些什么。稍微具体些的描写是在第六回,作者通过刘姥姥的观察写了王熙凤的用膳情形:先是由两三个媳妇用大漆捧盒送来饭菜,王熙凤用餐时又有几个人伺候端菜,她吃完后,"桌上碗盘森列,仍是满满的鱼肉在内,不过略动了几样"。这段描写与上面贾母对黛玉所说的"你舅母你嫂子们不在这里吃饭"相呼应,王熙凤是在自己屋里用膳,饭菜是用"大漆捧盒"从厨房运来(第五十八回里宝玉在怡红院用膳,饭菜也是靠"小丫头子

297

捧了盒子进来")。由"桌上碗盘森列"来看,王熙凤的"分例"相当丰盛,而她用膳后桌上"仍是满满的鱼肉在内"。第五十五回里平儿与王熙凤一起用膳,但她跟前放的就只有"四样分例菜",而且吃时还须得"屈一膝于炕沿之上,半身犹立于炕下",以表示对王熙凤的尊重与恭顺,主子与奴才的界限决不可逾越。

在荣国府内,贾母的伙食供给最为特殊,据第六十一回里柳家的介绍,是"把天下所有的菜蔬用水牌写了,天天转着吃,吃到一个月现算",只要能讨得老太太的欢心,就不硬套着每日的"分例"标准做了,但经济核算仍是必要的程序,只是"现算"周期延长至一个月。贾母用膳时,各房主子还须将自己的"分例"菜送一样给她,这是"各房另外孝敬的旧规矩"。贾母也心疼这一"规矩"造成的浪费,在第七十五回里说道:"上几次我就吩咐,如今可以把这些蠲了罢,你们还不听。如今比不得在先辐辏的时光了。"她甚至还将菜送回,并吩咐道:"以后不必天天送,我想吃自然来要。"为了不过于暴殄天物,贾母吃饭时常做两件事。一是将菜肴转送给他人以示疼爱或赏识,如"这一碗笋和这一盘风腌果子狸给颦儿、宝玉两个吃去,那一碗肉给兰小子吃去",第三十九回里也可看到,"贾母又将自己的菜拣了几样,命人送过去与刘姥姥吃"。一是自己吃完后,让别人上饭桌接着吃,有时甚至不讲究主奴界限,让"鸳鸯、琥珀来趁势也吃些"。这样虽也减少了些浪费,但鸳鸯与琥珀的"分例"却又多了出来,仍是浪费。

贾母对吃很讲究,有时想吃什么还自己设计点菜,第四十三回里就提出将野鸡崽子"炸上两块,咸浸浸的",喝粥时吃口

第七章　荣国府的经济制度与管理机构

味极佳,王熙凤听了"连忙答应,命人去厨房传话"。点菜并非是贾母的专利,第六十回里宝玉就派芳官去厨房传话:"晚饭的素菜要一样凉凉的酸酸的东西,只别搁上香油弄腻了。"宝玉的"分例"中本来就有素菜,只不过这次是按宝玉指定的要求做而已,其开支也没有超标问题。若是在"分例"之外再点菜,那就需要向厨房缴费,"先拿了钱来,另买另添"。书中写到探春与宝钗对此制度的自觉遵守,可是遇上不讲理且又得罪不起的人,厨房也挺为难的。

每日按"分例"供应是常态,同时荣国府又经常大小宴不断,这时大家都赴宴去了,各人的"分例"自然不再供应,这应该也是一直沿用的"旧例"。第六十二回里宝玉过生日,大观园内的公子、小姐们以及他们身边的丫鬟都在赴宴之列,因此探春会说"今儿里头厨房不预备饭",而那些酒席"都是外头收拾",即由荣国府的大厨房操办。当有人生病时,厨房的"分例"供应也会有相应的变化。王熙凤病中用膳时,不再是"桌上碗盘森列",她的"每日分例菜已暂减去",不过吃的仍很精致,是"燕窝粥,两碟子精致小菜"。宝玉病中的待遇也是如此,晴雯在第五十八回里还埋怨道:"这稀饭咸菜闹到多早晚?"病情好转后总算来了一碗火腿鲜笋汤,晴雯"忙端了放在宝玉跟前"。

荣国府诸人都按自己的"分例"标准用膳,这由厨房监控执行,可是厨房自己违规,却无人监控。秦显家的接管大观园厨房后,首先做的就是"打点送林之孝家的礼,悄悄的备了一篓炭,五百斤木柴,一担粳米,在外边就遭了子侄送入林家去了;又打点送帐房的礼;又预备几样菜蔬请几位同事的人"。这是拿厨房储存的物资做人情,她也不担心由此而产生的亏空,因

299

为只要逐日克扣众人的"分例",就足以弥补那些亏空。这是一项肥差,难怪秦显家的听说只能管一顿早饭时,就"轰去魂魄,垂头丧气"了。荣国府的"分例"标准远高于实际需求,王熙凤用膳后就是"仍是满满的鱼肉在内,不过略动了几样",逐日克扣一些,当事人根本觉察不出。厨房的掌管者有时还会以超标准供应做人情,第六十二回里芳官只想要"一碗汤盛半碗粳米饭"对付午餐,但柳家的却送来清蒸鸭子、胭脂鹅脯与虾丸鸡皮汤,除一大碗绿畦香稻粳米饭外还有一碟点心,结果芳官、宝玉与小燕三人同吃后还有剩余。柳家的对芳官格外优待自有原因:她想将女儿柳五儿弄进怡红院当差,芳官正在从中牵线搭桥。因为这个原因,怡红院的其他人也沾了光。一次晴雯想吃芦蒿,柳家的就忙问"肉炒鸡炒",并"赶着洗手炒了,狗颠儿似的亲捧了去"。

作品里关于荣国府吃喝方面的描写占了相当大的篇幅,在第三十五回里,贾母向薛姨妈等人炫耀道:"想什么吃,只管告诉我,我有本事叫凤丫头弄了来咱们吃。"其实,王熙凤的本领只是"命人去厨房传话"而已,而荣国府厨房烹调制作的技能与水准,几乎可与宫廷御厨比肩。第四十二回里刘姥姥离开荣国府时,收到的礼品中就有"一盒子各样内造点心"。这并不是宫廷厨师临时来帮忙,而是荣国府厨房拥有制作点心的高手,书中提到的点心名目繁多,如菱粉糕、鸡油卷儿、藕粉桂糖糕、松穰鹅油卷、奶油松瓤卷酥等等,而奶油炸的各色小面果子都玲珑剔透,呈现出各种花卉的模样。宁国府的情形也是如此,第七十五回里贾母称赞贾珍送来的月饼好吃,贾珍就汇报说,这是"新来的一个专做点心的厨子"的手艺。至于菜肴的烹调,作

第七章 荣国府的经济制度与管理机构

者有时也不惜笔墨渲染荣国府厨师手艺的高超,第四十一回里那道"茄鲞"的制作费时费工费料,刘姥姥简直无法相信,"茄子跑出这个味儿来了"。刘姥姥是乡下的庄稼人,荣国府的菜肴自然会吃得她直"摇头吐舌",而来自"珍珠如土金如铁"薛家的薛姨妈可算是见多识广,第三十五回里她听了"小荷叶儿小莲蓬儿的汤"繁琐的制作工艺不由地深表佩服:"你们府上也都想绝了,吃碗汤还有这些样子。"可是王熙凤却将这汤看得稀松平常:"全仗着好汤,究竟没意思。"不过,当王熙凤打算"借势儿弄些人家吃"时,却遭到贾母开玩笑似的批评:"拿着官中的钱你做人。"贾母出言阻止,王熙凤也立即改口,吩咐厨房"在我的帐上来领银子"。尽管贾母极其喜爱王熙凤,但维护家族财务制度几乎成了她的本能反应,此事也必将成为厨房拒绝索取"分例"好处者最有力的例证。

最后还需要指出,并不是荣国府里的所有人都由厨房供饭,有一些下人是自开伙仓,不过食材还是按自己的"分例"标准向厨房领取。这一信息的透露是在第五十九回,藕官向春燕数落干娘夏婆子的不是时说:"在外头这两年,别的东西不算,只算我们的米菜,不知赚了多少家去,合家子吃不了,还有每日买东买西赚的钱。"这里的"外头"是指大观园外的戏房,藕官在进潇湘馆之前是为迎接元春省亲而买来的戏子,因年龄小还需要照料,府里就安排夏婆子做她的干娘。夏婆子是自开伙仓,藕官算是搭伙,她的伙食"分例"也就由夏婆子领取。据藕官说,仅她那份"分例","合家子吃不了",夏婆子从中赚了不少,作者同时借此透露了荣国府供应的优厚。贾政在第三十三回里说:"自祖宗以来,皆是宽柔以待下人",这也体现在伙食供应上。由夏婆子的事例推想，荣国府内自开伙仓者应有相当一批人。如赖大家人的生活已如主子一般，赖嬷嬷更是"老封君似的"，但赖家除赖尚荣蒙特恩脱籍外，其他人都仍是荣国府的奴才，按理都有一份伙食"分例"。赖大家"一般也是楼房厦厅"，其间必然设有厨房，自开伙仓是理所当然的事。林之孝、吴新登等不少管家的情况与此相类，他们也应在此行列中。第七十二回里，林之孝希望贾琏向上建议，将老家人"开恩放几家出去"，理由是"一年也可以省得许多月米月钱"，此处的"月米"，指的就是按"分例"标准向厨房领取的食材。林之孝的提议后来没有下文，这意味着厨房可执行的预算不会因此而减少。

厨房负责供应膳食，而有类似功能的又有茶房，书中也经常茶饭并提，如第十四回中"每日单管本家亲戚茶饭"、第二十八回中"吃饭吃茶也是这么忙碌碌的"，以及第六十九回中"那茶饭都系不堪之物"等语。"茶"字在《红楼梦》前八十回出现的频率极高，约400次，只是比"酒"字略低些，而远高于约300次的"饭"字，由此也可见茶在荣国府生活中的重要性。

管理茶以及与此相关物品的机构是茶房，第五十四回里写几个婆子"只坐在园门里茶房里烤火，和管茶的女人偷空饮酒斗牌"，透露了茶房所在的地点，此处"园"是指大观园。茶房的主要职责当然是供应茶水，书中提到的好茶有枫露茶、六安茶、老君眉、普洱茶、女儿茶与"进上的新茶"。这些主要是供给主子享用，第五十五回里茶房的婆子请平儿喝"精致新茶"时就解释说："这不是我们的常用茶，原是伺候姑娘们的。"至于一般奴仆家的茶叶可就粗劣不堪了，第七十七回里宝玉到晴雯哥嫂家看到的茶水是"绛红的，也太不成茶"，晴雯告诉他："这就是茶

第七章　荣国府的经济制度与管理机构

了。那里比得咱们的茶！"茶房还得供应沏茶的水,第五十四回里写到"一个老婆子提着一壶滚水走来",她声明"这是老太太泡茶的"。当然,各房的茶水由主子身边的丫鬟负责,第二十七回里晴雯就叮嘱小红管好茶炉子,小红却回答:"今儿不该我炝的班儿,有茶没茶别问我。"茶炉子所烧的水不只是用来泡茶,它同时还供洗漱用,茶房也承担这样的职责。第五十五回写李纨、探春与宝钗用膳后,"茶房内早有三个丫头捧着三沐盆水,见饭桌已出,三人便进去了"。等到她们"捧出沐盆并漱盂来",然后才是"用茶盘捧了三盖碗茶进去"。

茶具也是由茶房分管,各房都分配到一批茶具,而府内家宴上的茶具则由茶房供给,宴会结束后就得收回。第七十六回里中秋家宴结束后,"收拾杯盘碗盏时,却少了个细茶杯,各处寻觅不见",这使得那媳妇很紧张:"必是谁失手打了。撂在那里,告诉我拿了磁瓦去交收是证见,不然又说偷起来。"这可与第十四回中一段描写对照看,当时王熙凤责令:"这四个人单在内茶房收管杯碟茶器,若少一件,便叫他四个人描赔。"茶具也不只是茶杯,第三十八回描写螃蟹宴时就提到了"茶筅茶盂各色茶具",第五十三回又提到"小洋漆茶盘"与"十锦小茶吊"。上文中的"茶筅"是将竹子精细切割制成,用以调搅,第二十二回里元妃给各人的赠品中也有"一柄茶筅"。第四十回里还写到了"茶奁茶杯",这"茶奁"或是指摆放茶具的匣子。

书中写到喝茶时,还提到了"茶果"。第三回黛玉进荣国府来到贾母身边安坐后,作者便写道:"说话时,已摆了茶果上来,熙凤亲为捧茶捧果",第七回里有"一时摆上茶果"之语,而第八回里可看到"这里薛姨妈已摆了几样细茶果来留他们吃茶"。

303

这里的"茶果"是指小点心,是喝茶时的佐食。第十五回写送秦可卿的灵柩去铁槛寺,中途王熙凤在一农庄休息,这时"家下仆妇们将带着行路的茶壶茶杯、十锦屉盒、各样小食端来"。那"各样小食",其实就是茶果。茶果是点心中的一种,其制作仍应由厨房的厨师承担。但它与一般的点心应有所差别,其功用是佐茶,因此很可能是厨房制作后交付茶房,再由茶房供应给各房。

有时书中提到的茶,是广义上的饮品。第七十七回里写贾政等宝玉时"贾政在那里吃茶",而此前作者对这个"茶"有明确的交待:"老爷在上屋里还等他吃面茶呢。""面茶"一词先出现于第七十五回,那儿有"大家吃面茶"之语,而李纨所说的"昨日他姨娘家送来的好茶面子,倒是对碗来你喝罢",正是对"面茶"的解释,它是种面类小吃。这种广义上的"茶"作品中还有一些,如第五十四回里王熙凤建议贾母喝的杏仁茶,第六十回里引起一场风波的玫瑰露与茯苓霜,这类饮品应该都应归茶房分管。第三十五回里有一细节似可说明这一点:宝玉想喝"小荷叶儿小莲蓬儿的汤",制作是厨房的事,可是制作的模具在哪儿呢?负责管家的王熙凤首先想到的是"多半在茶房里",这表明汤水类的饮品都该与茶房有关。

除以上所述外,茶房还承担了煎药的任务,此信息由第五十一回的描写所透露。当时晴雯病了,宝玉找出银吊子准备就在怡红院里为她煎药。晴雯表示反对,说:"正经给他们茶房里煎去,弄得这屋里药气,如何使得。"怡红院煎药并非偶尔的特例,潇湘馆就几乎是天天在煎药,故而第五十二回里黛玉会说:"我一日药吊子不离火,我竟是药培着呢。"不过晴雯会说出"正

第七章　荣国府的经济制度与管理机构

经给他们茶房里煎去",可见煎药是茶房职责范围内的事,若愿意自煎,自然听便。

煎药这一细节在《红楼梦》中并不少见,同样书中也常写到大夫开药方。从开药方到煎药之间还有个环节,那就是抓药。作者就此落笔时,使用的动词并不是"买",而是"取"。第二十五回里贾环故意烫伤宝玉,王夫人赶紧"命取败毒消肿药来敷上";第五十一回里,大夫给晴雯开了药方后,作者就写道:"只见老婆子取了药来";第五十六回则写李纨、探春与宝钗审阅药方后,"遣人送出去取药"。这些描写都在暗示荣国府有一个按需求供货的药房。李纨等人在二门内理事,药房当设在二门外,故而抓药得将药方"送出去"。脂砚斋在第二十八回有段批语:"自'闻曲'回以后,回回写药方","闻曲"是指宝玉在太虚幻境听《红楼梦曲》,脂砚斋的批语是对第五回到第二十八回的归纳。其实在此以后,关于吃药的描写仍时时可见,荣国府正是为了抓药的方便而设置了药房。而且,药房还不只是对主子供应,第六十回里柳五儿向芳官历数进怡红院服役的好处时,还提到"便是请大夫吃药,也省了家里的钱"。奴仆看病也是在动用"官中的钱",几百号奴仆都难免有个头疼脑热,府内设置个药房就更有必要了。隐约提到药房是在第三回,黛玉刚到荣国府时就告诉贾母,自己"如今还是吃人参养荣丸"。贾母闻言便道:"正好,我这里正配丸药呢。叫他们多配一料就是了。"脂砚斋在此句旁有侧批云:"为后菖、菱伏脉。"看来贾菖、贾菱掌管着药房,后来某事件的发生与他们有关。这两人在第五十三回里也出现过,该回中有"贾芹、贾芸、贾菖、贾菱四个现是在凤姐麾下办事"之语。贾芹与贾芸书中有专章描写,但贾菖与贾菱的职务未有交待。估计前八十回后的佚稿中可能写到过他们的故事,现在已无从了解,这里就不妄加推测了。

在第四十九回里,端上餐桌的"头一样菜便是牛乳蒸羊羔"。贾母没让宝玉品尝,并解释说:"这是我们有年纪的人的药"。这是厨房按照药理制作膳食,即药膳,厨房的职责在这里与药房出现了交叉。其实厨房、茶房与药房的职责都发生过某些交叉,故而将它们归为一处论述。

(五)马棚与车轿房

在第三十九回里,贾母与刘姥姥聊得正起劲时,忽然听到外面一阵喧闹声,原来是"南院马棚里走了水",为此"贾母唬的口内念佛,忙命人去火神跟前烧香"。"马棚"一词只在此回出现过,在此之前,作者在第七回曾提到宁国府的养马场所,但写的是"马圈",那是焦大受惩罚时被拖去的所在;第七十一回里写两个婆子因对尤氏不恭而受惩罚,被捆起来"交到马圈里派人看守"。可以判定,马棚也称马圈,它的地点是府中的"南院",应当是在二门外。一个封建大家族必有马棚或马圈,许多人外出都得靠骑马。书中曾多次写宝玉骑马,第十九回他带茗烟去袭人家,第二十九回他随贾母等人去清虚观,第四十三回他与茗烟去郊外寻找刘姥姥胡诌的什么庙等,都是骑马而行。第五十二回里宝玉外出拜客,他在府内就开始骑马,李贵等六人与茗烟等四个小厮前围后绕地步行相随。到了角门,"门外又有李贵等六人的小厮并几个马夫,早预备下十来匹马专候",众人各自上马,"前引傍围的一阵烟去了",队伍颇为壮观。由此描

第七章 荣国府的经济制度与管理机构

写可以知道,荣国府圈养的马匹确有不少,而马夫恐怕是府内级别最低的奴仆。作者在第六十三回里介绍道:"贾府二宅皆有先人当年所获之囚赐为奴隶,只不过令其饲养马匹,皆不堪大用",他们的子孙都是"家生子儿",估计是继续干养马的活计。

第十五回里送秦可卿灵柩去铁槛寺时,宝玉先是骑马,后来王熙凤劝他"别学他们猴在马上",于是姐弟乘车同行。在书中,车是女眷常用的交通工具。当写到邢大人、王熙凤与尤氏等人进出时,可看到她们都是乘车,实际上除贾母外,其他女眷一般都是以车代步。尽管宁国府与荣国府只是隔街相望的近距离,按第七十五回的说法,是"只几步便走了过来",但她们也是坐车往来。这可是件兴师动众的事,因为宁国府与荣国府之间的宁荣街是百姓可以行走的公共场所,每当有女眷在两府间往来,"两边大门上的人都到东西街口,早把行人断住",以保证她们的安全通行。

书中提到荣国府第三种交通工具是轿子,如第十六回里听说元春"晋封为凤藻宫尚书,加封贤德妃"后,贾母等人都得进宫谢恩,"于是都按品级大妆起来。贾母带领邢夫人、王夫人、尤氏,一共四乘大轿入朝"。第五十三回写过春节时,又可看到"由贾母有诰封者,皆按品级着朝服,先坐八人大轿,带领着众人进宫朝贺"。可是在第五十九回里,看到的却是"贾母带着蓉妻坐一乘驮轿,王夫人在后亦坐一乘驮轿",这次是护送老太妃的灵柩去陵地,就不能坐八人大轿了。从该回中"连日收拾驮轿器械"一语来看,这"驮轿"估计平日里不大使用。第十五回描写秦可卿出殡时有一细节:"彼时贾珍带贾蓉来到诸长辈前

307

让坐轿上马,因而贾赦一辈的各自上了车轿,贾珍一辈的也将要上马。"综合以上所述,可以了解到一个信息:骑马还是坐车或是坐轿,甚至是什么规格的轿子,在不同场合,因各人性别、辈分与资历都是有讲究的。贾母是老祖宗,又是高龄,她在荣国府内的行动也离不开轿子,不过此时不是按品坐八人大轿,第五十回里写到"贾母围了大斗篷,带着灰鼠暖兜,坐着小竹轿",这种小竹轿在第四十一回中又称为"竹椅小敞轿",而第七十六回又称其为"竹椅小轿",贾母"围着斗篷坐上,两个婆子搭起"。这一细节描写,与第五十六回中薛宝钗论述婆子们辛苦时所说的"抬轿子,撑船,拉冰床,一应粗糙活计,都是他们的差使"正相呼应。薛宝钗亲眼见过婆子们的辛苦,她与李纨、探春代管家务时,每天晚上都要"带领园中上夜人等各处巡察一次"。大观园里各房都要走到可不是轻松事,于是她们便"坐了小轿",这是工作的需要,而抬轿子的就是那些婆子。

在第十四回里,作者用了不少笔墨写王熙凤对秦可卿丧事的料理周全,她临出殡前又"预先逐细分派料理",其中包括"派荣府中车轿人从跟王夫人送殡"。这里的"车轿人"是专职服役的奴仆,荣国府显然是将车与轿合在一处管理,该机构当称为车轿房。同样是在第十四回,为了符合丧礼装饰的规格,需要"打车轿上网络",王兴媳妇拿来的单子上开明"大轿两顶,小轿四顶,车四辆"。大轿是指八人抬的轿子,专供贾母等"有诰封者"乘坐,小轿在书中又称为"四人轿"。除大轿与小轿外,车轿房里还应有竹椅小轿,它实际上是两人抬的竹椅,要保证李纨、探春与宝钗代管家务时的巡夜,竹椅小轿至少有三乘。王兴媳妇那张单子上的"大轿两顶,小轿四顶,车四辆",应该是荣国府

第七章　荣国府的经济制度与管理机构

车轿房的常备数,这些足以对付府内平时的使用。可是遇上府中人同时外出,显然就无法应对了。作者在同一回描述秦可卿出殡景象时写道:"堂客算来亦有十来顶大轿,三四十小轿,连家下大小轿车辆,不下百十余乘。"除去外来"堂客"的轿子,宁、荣两府的"大小轿车辆"当为六十余乘,荣国府当为三十余乘,它常备的车轿肯定是不敷使用。第二十九回写道贾母率众人去清虚观打醮时,出动的车轿更多:

> 贾母坐一乘八人大轿,李氏、凤姐儿、薛姨妈每人一乘四人轿,宝钗、黛玉二人共坐一辆翠盖珠缨八宝车,迎春、探春、惜春三人共坐一辆朱轮华盖车。然后贾母的丫头鸳鸯、鹦鹉、琥珀、珍珠,林黛玉的丫头紫鹃、雪雁、春纤,宝钗的丫头莺儿、文杏,迎春的丫头司棋、绣桔,探春的丫头侍书、翠墨,惜春的丫头入画、彩屏,薛姨妈的丫头同喜、同贵,外带着香菱,香菱的丫头臻儿,李氏的丫头素云、碧月,凤姐儿的丫头平儿、丰儿、小红,并王夫人两个丫头也要跟了凤姐儿去的金钏、彩云,奶子抱着大姐儿带着巧姐儿另在一车,还有两个丫头,一共又连上各房的老嬷嬷奶娘并跟出门的家人媳妇子,乌压压的占了一街的车。贾母等已经坐轿去了多远,这门前尚未坐完。

这次动用了一乘大轿,二乘小轿,王夫人因病未去,即使她也去,府内的常备轿子也够用了。可是要形成"乌压压的占了一街的车"的壮观景象,绝非府内的常备车所能应对,荣国府肯定也不会为此就购置许多车辆,因为这样的需求毕竟是难得一

309

遇。车辆一时不够的矛盾其实不难解决,方法就是去雇车。第十九回里宝玉私自到袭人家看望,送他回去时为避免碰见人,袭人就"命他哥哥去或雇一乘小轿,或雇一辆小车"。既然雇轿或雇车是很方便的事,车轿房也就只要照料常备的车轿以应对日常的需求。

(六)针线房与浆洗房

荣国府上下人等的衣裤鞋袜,也是由"官中"供给,府内自然有一批奴仆专事缝纫,他们被称为"针线上的人",这些人所在的部门,我们不妨称之为针线房。"针线上的人"一词出现在第三十二回,袭人告诉湘云:"我们这屋里的针线,是不要那些针线上的人做的。"该回里又提到,史湘云家"嫌费用大,竟不用那些针线上的人,差不多的东西多是他们娘儿们动手",这表明当时封建大家族都有针线房,只不过史家为省俭而裁撤了这个机构,于是主子都得自己动手,史湘云这位千金小姐有时也要"三更半夜的做",在人前为了维持体面,却只能含含糊糊地说"家里累的很"。

在第十四回里有一个细节,张材家的向王熙凤请示:"方才车轿围作成,领取裁缝工银若干两。"在第二十七回里又提到张材家的,王熙凤让小红去关照平儿,有一百六十两银子是给绣匠的工价,"等张材家的来要,当面称给他瞧了,再给他拿去"。这两处描写都是寥寥数语,但透露的信息却很丰富。首先,张材家的能经手数量不菲的银两,向王熙凤汇报与对外联络都是她的事,由此看来,她应是针线房的负责人。其次,向全府上下

第七章　荣国府的经济制度与管理机构

人等供应衣履是针线房的主要职责,而制作"车轿围"事也交与张材家的负责,表明凡与缝纫有关的事都属针线房管理范围。再次,针线房人手有限,遇上大批量刺绣事,或遇上秦可卿丧礼这样的大事,针线房一时忙不过来,或超过了它的技能水准,这时就得雇人帮忙,从而发生支付工价的问题。这类事不时地会发生,故而荣国府周边似有不少裁缝在等着接活,如宝玉的雀金裘被烧了个洞后,怡红院的婆子在短时间内就在府外找了不少"能干织补匠人"与"裁缝绣匠",不过他们"都不认得这是什么,都不敢揽"。

荣国府上下人等的衣裤鞋袜都由针线房供应,而什么时候该添置或供应的规格如何,则根据各人的等级而定,这也是"分例"。第三回里黛玉初见迎春、探春与惜春时,发现"其钗环裙袄,三人皆是一样的妆饰",就是因为她们的等级一样,"分例"相同的缘故。第二十七回里曾提到探春责问赵姨娘:"怎么我是该作鞋的人么?环儿难道没有分例的,没有人的?"由这句话似可做这样的推测,即对于每位主子,针线房都有专人为他制作衣物。不过宝玉是个例外,他的衣物"是不要那些针线上的人做的",这就让宝玉身边的丫鬟忙坏了,如他穿的大红裤子就是晴雯制作的,晴雯死后,秋纹在第七十八回里还感叹道:"真是物件在人去了。"宝玉的这一癖性曾遭到袭人埋怨:"凭着小的大的活计,一概不要家里这些活计上的人作。我又弄不开这些。"实在忙不过来,袭人还曾找史湘云代劳:"你可有工夫替我做做?"这是第三十二回里的故事,而在第三十五回里,还可以看到宝玉与宝钗商量,让她的丫鬟莺儿前去"打几根络子"。在接下来的一回里,宝钗也帮宝玉做起了"白绫红里的兜肚",不

311

过她是"见那活计实在可爱,不由的拿起针来",并非袭人请她代做。

关于荣国府衣履发放"分例"的具体内容,作品里并没有介绍,但根据其他"分例"的情况,可判定主奴差别是铁定的原则,而同样是主子,"分例"将随辈分而定,奴仆间按不同的等级、工种也必定会有许多讲究。发放的时间当有明确规定,现在只是知道过年是发放新衣的时节。在第四十五回里,李纨带领宝玉与众姊妹找王熙凤索讨诗社活动经费,王熙凤回答说自己很忙,"年下你们添补的衣服,还没打点给他们做去",她还威胁李纨:"误了别人的年下衣裳无碍,他姊妹们的若误了,却是你的责任。"由这句话可以推测,过年的新衣是普遍发放,是大家应得的"分例"。当然,王熙凤很可能只是负责二门内的,二门外的应由总管房分管。荣国府上下约四百人,针线房显然不可能在短时间内就制作出如此之多的新衣,它必定要让府外的缝纫店承包相当的部分,或者干脆将银两分拨给各房,由他们自行安排。第六回里王熙凤对刘姥姥说:"可巧昨儿太太给我的丫头们做衣裳的二十两银子,我还没动呢,你若不嫌少,就暂且先拿了去罢。"这细节似可证明此种运作模式的存在。

荣国府不会只在过年时才给大家添置新衣,这与钟鸣鼎食之家的气派太不相符,估计一些重要的节日,也会有新衣的发放,而主子过生日,则肯定会收到新衣服,如第三十二回里王夫人对薛宝钗所说的"你林妹妹作生日的两套"。年复一年衣履"分例"的积累,可形成相当可观的数量,第七十二回里旺儿媳妇甚至说,"那一位太太奶奶的头面衣服折变了不够过一辈子"。在第三十七回里,作者还写到"太太正和二奶奶、赵姨奶

第七章 荣国府的经济制度与管理机构

奶、周姨奶奶好些人翻箱子,找太太当日年轻的颜色衣裳"。王夫人嫁入荣国府已二三十年,她得到的衣裳已装满了好多箱,要找年轻时的衣裳,就得王熙凤、赵姨娘与周姨娘一起来"翻箱子"。王夫人找"当日年轻的颜色衣裳",是为了赏赐刚被自己提升为"准姨娘"的袭人。在第五十一回里,袭人回家探望母亲,她"身上穿着桃红百子刻丝银鼠袄子,葱绿盘金彩绣绵裙,外面穿着青缎灰鼠褂",王熙凤见后就说:"这三件衣裳都是太太的,赏了你倒是好的。"王熙凤能一眼就看出,固然是当时她帮王夫人一起找赏赐袭人的衣裳,印象较深,同时也是因为按照丫鬟的"分例",袭人领到的衣裳没有这样高的规格。

在第二十六回里,贾芸看到袭人的穿着是"银红袄儿,青缎背心,白绫细折裙",这是丫鬟的装扮,荣国府其他丫鬟也是这样的穿着。第三回里林黛玉刚到荣国府时,看到的丫鬟就是"穿红绫袄青缎掐牙背心";鸳鸯在第二十四回里出场时"穿着水红绫子袄儿,青缎子背心",而在第四十六回是"穿着半新的藕合色的绫袄,青缎掐牙背心";第五十七回里宝玉遇到紫鹃,"见他穿着弹墨绫薄棉袄,外面只穿着青缎夹背心"。这"青缎背心"估计应是荣国府丫鬟的统一着装,它与自汉代以降,青衣为奴婢、差役等地位卑下者的衣着标识相吻合。正因为这个缘故,贾母在第四十回里关照王熙凤处理已存放多年的"软烟罗",拿些青色的"添上里子,做些夹背心子给丫头们穿,白收着霉坏了",而王熙凤立即照办,这可能是正常"分例"之外的额外恩典了。丫鬟的"分例"规格自然不能与主子相比,但也不能很低,因为这涉及荣国府的体面与气派,外人眼里看到的都是"遍身绫罗,插金带银"。第三回里林黛玉还没到荣国府,就已感受到来接她的"这几个三等仆妇,吃穿用度,已是不凡了",借用作者在第十九回里的介绍,是"平常寒薄人家的小姐,也不能那样尊重的"。于是,随着年复一年发放的积累,有的等级较高的丫鬟已不把那些衣裳当回事,第三十七回里秋纹就说:"衣裳也是小事,年年横竖也得",而由第七十八回的描写可以知道,晴雯进荣国府六年,死后"剩的衣履簪环,约有三四百金之数"。不过,丫鬟们对这些衣裳只有使用权而无拥有权。王夫人在第七十七回里亲临怡红院抄检,撵走了"四五日水米不曾沾牙"的晴雯,并下令"只许把他贴身衣服撂出去,余者好衣服留下给好丫头们穿"。王夫人的命令得到了执行,不过等到晚上,晴雯"素日所有的衣裳以至各什各物总打点下了",宝玉又"密遣宋妈送去"。

除了缝制衣履外,向各房供应衣料似乎也是针线房的职责。大观园里的小姐做针线活是书中常见的内容,第八回里宝玉刚掀帘进屋,"就看见薛宝钗坐在炕上作针线",第二十八回里宝玉来到潇湘馆,"只见地下一个丫头吹熨斗,炕上两个丫头打粉线,黛玉弯着腰拿着剪子裁什么呢",而在第二十七回里探春则向宝玉许诺:"我还象上回的鞋作一双你穿,比那一双还加工夫"。这些都是小姐们未出阁前的家政训练,带领她们的是寡居的李纨,第四回作者对她岗位的介绍便是"陪侍小姑等针黹诵读",故而后来林黛玉会在第四十二回里对李纨说:"这是叫你带着我们作针线教道理呢"。可是对赵姨娘来说,她做针线活却是生计上的需要。第二十五回里马道婆看见赵姨娘做鞋,便向她索讨鞋面子,赵姨娘便乘机发泄:"你瞧瞧那里头,还有那一块是成样的?成了样的东西,也不能到我手里来!"由

第七章　荣国府的经济制度与管理机构

"成了样的东西,也不能到我手里来"可知,衣料鞋料之类是各房普发,但赵姨娘总怀疑自己拿到的只是落脚货。这可能是她多心,也可能是实情,因为针线房主管张材家的是在按王熙凤的指令,或者是某种暗示行事。

　　与衣裳有关的另一管理机构是浆洗房。衣裳穿过后需要浆洗,而作品中有几处描写告诉读者,荣国府设置了专门的机构统一包办此事,该机构不妨称之为浆洗房。在第四十六回里,贾赦欲纳鸳鸯为妾,鸳鸯执意不肯,贾赦传来她的哥哥金文翔训话,金文翔则让他媳妇去开导鸳鸯,而金文翔媳妇就是"老太太那边浆洗的头儿"。这职务使她能与各主子房联系,但她因到处讨好钻营而被鸳鸯斥为"九国贩骆驼的",贾赦强讨鸳鸯时她扮演了个既可卑又可怜的角色。第五十八回作者提及芳官等人的干妈何婆一干人时写道:"这干婆子原系荣府三等人物,不过令其与他们浆洗,皆不曾入内答应,故此不知内帏规矩。"此介绍表明,浆洗房中的奴仆在荣国府内处于最低等级,而浆洗房应设置在二门外。在第七十二回与第七十四回里,作者写到贾琏因掌控的现金短缺,出于无奈央求鸳鸯"暂且把老太太查不着的金银家伙偷着搬运出一箱子来,暂押千数两银子支腾过去"。此事只能悄悄地干,可是邢夫人还是知道了,并以此为例向贾琏要银子。当贾琏与王熙凤纳闷如此秘密的事为何会外泄时,平儿找到了原因。原来,鸳鸯将那一箱子金银家伙送来时,"老太太那边傻大姐的娘也可巧来送浆洗衣服。他在下房里坐了一会子,见一大箱子东西,自然要问,必是小丫头们不知道,说了出来"。平儿的解释透露了荣国府浆洗衣裳的做法:浆洗房派人到各房收取,浆洗后再一一送还,这给各房带

315

来了很大的方便,当年主事者的设计确实比较周全。

(七)古董房、金银器皿房与库房

荣国府拥有古董是情理中事,而建造大观园时又购置了一批。为了迎接元妃省亲,大观园内各方面配置都是高标准要求,"陈设玩器古董"也须得"一处一处合式配就的"。设计者的构想很精致,如怡红院房内就是"满墙满壁,皆系随依古董玩器之形抠成的槽子"。大观园建成后各处复查,古董也是重要项目:"各处古董文玩,皆已陈设齐备。"书中没交代那些古董是从哪里买来的,不过可以推测有两人多半参与了购买事项。一是贾雨村的好友冷子兴,第七回里曾写他"因卖古董和人打官司"。冷子兴是王夫人的陪房周瑞家的女婿,他有机会同时也不会放过参与购买古董的事项。另一人是程日兴,第二十六回里提到他时称"古董行的程日兴",他为庆贺薛蟠的生日,"不知那里寻了来的这么粗这么长粉脆的鲜藕,这么大的大西瓜,这么长一尾新鲜的鲟鱼,这么大的一个暹罗国进贡的灵柏香熏的暹猪",使薛蟠十分兴奋。在第十七回至第十八回里,可以看到程日兴是大观园建设指挥部的成员之一,与赖大等人一起"安插摆布",购买古董事项落在他手中,当是无可怀疑之事。

大观园各房都有古董的摆设,可是宝玉诸人入住大观园后,宝钗因不喜欢这类玩器,便"都退回去了",于是蘅芜苑便成了例外。在第四十回里,贾母带领刘姥姥等人来到宝钗住所,见"一色玩器全无",便忙"命鸳鸯去取些古董来",并责问道:"有现成的东西,为什么不摆?"宝钗将古董"退回",贾母命鸳鸯

第七章 荣国府的经济制度与管理机构

"去取",她们的言语中都涉及荣国府的一个专设机构,那就是古董房。关于古董房的职能与管理,可借用第七十二回里贾琏与鸳鸯的一段对话做说明:

> 贾琏未语先笑道:"因有一件事,我竟忘了,只怕姐姐还记得。上年老太太生日,曾有一个外路和尚来孝敬一个蜡油冻的佛手,因老太太爱,就即刻拿过来摆着了。因前日老太太生日,我看古董帐上还有这一笔,却不知此时这件东西着落何方。古董房里的人也回过我两次,等我问准了好注上一笔。所以我问姐姐,如今还是老太太摆着呢,还是交到谁手里去了呢?"鸳鸯听说,便道:"老太太摆了几日厌烦了,就给了你们奶奶。你这会子又问我来。我连日子还记得,还是我打发了老王家的送来的。你忘了,或是问你们奶奶和平儿。"

荣国府的古董都由古董房造册登录,它们在何处摆放,也都得记上一笔,贾琏也会查看古董房的账目。古董房里的人知道那只佛手不会在贾母房中长期摆放,故而两次向贾琏催问下落以便登记,如果那只佛手的下落没有记录,那就是古董房的失职。看起来古董房的管理较严谨尽职,可是接着平儿的解释又说明情况并非如此:那只佛手后来摆放在王熙凤房中,而且王熙凤"已经打发过人出去说过给了这屋里",完全是古董房里的人"发昏,没记上,又来叨登这些没要紧的事"。如果古董房里的人工作负责,这样的事就不会发生。

荣国府内的金银器皿也有专人负责,这是第三十五回里透露的信息。挨打后的宝玉想吃小荷叶儿小莲蓬儿的汤,而制作此汤得用汤模子。王熙凤"吩咐个婆子去问管厨房的要去",可是"那婆子去了半天"才回来报告:"管厨房的说,四副汤模子都交上来了。"由"去了半天"才有回复,可以猜想厨房为此曾寻找了一番,最后才判定汤模子已经交上去了。王熙凤又"遣人去问管茶房的,也不曾收",最后"还是管金银器皿的送了来"。这段描写显然反映了荣国府在管理上的混乱,同时又告诉读者,府内的金银器皿有专人负责管理,此机构不妨称之为金银器皿房,那汤模子是银子打造的,故而归在那儿保管。

在第四十回里,王熙凤等人为了捉弄刘姥姥,在宴会上故意给她使用"四楞象牙镶金的筷子",贾母见后说,这是"请客摆大筵席"才上桌面的物件。这样的筷子难得一用,平常就该金银器皿房保管;同样,家常不使用的金银杯盏也当如此。为了迎接元妃省亲,贾府展开了各项准备工作,第十六回里特地介绍说,"贾蓉单管打造金银器皿",可见这些金银器皿在贾府心目中的重要。紧接着第十七回至十八回中又提到"又有人来回,请凤姐开库,收金银器皿",这是贾蓉打造后的移交,然后再统一分发至大观园诸房,其间金银器皿房造册登录是必不可少的工作,日后这些物件的调度,都得经过金银器皿房。

金银器皿房似还应负责按各人"分例"发放金银首饰。第七十二回里旺儿媳妇说,"那一位太太奶奶的头面衣服折变了不够过一辈子的","头面"是旧时首饰的称谓;第七十八回里又可看到,晴雯死后,"剩的衣履簪环,约有三四百金之数",作者的这两条介绍表明,府内首饰发放的数量相当可观。当然主子与丫鬟间在量与质上都有巨大的差异,作者用词也有讲究:对

第七章 荣国府的经济制度与管理机构

主子是称"头面",这是对各式各样首饰的概括性称呼,而对丫鬟就只是"簪环"了,像在紫菱洲引出一场风波的攒珠累丝金凤,即使是最受宠爱的丫鬟如鸳鸯或袭人,她们也都绝对得不到这种价值昂贵的首饰。

古董房与金银器皿房都是贮藏、保管物品之处,只是因为古董与金银器皿都是价值不菲之物,故而专设管理机构,其余一般物品的贮藏与保管,则归库房负责。荣国府的库房至少有两处。一处是贮藏绫罗绸缎的所在。第三回里王熙凤说"才刚带着人到后楼上找缎子",这"后楼"指的就是库房,它设在楼上,当是为了防止纺织品受潮。第四十回里王熙凤告诉贾母:"昨儿我开库房,看见大板箱里还有好些匹银红蝉翼纱",这是她不识"软烟罗"而误称,遭到贾母的一阵嘲笑。此处王熙凤所说的"库房",应该就是第三回提及的"后楼"。作者在第四十回里还写到另一处库房,其名为"缀锦阁"。当时贾母要在大观园设宴"给史湘云还席",王熙凤担心"外头的高几恐不够使",便令丰儿将几把大小钥匙交与李纨开库房,"抬了二十多张下来"。此处库房地方大,贮藏的物件也名目繁多。刘姥姥曾带板儿"登梯上去。进里面,只见乌压压的堆着些围屏、桌椅、大小花灯之类,虽不大认得,只见五彩炫耀,各有奇妙",惊得她连声念佛。李纨恐怕贾母游园兴致高,后来还下令从中"把舡上划子、篙桨、遮阳幔子都搬了下来预备着"。第六回里贾蓉向王熙凤借玻璃炕屏,王熙凤"因命平儿拿了楼房的钥匙"去办理,这里所说的"楼房",应该就是"缀锦阁"。第四十五回里提到惜春要为大观园作画还缺许多物件,贾母就说"只怕后头楼底下还有当年剩下的,找一找",这些物件估计也都藏在"缀锦阁"内。

　　在库房服役当差的叫"内库上人",这是作者在第五十六回里交待的,库房的负责人则由王熙凤亲任,库房的钥匙全在她的手里。书中有几次写到王熙凤亲临库房,如第四十回中她有"昨儿我开库房"之语,另有几次是她让身边人拿了钥匙去办理,如第六回中"命平儿拿了楼房的钥匙",或第四十回中命"丰儿拿了几把大小钥匙"等,而第四十五回中李纨为惜春作画所需材料事,也是催促平儿"快拿了钥匙叫你主子开了楼房找东西去",王熙凤也答应"过会子我开了楼房,凡有这些东西都叫人搬出来你们看"。这些描写都表明库房由王熙凤掌管,同时作者又通过些叙述暗示了库房先前的掌管者。第三回里王熙凤告诉王夫人:她去库房"找了这半日,也并没有见昨日太太说的那样的。想是太太记错了",这句话隐含的前提是库房曾归王夫人直接掌管,所以她会根据自己对贮藏情况的了解发出指示,但她毕竟已有好些年不再具体经手,以至于出现了记忆差错。在第四十回里,王熙凤误将库房里存放的"软烟罗"说成了蝉翼纱,贾母立即给予纠正,并告诉王熙凤,它们的贮藏已很有些年头,"比你们的年纪还大呢"。这证明在王夫人之前,掌管库房的是贾母。库房前后负责人依次是贾母、王夫人与王熙凤,它意味着掌管库房是管理家务者的专权。第五十六回里,江南甄家送来了"上用的妆缎蟒缎十二匹,上用杂色缎十二匹,上用各色纱十二匹,上用宫绸十二匹,官用各色缎纱绸绫二十四匹",李纨的处理只是传来"内库上人",吩咐"等太太回来看了再收"。此时李纨已代管家务,但掌管库房之权并没有移交给她,她当然也没有钥匙。王夫人委派李纨代管家务时的指示

第七章　荣国府的经济制度与管理机构

很明确,代管的职责范围只是"家中琐碎之事",而且"凤姐将息好了,仍交与他"。掌管库房是全权当家的象征,这个权当然不能移交给李纨。

(八)戏房

荣国府的戏房是为迎接元妃省亲而设置,第十七回至十八回介绍道,贾蔷"从姑苏采买了十二个女孩子　　并聘了教习——以及行头等事",并赶在元春省亲前"演出二十出杂剧来"。后来戏房就由贾蔷负责,"总理其日用出入银钱等事,以及诸凡大小所需之物料帐目"。戏房所在处为原安置薛姨妈一家的梨香院,此时"早已腾挪出来,另行修理了,就令教习在此教演女戏"。该回中还透露了个信息:"又另派家中旧有曾演学过歌唱的众女人们——如今皆已皤然老妪了。"这意味着荣国府原本有过戏房,后来撤销了,当年演戏的众人如今已是"皤然老妪",则表明先前戏房的设置是数十年前的事。

荣国府日常生活中离不开看戏,"戏"字在前八十回出现了两百余次,似可说明那些主子们看戏之频繁。在戏房设置之前,书中已有多次看戏的描写,而且都是和喝酒并写。第七回里写到王熙凤在宁国府玩牌,"秦氏、尤氏二人输了戏酒的东道",于是后来就有第八回里贾母"遂携了王夫人、林黛玉,宝玉等过去看戏"的情节。第十一回里宁国府庆贺贾敬的寿辰,请大家喝酒的同时还"找了一班小戏儿并一档子打十番的",此处"十番"是指用乐器合奏的套曲。第十四回写办理秦可卿丧事,宁国府从外面请来"两班小戏并耍百戏的"。第十六回里写突

321

然"六宫都太监夏守忠乘马而至"传旨,此时荣国府为庆贺贾政的生辰正置办戏酒,唬得贾赦、贾政等一干人"忙止了戏文,撤去酒席,摆了香案,启中门跪接"。夏太监突然到来,原来是元春晋封为凤藻宫尚书,加封贤德妃,"于是宁、荣两处上下里外,莫不欣然踊跃"。

戏房设置后的首场公开演出是元妃省亲之时,太监一声吩咐"快拿戏目来",贾蔷就"急将锦册呈上,并十二个花名单子"。元妃点了《一捧雪》中的《豪宴》、《长生殿》中的《乞巧》、《邯郸梦》中的《仙缘》与《牡丹亭》中的《离魂》。脂砚斋在此处提示道,这四出戏依次预示了贾家之败、元妃之死、甄宝玉送玉与黛玉之死,他又批云:"所点之戏剧伏四事,乃通部书之大过节、大关键。"戏房的首场演出十分成功,据说是"一个个歌欺裂石之音,舞有天魔之态",并能"作尽悲欢情状"。元妃极为赞赏,对龄官尤加褒奖。后来元妃还将荣国府的戏班叫进宫演唱,第三十六回里龄官拒绝为宝玉演唱时就说:"前儿娘娘传进我们去,我还没有唱呢。"除了偶尔进宫演出外,戏房在元妃省亲后转入平时排练、需要时演出的常态。第二十三回里,作者描写了林黛玉听到戏房里女孩子演习《牡丹亭》的情形。此时梨香院内"笛韵悠扬,歌声婉转",黛玉听了"十分感慨缠绵","不觉点头自叹",而听到"如花美眷,似水流年","不觉心动神摇",待听到"你在幽闺自怜"等句,"亦发如醉如痴,站立不住"。这是历来红学研究者喜欢引用的经典描写,这一回的回目就叫"西厢记妙词通戏语,牡丹亭艳曲警芳心"。

在第四十三回里,贾母让大家凑分子给王熙凤过生日,"共凑了一百五十两有余",由尤氏负责操办。尤氏表示这些钱远

第七章　荣国府的经济制度与管理机构

超实际需要,"头等,戏不用钱,省在这上头",她的计划是让府中的戏班来演出。王熙凤感到这些钱不花白不花,便提出:"咱们家的班子都听熟了,倒是花几个钱叫一班来听听罢。"这里"都听熟了"四字,表明戏房的演出任务还真不少,而演员只有十二个,排出的节目也有限,王熙凤要求换换口味也可以理解。不过,她的要求很可能含有攀比的意思,第二十二回里宝钗过十五岁生日就没动用府内的戏班,而是向外"定了一班新出小戏,昆、弋两腔皆有"。当时贾母"蠲资二十两",交与王熙凤"置酒戏",王熙凤还半开玩笑地反问:"这个够酒的? 够戏的?"可见外面叫个戏班来花费不会小。给王熙凤过生日时,贾母实际上也是在援引给宝钗过生日之例,表示可以请外面的戏班子,"凤丫头说那一班好,就传那一班"。第五十四回写元宵节家宴时,荣国府请来了外面的戏班子,也是小演员担纲,唱的是《西楼》。贾母听罢意犹未尽,便吩咐道:"叫他们且歇歇,把咱们的女孩子们叫了来,就在这台上唱两出给他们瞧瞧。"于是下人赶紧"往大观园去传人",这是书中唯一一次写到外面与府内戏班子的同台竞艺。贾母关照自家的戏班子,前面演唱的是"有名玩戏家的班子","咱们好歹别落了褒贬,少不得弄个新样儿的"。她让芳官唱《寻梦》,让葵官唱《惠明下书》,"只用这两出叫他们听个疏异罢了"。

　　戏房里十二个演员都是十岁左右的女孩子,荣国府从苏州买来时她们的年龄更小。这些人的日子过得要比府内那些丫鬟艰辛得多,持续的排练与演出自不必说,她们还要忍受额外的盘剥。为了照料这些女孩子的生活,府里给每人指定了个干娘,而这些小演员较优厚的"分例",其中相当部分竟被干娘拿

323

回家了。藕官离开戏房后,还对当日遭盘剥的情形念念不忘:"别的东西不算,只算我们的米菜,不知赚了多少家去,合家子吃不了,还有每日买东买西赚的钱。"第三十六回里描写了掌管戏房的贾蔷与小旦龄官的恋情,作者的本意是突出宝玉对情缘认识的深化:"自此深悟人生情缘,各有分定",但他同时也写出了那些女孩子对自己生活境遇的愤恨与无奈,"天天闷闷的无个开心"。为了给龄官取乐,贾蔷花了一两八钱银子买了只"玉顶金豆"与扎有小戏台的鸟笼,扔些谷子就能"哄的那个雀儿在戏台上乱串,衔鬼脸旗帜"。龄官触景生情,立即给贾蔷脸色看:"你们家把好好的人弄了来,关在这牢坑里学这个劳什子还不算,你这会子又弄个雀儿来,也偏生干这个。"在那些女孩子的心目中,这戏房就是个"牢坑"。

离开"牢坑"的日子出现在第五十八回,当时老太妃死了,朝廷下令"各官宦家,凡养优伶男女者,一概蠲免遣发"。在会商如何处理时,王夫人表示:"他们也是好人家的儿女,因无能卖了做这事,装丑弄鬼的几年。如今有这机会,不如给他们几两银子盘缠,各自去罢。当日祖宗手里都是有这例的。"由王夫人的最后一句话可知,早年荣国府也设有戏房,后来估计也是因朝廷的旨意而撤销,王夫人的主张是按"旧例"行事。可是那些女孩子"倒有一多半不愿意回家的",因为回去后很可能再次被卖,"所愿去者止四五人"。于是,那些"不愿去者分散在园中使唤":

贾母便留下文官自使,将正旦芳官指与宝玉,将小旦蕊官送了宝钗,将小生藕官指与了黛玉,将大花面葵官送了湘云,将小花面豆官送了宝琴,将老外艾官送了探春,尤氏便

第七章　荣国府的经济制度与管理机构

讨了老旦茄官去。当下各得其所,就如倦鸟出笼,每日园中游戏。

戏房里十二个女孩子的名字在作品中都先后出现过,后来药官去世,新补者未留名字。与上文所述各人归宿做比对,可发现离去者是龄官、宝官、玉官与那新补者。龄官对贾蔷有所爱恋,否则她不会连续在地上画写那许多"蔷"字(第三十回夸张地说"已经画了有几千个'蔷'"),可是她依旧决然地选择离去,也许在她看来,何止是戏房,整个荣国府就是一个"牢坑"。

果然,留下来的女孩子并未能逃脱悲惨的命运。多年与世隔绝的学戏生涯已使她们较难融入正常的生活,尽管宝玉等人"皆知他们不能针黹,不惯使用,皆不大责备",但她们率性而为的言行难免会招来不少怨恨,其中芳官等人还与赵姨娘发生了激烈的冲突。待到抄检大观园事件爆发,王夫人在第七十七回里下令:"上年凡有姑娘们分的唱戏的女孩子们,一概不许留在园里,都令其各人干娘带出,自行聘嫁。"这些干娘凭空得到了谋财的机会,"皆感恩趁愿不尽,都约齐与王夫人磕头领去"。芳官、藕官与蕊官的最后抗争是"寻死觅活,只要剪了头发做尼姑去",而水月庵的智通与地藏庵的圆心"巴不得又拐两个女孩子去作活使唤",于是出家成了她们的归宿。全此,荣国府戏房的故事算是画上了句号。

(九)门房

荣国府有许多门,如大门、仪门、二门、后门、侧门、角门等等,这里"角门"是指整个建筑物的靠近角上的小门,也泛指小的旁门。建造了大观园后,自然又增添了许多门。除了院落的院门以及各屋的房门之外,那些门的出入状况涉及荣国府与大观园的安全,都有专人管理看守。这也是个重要的管理机构,我们不妨称之为门房。

门房第一次出现,是第三回里写林黛玉初到宁荣街时之所见:"忽见街北蹲着两个大石狮子,三间兽头大门,门前列坐着十来个华冠丽服之人。正门却不开,只有东西两角门有人出入。正门之上有一匾,匾上大书'敕造宁国府'五个大字。"接着黛玉又看到了荣国府,它就在稍往西的街对面,规格完全一样,"照样也是三间大门",林黛玉的轿子"却不进正门,只进了西边角门"。这是因为除了极尊贵的人物来临或重要的仪式举办,正门方能开启。书中第二次写到荣国府的大门,是第六回刘姥姥一进荣国府时,她见正门前"簇簇轿马",便不敢过去,等蹭到角门,"只见几个挺胸叠肚指手画脚的人,坐在大板凳上,说东谈西呢"。这次作者没写他们的衣着,但想必也是和宁国府那些人一样"华冠丽服",因为大门是全府的重要门面,看门者虽只是低等级的奴仆,但他们的衣着涉及荣国府的气派,难怪脂砚斋在此处会批上"为侯门三等豪奴写照"一语。后来,刘姥姥按指点绕到后街上的后门,那儿也很热闹,"只见门前歇着些生意担子,也有卖吃的,也有卖顽耍物件的,闹吵吵三二十个小孩子在那里厮闹"。刘姥姥进了后门方见到了周瑞家的,后来她离府,也是"仍从后门去了"。这些描写表明,什么样的人能进什么样的门都有个讲究,门房的职责之一,便是维护这一秩序。

俗话说"宰相门房七品官",荣国府门房的架子也非同一

第七章 荣国府的经济制度与管理机构

般,他们看到刘姥姥这样的农村老太太,自然是"都不瞅睬",而一般的官儿想进荣国府,也须得在外门房留下买路钱。在第六十回里,柳家的嫂嫂送给柳家的茯苓霜时说:

> 这是你哥哥昨儿在门上该班儿,谁知这五日一班,竟偏冷淡,一个外财没发。只有昨儿有粤东的官儿来拜,送了上头两小篓子茯苓霜。余外给了门上人一篓作门礼,你哥哥分了这些。

书中对外门房的描写极少,而上面的叙述又透露了不少信息。首先,柳家的掌管着大观园厨房,而她哥哥是外门房当值者之一,作者再次显露了那些奴仆的亲戚朋友在各处任职的状态,荣国府不断地将那些家生子儿相互婚配,最后必然产生这种错综复杂的关系。其次,外门房当值制度是五日一轮换。再次,柳家的哥哥那五日当班恰巧"竟偏冷淡",只有"粤东的官儿来拜",此语隐含的意思是平日里来荣国府求见的官员还不少。到荣国府钻营拉关系有效验,来拜见的官员才会络绎不绝,而且是来自全国各地;倘若来者多是碰壁而归,那谁个还愿上门,门房也不会只是埋怨这五日"竟偏冷淡"了。最后,那"粤东的官儿"一共带来了三篓茯苓霜,而三分之一竟成了孝敬门房的买路钱,平日里直接奉上红包者想必也有。日常持久,门房上人的灰色收入不会是小数,而他们的工作又较清闲,这可以刘姥姥的眼见为证:那些人都"坐在大板凳上,说东谈西呢"。

荣国府的大门通常不开,人们一般是经角门、边门或后门进出,那儿当然也都有人当值看守。荣国府的后门与大门正相对,大观园建造后,这后门成了大观园的后门,关于这一点,作者在第六十八回里有明确交代。王熙凤骗尤二姐入府事不能张扬,故而"那些跟车的小厮们皆是预先说明的,如今不去大门,只奔后门而来",紧接着作者又写道:"下了车,赶散众人。凤姐便带尤氏进了大观园的后门"。相比较而言,后门进出不像走大门那样容易引人注意,若是为了较隐秘的事进出,人们一般选择后门。第十二回里王熙凤毒设相思局,上了当的贾瑞就是经后门赴约。第十九回里,宝玉未向任何人报告就私下里去袭人家探望,他带上茗烟,也是"拉了马,二人从后门就走了"。第四十三回写王熙凤过生日,宝玉却先偷偷地去郊外祭奠金钏儿,他早一日就吩咐茗烟:"明日一早要出门,备下两匹马在后门口等着,不要别一个跟着。"回城后,他"仍从后门进去"。类似的事同样发生在第五十一回:晴雯病了,按规定应出大观园疗养,宝玉却将她留在怡红院,并吩咐一个老嬷嬷,"传一个大夫,悄悄的从后门进来瞧瞧"。这是宝玉违规操作,不愿让更多人知道的缘故。若按正规行事,就得上报总管房去请医生,而且得有"两个管事的头脑带进大夫来",第五十六回里的请医生,就是"吴大娘和单大娘他两个在西南角上聚锦门等着呢"。这是表示对医生的尊重,如果将他们从后面带进来,大夫会感到他们受到了轻慢。

大观园的后门直接通向大街,大观园里的人为图方便,也就从此门进出,外面的人要拜访大观园里的人,也是选择后门。第三十七回里,袭人派人"到小侯爷家与史大姑娘送东西去",就是让他们"从后门出去";而贾芸想见宝玉,也是"在后门只等着",他后来送两盆海棠花给宝玉,同样是送到后门,由后

第七章 荣国府的经济制度与管理机构

门上的婆子与小厮送到怡红院。通向大街的后门当然有人把守,既防止外面的人擅入,同时也不让园中的婆子与丫鬟随意外出。这里有"值日的婆子",另又有"该班的小子们",是"天天有四个",他们除了看守门户外,还得"预备里面差使",袭人就曾吩咐"叫后门小子们雇辆车来"。当派这些人干活时,袭人允诺"回来你们就往这里拿钱",后门上的婆子与小子送来海棠花后,袭人便"秤了六钱银子封好,又拿了三百钱",告诉那两个婆子道:"这银子赏那抬花来的小子们,这钱你们打酒吃罢。"开始时,那两个婆子"眉开眼笑,千恩万谢的不肯受",因为按规定这是他们的分内之事,可是园内诸人为了自己的事不受滞碍,都愿意给他们小费。这钱是赏赐,属于合法的外快,而为了增加收入,后门当值者同时也干违规的勾当。在第七十四回里可以看到,入画的哥哥得到赏赐,生怕吃酒赌钱的叔叔婶子花了,便"悄悄的烦了老妈妈带进来"让入画保管,结果此事在抄检大观园时被发现了。"私自传送"可是不小的罪名,其后果也很严重,正如王熙凤所说:"这个可以传递,什么不可以传递。"当追查传送人时,"后门上的张妈"露出了水面,连惜春都知道,"他常肯和这些丫头们鬼鬼祟祟的,这些丫头们也都肯照顾他"。这是公然地利用职权收取好处,给园内安全造成了隐患。干这类事的不只是张妈,第七十二回里提到,潘又安之所以能私自入园与司棋约会,前提是"二人便设法彼此里外买嘱园内老婆子们留门看道"。贾母在第七十三回里曾指出"门户任意开锁"可能造成的严重恶果:"夜静人稀,趋便藏贼引奸引盗,何等事作不出来。"这类事一旦被发现就会遭到严惩,因此第七十七回里宝玉想偷出后角门去探望晴雯,门上的婆子就"百般不肯",她担

329

心"我还吃饭不吃饭！"他们清楚干这种事的严重性，直到宝玉"又许他些钱"，那婆子才算是愿意通融了。只要有钱，那些门上当值者还是愿意甘冒风险赚取外快。

相比之下，二门的把守要严得多，因为二门内居住的是主子以及他们身边的丫鬟。作品第三回描写林黛玉初进荣国府的过程时，实际上已提到了二门，只是没用这个词：

> 却不进正门，只进了西边角门。那轿夫抬进去，走了一射之地，将转弯时，便歇下退出去了。后面的婆子们已都下了轿，赶上前来。另换了三四个衣帽周全十七八岁的小厮上来，复抬起轿子。众婆子步下围随至一垂花门前落下。众小厮退出，众婆子上来打起轿帘，扶黛玉下轿。林黛玉扶着婆子的手，进了垂花门，两边是抄手游廊，当中是穿堂，当地放着一个紫檀架子大理石的大插屏。

上文中的"垂花门"，指的就是二门，它是内宅与外宅的分界线。从进了荣国府到走近二门，其间有相当的距离，外宅范围内是下人的活动区间，许多管理机构也设置在这里。此区域内并不是谁都可以任意走动，那些轿夫"走了一射之地，将转弯时"就得"歇下退出去"，另换"衣帽周全十七八岁的小厮"，而他们将轿子抬到垂花门后也得"退出"，由婆子陪黛玉进门。这既是一种礼仪，同时也是保护二门内安全的措施。

二门将主子居住的内宅与外界隔绝开来，府外人哪怕是至亲好友，也只能走到二门口停下，请当值者通报，得到允许后才能入内，第六回里贾蓉求见王熙凤、第十六回里贾蓉与贾蔷求

第七章 荣国府的经济制度与管理机构

见贾琏,都是先经由二门上的小厮通报,得到批准后方能入内。贾琏夫妇掌管家务,众管家经常要向他们请示汇报,但即使是大管家如林之孝家的,她也须得"至二门上传进话去"。各种事务头绪繁多,特别是第十六回中贾琏夫妇处理得疲乏了,"便传与二门上,一应不许传报,俱等明日料理"。至于管家之下的奴仆,除了在二门内服役的婆子媳妇,其他人都不得进入二门。茗烟是宝玉的亲信,在第十六回里可看到,他要找宝玉,也只能"在二门照壁前探头缩脑",第二十六回里又可看到"焙茗在二门前等着",他要见到宝玉,都得靠人通报。到了夜晚,二门当值者不再向内通报,若遇上紧急情况,则是叩响云板,这是悬于木架上两端云头状的扁形铁板,敲击它可传递信息。第十三回里写秦可卿死讯的传递,便是"只听二门上传事云板连叩四下,将凤姐惊醒"。

荣国府原先只有一个二门,大观园建造后,它的正门里也有个二门,它的功能与先有的二门相似。第二十八回里焙茗为向宝玉禀报冯紫英请客事,先是跑到原先的二门找了个婆子请求通报,那婆子很惊讶:"宝二爷如今在园子里住着,跟他的人都在园子里,你又跑了这里来带信儿!"焙茗发现自己糊涂了,便"一径往东边二门前来",这便是大观园的二门。作品中写到与大观园相关的二门时,一般都是指这扇门。第三十九回里写道,"二门上的小厮"向宝玉报告:"老太太房里的姑娘们站在二门口找二爷呢。"贾母住在二门内,她的丫鬟怎么会在二门口请求通报?原来,上文中的"二门"是指大观园的二门,即使是贾母的丫鬟,到了这里也需要请求通报。

二门是要害所在,它在贾琏夫妇的直接管理之下。第六十

331

五回里兴儿曾告诉尤二姐："我是二门上该班的人。我们共是两班,一班四个,共是八个。这八个人有几个是奶奶的心腹,有几个是爷的心腹。奶奶的心腹我们不敢惹,爷的心腹奶奶的就敢惹。"旺儿是王熙凤的心腹,第六十七回里他面对王熙凤查问贾琏偷娶尤二姐事时说:"奴才天天在二门上听差事,如何能知道二爷外头的事呢。"这回答印证了兴儿他们在二门当值的说法,而"听差事"一语,说明他们的职责不仅是看守二门,同时还要听候二门内人的使唤,在大观园二门当值的人也同样如此。在第四十回里,为了准备园内的家宴,需要从缀锦阁里搬些高几,李纨就"令婆子出去把二门上的小厮叫几个来"。第四十二回里鸳鸯给刘姥姥送行时,也是吩咐"二门上叫两个小厮来,帮着姥姥拿了东西送出去"。甚至王熙凤要惩罚下人,也是让二门当值者动手,第四十四回里她喝命平儿:"叫两个二门上的小厮来,拿绳子鞭子,把那眼睛里没主子的小蹄子打烂了!"当二门内没有使唤时,那些当值者其实也较空闲,第二十八回里焙茗在二门外等候宝玉时,就看到"门上小厮在甬路底下踢球"呢。在第三十九回里,又可看到在二门口当班的小厮们经常编造理由请假,他们不敢找王熙凤或贾琏,就去纠缠好说话的平儿。平儿为此事弄得很头疼:"你们倒好,都商议定了,一天一个告假,又不回奶奶,只和我胡缠。"

外人不得随意进入二门,而二门内的丫鬟也不得随意出门,这时可以成为中介的看门者的地位就显得重要了。王熙凤在第七十四回里提到二门内的丫鬟"或借着因由同二门上小幺儿们打牙犯嘴",她们的目的就是想处好关系,需要时就可图得便利。利用内外诸人希望通过二门交往沟通的需求,那些当值者就可借助自己的职权赚取好处,荣国府各扇门的情况都大抵

第七章 荣国府的经济制度与管理机构

如此。第六十一回里那个看门的小厮概括得很清楚:门内外许多人都有这需求,"只要我们多答应他些就有了"。有的小厮提出的条件并不高,第六十一回里看门的小厮只是要求柳家的"好歹偷些杏子出来赏我吃",如果不答应,造成的麻烦却会不小:"日后半夜三更打酒买油的,我不给你老人家开门,也不答应你,随你干叫去。"

各扇门的开关与把守涉及安全大事,荣国府对此不可谓不上心,特别是老太妃死后,贾母、王夫人等人离府随朝祭祀时,作者在第五十九回里特地写道,赖大下令"将两处厅院都关了,一应出入人等,皆走西边小角门。日落时,便命关了仪门,不放人出入",大观园"前后东西角门亦皆关锁",只有通向王夫人与薛姨妈住处的两扇门,因在内院,没有关锁。可是通往薛姨妈住处的角门却被宝钗锁上,而且"钥匙要了自己拿着"。她在第六十二回里向宝玉解释道:"这几日七事八事,竟没有我们这边的人,可知是这门关的有功效了。"由宝钗这番话可以知道,尽管门都关上了与外界隔绝,但府内却是事端不断,宝钗的锁门只是保证薛姨妈一系人不涉及在内而已。作者没具体介绍那"七事八事"的内容,但正如贾母在第七十三回里的概括,这些事十有八九是由耍钱吃酒而生发,这恰是荣国府历来的痼疾,早在第四十五回里一婆子就向黛玉坦承:"今儿又是我的头家,如今园门关了,就该上场了。"后来,夜间当值者耍钱吃酒争斗的态势超出了主子能控制的范围,借用第七十三回里探春向贾母汇报的话,是已"渐次放诞"。同时,管理更加懈怠,第七十一回里尤氏发现,尽管已过了时辰,"园中正门与各处角门仍未关"。尤氏好心代为干预,当值的两个婆子因尤氏是宁国府的人,管不了她们,便仍"只顾分菜果",甚至还说出"各家门,另家户,你有本事,排场你们那边人去。我们这边,你们还早些呢"之类的话,嫌尤氏多管闲事,气得尤氏的丫鬟大叫:"嗳呀,嗳呀,这可反了!"这件事涉及宁国府与荣国府的关系,接着又加剧了王熙凤与邢夫人的矛盾,引起了一场不小的风波。这一系列矛盾原本存在,是当值者懈怠不按时关门事件,将它们引爆激化了,而对直接引发抄检大观园事件的那只绣春囊,王熙凤就怀疑它是经由"二门上小幺儿们"而传递进大观园。各门的当值者利用职权谋利,导致管理懈怠是必然趋势,傻大姐拾到绣春囊则是偶然的,而偶然性与必然性的交叉,使荣国府掀起了惊天波浪。

(十) 家庙与南京房产管理

　　以上所列是荣国府内一些主要的管理机构,而在荣国府外,至少还有两处需要管理。首先是家庙铁槛寺,以及与荣国府关系密切的水月庵(即馒头庵)、水仙庵与地藏庵等寺庙。"铁槛寺"首现于第十二回,贾瑞死后先是"三日起经,七日发引",接着便是"寄灵于铁槛寺"。此后在第十四回、第六十三回与第六十九回里,秦可卿、贾敬、尤二姐死后灵柩都是送往铁槛寺,而第二十三回里,王熙凤明确地将铁槛寺称为"咱们家庙",而当时该寺的住持是"色空"。正由于是家庙,所以第五十八回会写到每年清明,宁国府与荣国府要"备下年例祭祀","去往铁槛寺祭柩烧纸"。曹雪芹在第十五回里对铁槛寺的来历有番介绍:"原来这铁槛寺原是宁、荣二公当日修造,现今还是有香火地亩布施,以备京中老了人口,在此便宜寄放。其中阴阳两宅

第七章　荣国府的经济制度与管理机构

俱已预备妥贴,好为送灵人口寄居。"脂砚斋在这番话后还十分感慨地批云:"大凡创业之人,无有不为子孙深谋至细。"显然,铁槛寺是宁国府与荣国府共有的家庙。铁槛寺的命名也有讲究,第六十三回里岫烟告诉宝玉,妙玉认为"古人中自汉晋五代唐宋以来皆无好诗,只有两句好,说道:'纵有千年铁门槛,终须一个土馒头。'"宝玉听了岫烟的转述,如醍醐灌顶:"怪道我们家庙说是'铁槛寺'呢。"妙玉引用的诗句出自范成大《重九日行营寿藏之地》,于是与铁槛寺对应,书中又有个馒头庵,作者在第十五回里解释道:"原来这馒头庵就是水月庵,因他庙里做的馒头好,就起了这个浑号,离铁槛寺不远。"可是脂砚斋在此处的批语却引用了范成大的那句诗,即该庵命名的真实含义与铁槛寺相仿。第七回里惜春见水月庵的住持净虚(第七十七回里住持已换为智通)一到,余信家的就赶上来与她"咕唧了半日",于是就问周瑞家的:"如今各庙月例银子是谁管着?"原来,掌管各庙月例银子的余信拖延不发,净虚等不及了上门催讨。惜春的问话还表明,水月庵每月都领取月例银子,书中未明言它是荣国府的家庙,但定期可领取香火钱,至少两者间有特殊的密切关系。第四十三回里茗烟将水仙庵称为"咱们家的香火",水月庵性质应与它相同。地藏庵也向荣国府领取月例银子,所以往来同样密切。第七十一回里可看到"袭人、宝琴、湘云三人同着地藏庵的两个姑子正说故事顽笑",而第七十七回里将蕊官与藕官带走的,正是地藏庵的住持圆心。

第七回提到"各庙月例银子",这"各庙"里是否包括铁槛寺?作者对此未做交代。当年宁、荣二公修造铁槛寺时,已经安排了"香火地亩布施",收来的地租应该能维持铁槛寺经济方面的运转。当然，为了表示施舍大方，每月再给铁槛寺发放月例银子也完全可能。尽管是自己的家庙，但荣国府并不过问铁槛寺经济运行的具体情况，尊重它的相对独立性。迎接元春省亲时，宁、荣二府曾买来二十四个小和尚、小道士，元春省亲后，荣国府议决，将这批人安置在铁槛寺，以备"娘娘出来就要承应"。为了不增加铁槛寺管理上的麻烦与经济上的开支，王熙凤委派贾芹专管此事，并拨给专款。三个月的供给就是"白花花二三百两"。这些银子当然不会全用在小和尚、小道士身上，贾芹"夜夜聚匪赌钱，养老婆小子"，也得靠这笔钱开支。

荣国府外另外需要管理的是远在南京的房子。第三十三回里宝玉挨打后，贾母对贾政赌气道："我和你太太、宝玉立刻回南京去！"此语暗示了荣国府在南京有房产，而在第四十六回里作者又两次明确写道，鸳鸯的父母"都在南京看房子，从不大上京"，贾赦则说"南京的房子还有人看着，不止一家"，因此可以将鸳鸯的父母叫来。看管房产本来就是个闲差，而且是远在千里之外的南京，更可无拘无束。第四回里薛姨妈一家进京，薛蟠提出需先派人去打扫收拾薛家在京中的房舍，因为"这十来年没人进京居住，那看守的人未免偷着租赁与人"。这种弊病连薛蟠都清楚，应该是当时的通病，荣国府在南京看房产的那几家奴仆，估计也不会放过这种谋利的机会。

以上介绍了荣国府的二十多个管理机构，它们都是作者在作品中明确提及，只不过相关信息散见于各回，须勾稽、梳理、归纳与分析，方能勾勒其面目及运转体制。书中没有提及的管理机构或许还有，但已提及的就足以使人惊叹其数量之多与分

第七章 荣国府的经济制度与管理机构

工的细致,须知荣国府的主子总共只有十多人。他们为了维持奢靡的生活与驱使奴仆的需要,设立了庞大的管理机构和与之相适应的管理制度。这套机构与制度的出现,不仅艺术地再现了大地主大贵族家庭生活的真实,而且也使全书情节的发展建立在严整结构的基础上,从而能有条不紊地展现这个封建大家庭生活的各个侧面。尽管书中有这么多人,发生了这么多事,他们都属于分条块管理的框架之中,于是情节的发展读起来就没有杂乱无章、漫无头绪的感觉。

然而,这套管理机构与制度只存在于前八十回中,而在后四十回里,除个别的如门房、厨房外,其他的管理机构都消失得无影无踪,前八十回经常出现的"分例"一词,在后四十回里仅出现过一次,那些财务、人事方面制度也不再提起,荣国府内秩序井然的现象也就跟着消失了。其原因就是后四十回为别人所续,而续书者对当时封建大贵族家庭生活的熟悉程度无法与曹雪芹相比,他续书时只顾得上故事情节与前八十回相关内容的接续,而忽视了或不知晓这些情节的发展应建立在某种经济管理结构的基础上,于是他续书时就无法在这方面顺着前八十回的交代接续而下。如果硬要写出宏大的生活规模而缺少一套严整的管理机构与制度,故事情节的进展就必然会显得松散杂乱,《红楼梦》的后四十回就是一个很好的例证。

呈现于前八十回的这套管理机构与制度,对于作者描述的故事并非可有可无的内容,而是故事本身必不可少的有机组成部分。试想,如果缺少了月钱发放制度,那么王熙凤与赵姨娘的冲突以及与李纨的矛盾,王熙凤的挪用月钱放债,王夫人提升袭人为准姨娘的举措等等,一系列故事将无法着笔;如果缺

337

少了关于门房的描述，荣国府内许多争斗或弊端的起因就无从谈起；而如果缺少了厨房，围绕它展开的好多故事都得从书中消失。排列那二十多个机构，可以发现它们在故事发展的过程中都有类似的作用，只是相对应内容的篇幅各有大小而已。而且，这套管理机构与制度使荣国府三四百个奴仆各有归宿，各有职责，人多而不乱，尽管他们之间的关系错综复杂，但作者仍可井然有序地从容着笔。

这套管理机构与制度的存在，不仅使《红楼梦》的创作结构十分完善，曹雪芹借助它，还写出了既不是主子但又有别于一般奴仆的管家阶层。这些管家自己也是没有人身自由的奴仆，但他们管理欺压下层奴仆时却也是颐指气使，同时又盗取主子钱财而自肥。缺了他们，庞大的管理机构就无法运转，主子们穷奢极侈的生活将随之难以维持，荣国府将成为杂乱无序的所在，而《红楼梦》也成不了一部伟大的现实主义杰作。更何况这些管家中的赖大等人，从社会地位、家中的资产与经营管理方式等来看，似已成为新兴资产阶级的前身。曹雪芹当然不会意识到这一点，但他忠实地勾勒出这幅生活画面，可让读者们去观察、思考和判断。

曹雪芹并没有在《红楼梦》故事中安排单独的篇章呆板生硬地介绍这套管理机构与制度，而是依据生活的原样，将它们与人物、情节有机地融成一体。每个机构或制度在书中的出现都是那么自然，而随着矛盾的发展与激化，荣国府那套较为严整的管理机构与制度已悄悄地在读者心目中树立起来，从而对荣国府生活的理解逐步趋向完整。仅就这一点，我们又一次看到了曹雪芹的精细与才智。

第八章　荣国府经济体系的崩溃

《红楼梦》中的第五十三回"宁国府除夕祭宗祠,荣国府元宵开夜宴",是作品中极为重要的篇章。虽然在第二回里冷子兴对宁国府、荣国府已给出了"外面的架子虽未甚倒,内囊却也尽上来了"的考语,但一直到这一回为止,在作者笔下荣国府的日子过得花团锦簇,空气中荡漾着欢声笑语,矛盾和争斗虽也常发生,但相比较还只能算是涌动的暗流。曹雪芹在第五十三回里描绘的荣国府元宵夜宴,又是一场热闹的聚会,大家酒也喝了,戏也看了,笑话也讲了,炮仗也放了,还撒发了许多赏钱。可是对作品中的那些人物来说,如此气氛的宴会已是最后一次。到第七十六回作者描写荣国府中秋夜宴时,那缕"呜呜咽咽,袅袅悠悠"的笛音,正与"凄凉寂寞"的宴会基调相呼应,这一回的回目是"凸碧堂品笛感凄清,凹晶馆联诗悲寂寞",也突出了凄凉的气氛。同时,作者在第五十三回前预伏的各种暗流也开始在汇成汹涌的波涛,以至于最后发生了抄检大观园这样的大事件。第五十三回是整部作品气氛由热闹开始转为肃杀的关键之回,而它受到人们重视的另一原因,则是揭示了贾府维持如此奢华生活的支撑所在,那就是作者详细描写的乌进孝缴租，而这一经济层面的事件也和贾府气氛发生转折紧密地联系在一起。

一 作者为何要写乌进孝缴租

从第十七、十八回"大观园试才题对额，荣国府归省庆元宵"（注：庚辰本此二回未分回）里的元春省亲开始，到第五十三回里的乌进孝缴租，有三十六回二十余万字的篇幅，如果仔细排列其间的时间标识与顺序，可以发现作者其实只写了一年的事。这年初，元春回府省亲，作品中的形容是"只见园中香烟缭绕，花彩缤纷，处处灯光相映，时时细乐声喧，说不尽这太平景象，富贵风流"。元春结束省亲回宫前最后一句话，则是"倘明岁天恩仍许归省，万不可如此奢华靡费了"。作者如此渲染贾府之盛华，目的之一是要衬托出日后的衰败，他早在第十三回安排秦可卿向王熙凤托梦时，就已定下了写作大纲："眼见不日又有一件非常喜事，真是烈火烹油、鲜花着锦之盛。要知道，也不过是瞬息的繁华，一时的欢乐，万不可忘了那'盛筵必散'的俗语。此时若不早为后虑，临期只恐后悔无益了。"脂砚斋在这段话旁有批语云："此回可卿梦阿凤，盖作者大有深意存焉。"早年的生活经历，决定了曹雪芹创作的情节走向，可是该如何显示由盛到衰的转折点呢？作品刚开始时，为了展开荣国府的故事，作者在第六回里借用了一个小人物刘姥姥为引子，这次他还是采用了这一手法，这次出场的小人物名叫乌进孝。

乌进孝是宁国府的庄头，他缴租的多少决定了宁国府经济

第八章　荣国府经济体系的崩溃

状况的变化,而这次他又使宁国府失望了:"今年年成实在不好。从三月下雨起,接接连连直到八月,竟没有一连晴过五日。九月里一场碗大的雹子,方近一千三百里地,连人带房并牲口粮食,打伤了上千上万的。"相比之下,荣国府受灾的情况更严重,乌进孝告诉贾珍:"爷的这地方还算好呢!我兄弟离我那里只一百多里,谁知竟大差了。他现管着那府里八处庄地,比爷这边多着几倍,今年也只这些东西,不过多二三千两银子,也是有饥荒打呢。"乌进孝缴租其实是作者一石二鸟的写作手法的表现之一,明写宁国府,同时也带上了荣国府,因而乌进孝缴租也是我们考察荣国府经济状况的重要参考样本。贾珍训斥乌进孝时说,"今年你这老货又来打擂台来了",一个"又"字表明,宁国府与荣国府的庄田至少是连续两年歉收了,在这种情况下,荣国府的经济困状已开始有所显露。乌进孝说到荣国府庄田歉收时,站在一旁的贾蓉还附和了一句:"果真那府里穷了",其依据是听说王熙凤和鸳鸯悄悄商议,"要偷出老太太的东西去当银子呢"。贾珍认为荣国府还没穷到如此地步,这肯定是王熙凤"必定是见去路太多了,实在赔的狠了,不知又要省那一项的钱,先设此法使人知道,说穷到如此了"。这段描写既写了王熙凤的心机手腕,同时也表明王熙凤确实已感受到经济困境阴影的压迫,而且它还是个伏笔。到了第七十二回,原本只是说说而已的预案竟真的要实施,贾琏急着央求鸳鸯将贾母"查不着的金银家伙"拿去典当,荣国府首次面临了资金链即将断裂的窘状。

在第二回"冷子兴演说荣国府"中,冷子兴对荣国府的评价是"外面的架子虽未甚倒,内囊却也尽上来了"。冷子兴的丈人

荣国府的经济账

周瑞在荣国府负责"管春秋两季地租子",他的丈母娘周瑞家的是王夫人的陪房,又是王熙凤的得力心腹,通过这两人的渠道,冷子兴对于荣国府的经济形势与各主子的生活状态能有真切的了解,作者让他来做评价,其言有很高的可信度。脂砚斋在这评价旁的侧批是"'甚'字好!盖已半倒矣"。由于还只是"半倒",在故事的前半部分,荣国府的奢华生活总还算是维持着,而由于已经是"半倒",这种维持就相当脆弱,作者在第五十三回描写的又一次歉收,很快就使原先处于潜伏状态的经济危机表面化了。主子们第一次明显地感到了钱不够使,在第五十五回里,曹雪芹就让荣国府的管家人王熙凤首先发现了危机的降临:"家里出去的多,进来的少。凡百大小事仍是照着老祖宗手里的规矩,却一年进的产业又不及先时。……若不趁早儿料理省俭之计,再几年就都赔尽了。"她还说,"只怕如今平空又生出一两件事来,可就了不得了。"几乎在同时,宁国府的贾珍也对荣国府的经济状况做了评论:"这几年添了许多花钱的事,一定不可免是要花的,却又不添些银子产业。这一二年倒赔了许多。"庄田连年歉收,开销却在增加,入不敷出已成定局。稍后,黛玉也感受到了危机的阴影,提出"如今若不省俭,必致后手不接"。可是宝玉对黛玉的忧虑颇不以为然,认为"凭他怎么后手不接,也短不了咱们两个人的"。这也是当时荣国府内许多人的共同态度。

从第五十三回起,又开始了新的一年,而到第七十回则又是过年时节。这次曹雪芹对于荣国府如何过年没有详写,而是用"年近岁逼,诸务猬集"一句带过,乌进孝兄弟分别向宁国府与荣国府缴租,当然也在"诸务"之内。这一年的缴租情况作者

第八章　荣国府经济体系的崩溃

没有明写,但他用了不少篇幅描写荣国府经济上的困境已然显现,而从第七十五回里王夫人所说的"这一二年旱涝不定"来看,这年庄田显然又是歉收。在第七十二回里,王熙凤与旺儿媳妇有段对话:

> 前儿老太太生日,太太急了两个月,想不出法儿来,还是我提了一句,后楼上现有些没要紧的大铜锡家伙四五箱子,拿去弄了三百银子,才把太太遮羞礼儿搪过去了。我是你们知道的,那一个金自鸣钟卖了五百六十两银子。没有半个月,大事小事倒有十来件,白填在里头。今儿外头也短住了,不知是谁的主意,搜寻上老太太了。明儿再过一年,各人搜寻到头面衣服,可就好了!

上文的第一句话有点使人疑惑,贾母过八十大寿,王夫人竟然连三百两银子的寿礼都无力筹办。这有点难以想象,须知她的月钱标准是每月二十两,年例与节例也不会是小数,她在荣国府已这么多年,私人积蓄应相当可观。在第四十二回里,王夫人一下子就送了刘姥姥一百两银子,为什么只过了两年不到的时间,三百两寿礼的筹办竟会难倒她?

在这不到两年的时间里,荣国府在经济方面最大的事件,是庄田年年都没有按数缴纳租银。对于庄田前一次歉收,作者在第五十三回里从正面做了明确交代,当时贾珍看了租单就直皱眉头:"这够作什么的!"这句话讲得直白些,那就是这些收入无法应对庞大的开销。作者在这一回里主要写宁国府的收成,同时又将荣国府做对应比照,那"谁知竟大差了"六个字,表明

343

荣国府的经济账

荣国府这年的收入还及不上宁国府。庄田下一年的缴租仍然使主子们十分沮丧,作者对此虽未做正面描写,但他在第七十五回的侧面描写,让读者知道那年的收成更为糟糕,因为接连歉收效应的叠加,使经济危机甚至在贾母的饭桌上也显示出来了。贾母喜欢自己吃完饭后,又拉别人来接着吃,而且历来都是让人享用特供给自己的胭脂米饭。可是这一次,她看到"伺候添饭的人手内捧着一碗下人的米饭"给尤氏。贾母大为惊讶,当即斥责道:"你怎么昏了,盛这个饭来给你奶奶。"此时王夫人在旁解释道:"这一二年旱涝不定,田上的米都不能按数交的。这几样细米更艰难了,所以都可着吃的多少关去,生恐一时短了,买的不顺口。"王夫人能做出这样的解释,表明她对荣国府经济形势的日益恶化已了然于心,结合这一因素做考量,可以明白王夫人筹办给贾母寿礼时的考虑。此时其私囊没有也不可能罄尽,但面对日益恶化的经济状况,她已不愿动用自己私人的积蓄,这钱得留着以备日后不虞之需。王夫人最后采纳了王熙凤的建议,将库房里一时用不着的四五箱子大铜锡家伙,拿去典当了三百银子筹办寿礼。王夫人当然明白,这样做的实质,是将"官中的"财物转入了自己的私囊,而连王夫人也开始这样操作,就更显示了经济危机对荣国府正常生活影响的严重性。上文中王熙凤又自称将自己的金自鸣钟卖了五百六十两银子,全都用于公事。此事不像是虚构,作为管家人,她会有些救一时之急的举措。不过王熙凤经常利用职权化公为私,怎肯反过来做"白填在里头"的傻事,她大权在握,总有办法补偿自己。王熙凤宣扬此事,既是为自己博取好名声,同时也是想让大家知道荣国府资金周转的滞涩。至于上文中描写王熙

第八章　荣国府经济体系的崩溃

凤甚至还去想象"各人搜寻到头面衣服"以维持生计的情景,这是作者在突出经济危机对荣国府正常生活威胁的迫近,在奢华生活尚能勉力维持之时,怎么可能会有人去做这样的想象。

同样是在第七十二回里,作者描写了贾琏央求鸳鸯偷贾母的东西去典当的情节:

> 这两日因老太太的千秋,所有的几千两银子都使了。几处房租地税通在九月才得,这会子竟接不上。明儿又要送南安府里的礼,又要预备娘娘的重阳节礼,还有几家红白大礼,至少还得三二千两银子用,一时难去支借。俗语说,"求人不如求己"。说不得,姐姐担个不是,暂且把老太太查不着的金银家伙偷着搬运出一箱子来,暂押千数两银子支腾过去。不上半年的光景,银子来了,我就赎了交还,断不能叫姐姐落不是。

第七十二回里接连写了三件事:先是为帮王夫人筹办寿礼,将四五箱子"没要紧的大铜锡家伙"当了三百两银子,接着是王熙凤将金自鸣钟卖了五百六十两银子,如今贾琏又央求鸳鸯将贾母"查不着的金银家伙偷着搬运出一箱子来"去当银子。靠典当甚至是出售物品方能维持资金的周转,这可是荣国府近百年经济史上破天荒的事。而且这一部分的预算用完是在八月,一年的光景仅仅只度过了三分之二。这三件事都还是在描写贾琏与王熙凤所掌管的那部分流动资金的严重短缺,未涉及其他管理机构的预算执行情况,可是仍在第七十二回里,总管房的大管家林之孝向贾琏汇报说"家道艰难",并提出了裁减人员以节约开支的建议,这意味着入不敷出已成为荣国府全局性的大问题。若从经济角度着眼,第七十二回是《红楼梦》中极为重要的篇章,该回的描写证实,自第五十三回乌进孝缴租以降,荣国府的经济体系已进入了快速下滑通道。此时将第五十三回里贾蓉那句话移到这里倒十分贴切:"果真那府里穷了。"

宁国府的经济情况与荣国府一样不妙。曹雪芹曾花了不少篇幅描写宁国府的两次葬礼,其创作意图就是要让读者阅读后自做比较,以体会作者的言外之意。第一次葬礼是在乌进孝缴租之前的第十三回"秦可卿死封龙禁尉,王熙凤协理宁国府"以及随后的第十四回,当时贾珍托王熙凤主持秦可卿丧事的料理,他将宁国府支取银两的对牌交与王熙凤,并说:"妹妹爱怎样就怎样,要什么只管拿这个取去,也不必问我。只求别存心替我省钱,只要好看为上。"贾珍的话说得很明白:钱不是问题,怎么花都可以,丧事办得风光才是第一要则,因为这体现了宁国府的体面与尊严。基于这个原则,他愿出一千两银子买"万年不坏"的樯木棺材板,为了"丧礼上风光些",他又拿出一千二百两银替贾蓉捐了个"龙禁尉"的官职。此时的贾珍财大气粗,能够连续干出一掷千金的豪举。出殡那天更是显示气派的时候,"各色执事、陈设、百耍"无不齐备,送葬的队伍竟是"浩浩荡荡,一带摆出三四里远来"。

曹雪芹描写的宁国府第二次葬礼,是在乌进孝缴租后不久的第六十四回。那时贾敬死了,他是前任的宁国公,他的葬礼须得比自己的孙媳妇秦可卿更气派壮观才对。可是在筹办过程中,宁国府连必要的各项开支"竟不能发给",得靠暂支挪借才能勉强应付:

第八章　荣国府经济体系的崩溃

　　小管家俞禄来回贾珍道："前者所用棚杠孝布并请杠人青衣，共使银一千一百十两，除给银五百两外，仍欠六百零十两。昨日两处买卖人俱来催讨，小的特来讨爷的示下。"贾珍道："你且向库上领去就是了，这又何必来回我。"俞禄道："昨日已曾上库上去领，但只是老爷宾天以后，各处支领甚多，所剩还要预备百日道场及庙中用度，此时竟不能发给。所以小的今日特来回爷，或者爷内库里暂且发给，或者挪借何项，吩咐了小的好办。"

上文中银库"竟不能发给"，俞禄建议"或者爷内库里暂且发给"，这表明宁国府"官中的钱"已近枯竭，而贾珍的"内库"，即他的私人积蓄依旧充盈，故而他仍受挥霍的惯性支配，听说是银子的事也不放在心上，笑着吩咐说，"你无论那里借了给他罢"，而俞禄也"笑"着答道："若说一二百，小的还可以挪借；这五六百，小的一时那里办得来。"当年为了那个"龙禁尉"的虚衔，贾珍毫不犹豫地付出一千二百两银，可是如今连支付五六百两银子都会发生困难，这样捉襟见肘的窘迫，豪门世家还从未遇到过。贾敬的丧事如何筹办，其出殡状况又是如何，对于这些曹雪芹都未作描写，只是在第六十五回以"贾珍在铁槛寺作完佛事"一语简单带过。不过俞禄与贾珍围绕如何支付"棚杠孝布并请杠人青衣"的商谈，足以使读者感到，无论是规模还是气派，都已无法与先前秦可卿的丧事比肩，办理贾敬丧事时的东挪西借式的支付，明显地暴露出宁国府经济实力的急剧下降。贾敬丧事筹办的艰难是在第六十四回，贾琏夫妇靠借当维持资金周转发生在第七十二回,即宁国府与荣国府几乎在同时面临资金短缺的难题,若追溯其原因,就必然要注意到第五十三回里关于缴租的描写。宁国府与荣国府经济实力下降并非一次造成的。贾珍在收租时责备乌进孝:"我才看那单子上,今年你这老货又来打擂台来了。"此话中那个"又"字,透露的信息是上一次也是个歉收年。前面已分析过,第七十回里未明写的那次缴租,仍然还是个歉收年。接连三年的入不敷出,使宁国府与荣国府经济的衰退开始全面显现,而府内诸种矛盾也趋于激化,抄检大观园的高潮也正是发生于此时。

连年的歉收使荣国府陷入了更深的危机,又因此加剧了荣国府内围绕财产权力再分配的斗争。从第十七回、第十八回元春省亲到第五十三回进孝缴租之间,荣国府生活中掀起过两次大波澜。一次是第二十五回里,赵姨娘买通了马道婆作法暗害宝玉与王熙凤,整得他们"不省人事","亦发连气都将没了",如果计谋得逞,那就会如赵姨娘所说,"明日这家私不怕不是我环儿的"。另一次是第三十三回里贾环进谗言,致使贾政将宝玉打得半死,如果贾政真的将宝玉"一发勒死了",那贾环就成了当然继承人。两次都是赵姨娘、贾环母子为图谋家产和荣国府的政治权益加害于宝玉,但他们都是在暗中使坏,用心的险恶没有公开暴露,因此就整个家族而言,至少在表面上仍是洋溢着天伦慈孝、其乐融融的气氛。可第五十三回以后,矛盾逐渐公开化,气氛日趋紧张。在第七十五回里,曹雪芹让探春说破了一团和气所裹着的残酷真相:"咱们倒是一家子亲骨肉呢,一个个不象乌眼鸡,恨不得你吃了我,我吃了你!"作者让探春说出这句重话很合乎情理,因为她曾代理治家,还尝试过"兴利除

第八章　荣国府经济体系的崩溃

宿弊"的改革,在这过程中她看清了众人即使为蝇头小利也要拼死相争的现实,她心中原有的理想全被粉碎,所以出语才如此悲愤。围绕赵姨娘与王夫人、王熙凤实力不相称的争斗,以及邢、王二夫人之间的暗中角力,主子、管家、奴仆纵横交错地结党营私,争权夺利,最后那些纠集在一起的各种矛盾来了次总爆发,那就是抄检大观园。在朦胧地感到破产的阴影逼近时,一些主子首先考虑的是如何充实各自的私囊,管家们则不择手段地揩油自肥,温情脉脉的面纱早就被此起彼伏的纷争撕烂。贾琏央求鸳鸯将贾母"查不着的金银家伙"偷出来去借当,以渡过资金周转不灵的危机,他要王熙凤从中相助,王熙凤却乘机要抽成,"拿一二百银子",贾琏闻言惊呼:"你们太也狠了!"邢夫人得知借当事后也找上贾琏,既然"连老太太的东西你都有神通弄出来",那就得给我二百两,这些人还是夫妻、母子哩。因经济恶化而加剧的争斗,反过来又加深了经济危机,曹雪芹的八十回虽没来得及写到"食尽鸟投林"的结局,但无论读者还是书中的人物,都已程度不同地感觉到这一不可逆转的趋势了。

乌进孝本是游离在贾府人物系统外的角色,他在第五十三回缴了次租后也再没现身,可是他短暂的出现却给贾府的生活带来了极大的影响。资金的缺乏使贾府经济体系的运转顿时变得迟滞,故障不时冒头,人物关系相应地趋于紧张并日益表面化。乌进孝是个小人物,他在作品中却承担了使宁国府与荣国府生活发生重大转折的作用。如果说贾母领着刘姥姥游大观园是集中渲染了荣国府的富有与奢华,那么乌进孝的出场则是预示着繁华之后的败落。仅就这两个小人物的设计与安排,我们也可体会到曹雪芹创作的精心,领略到他的艺术匠心。历来的红学家都没忽略刘姥姥与乌进孝,不过在较长的一段时间内,这两人的受重视是和阶级斗争这个纲联系在一起。如论及刘姥姥,评论家都常引她说荣国府吃一次螃蟹"够我们庄家人过一年了"那句话,从中看到了农民与地主贵族生活的悬殊,对乌进孝缴租一节自然就更重视,因为它揭示了贾府的奢华生活是建筑在剥削农民的基础上(其实曹雪芹本人并没意识到这点,他在第一回里还将迫不得已而"抢田夺地"的农民斥为"鼠盗蜂起")。这些议论毫无疑问是正确的,可是议论分析的要点往往也仅止于此。其实,作品所明写的乌进孝缴租以及所开列的那张租单,蕴藏了丰富的内容,提取并分析其中的信息,对把握贾府经济体系运行及趋势,以及分析贾府为何不可避免地走向衰亡,都有着很高的价值。

二 那张租单告诉了我们什么?

在《红楼梦》的前八十回里,读者经常可看到一些经济数据,作者在不少场合还有意地提供了些准确数据。这些数据可互做印证与比照,而将它们做系统地梳理与分析,还可以感性地了解到荣国府由盛而衰的演变趋势。如刘姥姥二进荣国府时,王夫人一下子就送了一百两银子,何其慷慨,可是后来因连年歉收影响,贾母八十大寿时她靠当家什才凑满三百两银以作寿礼。换了其他手法,恐怕未必能如此简洁明了地显示出荣国府经济状况的恶化。一般说来,书中的经济数据都能起到各自

第八章　荣国府经济体系的崩溃

的作用,作者的处理也十分慎重。如他说王熙凤挪用二门内众人的月钱放债,总数约三百两,而按各人的月钱等级,各主子用人数的定例计算,二门内众人月钱总数正合此数,作者并没有随心所欲地乱填数字。这种慎重同样表现在经济数字的精确或忽略上。在第二十四回"醉金刚轻财尚义侠,痴女儿遗帕惹相思"里,倪二将银子借给贾芸时说数量是"十五两三钱有零",而且声明"不要利钱的",心存疑虑的贾芸拿到钱铺里复称,结果是"十五两三钱四分二厘",证明倪二所言不虚。作者写上如此精确的数字,既是在特定环境下对细节真实的刻意追求,同时也是要以一个街头泼皮的诚信相助,与贾芸舅舅卜世仁拒伸援手的行径做对比。可是在第五十三回里写到贾蓉去光禄寺领取"宁国公贾演、荣国公贾源恩赐永远春祭赏"时,作者就小心地略去了数目,而代之以"净折银若干两",与本书开端处声明的"无朝代年纪可考"相呼应。书中的经济数据大多都令人信服,且相互联络依傍。撰写一部文学巨著时能一丝不乱地处理上千个经济数据,是因为作者曹雪芹亲身经历过一个封建大家族由盛而衰的历程,并对其经济体系的运转及其日趋崩溃的运动状态十分熟悉,并有过认真的反思。《红楼梦》是一部文学作品,书中经济数据的提及完全服从情节发展的需要,若按经济学逻辑考察,其出现次序有点凌乱,但它们的全体犹如针灸穴位般显示着人体的经脉网络。这深层的结构体系,是全书各种错综复杂的矛盾冲突的发展依据,而收租则是其中最重要的组成部分,作者对此自然要不惜笔墨地详写,并在第五十三回里开列出那张十分具体的租单:

大鹿三十只，獐子五十只，狍子五十只，暹猪二十个，汤猪二十个，龙猪二十个，野猪二十个，家腊猪二十个，野羊二十个，青羊二十个，家汤羊二十个，家风羊二十个，鲟鳇鱼二个，各色杂鱼二百斤，活鸡、鸭、鹅各二百只，风鸡、鸭、鹅二百只，野鸡、兔子各二百对，熊掌二十对，鹿筋二十斤，海参五十斤，鹿舌五十条，牛舌五十条，蛏干二十斤，榛、松、桃、杏穰各二口袋，大对虾五十对，干虾二百斤，银霜炭上等选用一千斤、中等二千斤，柴炭三万斤，御田胭脂米二石，碧糯五十斛，白糯五十斛，粉粳五十斛，杂色粱谷各五十斛，下用常米一千石，各色干菜一车，外卖粱谷、牲口各项之银共折银二千五百两。外门下孝敬哥儿姐儿顽意：活鹿两对，活白兔四对，黑兔四对，活锦鸡两对，西洋鸭两对。

像这样品种与数量都一丝不苟地开列得清清楚楚的租单，在古典小说中极为罕见，至于它能起到的作用则更是独一无二的。作品中有不少细节描写，在那张租单里有了出处交代。如第二十六回里，宝玉顺着沁芳溪观赏金鱼时，"只见那边山坡上两只小鹿箭也似的跑来"，第五十一回里，麝月深夜跑到屋外，误以为山子石后头的黑影是一个人蹲着，后来才发现"原来是那个大锦鸡，见了人一飞，飞到亮处来"。联系租单里的"活鹿两对"、"活锦鸡两对"，就可以明白大观园里散养的鹿与锦鸡的来历。又如第五十一回里讨论为众姐妹在大观园单设厨房时，王熙凤说："新鲜菜蔬是有分例的，在总管房里支去，或要钱，或要东西；那些野鸡、獐、狍各样野味，分些给他们就是了。"第六十一回里，柳五家的又说到大观园厨房每日要消费"两只鸡，两只

第八章 荣国府经济体系的崩溃

鸭子,十来斤肉"。寻常的鸡、鸭、肉自不必言,那些野味也是庄田送来的,对照租单就可以清楚地看到,野鸡送来了二百对,獐子与狍子各送来了五十只,而第四十九回里芦雪庵诗社活动时出现的那块"新鲜鹿肉",其来历也是如此,租单上第一项,便是"大鹿三十只"。这类联系在作者不经意的描写中也常可遇见,如第六十二回里黛玉说"酒底"前有"又拈了一个榛穰"的细节,同回中柳家的给芳官送去了"奶油松瓤卷酥",这榛穰、松瓤,原来都来自庄田的缴租,租单上就有"榛、松、桃、杏穰各二口袋"的开列。至于作品中经常提及的荣国府里烧的炭、每顿饭所消耗的米,包括贾母专用的胭脂米等等,谁都知道这些都是产自于庄田。

根据上面的联系对照,可以知道贾府日常消费中的相当多的物品都由庄田生产,伙食消费则基本上都由庄田供给,只有不宜长时间储藏的新鲜蔬菜、鸡蛋等是例外。由于庄田离京城太远,乌进孝缴租到宁国府,就"走了一个月零两日",他当然不会将不宜储藏的物品送来。于是新鲜蔬菜就得每日现头,大观园厨房负责约四十人的用膳,它每日购买蔬菜的开销是一吊钱。鸡蛋的情况与新鲜蔬菜稍有不同,租单上有"活鸡、鸭、鹅各二百只",因此府内的需求有相当一部分可由自产满足,短缺时才派人外出购买。第六十一回里有荣国府购买鸡蛋的叙述,那是要"给亲戚家送粥米",一下子需要二千个鸡蛋,所以才派了"四五个买办出去"采购,不过这是较特殊的案例。乌进孝缴来的租子物品名目繁多,数量又相当巨大,在很大程度上支撑了贾府的日常消费,于是有些学者据此得出这样的结论:贾府的收租形式以实物地租为主,同时也收货币地租,因为租单中

353

有"外卖粱谷、牲口各项之银共折银二千五百两"之语。贾府收租以实物地租为主的看法似已成被普遍认同的观点,可是若以此核算,再综合曹雪芹在书中透露的各种经济数据,很快就可以发现此种收租方式与作品中的各种描写严重不符,按照这样的收租方式,荣国府奢华的生活根本无法维持。

第五十三回里,乌进孝向贾珍报告说,他兄弟管着荣国府的庄田,"今年也只这些东西,不过多二三千两银子",因此我们可以参考乌进孝呈上的租单讨论荣国府的收入状况。首先需要关注的是租单中所开列的粮食数量:"御田胭脂米二石,碧糯五十斛,白糯五十斛,粉粳五十斛,杂色粱谷各五十斛,下用常米一千石。"按照清代康熙、乾隆年间法定的"仓斛"计量标准,是一石合120斤,一斛合60斤,乌进孝缴来的"下用常米"是12万斤,而以"斛"为单位的粮食共1万5千斤,以上各类粮食总计13万5千斤。此外,又有"御田胭脂米二石",即240斤,在荣国府这仅特供给贾母食用,它就是第七十五回里所说的"红稻米"。贾母吃饭时喜欢邀人一同享用,那次她看到尤氏吃的只是"白粳米饭",便责问下人发昏,怎么"盛这个饭来给你奶奶"。听了王夫人的解释后她才知道,这两年"田上的米都不能按数交的",至于"红稻米"之类细粮就"更艰难了",庄田交来的胭脂米只能供她一人独享了。

贾府一年要收两次租,在第六回"刘姥姥一进荣国府"里,周瑞家的向刘姥姥介绍自己丈夫的岗位职责时曾说:"我们男的只管春秋两季地租子"。在第七十二回里,贾琏因他掌管的流动资金告竭,便央求鸳鸯偷出贾母用不着的金银家什去当些银子救急,这时他曾说"几处房租地税通在九月才得"。这些描

第八章　荣国府经济体系的崩溃

写透露的事实是,贾府正月到九月的开销靠秋租,其余三个月则由春租供给,两者数量约为三比一。按此比例推算,庄田春租缴来粮食约为4万5千斤,全年共计18万斤。荣国府全府主子、管家与奴仆共计约四百人,府内实行的是供给制,若平均计,则每人每天可分配到的粮食为旧制的一斤四两。当然,府内的女性主子们如王夫人、王熙凤以及平儿、袭人等人,还有那些丫鬟们都吃不了多少,更不必说像林黛玉这样的小姐了。在第四十回"史太君两宴大观园,金鸳鸯三宣牙牌令"里,农村来的刘姥姥看到荣国府里的女性吃饭不由得大吃一惊:"我看你们这些人都只吃这一点儿就完了,亏你们也不饿。怪只道风儿都吹的倒。"不过,荣国府里那些男性奴仆的食量要大得多,干粗活的丫鬟以及"抬轿子、撑船、拉冰床"的婆子食量也不会小。为了表示宽柔待下,贾府发放月米的定例超出了各人的实际消耗,藕官等人就曾埋怨那些干娘:"只算我们的米菜,不知赚了多少家去,合家子吃不了。"以上粗略的估算,不但证实了庄田所缴的租米确可供荣国府一年的消耗,同时也表明了曹雪芹对租单上数字的慎重,他并非随意写上,而是以自己的生活经验为依据。

围绕着乌进孝的缴租,作者的描写透露了许多有关贾府经济状况的材料。譬如说,在看了乌进孝的租单后,贾珍生气地说了一番话:

> 我算定了你至少也有五千两银子来,这够作什么的!如今你们一共只剩了八九个庄子,今年倒有两处报了旱涝,你们又打擂台,真真是又教别过年了。

上面这段话中"只剩了"三字,又一次让读者注意到贾府的庄田数量在减少中,这不仅是宁国府的状况,荣国府也同样如此,所以贾珍后来又说道:"(荣国府)这几年添了许多花钱的事,一定不可免是要花的,却又不添些银子产业。"第五十五回里,王熙凤更明确地提到荣国府庄田的减少:"凡百大小事仍是照着老祖宗手里的规矩,却一年进的产业又不及先时。"宁国府与荣国府都是皇亲国戚,他们当然不会去出售土地,否则"祖宗颜面何在?"导致土地减少的重要原因是分房制度,当儿子成年后,除长子继承产业外,其他人就分给房产独自过活。按照封建礼法,自唐代始,有宗祧继承与财产继承两种。宗祧继承指祭祀权力的继承,它关系到爵位的继承,财产继承的基本原则是"诸子均分"。很显然,每次分房都会导致财产的分散。《红楼梦》中也有关于分房的描写,在第四回"护官符"中"贾不假,白玉为堂金作马"一语旁,脂砚斋批道:"宁国、荣国二公之后,共二十房分,除宁、荣亲派八房在都外,现原籍住者十二房。"这里是指宁国公与荣国公之后的分房,后来各房中每一代都会有分房,书中在第九回里写道:贾蔷是宁国府中之正派玄孙,他十六岁时,贾珍就"分与房舍,命贾蔷搬出宁府,自去立门户过活去了"。要保证贾蔷的生计,与房舍一起分过去的还应该有土地。另一个例子是贾芸,从第二十四回的描写可以知道,至迟在他父亲成年时就已独立过活了,而他父亲去世时,家中"还是有一亩地两间房子",当年贾芸的父亲分房独立时,所得数量似还应更多些,那些土地也应该是从庄田划分给他的。综合书中的信息,不在宁国府与荣国府居住的贾家子孙,"文"字辈的有贾效与贾

第八章　荣国府经济体系的崩溃

敦,"玉"字辈的有贾琮、贾璜、贾珩、贾珖、贾琛、贾琼、贾璘与贾璨,"草"字辈的有贾蔷、贾菖、贾菱、贾芸、贾芹、贾蓁、贾萍、贾藻、贾蘅、贾芬、贾芳、贾菌与贾芝,这些人都已分户独立过活。自宁国公贾演与荣国公贾源起算,经历了百年后,到"草"字辈已是五代,而经过一次次分家,宁国府与荣国府的土地自然就逐次减少,王熙凤所说的"一年进的产业又不及先时",就是指多次分家后的结果。不过尽管是在不断减少,宁国府与荣国府现有的数量仍然十分惊人。在第五十三回里,贾珍提到了大概的数量,是"一共只剩了八九个庄子"。乌进孝又提到他的兄弟"现管着那府里八处庄地,比爷这边多着几倍",即荣国府的庄田要大得多。这些庄田自然是各有大小,为了讨论方便,我们不妨以作者挑出的典型,即乌进孝管理的庄田作为标准,继续对荣国府的经济状况做进一步的分析。

宁国府或荣国府一年从一个庄田所收的租米各约为18万斤,正好够它们一年的粮食消耗,那么另外七八个庄田是否也像乌进孝那样缴这么多粮食来呢?如果按照贾府收取实物地租的判定,其他庄田也应如此缴纳粮食,那么宁国府或荣国府都将各收进粮食共约144万斤,它们一年的消费只是各约18万斤,这意味着那120余万斤的粮食就成了当年不可能消耗的剩余物资,该如何储存它们立刻就会成为使人头疼的大问题,更何况这并非一次性的现象,而是年复一年地不断重复的过程,需要储存的粮食每年都将增加120余万斤,储存的问题将变得越发严重。所有庄田若都如乌进孝那样缴租,出问题的还不只是粮食,即使仅算秋租,八九个庄田将送来二千余头猪、羊、狍子等牲畜(包括已宰杀的),还有近万只家野禽(包括风腊的)以及几十万斤炭都将像潮水般地涌至,再加上春租,数量将更为巨大。若仅算一年的收租,宁国府与荣国府就已根本无法安置,如果这种状况持续个几年,那简直就是场灾难!这时,大观园就再也不像众人所吟咏的那样是"仙境别红尘"或"秀水明山抱复回"了,放眼望去,尽是些猪、羊或鸡、鸭、鹅或野鸡、野兔之类,它将成为规模超级宏大的畜牧场或饲养场,那些公子小姐们又怎能厕身其间吟诗作画?那么,是不是贾府一面收进这些实物,一面就在京城发卖呢?答案是也不可能。在作品里可以看到,就连皇商家出身的宝钗对"流入市俗"都颇为忌讳,探春也说,"出脱生发银子,自然小器,不是咱们这样人家的事",她们兴利除宿弊时,还注意"拿学问提着",以保证不跌入俗流。贾府是皇亲国戚,又是武荫世家,它怎肯开店做生意,与市井商人混为一体,朝廷也不会允许这种丢失体面的事发生。而且,京城是皇亲国戚、达官贵人的集中之地,他们也都有庄田要收租,若也是收取实物地租,就同样面临令人头疼的储存问题,如果大家都在京城开店发卖,那么不仅是没有销路,而且朝廷的神圣与威势也将荡然无存了。

如果贾府的收租形式以实物地租为主,同时也收货币地租,那么它还将面临第二个难题,即现金太少。第五十三回里乌进孝缴来了二千五百两银子,而宁国府为过年仅仅熔倾金锞子就用去金子"一百五十三两六钱七分",约折银一千五百两,此外,熔倾银锞子的费用又是一笔开支,书中未提具体数量,但它决不会是个小数字。也就是说,乌进孝送来的这点银子还不够熔倾金银锞子的花销。过年时需要用钱的地方很多,至少贾珍还得对付"年例送人请人",难怪他看了租单要发急说:"真真

第八章　荣国府经济体系的崩溃

是又教别过年了。"如果其他七八个庄田也按这样的模式缴租，那么它们大约共可缴二万两银子，按三比一的方式算上春租所缴，总数是二万六千余两。前面已经算过，大观园内约40人，每日分例中有"一吊钱的菜蔬"。全府400人应是十吊钱，约折银10两，全年则耗银3600两。其次是月钱，二门内每月是三百两，由于管理机构大多在二门外，大小管家甚多，而且"主子有一全份，他们就得半份"，再加上众多的奴仆，月钱总数至少得翻倍，这样全府一年就得支出万余两。仅这两项开支，缴来的二万六千余两银子已用去一大半。若再加上全府各人按"分例"领取的衣履以及从主子到丫鬟首饰的发放，庄田交来的银子估计已是不够支付了。这里还没算上荣国府其他的日常开销，其中王公贵戚间的人情往来就不是小数字。作者在第七十二回里写道，仅重阳节前后的几天，几笔开支就相当可观："明儿又要送南安府里的礼，又要预备娘娘的重阳节礼，还有几家红白大礼，至少还得三二千两银子用，一时难去支借。"通过粗略的计算就能明白，如果各庄田真的按上述方法缴租，宁国府与荣国府的日子就没法过了。

　　实物过多无法储存，同时银两短缺不够过日子，有一个办法可将这两个难题同时解决，那就是让庄田就地将粮谷牲口等物出售，即实物变成银子后再缴纳，贾府实际上正是这样干的。指定某个庄田（如宁国府的黑山村），它的地租分成两部分缴纳，一部分是按贾府的日常需要缴纳实物，另一部分是将实物就地出售后缴纳银子，而其他的庄园则基本上都不再缴纳实物而是送银两入府，这也就是庄田在作品中被称为"银子产业"的缘故。刘姥姥一进荣国府时，赶去南方的周端显然是去督办

359

庄田缴纳银两的事务，而当收大于支时，贾府甚至不把收到的银子全都解往京城，如在江南甄家就存了五万两，以供日后购物之用。在第十六回里我们就看到，当贾蔷要去江南采办讨论如何动用银子时，赖大就说："不用从京里带下去，江南甄家还收着我们五万银子。明日写一封书信会票我们带去，先支三万"。由以上分析不难看出，贾府地租的主要形态是，而且只能是货币地租，他们同时也收实物地租以满足日常的需要，但这部分地租在价值上只占了极小的比例。

三　荣国府经济危机的根源

在封建社会里，地租相继经历了劳役地租、实物地租与货币地租三种形态，它们都是地主凭借土地所有权，占有农民的剩余劳动。劳役地租是封建社会初期最简单的地租形式，地主的土地由自营地和份地两部分组成，份地交给农民耕种，土地产出归其所有，但农民同时必须去地主的自营地服役劳作，所有产品全部归地主所有。劳役地租后来逐步演变为实物地租，它是指地主把土地租给农民，农民按照规定的比例或租额向地主缴纳产品，缴纳比例甚至有高达八成者。到了封建社会末期，随着商品经济的发展，地主需要大量货币购买各种商品以满足其需求，于是货币地租逐渐代替了实物地租，即农民将收获的农产品出售后，以货币缴纳地租。货币地租的出现，使封建的自然经济日益卷入商品货币经济，它是促使封建制度瓦解的重要因素之一。

第八章　荣国府经济体系的崩溃

曹雪芹笔下的宁国府与荣国府,正是生活在封建社会晚期的大家族,它们之所以征收货币地租,是因为生活在商品交换相当发达的社会里,货币需求的压力相当大。回想一下王熙凤管家的事务,批条子、发对牌是其中极为重要的内容,讲白了就是支钱派人买东西。贾府需要向外购买的东西实在是太多了,如前面提到的新鲜蔬菜,就是每日非买不可;新鲜的水果也得外买,第十一回里王熙凤说宝玉等人吃桃子,贾母看了嘴馋,居然"吃了有大半个",但老人家毕竟肠胃不适,结果"五更天的时候就一连起来了两次"。大观园里举办诗社,每次都有水果的摆放,家庭宴会上也少不了此物,估计这也是每日须向外购买的货物。此外,姑娘们的头油脂粉、装饰轿子的络子、珠儿线、糊裱书房的纸料以及过节用的香料等各类用品几乎都得外买,预备元春省亲时光置办花烛彩灯并各色帘栊帐幔就用银二万两。书中直接间接地提到了菜市、庙会、面店、木店、钱铺、药铺、参行、书坊等许多店铺,甚至荣国府后门就形成了个小小的集市,"歇着些生意担子,也有卖吃的,也有卖顽耍物件的"。第二十七回里探春喜欢的"柳枝儿编的小篮子,整竹子根抠的香盒儿,泥堆的风炉儿",就是宝玉"城里城外、大廊小庙的逛"时买来的,他还看到许多"那些金玉铜磁没处摆的古董,再就是绸缎吃食衣服了"。第二十三回里,茗烟为引宝玉开心,"便走去到书坊内,把那古今小说并那飞燕、合德、武则天、杨贵妃的外传与那传奇角本买了许多来",宝玉果然"一看见了便如得了珍宝",他还将那套《会真记》带到大观园中与黛玉同观,这段情节常为读者们津津乐道。

无论是物质上还是精神上的需求,荣国府生活的正常运转已离不开商品经济,以至于它还设立了专门应付这种局面的管理机构,即银库与买办房。在第六十一回里,因"给亲戚家送粥米"需要鸡蛋,买办房就一下子派出了"四五个买办"。设立了专门机构,还有这么多买办,足以见证贾府日常生活对商品经济的依赖性有多大。《红楼梦》描写的荣国府生活于其间的社会不仅商品交换发达,而且还出现了资本主义萌芽,最典型的便是劳动力的买卖。第六回写刘姥姥一进荣国府,她在周瑞家里见到的那位"雇的小丫头",就只出卖自己的劳动力,书中也常写到雇驴、雇轿、雇车等事。王熙凤派人支付的裁缝、绣匠等的工价,也是劳动力买卖的证明,而贾府雇工最突出的表现,莫过于雇花儿匠来大观园种树。在第二十五回里,小红曾看到"远远一簇人在那里掘土",那是花儿匠方椿带来的雇工在种树,方椿看来像是个行会师傅。贾芸领的二百两银中,除买树的五十两外,还得花费一部分用以支付这些人在大观园干活的工钱。在第五十六回里,探春声称她的兴利除宿弊要达到四个目的,其中第四条便是"可以省了这些花儿匠山子匠打扫人等的工费",这对荣国府来说也是不小的开支。同时,园中的姑娘们及身边丫鬟所需的头油、胭粉、香、纸,以及园中各处笤帚、撮簸、掸子并大小禽鸟、鹿、兔吃的粮食,从此也"不用帐房去领钱"外买。探春实施的只是些省俭之计,当然不可能改变社会上商品交换与劳动力买卖发展的大趋势,更何况探春实施的改革计划中,也有参与到社会上商品交换的内容。受到"如今香料铺并大市大庙卖的各处香料香草儿"的启发,蘅芜苑一带的产出都将出售到那儿去,而怡红院春夏天一季玫瑰花,"还有一带篱笆上蔷薇、月季、宝相、金银藤,单这没要紧的草花干了,卖到茶叶

第八章 荣国府经济体系的崩溃

铺药铺去,也值几个钱"。以上罗列的现象表明,商品经济对于贾府来说已是须臾不可或缺了。正是这一事实,迫使贾府不得不采用以货币地租为主的收租方式,只是作品中只写了提供实物的庄田,而且那张租单上供消费的实物开列得琳琅满目,以致人们误以为贾府的地租形态是以实物地租为主。其实,那些实物尽管名目繁多,但其价值在缴来地租的总量中只占很小的比例,贾府收取的主要还是货币。

贾珍感叹"一共只剩了八九个庄子",他是在同往昔的繁盛做对比,然而就在远不如昔的这时,宁国府占有土地的绝对数仍然十分可观。庄田主要的产出是食,若估得保守点,外卖粮谷、牲口所得的二千五百两银中的60%是卖粮所得,并按康熙时常年每石九钱的米价计算,黑山村卖粮数约为1700石,连同缴租的1152石,共约2800余石。如果再加上生产者口粮、种子粮、饲料粮、庄头的侵吞以及上缴国家的钱粮,总产量大约可接近五千石。《红楼梦》创作于清代乾隆时期,作者对家族生活的回忆可追溯到康熙、雍正朝,因此粮价、产量等均可与那个时代做比照。据顾炎武《日知录》记载,清初江南地区"一亩之收,不能至三石,少者不过一石有余"。[①]第五十三回里那张租单对黑山村的地理方位有个大概的暗示,从獐子、狍子、熊掌、榛穰以及"外头都是四五尺深的雪"等描写来看,这个庄田似是在关外,它的亩产应该更低些。那年是灾年,庄稼"打伤了上千上万",可是黑山村生产的粮食总量还是如此之多,估算下来,它的土地少说也得有四千余亩,即拥有八个庄田的宁国府的土地

[①] 顾炎武:《日知录》卷十,见《日知录校注》,安徽大学出版社2007年版。

总数应在四万亩左右。荣国府的庄田较大,它占有的土地看来要更多,而根据作品中的描写,它在南方也拥有庄田。以上估算是据小说家言做出的,但结果并不出人意料,按宁国府与荣国府的消费模式,如果它们各只占有几千亩土地反倒使人难以置信。

这么多土地是哪儿来的?这在《红楼梦》里也有消息透露。这部小说中有个大家都知道的人物叫焦大,他虽然只在第七回里出现了一次,但他醉酒后对宁国府主子的斥骂给读者留下了深刻的印象,后来鲁迅那句"贾府上的焦大,也不爱林妹妹的"的名言,更使他成了家喻户晓的人物,而我们现在关注的,则是作者围绕焦大的描写所透露的贾府的发家史。尤氏曾向王熙凤介绍说,焦大"从小儿跟着太爷们出过三四回兵,从死人堆里把太爷背了出来,得了命;自己挨着饿,却偷了东西来给主子吃。两日没得水,得了半碗水给主子喝,他自己喝马溺"。焦大仗着这些功劳,并不把宁国府年轻的主子放在眼里,而通过他喝醉酒骂人的话可以知道,当年宁、荣二公是"九死一生挣下这产业",贾府才拥有了这么多的土地,即这是靠"国朝定鼎"过程中的赫赫战功获得的封赏。这段描写很容易使人想到清初的圈地,那时先后曾圈地一千七百万亩,分给了王公勋臣以及八旗兵丁。不同的是,圈地发生在河北、山西、山东等省,曹雪芹却暗示贾府的庄田在南方或东北,这也许是免得涉及"朝代年纪"而生出麻烦的缘故吧。

清初圈地是野蛮的劫掠,当时将人与土地一起圈进,那块土地上的农民从此沦为农奴,承受极为残酷的剥削与压迫。那时的法律还规定,农奴的子女仍是农奴,不得离开庄田。这种

第八章　荣国府经济体系的崩溃

世代为奴的规定,与作品中描写的奴婢制度完全一致。荣国府里的丫鬟与小厮,或老仆人与老妈子全都是奴隶,就连那些管家的身份也同样如此。赖大是荣国府的大管家,尽管他已经积累了相当的财富,可是他的身份仍是奴隶。赖嬷嬷曾教训自己的孙子赖尚荣说:"虽然是人家的奴才,一落娘胎胞,主子恩典,放你出来","你那里知道那'奴才'两字是怎么写的",即由于主子的特批,赖尚荣才算摆脱了奴隶的身份,后来还当上了官。荣国府里的奴婢有两种情况,一种是后来买来的,如袭人,第十九回里说她当年被卖到贾府签的是"卖倒的死契",即永远不能赎取,而第七十七回里又可看到,晴雯原是"赖大家用银子买的",后来因得到贾母的欢心,"故此赖嬷嬷就孝敬了贾母使唤"。另一种是府内奴隶生养的子女,他们自出生起就是奴隶,如鸳鸯、赵姨娘等人均是如此,他们的身份在作品中还有个专门的术语,叫"家生子儿"。荣国府很注意奴隶的生产,第七十回里的描写表明,荣国府还管着年满二十五岁的单身小厮娶妻成房事,等到二门内有该放的丫头们就指配给他们。林之孝在第七十二回里将主子关心奴仆婚事的目的说得很清楚:"里头的女孩子们一半都太大了,也该配人的配人。成了房,岂不又拏生出人来",这便是奴隶再生产。值得注意的是,尽管林之孝夫妇已升任大管家,手中的权力也不小,但他们的身份仍还是奴隶,因此他们的女儿小红就是"家生子儿",到了年龄就得入园服役,而且是从最低等的三等丫鬟做起。

阅读《红楼梦》时,读者们常有这样的感觉,即荣国府里那些丫鬟们日子过得还相当不错。她们穿的是锦罗绸缎,吃的是"细米白饭,每日肥鸡大鸭子",甚至会使人产生错觉:"平常寒薄人家的小姐,也不能那样尊重的。"但这些都只是为显示一个贵族家庭奢华与气派的表象,丝毫没有改变她们身为奴隶的实质。探春就曾直截了当地说过,那些丫鬟只是"如同猫儿狗儿"的"顽意儿"而已。等到被主子指婚后,那些丫鬟们不再直接在老爷太太或小姐公子身边服侍,而是由府里安排从事其他的劳役,这时主子们便不需要再给她们以豪华的包装,原先的待遇也相应取消。于是,生活的重压、环境的恶劣使那些丫鬟迅速蜕化,她们情形将如何,只要看看府内的媳妇和老妈子们就可以知道了,须知她们当年都是从丫鬟过来的。作者曾通过宝玉去晴雯哥嫂家探望晴雯时所写的细节,反映了丫鬟们婚配后的生活环境:在那里,晴雯睡的是"芦席土炕",喝的是"绛红的"的浑汤,装"茶"的是"黑沙吊子",茶碗"也甚大甚粗"。宝玉万万没想到,就在他生活的大观园围墙外,奴仆竟过着这样的生活。

然而,庄田上农奴的处境还要悲惨得多。据史书记载,庄田上的农奴往往因无法忍受而轻生,或投河,或自缢。《红楼梦》没有直接描写贾府庄田上那些农奴的生活,但作者却写到,将奴婢送去庄田,是宁国府或荣国府里极严厉的一种惩罚。第七回里焦大喝醉了酒连主子都骂,王熙凤就给尤氏出主意:"何不打发他远远的庄子上去。"第六十一回里,柳五儿被冤枉偷玫瑰露,王熙凤认定她是贼,便下达了惩罚令:"立刻交给庄子上,或卖或配人。"一旦被发配到庄田上为奴,那就立刻沉沦到最凄惨的底层。作者尽管没有直接描写庄田农奴的生活,但通过他那些侧面烘托与对照史书记载,农奴的生活境遇不难想象。《红楼梦》里有几处写到贾府与庄田的关系。在第七十五回里,王夫人向贾母解释为何胭脂米不够吃时,曾说"田上的米都不能按

第八章 荣国府经济体系的崩溃

数交的",似乎贾府与庄田有个约定,规定了应缴的种类与数量。又如第五十三回透露,贾珍认为黑山村应缴来五千两银子,可是乌进孝只缴来二千五百两。数量足足少了一半,而且贾珍责备乌进孝时说:"今年你这老货又来打擂台来了",可见这种情况已是不止一次地发生。庄田没按计划缴租,主子却无可奈何,贾珍就只是皱着眉头,发发"这够作什么的"牢骚,他没有责罚乌进孝,反而是"命人带了乌进孝出去,好生待他"。难道因为他是个老庄头就特别宽宏大量?这其中的原因很简单:贾府与清代一些贵族一样,庄田上实行的是农奴制生产,农奴不仅"家中所有,悉为官物",而且生产者本人也归主子所有,就连乌进孝这样的庄头,又何尝不是贾府的奴才。因此,贾府虽对庄田应缴的租数做了规定,但双方没有而且也不可能订立什么租约。既然连生产者都是主子的私产,那么当庄田因受灾未能按数缴租时,主子又能有什么办法呢?

贾府的建立在农奴制基础上的地租形态,并不是封建社会晚期典型的货币地租,但这种奇特的生产关系,却是清代前期相当一部分贵族庄田状况的真实写照。罗马帝国曾试图在农奴制的基础上强行征收货币地租,但它失败了,因为货币地租只能与商品交换的发达联系在一起。贾府做的正好与之相反。它处于商品经济十分发达的时代,其经济生活与之有着密切的联系,因此它必须征收货币地租以满足其腐朽奢华的生活。可是,贾府在征收货币地租的同时,却又力图维持落后野蛮的严重束缚生产力的农奴制,所谓祖宗定下的"旧例"绝对不可触犯。这种头脚极不相称的经济形态是导致经济危机的根源,而当贾府连简单再生产都不能维持时,危机就爆发得更快了。若从历史的眼光来看,在封建社会晚期出现农奴制只是短暂时期内的一种反动,它又必然很快地趋于消亡。这种消亡并不是一个抽象概念,它是由一个个如贾府这般遭遇无法消解的经济危机并最终败落而汇成,从某种意义上可以说,《红楼梦》也是对这一过程的忠实与艺术的反映。

四　食尽鸟投林

由于荣国府土地的绝对数量大,它在相当长的一段时期内收入大于开支,甚至有能力在江南甄家存着五万两银,所以在第七十四回里王夫人才会对王熙凤说:"我虽没受过大荣华富贵,比你们是强的。"她还拿黛玉的母亲贾敏未出阁时的状况与玉字辈的姐妹们做比较:前者"是何等的娇生惯养,是何等的金尊玉贵,那才象个千金小姐的体统。如今这几个姊妹,不过比人家的丫头略强些罢了。"王夫人的这番话,是由王熙凤建议裁减丫鬟使用数,从而"可省些用度"引起的,她认为再做省俭,就更没"千金小姐的体统"了;王熙凤提出这建议也是迫不得已,"一年进的产业又不及先时",再加上连年的歉收,荣国府经济体系的运转已经开始呈现出败象。危机的阴影越来越浓重,荣国府里的上下人等都不同程度地有所感受,也相应地有各自的对策,其间的异同则由他们的处境、地位以及感受的深浅所决定。

贾母对此是无动于衷,这位老祖宗年已八十,她抱定的宗旨是及时行乐,也不管家境究竟如何。在第三十五回里,贾母

第八章 荣国府经济体系的崩溃

自己曾说:"当日我象凤哥儿这么大年纪,比他还来得呢。"贾母年轻时的精明能干要超过王熙凤,而即使在她年老时,作者偶尔也让她显露女强人的威势。在第七十三回里,当她从探春那儿知道奴仆们居然在大观园里聚赌,便立即告诫她这绝非轻视的小事:

> 你姑娘家,如何知道这里头的利害。你自为要钱常事,不过怕起争端。殊不知夜间既要钱,就保不住不吃酒,既吃酒,就免不得门户任意开锁。或买东西,寻张觅李,其中夜静人稀,趁便藏贼引奸引盗,何等事作不出来。况且园内的姊妹们起居所伴者皆系丫头媳妇们,贤愚混杂,贼盗事小,再有别事,倘略沾带些,关系不小。这事岂可轻恕。

接着她雷厉风行,很快查清大、小头家与聚赌者,并当即视情节轻重给予不同的惩罚。杀伐决断,干脆利落,几乎看不出这是一个八十老妪在简洁明了地发号施令。可是当涉及经济问题时,贾母却又装聋作哑,不闻不问,又回到及时享乐的老太太的模样。第七十二回里贾琏央求鸳鸯偷点金银家什去当钱救急,鸳鸯何尝敢不告而行,她其实"是回过老太太的",贾母对此事"只装不知道"。第七十五回里王夫人将府内的经济实情向贾母汇报得很清楚:"这一二年旱涝不定,田上的米都不能按数交的。"贾母既不做更具体的了解,也不指示该怎么办,而是笑着答非所问:"这正是'巧媳妇做不出没米的粥'来。"接着便避开这话题与尤氏"说话取笑"了。在第六十二回里,林黛玉也在为"出的多进的少"担忧,她对宝玉说:"如今若不省俭,必致后手不接。"没想到宝玉答曰："凭他怎么后手不接,也短不了咱们两个人的。"在这个问题上,贾母与宝玉祖孙二人算是想到一块了。脂砚斋在第七十二回贾母"只装不知道"一语旁批道："此等事作者曾经,批者曾经,实系一写往事,非特造出,故弄新笔",即作者对贾母的这些描写并非凭空杜撰,而是实有生活中的原型。

当危机一步步逼近之时,荣国府里有些人想通过一些经济措施改变这窘迫的局面。当家的王熙凤清楚入不敷出的状况日甚一日,知道"若不趁早儿料理省俭之计,再几年就都赔尽了"。她采取了一些压缩开支的措施,用她自己的话来说,是"这几年生了多少省俭的法子"。不过,她无法过问二门外庄田的事,所做的也只是根据总收入重新安排府内她分管的那一块的再分配,以求得局部的收支平衡,而她采取的主要措施是削减各个人的所得,这样的平衡措施当然要引起普遍的不满,更何况她采取的措施并不触及自己的利益,当然,也绝对不去损害贾母与王夫人的利益。在第六十五回里,兴儿批评她"恨不得把银子钱省下来堆成山,好叫老太太、太太说他会过日子,殊不知苦了下人,他讨好儿";在第二十五回里,赵姨娘则攻击她压缩开支的目的是想把这份家私"搬送到娘家去"。减少各人的收入自然要招来抱怨,加上王熙凤利用职权贪污受贿,这就更使人怨恨,她自己也知道,"一家子大约也没个不背地里恨我的"。因此,在探春提出兴利除宿弊时,王熙凤便欣然支持。她想借此转移众人的怨恨,因为探春"出头一料理,众人就把往日咱们的恨暂可解了";同时,王熙凤也确实希望探春的措施能使府内的经济困难得到缓解。

第八章　荣国府经济体系的崩溃

在王熙凤因病休养期间，探春与李纨、宝钗一起暂理家务，宝钗的特点是"罕言寡语，人谓藏愚，安分随时，自云守拙"，而且她又是亲戚身份，不愿多管事，李纨则以"问事不知，说事不管"而著称，于是探春便做出许多主张，大刀阔斧地搞了些经济改革，作者对她的举动给予充分的肯定，第五十六回的回目就是"敏探春兴利除宿弊"。曾有人称探春的措施是开源节流，但实际上她所做的仅仅只是节流。探春将大观园承包给一些老妈子时，已讲明"不必要他们交租纳税"，只想以此"省了这些花儿匠山子匠打扫人等的工费"，并免去"各处笤帚、撮簸、掸子并大小禽鸟、鹿、兔吃的粮食"的开支，那些老妈子也只是年终拿几贯钱分给园中未承包的人。至于蠲去头油、纸笔费用，更明显地属于节流措施。探春与支持她的宝钗颇有些成就感："一年四百，二年八百两，取租的房子也能看得了几间，薄地也可添几亩。"似乎想增加荣国府的产业，但实际上并没有做成。探春所做的主要是改变荣国府内对一部分人的再分配方式，而她的方案的实质之一，是试图要帐房、买办房等管家让利，这是王熙凤未曾尝试过的。可是，这省下的银两仍掌握在帐房与银库手中，管家们会心甘情愿地让出这部分利益吗？探春似乎并未虑及到这一点，倒是鸳鸯看得清楚，她在第七十一回里说，"新出来的这些底下奴字号的奶奶们"都不是好惹的，"少有不得意，不是背地里咬舌根，就是挑三窝四的"。因此最后每年是否可省下四百两银子还很难说，即使确实省下了，这区区小数对于正在迅速下滑的荣国府经济来说，也只是杯水车薪，无济于事。

像是针锋相对似的，在第七十二回里林之孝代表管家阶层也提出了应付危机的方案，主要措施有两条：第一，"把这些出过力的老家人用不着的,开恩放几家出去。一则他们各有营运,二则家里一年也省些口粮月钱";第二,"如今说不得先时的例了,少不得大家委屈些,该使八个的使六个,该使四个的便使两个。若各房算起来,一年也可以省得许多月米月钱"。这同样是个在总收入不变前提下的再分配方案,着眼点同样是在节流而非开源。与王熙凤或探春的方案相比较,这个方案明显地有利于管家而不利于主子。第一条实质上是要求给管家以人身自由,第二条则是要求主子降低生活待遇。这样的方案遭到主子的断然否决是意料中事。

以上三个方案的实施,或许能在短时期内取得一定的成效,但由于它们都未能触及农奴制生产与发达的商品经济的矛盾,因而都不能从根本上解决荣国府的经济危机。事事都力图按祖宗定下的"旧例"行事的荣国府,不可能明白面临的经济困境与庄田上的生产关系有何关系,自然没打算也根本没想到要去做改变,他们实施的或计划中的那些措施,只想改变府内再分配的方式,其结果不但应对不了经济危机的进逼,而且还激化了府内的各种矛盾。读过《红楼梦》的人都不会忘记第七十五回里探春的那句名言:"咱们倒是一家子亲骨肉呢,一个个不象乌眼鸡,恨不得你吃了我,我吃了你!"就在同一回里,邢夫人的兄弟邢大舅说得很明白:"多少世宦大家出身的,若提起'钱势'二字,连骨肉都不认了。"他更感叹道:"就为钱这件混帐东西。利害,利害!"当经济陷入困境之时,各种争斗全都公开化与白热化了。《红楼梦》前八十回行将结束时,作者以宝玉之眼开始描写"轩窗寂寞,屏帐翛然"的"寥落凄惨之景",黛玉联诗时则吟出了"冷月葬花魂"之语,被湘云批评为"太颓丧了些",

第八章　荣国府经济体系的崩溃

妙玉对联诗的评语是"有几句虽好,只是过于颓败凄楚"。这些人都不屑卷入钱财的纠纷中去,可是当整个家族走向败亡时,他们能躲得开厄运吗？须知再清雅飘逸的精神生活,也离不开经济基础的支撑。探春在第五十五回里曾说:"我但凡是个男人,可以出得去,我必早走了,立一番事业。"她当然走不出去。尽管是"才自精明志自高",她却无力挽回贾府衰败的颓势,也无法平息众人争夺钱财的纷争,故而作者给她以"生于末世运偏消"的判词。在第七十三回里,当丫鬟、媳妇等人为钱财大吵大闹时,迎春却"倚在床上看书,若有不闻之状",黛玉称她是"虎狼屯于阶陛尚谈因果"。可就是这位懦弱善良的小姐,却因所嫁非人,"一载赴黄粱"。惜春是几个姐妹中最小的一个,她自认"只有躲是非的","我只知道保得住我就够了"。作者最后给她安排的结局是"可怜绣户侯门女,独卧青灯古佛旁"。

在第十三回里,曹雪芹让秦可卿死后托梦给王熙凤,暗示了整个家族最后的命运,她最后的两句话是:"三春去后诸芳尽,各自须寻各自门。"这句话其实就是秦可卿前面所说的"树倒猢狲散"的含蓄表述。《红楼梦》前八十回即将结束时,贾府的经济体系已接近崩溃的边缘,即使不抄家,它也将摇摇晃晃地走完最后一步。不过,当因干枯而导致的崩溃发生时,各房数目十分可观的积蓄还足以使他们维持很不错的生活水平,而抄家却使他们真正地陷入了绝境,这就是两种不同崩溃方式的差异。我们虽然未能看到曹雪芹在八十之后将如何展开情节,但他第五回里所写的《红楼梦曲》的最后一首《收尾·飞鸟各投林》已向我们展示了一幅总的图景,而曲子的最后一段,则预示着贾府经济体系的彻底崩溃:

荣国府的经济账

为官的,家业凋零;富贵的,金银散尽;有恩的,死里逃生;无情的,分明报应。欠命的,命已还;欠泪的,泪已尽。冤冤相报实非轻,分离聚合皆前定。欲知命短问前生,老来富贵也真侥幸。看破的,遁入空门;痴迷的,枉送了性命。好一似食尽鸟投林,落了片白茫茫大地真干净!

附　录

从数理语言学看后四十回的作者
——与陈炳藻先生商榷

1980年6月,美国威斯康星大学的陈炳藻先生在首届国际《红楼梦》讨论会上发表了《从词汇统计论证红楼梦的作者》一文,他借助电子计算考察《红楼梦》前后用字(词)的相关程度,认为后四十回也出自曹雪芹之笔。[1]

陈先生按章回顺序将《红楼梦》的1—40回、41—80回、81—120回分为A、B、C三组,为了证实统计方法灵敏有效,还配上了D组《儿女英雄传》。各组主体总字数经随机抽样约为8万字,即从《红楼梦》中抽出的字数约占全书的8%。然后再从各组中勾出虚词、副词、形容词、名词、形动词等词类,借助计算机排字统计,最后得到各组合相关表(见下页)。前八十回与后四十回用字的正相关达2次,占78.57%,因此陈先生认为后四十回也出自曹雪芹之笔,而前八十回与《儿女英雄传》用字的正相关只有

---

[1] 1954年,瑞典汉学家高本汉曾做过类似的尝试,他取《红楼梦》中的24个语词来证明后四十回也为曹雪芹所写,但他根据前八十回已被程、高改动过的亚东本统计,因而统计的精确性很值得怀疑。1959年,吴世昌先生在《〈红楼梦〉中的若干问题》一义中,从语言学的观点出发,对高氏的论点作了反驳。

9次,占32.14%,因而认为此统计方法是有效的(对组合B、D正相率达到42.85%,陈先生未做解释)。

组合	正相关系数	负相关系数	测验次数
AB	13	1	14
AC	12	2	14
BC	10	4	14
AD	3	11	14
BD	6	8	14

陈先生创造性的工作是值得赞赏的。马克思说过:"一种科学只有在成功地运用数学时,才算达到了真正完善的地步。"[①]作家写作时,某处用这个字(词)或那个字(词),都带有很大的偶然性,而这大量的偶然性中却隐藏着某种客观规律,即该作家在其写作生涯中形成的独特的文体特征。研究大量偶然性事件中客观规律的科学是概率论,数理语言学是它向语言学渗透的结果。因此,数理语言学能用函数刻画作家的文体特征,从而能对作品的真伪做出判断。1960年代,英国文学史上一大悬案的解决,即《朱利叶斯信函》作者的确定,显示了此法的实用价值。因此在用各种方法探讨后四十回作者究竟为何人时,陈先生从数理语言学进行考察不仅是可行的,而且也是必要的。但纵观其工作方法,有些问题似可商榷。

第一是抽样。陈先生从A、B、C三组中各随机抽取出约8%的文字统计分析,以此推断A、B、C这三个主体是否同一。用统计学的术语说,就是以A、B、C三组为三个母体,而以抽取的文字

[①] 保尔·拉法格:《忆马克思》,载《忆马克思恩格斯》,生活·读书·新知三联书店1963年版。

作为子样,从子样的性质来判断母体的性质是否同一;从而判断作者是否同一。这种方法用于一般问题并无差错,但以此研究《红楼梦》前后两部分作者是否同一却欠妥当,因为后四十回情况较为特殊。首先,据程伟元声称,这是曹雪芹的原稿,他与高鹗只不过做了"细加厘剔,截长补短,钞成全部"的编辑工作。该声明的可靠程度目前尚有争议,因此统计分析时必须考虑到可能含有曹雪芹的残稿的因素。其次,即使后四十回均为高鹗续作,但为了能假托曹雪芹之名与前八十回一起刊行,高鹗也可能会着意模仿曹雪芹的某些写作手法。如果只抽取8%的文字,就有可能正好抽到含有较多残稿的文字(如果确含有残稿且数量不多的话)或高鹗模仿得较为成功的部分。这样,即使被抽取的文字的性质与从A、B两组所抽取的性质类似,也难以据此认为后四十回均为曹雪芹所写。为了保证结论的可靠性,显然应该分别以曹雪芹和后四十回作者的写作习惯为母体,而以整部《红楼梦》作为子样,即应对全书进行统计分析。

第二是检验的项目。14次测验对判别《儿女英雄传》的作者不是曹雪芹也许可以,因为文康的创作与曹雪芹毕竟是毫不相干的。但由于后四十回的特殊与复杂,检验的项目就应该多些,还必须包括一些作家自己也意识不到的文体特征,如平均句长。因此,无论14这数字本身或其包含的内容,都使人感到似乎少了一些。

第三是分布。《红楼梦》全书共有729,604字,105,994句[①],

---

① 回目录与各回首标题不计在内。

作为子样来说,容量十分巨大。由 Lindeberg 中心极限定理可知,各字、词或一定长短的句子在书中的出现一般服从正态分布,它由两个参数:均值 μ(统计时常用频率代替)与方差 σ^2[①]决定。这是统计的基本常识,犹如红学家知道《红楼梦》的主人公叫宝玉与黛玉。人们容易理解频率而不清楚方差,但决不能因此置方差于不顾,因为这会导致错误。如"的"在前后两部分出现的频率只相差 0.003,但它在 A、B 两组服从同一分布,而在 C 组却不服从该分布,这表明"的"在前后两部分出现的规律不一样。因此,不考虑方差所得结论的准确性是值得怀疑的。

正由于有以上疑问,笔者对《红楼梦》全书重新进行了统计分析,所依据的是人民文学出版社 1982 年 3 月的新版本。该本前八十回以庚辰本为底本,第六十四、六十七回缺文由程甲本补配,后四十回则采用程甲本。统计时,A、B、C 三组的分法与陈先生相同。由于第六十四、六十七回采用的是程甲本,因此这两回不包括在 B 组之内。这样,各组的字、句数如下表。各组字、句数之差与组总字、句数相比显得很小,因此这样分组检验是合理的。

组名	字数	句数
A	228,911	34,204
B	250,619	36,504
C	234,120	33,098

---

① 回目录与各回首标题不计在内。

一 词

首先考察基本上只在前七十八回或后四十回出现的词。这些专用词的发现,是我们做判断的有力依据。

(一)"端的"

"端的"一词仅在前七十八回出现,大多作"究竟""底细"解,如第二十二回宝、黛二人口角后,"袭人早知端的,当此时断不能劝",也有作"果真"解的,如第五回描写警幻仙姑出场,有"端的与众不同"一语。后四十回作者不仅不习惯用该词,而且还常将前七十八回中的"端的"改为他词,如"端的与众不同"在程乙本中就被改为"与凡人大不相同"。意思虽无大异,但语感却完全不同。

(二)"越性"与"索性"

"越性"与"索性"是同义词,表示干脆,或直截爽快。"越性"也只在前七十八回出现,如第十五回就有"越性都推给奶奶了"和"少不得越性辛苦一日罢了"。"索性"只出现在后四十回,而且程乙本将前七十八回中的"越性"全部改为"索性"或"越发",如前二例就被改为"越发都推给奶奶了"与"少不得索性辛苦了"。由此可见,曹雪芹与后四十回作者表达此意的习惯用词

是全然不同的。但在庚辰本中,也曾三次出现了"索性"一词:

第十回:今日索性连早饭也没吃。
第十一回:我们索性吃了饭再过去罢。
第二十七回:想了一想,索性迟两日。

一个习惯用"越性"的人,是不会突然又用"索性"的,笔者认为这是过录过程中的误抄。原稿是"越性",抄写者却习惯用"索性",那么抄写时大部分"越性"会被保留下来,而少量的却会被误抄为"索性"。我们不妨看下例:

庚辰本:想了一想,索性迟两日。
甲戌本:想了一想,越性迟两日。
戚序本:想了一想,越性迟两日。

此例说明误抄的假设是成立的。但另两处的"索性",己卯本与戚序本都和庚辰本相同。甲戌本原缺第十、十一回,而其他版本一时无法借阅,因此只得留诸待考了。

(三)"刚才"与"才刚"

"刚才"与"才刚"都表示较短时间以前的意思。曹雪芹的习惯用词是"才刚"。庚辰本中虽有7处出现了"刚才",但这也是过录时的误抄:

第三回　庚辰本:刚才老太太还念呢。

甲戌本:才刚老太太还念呢。

己卯本:才刚老太太还念呢。①

第三十二回　庚辰本:刚才打水的人在那东南角上井里打水。

戚序本:才刚打水的人在那东南角下井里打水。

第三十二回　庚辰本:刚才我赏了他娘五十两银子。

戚序本:才刚我赏了他娘五十两银子。

程乙本:才刚我赏了他娘五十两银子。

第四十回　庚辰本:刚才那个嫂子倒了茶来。

戚序本:才刚那个嫂子倒了茶来。

己卯本:才刚那个嫂子倒了茶来。

程乙本:才刚那个嫂子倒了茶来。

第五十四回　庚辰本:刚才八出《八义》闹得我头疼。

戚序本:大出《八义》闹得我头疼。

程乙本:才刚《八义》闹得我头疼。

庚辰本是从己卯本过录的,但第四十回庚辰本用"刚才"处己卯本却用"才刚",这只能用误抄解释。己卯本第三回"才刚"间的"乙"也显然是陶洙用庚辰本校己卯本时所加,而并非己卯本原有。第三十二、五十四回己卯本原缺,但戚序本在该二回

---

① 己卯本的收藏者陶洙曾用庚辰本校过己卯本。在无法确定是己卯本原有或是陶洙所加时,己卯本影印本保留了"乙"这个符号。

也都没用"刚才",这也证明了庚辰本这两回中的三个"刚才"是误抄。这样只剩下二处"刚才"因版本缺乏无法最后判定原因,但这并不妨碍得出曹雪芹的习惯用词是"才刚"而不是"刚才"的结论。

程甲本	刚才	刚才	才刚	才刚
演变数	↓53	↓0	↓8	↓5
程乙本	刚才	才刚	才刚	刚才

为了弄清后四十回作者的习惯用词,我们先考察上表所显示的后四十回中"刚才"与"才刚"从程甲本到程乙本的演变情况。程甲本同时使用了"刚才"与"才刚"二词,比例约为4:1,这与一个作家统一用词的习惯不太协调。该表同时又表明,程乙本将程甲本中近40%的"才刚"改成了"刚才",但从不将"刚才"改为"才刚"。为了进一步弄清,我们再考察前七十八回中"刚才"与"才刚"的演变情况。在前七十八回中,庚辰本所用的"才刚",有60%被乙本改为"刚才"。虽然庚辰本中有三处"刚才"在程乙本中作"才刚",但这三处都是庚辰本作"刚才"而其他脂本作"才刚"的,这完全可用程、高刊印《红楼梦》时前八十回依据的底本不是或不仅仅是庚辰本来解释。总之,程乙本只有将"才刚"改作"刚才",而从未反其道而行之。由此可以判定,后四十回作者的习惯用词是"刚才",而程甲本后四十回中的"才刚",很可能是曹雪芹遗留下的残稿。

庚辰本	刚才	刚才	刚才	才刚	才刚	才刚
演变数	↓3	↓3	↓1	↓8	↓10	↓2
程乙本	刚才	才刚	才	才刚	刚才	才

(四)"……将"

"将"后缀于动词时表示动作的开始,因此我们把"将"的这种特殊用法归入词考察。前七十八回中这种用法是较常见的,如第五回中,"竟有许多夜叉海鬼将宝玉拖将下去";第六回中"天气冷将上来"等等。但后四十回中这种用法仅出现过一次,即第九十六回中"只得一步一步慢慢的走将来"一句。这是曹雪芹的残稿?抑或是后四十回作者的模仿?单凭这点当然难以判断,但该用法前后不一却应是定论。

(五)"怪道"

"怪道"是难怪、怪不得的意思,此词在前七十八回也常出现,如总共五千余字的第二十七回就连用了三次:

　　怪道从古至今那些奸淫狗盗的人,心机都不错。
　　你原来是宝玉房里的,怪道呢。
　　怪道呢!原来爬上高枝儿去了。

但在后四十回,此词只在第八十三回里出现过一次:

385

怪道刚才翠缕到我们那边,说你们姑娘病了。

前后的差异,是显而易见的。

(六)"偏生"与"偏偏"

"偏生"与"偏偏"都表示同一个意思:出乎寻常或意料。前七十八回中,"偏生"与"偏偏"都出现过,两者比例约为9∶1,而后四十回中,两者比例却约为1∶9。在第三十二回中,庚辰本有"偏偏我们那牛心的小爷"一句,而其他脂本该句均作"偏生我们那个牛心左性的小爷"。看来前七十八回中的"偏偏"也很可能是过录时的误抄,而上面所列的相对比例,也足以证明前后作者的习惯用词是不同的。

(七)"越发"与"更加"

这一对也是同义词。前七十八回常用"越发",极少用"更加",而后四十回两词各用了35与34次。由于前后两部分都使用了这些词,因此必须考察它们在各组的分布规律。由于只要知道分布是否同一,而无须了解具体的分布形式,所以本文检验时一律采用 CMNPHOB 检验法。检验时取定水平 $\alpha = 0.05$,即将事实上分布同一但误判为不同一的可能性只有 5%。α 取得较小,是为了保护"后四十回是曹雪芹所作"这一假设,拒绝它一定要慎重。0.05是个小概率,如果小概率事件多次发生,那只能认为假设不真。取定水平α后,相应得到临界值11/38。①当某组合检验所得数值≤11/38时,即认为被检验项目在该两组的分布同一,当数值≥12/38时,则认为不同一。由于各数值分母均为38,所以文中只列分子K的数值。当K≥12时,便在数字外加圈,表示该项目在两组中分布不同一。下表是对各组合中"越发"与"更加"的分布检验表,Ⅰ、Ⅱ两栏分别表示以字数与句数为底数进行检验的结果。两词在A、B两组中分布同一是意料之中的,因为前七十八回本来就为曹雪芹一人所作。但在C组,即后四十回中的分布却异于A、B两组,这说明后四十回并非曹雪芹所作。为了帮助说明这点,同时又列上该两词在各组中出现的频率(本文所列均为每千字中出现的频率)。

组合\词K	越发 Ⅰ	越发 Ⅱ	更加 Ⅰ	更加 Ⅱ
AB	6	5	3	3
AC	15	15	14	14
BC	16	15	16	17

---

① 因A组中第十七、十八回未分回,而B组不含第六十四、六十七回,因此两组各含39与38个单位。为检验方便,现将A组中第十二回(3,511字)与第三回(4,041字)并为一个单位,C组中第九十一回(4,504字)与第百十四回(4,215字)、第百二回(4,184字)与第百五回(4,544字)分别并为一个单位,使三组均各含38个单位。这样处理并不影响分布检验。

387

词 频率	越发	更加
μ_A	0.3363	0.0175
μ_B	0.3311	0.0080
μ_C	0.1494	0.1452

(八)"一语未了""不题"与"不在话下"

"一语未了"常用于场景未变、情节继续发展但又有些转折的场合,如第八回中就有"一语未了,忽听外面人说:'林姑娘来了'"一句。脂砚斋在"一语未了"下批:"每善用此等转换法",即《红楼梦》最初的读者已意识到这是曹雪芹的习惯用词。但在后四十回中,即使将"一言未了""言犹未了"这类词全部算进去,也总共只用了7次。至于"不题"与"不在话下",则都是某一大情节结束时的套语,前者多用于后四十回,而后者主要用于前七十八回,它们频率各相差约7倍,前后作者对这两词的习惯程度显然是不同的(见下表)。

组合\\词K	一语未了 I	一语未了 II	不题 I	不题 II	不在话下 I	不在话下 II
AB	4	3	2	2	9	9
AC	18	18	23	23	18	18
BC	17	17	22	22	16	16

	一语未了	不题	不在话下
μ_A	0.1528	0.0262	0.1572
μ_B	0.1675	0.0319	0.1077
μ_C	0.0214	0.1964	0.0171

(九)"不成"与"不曾"

"不成"在《红楼梦》中常用于句末作反诘之词,如第一回中"原来近日风流冤孽又将造劫历世去不成?"而"不曾"则是未尝的意思,如同回中"并不曾将儿女之真情发泄一二"等语。这两词都是前七十八回出现较多,而后四十回出现较少,其分布检验与频率分析结果如下表。

组合\词K	不成 Ⅰ	不成 Ⅱ	不曾 Ⅰ	不曾 Ⅱ
AB	11	10	7	5
AC	19	17	19	18
BC	25	25	16	15

频率\词	不成	不曾
μ_A	0.2752	0.2227
μ_B	0.3910	0.2034
μ_C	0.0641	0.0683

(十)"又……又……"与"一面……一面……"

"又……又……"表示几种情况或几种性质同时存在,如第五回中"这女学生年又小,身体又极怯弱",而"一面……一面……"则是表示两种动作同时进行,如同回中有"(冷子兴)一面说,一面让雨村同席坐了"。这两种用法都是前七十八回较多,而后四十回较少。

组合\词K	又……又…… I	又……又…… II	一面……一面…… I	一面……一面…… II
AB	9	9	9	9
AC	9	1	18	17
BC	15	15	21	20

频率\词	又……又……	一面……一面……
μ_A	0.3189	0.5810
μ_B	0.4389	0.4349
μ_C	0.2135	0.2092

(十一)"如何"与"好生"

"如何"多作怎么样解,第三回中"不过说些黛玉之母如何得病"。而"好生"则有两种意思:(1)好好地。如同回中,"(邢夫人)遂令两三个嬷嬷用方才的车好生送了姑娘过去";(2)多么的意思。如同回中"好生奇怪,倒象在那里见过一般"。这两词也是多出现于前七十八回。

组合\词K	如何 I	如何 II	好生 I	好生 II
AB	8	8	6	6
AC	16	15	15	14
BC	19	19	10	10

频率\词	如何	好生
μ_A	0.4237	0.2096
μ_B	0.5386	0.1316
μ_C	0.1751	0.0555

(十二)"下回分解"与"未知……，下回分解"

"下回分解"是我国古典小说每回结束时惯用的套语，但前七十八回与后四十回在使用这套语时又显示出了差异。在后四十回里，除了第百二十回结束时无法写"下回分解"外，其余三十九回都一律以"下回分解"结尾，使用率实际上达到了100%。但A组的使用率只有61%，而B组只有50%。尤其值得注意的是，后四十回还惯于用"未知……，下回分解"这样的句式结尾，但在A、B两组内从未出现这样的句式。

组合\词K	下回分解 I	下回分解 II	未知……，下回分解 I	未知……，下回分解 II
AB	9	9	0	0
AC	15	15	28	28
BC	24	24	28	28

(十三)其 他

频率＼词	没的	反倒	何曾	可怜见	但凡
μ_A	0.0874	0.0306	0.0830	0.0306	0.0262
μ_B	0.1117	0.0439	0.0599	0.0359	0.0399
μ_C	0.0384	0.0812	0.0214	0.0085	0.0043

有几个词出现次数较少,难以检验其分布,但它们在前后两部分出现的频率却又呈现出较大的差异。现将它们的频率列于上表,以供参考。

我们共考察了27个词,除5个出现次数较少因而只考察频率外,其余的都检验了分布(其中10个在前七十八回或后四十回是零分布,差别一目了然)。这些词在A、B两组出现的规律相同,这与前七十八回均为曹雪芹所作的实际情形完全吻合,但这些词在后四十回出现的规律却异于前七十八回,因此从词的角度考虑,只能拒绝"后四十回也是曹雪芹所作"的假设。

考察这些词时,还发现曹雪芹的习惯用词在后四十回也偶有出现,而且主要是出现在后四十回的前半部分。造成这种情形可能是续书者有意识地模仿,但这毕竟又与自己习惯不合,后来也就不再使用。但更可能是曹雪芹的部分残稿零零落落地分散在后四十回的前半部分。不过现在光就对词的分析,还不能明确地肯定这种假设。

词组\K	才刚		怪道		……将		好生		偏生		不在话下		可怜见		但凡	
	个数	%	个数	%	个数	%	个数	%	个数	%	个数	%	个数	%	个数	%
81—101	11	84.62	1	100	1	100	10	76.92	2	100	4	100	2	100	1	100
101—120	2	15.38	0	0	0	0	3	23.08	0	0	0	0	0	0	0	0

二 字

字和词的情况有很大不同：(1)在书中一个词若出现几百次,那就是较常用的词,但一个字出现几千次却是很平常的事;(2)词有习惯用词前后不同的问题,但字这种情况比较少见;(3)用词可以模仿,但用字却难以字字模仿。因此在考察字时,数理统计就成了唯一有力的工具。

我们这里只考察虚字,因为它是构成句子必不可少的成分,并且出现规律完全不受情节发展的制约,而仅与作者的写作习惯有关。

(一)出现在句尾的虚字

这类字在后四十回出现的种类很多,计有呀、吗、啊、咧、罢咧、罢、罢了、么、呢、呢么、呢吗、吧、哩、呵、哪、呦等十余种,而在前七十八回中,常用的只是么、呢、罢、罢了四种,咧、呀、啊等很少出现,而吗、罢咧、哩、呵、哪、哟等则从未在句尾出现过。对后四十回较常用的句尾虚字检验分布的结果表明,后四十回句尾虚字的使用规律异于前七十八回,而A、B两组的使用规律却完全相同。

字组K合	呀 I	呀 II	吗 I	吗 II	咧 I	咧 II	罢咧 I	罢咧 II	啊 I	啊 II	罢 I	罢 II	罢了 I	罢了 II	么 I	么 II	呢 I	呢 II
AB	2	1	0	0	1	1	0	0	3	3	7	8	9	8	7	7	11	11
AC	13	14	28	28	17	17	17	17	14	14	7	8	16	14	29	29	8	8
BC	15	15	28	28	18	17	17	17	17	17	10	11	17	17	36	36	18	18

(二)文言虚字

《红楼梦》前后两部分都有少量的文言段落,如"芙蓉诔"和海疆守备给贾政的信。那几回文言虚字出现的频率当然要高些。但对38回的子样观察值来说,个别值偏高对分布检验影响并不大,因此我们实际上是在检验白话描写中所含有的文言虚字的分布。下表所表示是对13个文言虚字的检验结果与它们出现的频率:其中大部分A、B两组出现的频率大于C组,即同是用白话写作,但前七十八回的文言色彩浓重于后四十回。

字组K合	之 I	之 II	其 I	其 II	或 I	或 II	亦 I	亦 II	方 I	方 II	于 I	于 II	即 I	即 II
AB	6	6	5	5	5	5	7	6	7	6	9	9	8	7
AC	20	20	15	15	17	15	22	22	26	26	16	15	14	14
BC	20	20	13	11	16	16	20	19	30	30	10	10	16	16

字组合\K	皆 I	皆 II	因 I	因 II	仍 I	仍 II	故 I	故 II	尚 I	尚 II	乃 I	乃 II
AB	11	10	7	6	7	8	6	5	6	6	9	8
AC	21	21	20	18	10	12	14	14	13	13	19	19
BC	27	26	15	15	11	12	16	14	12	12	12	12

字频率	之	其	或	亦	方	于	即
μ_A	3.901	0.8868	0.9042	0.8518	1.620	0.9698	0.2926
μ_B	3.148	0.5266	0.8020	0.5466	1.584	0.7661	0.1995
μ_C	1.136	0.2263	0.3630	0.1324	0.4484	0.0470	0.4912

字频率	皆	因	仍	故	尚	乃
μ_A	0.6902	3.136	0.3057	0.5810	0.1660	0.4193
μ_B	0.8738	3.124	0.3451	0.6823	0.2034	0.2154
μ_C	0.4698	1.764	0.4527	0.2989	0.3417	0.0342

(三)白话文中常用的虚字

我们检验了13个白话文中常用的虚字。有些字在汉语中并不只作虚字,如"了""别"可与其他字组成动词,"的""向"可组成名词、"把"可作数量词。检验分布时已排除了这些因素。检验结果也同样否定后四十回为曹雪芹所作(见下表)。其中大多数在后四十回出现的频率高于前七十八回,联系到C组有各类句尾虚字,可知其白话程度高于前七十八回。

字组合\K	了 I	了 II	的 I	的 II	着 I	着 II	一 I	一 II	不 I	不 II	把 I	把 II	让 I	让 II
AB	9	10	9	10	7	6	7	10	8	10	7	7	7	7
AC	11	12	13	16	18	20	19	14	11	13	13	13	14	14
BC	5	5	10	12	20	22	21	21	7	7	7	11	15	13

字组合\K	向 I	向 II	往 I	往 II	是 I	是 II	在 I	在 II	别 I	别 II	好 I	好 II
AB	5	6	6	6	11	11	11	9	5	6	7	8
AC	13	12	14	12	24	24	11	14	17	17	14	14
BC	11	12	14	14	19	20	21	22	17	17	16	15

字频率	了	的	着	一	不	把	让
μ_A	25.60	18.92	7.098	16.96	19.25	1.227	0.4586
μ_B	29.07	21.19	6.811	17.97	20.46	1.185	0.4628
μ_C	28.81	23.22	9.593	14.45	21.16	1.652	0.2050

字频率	向	往	是	在	别	好
μ_A	0.9654	1.228	12.14	5.106	1.664	4.661
μ_B	0.7900	1.073	13.25	4.548	1.839	4.851
μ_C	0.5894	0.7474	15.72	6.189	1.097	5.706

(四)表示转折、程度、比较等意的虚字

对下表所列字,同样只检验它们充当虚字时的分布。检验结果表明,只有"就"字在C组的分布同于A、B两组,但"就"字在A、B两组的频率异常接近,而C组则又显示出了差异。

字 组合＼K	可 I	可 II	便 I	便 II	就 I	就 II	但 I	但 II	越 I	越 II
AB	9	10	4	4	5	5	6	7	9	9
AC	19	19	13	16	9	8	14	16	16	16
BC	19	17	12	14	9	8	149	19	17	17

字 组合＼K	再 I	再 II	更 I	更 II	比 I	比 II	很 I	很 II	偏 I	偏 II
AB	9	9	7	7	11	11	11	10	6	6
AC	13	11	13	13	13	13	22	22	13	13
BC	16	14	14	15	14	14	18	18	15	14

字 频率	可	便	就	但	越
μ_A	3.001	5.076	4.486	0.4674	0.5111
μ_B	2.613	5.282	4.460	0.3950	0.6025
μ_C	1.909	6.244	3.950	0.8115	0.2776

字 频率	再	更	比	很	偏
μ_A	1.673	0.5198	0.7819	0.1965	0.4193
μ_B	1.867	0.5147	0.8977	0.2314	0.4229
μ_C	1.349	0.8329	0.5168	0.5082	0.1836

(五) 儿

《红楼梦》中不少词的词尾后缀"儿"字形成儿化现象,这里只对作为儿化韵的"儿"做分布检验。特别需要指出的是,前七十八回中作为儿化韵的"儿"一般只后缀于名词,但后四十回在副词、形容词乃至动词后也都后缀了"儿",如"悄悄儿""刚刚儿""歇歇儿"等(程乙本在改动前八十回时也加上了此类儿化韵)。为区别起见,这里将这类儿化韵记作儿*。从出现频率可看出,使用儿*不是曹雪芹的习惯。我认为庚辰本中的儿本是抄写人误加所致。如:

第七回　庚辰本:白放着可惜了儿。
　　　　甲戌本:白放着可惜旧了。
　　　　戚序本:白放着可惜旧了。

第二十八回　庚辰本:和气到了儿,才见得比人好。
　　　　甲戌本:和气到了头,才见得比人好。
　　　　戚序本:和气到了头,才见得比人好。

第三十九回　庚辰本:别空空儿的就去。
　　　　己卯本:别空空的就去。
　　　　戚序本:别要空空的就去。

第五十八回　庚辰本:巴巴儿的和林姑娘烦了他来。
　　　　戚序本:把把的合林姑娘烦了他来。

第六十回　庚辰本:遭遭儿调唆了找闹去。
　　　　戚序本:你遭遭调唆我去闹出事来。

第六十二回　庚辰本:快醒醒儿,吃饭去。
　　　　戚序本:快醒了,吃饭去。

第七十一回　庚辰本:他也可怜见儿的。
　　　　戚序本:他可怜见的。

第三十九回的儿*,庚辰本有而己卯本无,这显然是庚辰本过录时的误加。另外,一些儿*庚辰本有而戚序本无,联系前面论及的"才刚""越性"等词来看,我认为就这点来说,戚序本似优于庚辰本。

组合\字K	儿 I	儿 II	儿* I	儿* II
AB	6	5	3	3
AC	8	11	28	28
BC	12	14	25	25

频率\字	儿	儿*
μ_A	4.136	0.0175
μ_B	3.818	0.0319
μ_C	5.356	0.3716

(六)"脏"字

曹雪芹反对"鬟婢开口即者也之乎,非文即理",因为这"大不近情理",所以他写《红楼梦》时,一些"脏"字就从奴婢嘴中脱口而出,甚至连尊贵的王夫人或典雅的林黛玉也难免有时要说个"屁"字。不过这还算是较文雅的"脏"字,至于其他的这里就不一一罗列了。这里并不想评论使用这类字的优劣,而只是考察前后两部分在这点上的差异。这类字在前七十八回出现的频率为0.1290%,实在不能算少,而后四十回只出现两次较文雅的"脏"字;一次是贾琏引了"大萝卜还用屎浇"这俗语,另一次是众人劝贾政不必为入不敷出发愁时,政老爷在气急之中骂了声"放屁"。后四十回出现这类字的频率为0.008542%,与前者相差约15倍。

至此考察了46个字的47个项目。这46字共有120,557字,占考察总字数713,650字的16.89%。由于不能考察实义字,这个比例是很大的,正因为如此,检验所得的"后四十回并非曹雪芹所作"的结论是可靠的。为了进一步了解后四十回中是否含有曹雪芹的残稿,我们仍将后四十回分为前后两部分观察频率,并将其与前七十八回做比较(见下表):

字 频率	之	其	或	亦	方	于	即
μ_{AB}	3.507	0.6986	0.8508	0.6923	1.6010	0.8633	0.2439
μ_{C1}	1.122	0.2484	0.3512	0.1027	0.5482	0.3854	0.4711
μ_{C2}	1.150	0.2044	0.3748	0.1618	0.3792	0.5537	0.5111

字 频率	皆	因	仍	故	尚	乃
μ_{AB}	0.7861	3.130	0.3107	0.6339	0.1855	0.3128
μ_{C1}	0.0514	2.330	0.3426	0.3255	0.3169	0.0343
μ_{C2}	0.0426	1.201	0.5622	0.2726	0.3663	0.0341

字 频率	了	的	着	一	不	把	让
μ_{AB}	27.42	20.12	6.948	17.49	19.88	1.205	0.4608
μ_{C1}	28.62	21.97	10.58	14.81	20.42	1.936	0.2227
μ_{C2}	28.99	24.46	8.604	14.09	21.89	1.388	0.1874

频率\字	向	往	是	在	别	好
μ_{AB}	0.8737	1.176	12.72	4.815	1.755	4.760
μ_{C1}	0.8652	0.9337	15.35	5.705	1.284	5.482
μ_{C2}	0.3151	0.5622	16.09	6.670	0.9115	5.929

频率\字	可	便	就	但	越	再	更
μ_{AB}	2.798	5.184	4.473	0.4295	0.5588	1.774	0.5171
μ_{C1}	2.141	5.362	3.709	0.7452	0.4197	1.267	0.6767
μ_{C2}	1.678	7.121	4.191	0.8774	0.1363	1.431	0.9881

频率\字	比	很	偏	儿	儿*
μ_{AB}	0.8424	0.2147	0.4212	3.970	0.2502
μ_{C1}	0.5568	0.4968	0.2227	6.818	0.5225
μ_{C2}	0.4770	0.5196	0.1448	3.901	0.2215

37字中27字的μ_{C1}有靠近μ_{AB}的趋势,其中"仍""向""往""便""更"5字的μ_{C1}与μ_{AB}十分接近而与μ_{C2}却相差较大距离;这使我们有理由认为后四十回前半部含有曹雪芹的残稿。但除这5个字外,其余32个字的μ_{C1}与μ_{C2}毕竟还比较接近,这又表明后四十回前半部含有残稿的数量并不多。

三 句

《红楼梦》全书共105,994句,除去第六十四、六十七回的

2,188句,尚有103,806句,这仍是很庞大的数字。我们这里主要研究不同长短的句子在各组出现的规律。

(一)不同长短的句子出现规律的研究

作家写作时笔下会出现长短不一的句子,这其中有何规律,恐怕作家本人也并不清楚。但数理统计方法却能揭示这些规律,帮助我们从这一角度去考察后四十回是否为曹雪芹所作。

书中最短的句子由一个字组成,最长的却有46字,但这样长的句子是罕见的。其实,长度超过10字的句子已不多了,因此没有必要也不可能对所有长度的句子检验分布。这里我们只检验了2字句至13字句,它们共有98,758句,占总数的95.13%,因此检验的结果是可靠的。

从下表可看出,不同长短的句子在A、B两组的分布完全同一,而C组中只有8字句的分布与A、B两组完全同一。从这一角度出发,我们同样拒绝了"后四十回为曹雪芹所作"的假设。

组合\字K	2 Ⅰ	2 Ⅱ	3 Ⅰ	3 Ⅱ	4 Ⅰ	4 Ⅱ	5 Ⅰ	5 Ⅱ	6 Ⅰ	6 Ⅱ	7 Ⅰ	7 Ⅱ
AB	11	11	11	9	4	4	5	9	8	6	9	5
AC	14	13	6	4	16	16	25	25	7	13	13	8
BC	9	8	10	14	17	17	28	30	14	15	9	7

字 组 合 K	8 I	8 Ⅱ	9 I	9 Ⅱ	10 I	10 Ⅱ	11 I	11 Ⅱ	12 I	12 Ⅱ	13 I	13 Ⅱ
AB	7	8	6	8	7	6	4	4	11	11	9	11
AC	7	10	8	17	13	15	13	15	16	17	13	14
BC	4	8	5	17	14	16	12	13	11	13	8	8

频率\字	2	3	4	5	6	7
μ_{AB}	5.827	10.44	25.50	17.30	21.61	18.64
μ_{C1}	4.895	8.287	24.85	17.87	20.79	17.46
μ_{C2}	4.143	9.725	21.41	13.02	22.32	16.52

频率\字	8	9	10	11	12	13
μ_{AB}	14.27	10.18	7.452	5.364	3.708	2.507
μ_{C1}	14.30	10.39	7.625	5.538	3.858	2.677
μ_{C2}	14.38	10.43	8.376	6.090	4.489	2.908

(二)平均句长

为了精确刻画作家用句的长度,英国统计学家尤尔提出了平均句长的概念,并把它作为判断作家文体特征的重要依据。平均句长=总字数/总句数,回平均句长=回字数/回句数。对平均句长检验分布结果如下,它也否定后四十回为曹雪芹所作。

组合	K
AB	8
AC	⑰
BC	⑮

组名	平均句长
A	6.692
A	6.865
B	7.073

最后,我们同样将后四十回分成前后两部分,观察其平均句长与不同长短句出现的频率,并与前七十八回做比较。下表同样表明,后四十回前半部含有少量的残稿。

字 频率	2	3	4	5	6	7
μ_{AB}	5.340	9.317	25.16	17.60	21.18	18.02
μ_{C1}	4.360	11.54	21.57	13.95	22.68	16.94
μ_{C2}	3.927	7.913	21.24	12.10	21.96	16.10

字 频率	8	9	10	11	12	13	平均句长
μ_{AB}	14.28	10.29	7.542	5.455	3.787	2.596	6.781
μ_{C1}	14.69	10.06	8.318	5.893	4.240	2.776	6.940
μ_{C2}	14.07	10.79	8.433	6.286	4.736	3.041	7.210

本文对词、字、句的88个项目进行了考察,除差别极明显或难以检验分布外,对73个指标分组用CMNPHOB法作了145次分布检验。所有项目在A、B两组的分布均同一,这与前七十八回均为曹雪芹所作的实际情形完全吻合。而否定C组与前七十

八回分布同一的有133次,连同分布显然不同的"越性"等词,则有151次。在取定水平α=0.05时已说明,若分布不同一的比例低于5%,还可认为是将分布同一误断为不同一,但现在比例却高达92.64%,因此我们只能否定陈炳藻先生的结论,而认为后四十回并非曹雪芹所作。前面的分析同时又表明,在后四十回的前半部分中含有曹雪芹的少量残稿,但数理语言学只能指出少量残稿存在的区间,至于哪些情节或段落属曹雪芹的残稿,那还有待于专家们的进一步考证。

原载《红楼梦学刊》1987年第1辑

"《红楼梦》成书新说"难以成立

——与李贤平同志商榷

李贤平同志在《〈红楼梦〉成书新说》一文中提出了这样的观点:《红楼梦》"是由不同的作者在不同的时期撰写而成的",其前八十回则由"曹雪芹据《石头记》增删而成"。

就观点而言,此"说"并不"新",它在红学研究史上曾多次出现,如清嘉庆时,裕瑞的《枣窗闲笔》声称:

> 旧闻有《风月宝鉴》一书,又称《石头记》,不知为何人之笔。曹雪芹得之,以是书所传述者,与其家之事迹略同,因借题发挥,将此部删改至五次,愈出愈奇,乃以近时之人情谚语,夹写而润色之,借以抒其寄托。①

清咸丰年间,李慈铭在《越缦堂日记补》中又写道:

> (《红楼梦》)自言改定者为曹雪芹,……以予观之,盖即所谓贾宝玉者创草此稿,故于私情密语,描写独真。曹雪芹

---

① 裕瑞:《枣窗闲笔》,一粟编《红楼梦卷》,中华书局1963年版。

殆其家包衣,因为铺叙他事,加以丑语,嗣又有浅人改之,不知经几人手,故前后讹舛,笔墨亦非一色也。①

他俩判断的重要依据与李文相同,是《红楼梦》第一回中曹雪芹自己的声明,而李文提出的"《石头记》原稿几乎只包含爱情故事和侯门生活",其余为曹雪芹所加的见解与李慈铭十分相近。此外,景梅九的《石头记真谛》,湛庐的《红楼梦阐微》,朦媛的《红楼佚话》等也都提出过类似的看法。

不过,李贤平同志的工作有其特色,他是用美国的电子计算机对47个虚字做聚类分析后创立"新说"的,并由此认为"旧的红学著作很多都需要改写,作者、家世、版本等问题也可以从新的角度重加探讨。对《红楼梦》结构的研究则要更细致地进行。《红楼梦》的文学评论也会有新的课题"。既然如此,"新说"似不可等闲视之了。

正如李文所说,对数学运算结果所做的推测判断与关于红学研究的论述,是"成书新说"的"两大基石"。但它们都有致命的弱点,无法自圆其说,建立于其上的"成书新说"自然也难以成立。

一 关于数学"基石"的驳难

过去也有人用计算机研究《红楼梦》作者问题,结论却与李

---

① 李慈铭:《越缦堂日记补》,一粟编《红楼梦卷》,中华书局1963年版。

文不同,这一事实是值得人们深思的。计算机只会忠实地执行操纵者的指令,只要预前工作(目标的选择、程序的编制与数据的输入等)不同,运算结果就必然不一样。而且,即使预前工作无可挑剔,人们对运算结果的解释也未必符合客观实际,在文学研究中,这个问题显得尤为突出。作为语言统计的工具,计算机有明显的优点,但以字数较少的回为单位来分辨作家的写作风格,却未免是以己之短攻彼之长。因为这时势必牵涉到作家的审美观念、能力以及创作过程中的感情活动。计算机刚引入红学领域时红学家们就已指出:"电子计算机毕竟是一种机器,它没有感情和生命,在涉及文学研究中的感情活动和美学欣赏时,它就无能为力了。"[1]而正由于忽略了文学创作的特殊性质与规律(这本来是借用任何自然科学方法研究文学时首先必须注意的),李文在一系列的问题上做出了错误的判断。

(一)将各回写作风格分类,必须要有客观的标准

李文中的数学部分主要由正视图、聚类图以及有关分析组成。首先使人感兴趣的是,李文根据正视图将前八十回写作风格分为三类的标准究竟是什么?这标准又是从哪儿来的?这是李文立论最根本的问题,因为正是这样分类之后,才出现了《红楼梦》出自不同作家手笔的结论。

根据概率论与数理统计的常识,可以知道李文做此分类时

---

[1] 郭豫适:《电子计算机和〈红楼梦〉研究》,《中国古代小说论集》,华东师范大学出版社1987年版。

并无一个客观标准。为了慎重起见,笔者就此请教了一些专攻数学与统计学的同志。他们在研究了正视图、聚类图以及有关推论后发表了这样的意见:

统计学原理用于任何领域时,都必须解决一个评判的标准问题。如对一批产品抽样检验后,就必须确定这批产品不合格率在什么标准以下它们才能出厂。这个标准的确定不是主观的,而是在实践中总结出来的,像纽扣与药品的标准就明显地不同。将统计学原理用于鉴别著作权时,评判标准仍然是一个首要问题。既然以小容量的回为考察单位,其笔法风格自然会显示出差异,正视图中各回离散是不可避免的。但是两回之间的差异究竟有多大时才可判定它们不是一人所写,而这判断本身的可靠性又究竟有多大呢？如果没有一个客观的标准而仅靠视觉观感,那就很容易做出错误的判断。对鉴别著作权来说,评判标准的确定也不允许是主观的,它同样应该从实践中总结出来。具体地说,这就要将著作权毋庸怀疑的作品分成小容量单位分析考察,看看对同一个作家来说,两个小单位间的最大差异到底是多少。光搞一部作品或一个作家还不行,因为这带有偶然性,只有在对相当多的作家的众多作品都做这样的统计分析后,方能得到一个客观的,具有鉴别著作权特色的标准以及这标准有多大可靠性的科学估计。这时再拿那张正视图来做比较,才能对前八十回或后四十回的作者问题做出有把握的判断。这是件细致而又艰苦的工作,但既然要把《红楼梦》分成120个小单位分析考察,那就非有这个前提不可,否则主观做出的判断以及种种推测都是毫无意义的。

笔者以为,这些看法十分中肯。

(二)对分类的表述含混不清且自相矛盾

李文根据前八十回在正视图中的位置,将其分为三类:左边的八回被认为是曹雪芹"第五次增删"[①]的成果;中间的二十七回的著作权也被判给了曹雪芹,并认为这"正是怀疑已久的《风月宝鉴》"。对于右边四十四回的归属,李文没有明言。不过,既然不同类表示写作风格不同,前八十回中又有佚名作者的稿子,那么在三类中两类已归曹雪芹的前提下,剩下右边这类的著作权应该(至少是基本上)归于那位佚名作者了。不过请注意,这仅仅是我们根据李文的论述按形式逻辑做出的推断,但李文中并没有这样的话。

如果只大致记得前八十回被分为三类,那倒也可以顺利地读完全文,但如果有谁清楚地记得各类所含的回数,那他很快就会遇上麻烦。对于从第三十七回起"诗词歌赋取代了爱情"这一现象,李文解释说:"这就是曹雪芹增删《红楼梦》留下的痕迹",并进而提出了"韵文部分我认为几乎都是曹雪芹的手笔"的划分标准。这样,右边一类中的第三十七回、第三十八回、第五十回与第七十回就必须独立出来,摇身一变为曹雪芹的手笔了,因为这四回中不仅有大段的韵文,而且整回情节都围绕韵文展开,两者密不可分。接着,我们又读到了这样的划分标准:

[①] 笔者认为,对"披阅十载,增删五次"一语中的"十"与"五"这两数字不应坐实。如李文认为曹雪芹从1745年开始"披阅",到壬午年或癸未年他去世,则已"披阅"了十七八载,"十"字根本无法坐实。"五"是相对应于"十"出现的,也只是形容其次数之多。若认真去研究"五次"各增删了些什么内容,恐未必精当。但既然"成书新说"已确定是增删了"五次",而且对各次增删了哪些回都作了假定,本文也就不妨按其假定来商榷。

书中明确说出地点的各回,照我的计算,恰好都是曹雪芹撰写的。

按照这一划分标准,右边一类中的第四十六回、第四十八回、第四十九回、第五十二回、第五十四回、第六十回、第七十回与第七十一回的著作权也突然易主,因为这八回都是"明确说出地点的各回"。为了说明"避讳"问题,李文特别强调第五十二回是"原作者"的手笔,但该回却偏偏要去"明确说出地点":

宝琴笑道:"在南京收着呢,此时那里去取来?"

此回究竟何人所写?原作者乎?曹雪芹乎?形式逻辑失却了用武之地,读者只得望文兴叹。

李文也许已虑及于此,因而退守到第二道防线,反复阐明第二十六回至第三十六回属《石头记》原稿,并且还特地强调说:"在正视中,26至36都在上部右上角"。这一切都给读者留下了深刻的印象。可是,这其中描写宝玉挨打的第三十三回又跑出来作梗了,它不合时宜地去"明确说出地点":

(贾母)说着便令人去看轿马,"我和你太太宝玉立刻回南京去!"

而且,李文在论及贾政时突然又说,第三十三回等"照我的分类,都落入雪芹增写的部分"。这真叫人无法可想!

第三十三回一走，围绕宝玉挨打展开的第三十四至第三十六回也保不住了。这样，我们仅凭李文提出的两条划分标准，便可发现右边一类中竟有近二十回是曹雪芹撰写的。如果按照李文提出的其他划分标准继续讨论下去，所谓的"《石头记》原稿"势必越来越少，最后人们必然会产生这样的疑问：那位"原作者"会不会是一位乌有先生？而且，既然右边一类中有这么多回已被确认为是曹雪芹撰写的，这足以表明曹雪芹的写作风格完全能在右边一类中显示出来，那么我们还有什么理由说前八十回中有一位"佚名作者"呢？这里不但没有任何文字材料可资证明，而且此时连那张正视图也帮不上忙了。

最后要指出的是，如果有谁去将正视图与聚类图配合细勘，他遇到的麻烦将会更多。在正视图中，第六十三回与第五十四回被分别归于中间与右上角二类，表示写作风格很不相近，但在聚类图中，它俩却亲密地站在一起，表示风格很是相近；第三回与第七十九回在正视图中被分别归于左边与中间二类，但它俩在聚类图中却重归于好了。此外，第三十三回与第六十九回，第七十三回与第七十四回也都发生了同样的情形。原指望配合细勘后"很快便能明了其含义"，没料到结果反而更糟。

实在没有想到，"成书新说"立论的根本基础竟会是一个斯芬克司之谜！

（三）正视图中各回离散的原因是什么？

正视图中各回离散是客观存在的事实，但主观解释却可以因人而异。李文将前八十回分为三类，认为是写作风格各不相同,进而认定作者各不相同。但即使这里不提分类的客观标准问题,这样推论仍然是不严格的,而且它无法自圆其说。请问,既然左边与中间的均为曹雪芹所写,为什么它们却被分为二类呢？如果这点可用不同时期所写来解释,那么同为第五次增删时"添入"的第七十八回和第七十九回,为什么又被归入不同的两类呢？这些问题的无法解释,反证了李文未能触及各回离散的本质原因。

这里打算借用几张表格来解释各回离散的原因。为了便于读者清晰地辨明,现将左边的八回称为第Ⅰ类,它共有8,033句①,有52,371字;中间的二十七回为第Ⅱ类,共24,052句,165,995字;右上角的四十四回为第Ⅲ类,共39,730句,269,342字。先观察文言虚字在各类每千字中出现的频率②:

指标 频率 类别	之	其	或	亦	方	于	即	皆	因	故	尚	乃
Ⅰ	11.2276	2.9406	1.4130	2.1768	2.1386	2.1004	0.7547	2.1195	3.5516	0.8783	0.4965	1.3366
Ⅱ	3.9640	0.6446	0.9579	1.6507	1.6507	1.0603	0.2831	1.0904	3.4399	0.7530	0.2229	0.2590
Ⅲ	1.7079	0.3193	0.7426	1.4480	1.4480	0.5309	0.1374	0.1393	2.8737	0.4975	0.1002	0.1411

从第Ⅰ类到第Ⅲ类,文言虚字出现的频率明显地由高到低,但白话虚字的情形却正好相反。显然,各回中文言、白话虚字比例不均衡,乃是各回离散的根本原因。这也容易理解,因为

---

① 按人民文学出版社1982年3月版统计,各回标数与各回首标题不计在内。
② "仍"字由于文言白话通用,未列入表内,这一原则同样通用所列的白话虚字频率表。至于"吗""咧"等句尾虚字,它们在前八十回并不出现或极少出现,故略。

那张正视图本来就是根据它们出现的频率计算出来的。

　　笔者之所以能迅速意识到这一点,是因为统计数据时曾为此问题颇费思索。《红楼梦》的语言属近代白话,它虽与现代白话相近,但绝不是相同。差异就在于白话中含有文言的痕迹,有时少些,有时多些,有时干脆有整段甚至大段的文言插入。鉴于这种情况,第一次统计时便将整段文言排除在外,但很快又感到这样做不尽合理。有些人物讲话时会夹入些文言,有时只有一句两句,是否应该将这些也排除在外呢?如果排除在外,整部《红楼梦》就被弄得支离破碎了,而且经常遇到的那些半文不白的话也难以归类。最后,考虑到本人采用的是将120回分为三组检验分布的方法,各组均有二十多万字,其中个别值偏高或偏低并不影响总体检验,于是最终采取了对全书进行统计的方式。当时根据李贤平同志的愿望,将数据与拙作《从数理语言学看后四十回作者》[①]交给他时,说明了这一考虑过程,那篇当时还不知能否发表的文章中也论及于此。但关于近代白话特色的说明遭到李贤平同志的忽略却是始料不及的,等知道有"成书新说"并发现其立论基础的种种破绽与错误,则均为李文发表以后的事了,在这之前自然没有而且也不可能发表什么意见。这实在是很可惜的。

指标 频率 类别	了	的	着	把	让	向	往	是	在
Ⅰ	16.8987	10.6548	3.8952	0.4583	0.4010	0.6301	0.7256	9.9864	3.4752
Ⅱ	25.6213	19.0729	5.9219	0.9036	0.3494	0.7229	1.1988	12.4341	5.0182
Ⅲ	30.5225	22.4102	8.1161	1.5185	0.5495	1.0359	1.2698	13.4030	5.0085

---

① 此文已发表于《红楼梦学刊》1987年第一辑。参见本书附录。

指标频率\类别	别	好	便	就	越	比	偏	儿
I	0.9738	3.1888	4.5254	2.5396	0.1337	0.7829	0.3246	1.8140
II	1.8013	4.8917	5.3014	3.9399	1.6507	0.8916	0.4337	5.5966
III	1.8564	5.1384	5.1941	5.1347	0.6126	0.8057	0.4195	10.0987

(四)以回为考察单位,必须考虑作者的创作特色

李文对以往用数理统计方法研究《红楼梦》作者的成果做了这样的结论:"囿于胡适派的观点,总是把前八十回当作一个对象,后四十回当作另个对象,从而在第一个假定上就误入歧途,注定了不能有所发现。"

这里暂且不论是否用"路还没有走,方向已经错定了"这样一句简单的话,就能把那些与自己工作性质相仿但结论不同的研究成果全部抹煞;也暂且不论从1921年10月胡适那篇《红楼梦考证》到1987年10月李文发表为止,胡适派主要观点是否真的"统治海内外红学研究达六十六年之久",因为这自有公论,无须赘言。这里只想指出,尽管李文以回为考察单位,声称自己"不作这个假定",但这一做法本身已隐含了一个假定,即认为以回为单位时,它们各出于同一手笔。但事实并非如此。如被判为属《石头记》原稿的第二十八回,各按李文提出的有关薛蟠的情节为曹雪芹所写等划分标准,其中就有4,564字属曹雪芹手笔,约占该回7,721字的60%。而且,李文自己也认为曹雪芹将别人的《石头记》增删五次而成前八十回;曹雪芹原稿被亲友整理后又经高鹗加工而成后四十回,各回中含有多少手

笔,大概一时也难以说清了。自己的结论又否定了假定的前提,尽管这个假定是以不做假定的形式出现的。

写到这儿,很自然地又产生了一个问题:既然各回并不只含一人的手笔,那么我们还有什么理由去把那张正视图去分类,说这类的著作权该归曹雪芹而那类则应属什么"佚名作者"的手笔呢?

并不是说不可以把回当作考察单位,但这时问题的复杂性要远远超出我们的想象。笔者不敢班门弄斧,但概率统计中的基本常识还是记得的,即统计容量越大,研究对象的内在规律便呈现得越清晰。当时,笔者之所以把《红楼梦》一百二十回按序分成三个四十回作为考察单位,一是为了能明显地观察到字词句等近百个指标在三个四十回中出现的规律。由于后四十回中出现的规律显然不同于前两个四十回,而前两个四十回(即前八十回)中出现的规律却是相同的,所以才得出了后四十回的写作风格异于前八十回的结论;其次,便是这三个四十回各有二十多万字,容量极大。虽某些回中有几百字或千余字文言的插入,此时也可作为偶尔的干扰因素排除。正是在容量极大的前提下,笔者在那篇文章中提出了虚字出现规律不受情节发展制约,而仅与作者写作习惯有关的观点。李文接受了这一观点,但忘记了它赖以成立的前提条件,从而导致了错误的结论。

具体的数字也许更能说明问题。如第十二回只有3,511字,容量实在太小了。书中有二十三回是四千余字,有三十九回是五千余字,即全书一百二十回中,有半数以上不足六千字。此时一旦有段文言插入,其文言与白话虚字的比例自然要发生明显的变化。即使对个别字数较多的回来说,情况也是如此。如第七十八回有9,001字,全回文言虚字中的"之"出现了103次,"其"与"于"各出现了27次。而该回中《芙蓉诔》与宝玉对该诔设想这两段文言一共有1,696字,但"之"却出现了64次,"其"与"于"各出现了18次。大家一定还记得,就在这回里,宝玉还对林四娘的事迹发过一通议论并作了首什么"歌成余意尚傍徨"的长诗哩。倘若抽去《芙蓉诔》,该回在正视图上的位置必然会有明显变化。

以容量极小的回为考察单位,就必须顾及作者的创作特色。这样一来,涉及的因素就比较多了。一般地说,一部小说的语言大致可分为两类:一类是作家对环境、气氛与人物行动等的描写,另一类则是作者笔下人物的语言。这里虽然无法全面论及,但根据不同的情节运用不同的笔法描绘,大概应该是首先要注意的。如同在第十七、十八回中,围绕"剪香囊"的描绘是用白话。对于小兄妹间发生的矛盾误会,"之乎者也"地描写就不近情理了。但元春省亲涉及宫廷礼仪,其描述自然以文言为妥。这时不仅贾政开口是"臣,草莽寒门,鸠群鸦属之中,岂意得征凤鸾之瑞",就连讲惯白话的贾母、王夫人等人也都一起斯文起来。这是对特定环境、情节的描写,理应如此行文。如果此时冒出"好妹妹,饶了他罢"之类的笔法,岂不大煞风景?

其次,人物的个性语言必须重视。曹雪芹不满于以往小说的原因之一,便是"鬟婢开口即者也之乎,非文即理。故逐一看去,悉皆自相矛盾,大不近情理之话"。因此他创作时,笔下人物的语言各有符合其身份的特色,不仅有雅俗之分,而且有文白之别。贾政率众清客游大观园时，这批附庸风雅之士开口理应"者也之乎"，而婆子们怒极对骂时，脱口自然粗俗触目，言语相异何啻天壤。脂批中常有"这方是宝玉"与"是贾妃口气"之语，这说明人物语言个性化的特色在当时就已被人们注意到了。鲁迅也曾说过："《水浒》和《红楼梦》的有些地方，是能使读者由说话看出人来的。"[1]甚至同是唱曲，宝玉是"滴不尽相思血泪抛红豆"，薛蟠则是"一个蚊子哼哼哼"，作者始终不忘"按头制帽"的分寸。显然，当以回为考察单位时，人物语言的个性化也会使文言与白话虚字的比例发生波动，君不见第二回中贾雨村那段528字的文言大道理乎？

总之，一个作家艺术修养越高，语言功底越厚，他就越能以摇曳多姿的笔法将读者引入韵味无穷的艺术境界。曹雪芹就是这样写出了十二金钗们的悲剧。如果因为作者笔法丰富就否定掉他的著作权，那么这该是谁的悲剧呢？

（五）应该进行全面的综合性的统计分析

汉语是由字、词、句这三个基本单位组成的，若要研究一个作家的写作风格，就应该对这三个基本单位进行全面的综合性的统计分析，不可偏废。笔者在考察前八十回[2]与后四十回写作风格差异时，首先发现了这两部分的某些专用词。如"越性"与"索性"是同义词，但前者只出现于前八十，后四十回表达同

---

[1] 鲁迅：《看书琐记》，见《花边文学》，《鲁迅全集》第五卷，人民文学出版社1980年版。
[2] 按程甲本排印的第六十四、六十七回不包括在内。

一意思时只用"索性",从不用"越性"。在这类专用词发现的基础上,提出了前后两部分写作风格不同的假设。而后,对各虚字以及不同长短句子出现规律的检验,证实了这一假设。当时采用的是斯米尔洛夫检验法,检验水平为0.05,即出现规律实际上相同但错误地判为不相同的可能性不超过5%,根据检验结果所下的判断具有95%的可靠性。当时对27个词、47个虚字、12种句长以及平均句长共做了151次检验,后四十回中出现规律异于前八十回的比例高达92.64%,远远超过了水平标准5%,笔者因此认为后四十回写作风格不同于前者。同时,在将后四十回分成两部分考察各字、词与句长出现规律后,又提出了后四十回中很可能含有曹雪芹的少量残稿,它们主要在其前半部分的假设。由于对字、词、句这三个基本单位都做了考察,笔者对自己得出的结论是比较放心的。

但是,李文中没有提及对词的研究,对于不同长短的句子,文中只有极简单的一句话:

> 作为辅助变量,也用过句子长度,它也提供了若干有用信息,这类图表也有数十张。

大家知道,作家无论想表达什么意思,也无论是用文言还是白话,写出来总要表现为一定长短的句子。有些人的句子短些,有些人则偏爱长句,不同句长的分布同样表示了作家的写作风格。有的同志甚至认为,与虚字相比,句长的规律受文言与白话虚字比例波动的影响要小得多,它可更精确地刻画作家的写作风格。笔者当时根据英国统计学家尤尔关于句长与作家写作风格关系的论述对句长的研究给予了同样的重视。可是,既然从一字句开始的各种长短句子的数据如此齐全,又有那么高级的电子计算机,为什么却要把这类十分重要的指标仅仅当作"辅助变量"看待呢?文中屡屡提及的"英美同行",他们是这样处理的么?此外,"有用信息"是什么意思?"有用"与无用如何区分?"若干"两字应作何解?读者怎样理解"它也提供了若干有用信息"才算正确呢?

笔者百思而不得其解①。

二 关于红学研究"基石"的驳难

李文中相当一部分是关于红学研究的论述,其中也有自己的独创,但不少则是博取之于红学家们的论点。但是,这些论点是红学家们在各自研究的基础上得到的,若不顾其基础而仅仅收割对自己有利的论点,汇拢起来虽是洋洋大观,却难免弄出矛盾来。李文论及面颇广,一一讨论也不是本文的目的,这里仅对与"成书新说"有关的三个主要论点提出自己的看法。

---

① 在1987年11月5日《复旦大学学报》与上海红学会召开的座谈会上,李贤平同志承认句长分布与"成书新说"不符,他解释说,这是书中有较多诗词,影响了句长分布规律的缘故。但我以为,诗词多为五、七言,并不影响其他长度句子的规律,而且全书诗词(包括人物语言中所引用的)共1,600句、9,902字;分别仅占全书105,994句与729,604字的1.36%与1.51%,不能成为排斥句长分析的理由。当客观事实与主观设想不符时,我们应该怎么办?在文章中只列举对自己观点有利的数据,这种办法似乎并不可取。

(一)曹雪芹在第一回中的声明能否作为立论依据？

《石头记》原本镌在石头上，空空道人钞录后传与曹雪芹，由他"披阅十载，增删五次"后乃成《红楼梦》。这是曹雪芹开卷伊始的声明。李文据此结合甲戌本凡例得出"再清楚不过"的结论："有一个人，根据自己的经历写出《石头记》一书，后由曹雪芹五次增删，数度易名，终在甲戌年定稿，仍称《石头记》。这就是今本《红楼梦》的前八十回。"

这段话是"成书新说"的主要论点。可是，就在李文所引的甲戌本这段话旁，脂批对读者做了这样的提醒：

> 若云雪芹披阅增删，然则开卷至此这一篇楔子又系谁撰，足见作者之笔狡猾之甚。后文如此者不少，观者万不可被作者瞒弊(蔽)了去，方是巨眼。

这段话意思也是再清楚不过的。如果把曹雪芹所说的《石头记》原为"石头"所撰当作数学定理看待，那么第十七、十八回里那些话就难以理解了：

> 此时自己回想当初在大荒山中，青埂峰那等凄凉寂寞；若不亏癞僧跛道二人携来到此，又安能得见这般世面。

接下去又有"诸公不知，待蠢物将原委说明，大家方知"一句。据李文鉴定，第一回与第十七、十八回均为曹雪芹第五次增删时所写,因此我们尽可放心引用。但曹雪芹在第一回声称《石头记》为"石头"所撰,而第十七、十八回里这些话则又表明"石头"所思所想都是按曹雪芹自己构思写来,两者间矛盾该如何解决?究竟何者为真?这段文字旁的脂批也许能帮助我们寻得答案:

> 如此繁华盛极花团锦簇之文,忽用石兄自语截住,是何笔力,令人安得不拍案叫绝。是问历来诸小说有如此章法乎。

原来,所谓《石头记》原为"石头"所撰云云,只是曹雪芹的写作"章法"而已。当然,除非你认为第十七、十八回的这些文字与脂批表明,一芹一脂蓄意盗窃"石头"的著作权。但如果真是这样,曹雪芹又何苦在第一回发表那样的声明呢?

曹雪芹不直接申言自己就是作者,这与当时小说地位低下有关。班固作《汉书·艺文志》,"所录凡十家,而谓'可观者九家',小说则不与"[1],因为他认为"小说家者流,盖出于稗官,街谈巷语,道听途说者之所造也"[2],很是瞧不起。这一偏见,在我国绵延了近两千年。比曹雪芹创作《红楼梦》略早些,有部小说叫《照世杯》。曾有人问该书作者:"古人立德立言慎矣哉。胡为而不著藏名山待后世之书,乃为此游戏神道也?"作者答曰,他之所以"采闾巷之故事,绘一时之人情,妍媸不爽其报,善恶直剖其

---

[1] 鲁迅:《中国小说史略》,《鲁迅全集》第九卷,人民文学出版社1980年版。
[2] 班固:《汉书》卷三十《艺文志》,中华书局1962年版。。

隐",目的是想"使天下败行越检之子……改志变虑,以无贻身后辱"①。言之似有理,其志亦可嘉,但该书刊行时,却题为"酌元亨主人编次",不仅作者姓名难以考知,而且他也只承认自己仅是"编次"而已。在众多的古典小说中,不标明作者的现象屡见不鲜。因此就连《水浒传》《西游记》这样的名著,现虽基本考定作者为施耐庵与吴承恩,但仍有人持异议,至于谁写《金瓶梅》,则更是众说纷纭,莫辨其真了。

在《红楼梦》第二十三回(该回著作权据李文已被判给曹雪芹了)里茗烟从书坊买了许多古今小说与传奇脚本给宝玉,并叮嘱说:"若叫人知道了,我就吃不了兜着走呢",宝玉也只敢偷偷摸摸地看。这表明曹雪芹很清楚当时世人对小说的看法,对自己作品将有的遭遇自然也有所预感,《红楼梦》在清代也确实屡屡遭禁挨骂。在这样的环境中,曹雪芹敢于在作品里写上自己的名字并委婉地表示自己就是作者,这实在是难能可贵的,我们为什么还要对他高标准严要求呢?

最后顺便指出,自己明是作者却偏偏声明只是编者,这一写作"章法"在中外文学作品中是屡见不鲜的。《腐蚀》是茅盾的名著之一,但作者却在书首声明说,这是他在"陪都某公共防空洞"里捡来的,而鲁迅的《狂人日记》开头则有这样一段话:

  持归阅一过,知所患盖"迫害狂"之类。语颇错杂无伦次,又多荒唐之言;亦不著月日,唯墨色字体不一,知非一时

---

① 谐野道人:《〈照世杯〉序》,见《照世杯》,《古本小说集成》第三辑,上海古籍出版社1994年版。

所书。间亦有略具联络者,今撮录一篇,以供医家研究。记中语误,一字不易;唯人名虽村人,不为世间所知,无关文体,然亦悉易去。至于书名,则本人愈后所题,不复改也。

说得简直有鼻子有眼。我们能否据此,将具有强烈反封建意义、我国现代文学史上第一部白话小说的著作权,判给前清那位曾患癫疾的候补官吗?而且,卷首鲁迅声明非自己所写的那节全是文言,以下的故事则全是白话。如果弄张什么正视图的话,两者的差异必然也是极大。按照李文的研究方法,《狂人日记》的序文与正文应出于两人之手。这样,鲁迅对于《狂人日记》的著作权岂非也要岌岌乎危哉了么?

(二)曹雪芹"生活经历似有不足"吗?

在叙述《红楼梦》创作与作者生活经历关系时,李文提出了这样一个三段论:

大前提:"要能写《红楼梦》,作者必须曾有'公子哥儿'的身份";

小前提:曹雪芹没有"过上贾宝玉式的生活";

结论:曹雪芹没有"足够的切身经验来撰写《红楼梦》",他是"在别人原稿基础上再创作"。

笔者无法赞成这一结论,因为其大前提有悖于文学创作的基本常识,而其小前提则又与历史事实不符。

根据李文的大前提,很容易演绎出这样一个公式:作家必须有亲身的或类似的经历,方能写出相应内容的作品。关于这问题,古今中外的理论家们早已发表过足够多的意见,作家们的创作体会也常论及于此,这里无须笔者再来唠叨一番。但既然李文郑重其事地提出,也就不妨借用一个数学证明方法简单地说两句。在数学上,说明一个公式或命题正确,必须要有充分的正面证明,但要说明它不正确,则一个反例足矣。这里仍然以茅盾的《腐蚀》为例。该作品在特定的环境中多方面地揭示了赵惠明的复杂的内心世界,将这位女特务受骗、犯罪而又不甘堕落所引起的矛盾和痛苦以及在觉醒过程中所经历的决裂、斗争写得细腻真切。请问:创作这部作品的茅盾应该具备怎样的"身份"呢?难道这部作品真的是茅盾从防空洞里捡来的吗?

对于曹雪芹没有"过上贾宝玉式的生活",脂批表示了不同的意见。如第五回"谁知公子无缘"一语后脂批云:

骂死宝玉,却是自悔。

对第十七、十八回中"宝玉听了,带着奶娘小厮们一溜烟就出园来"的批语是:

余初见之,不觉怒焉,谓作者形容余幼年往事;因思彼亦自写其照,何独余哉。

第二十三回"排了几席家宴酒席"一语后又有脂批云:

是家宴,非东阁盛设也,非世代公子再想不及此。

第七十四回"因此只装不知道"一语后的脂批：

> 盖此事作者曾经,批者曾经,实系一写往是(事),非特造出,故弄新笔,究经不记不神也。

这里只引了几条。而且均引自李文认为是曹雪芹手笔的那几回,批语中的"作者"与"世代公子"自然非曹雪芹莫属。此外,敦敏、敦诚也有这样的诗句："秦淮旧梦人犹在,燕市悲歌酒易醨。""燕市哭歌悲遇合,秦淮风月忆繁华。""扬州旧梦久已觉,且著临邛犊鼻裈。"我们怎能置这些客观材料于不顾而断言曹雪芹从未"过上贾宝玉式的生活"呢？

既然大、小前提都不成立,那么曹雪芹"在别人原稿基础上再创作"的结论自然也就站不住脚了。

论及与作者生活经历有关的语言问题时,李文认为"《石头记》原稿的作者在南方有较长生活经历,也用较多南方口语写书,曹雪芹则尽量使语言京语化"。但是,关于北京话基本标志之一的儿化韵的统计结果恰与此论断相反。在正视图右上角的第Ⅲ类中,儿化韵每千字出现了10.0987次,在被判为第二到四次增删结果的第Ⅱ类中,则降为5.5966次,而在被判为第五次增删结果的第Ⅰ类中,却只有1.8140次了。儿化韵越改越少,曹雪芹"尽量使语言京语化"的工作究竟是怎样做的？

至于与作者经历有关的地点问题,即使除去前文提及的种种矛盾,李文也未能提供"合情合理的答案"。第二回里,荣府位于金陵(南京),这由"六朝遗迹"四字可证;但第三、四回里,荣府却在北京了,薛家母子正是从金陵动身去北京荣府的。如果真像李文所说"《石头记》原稿写的是南方,曹雪芹则把故事地点搬到北方",那么曹雪芹做第五次增删时为何又将荣府搬来搬去?难道他此时已糊涂到了南北不辨的地步?其实,曹雪芹是用"假语村言"叙述他的故事,地点扑朔迷离与"无朝代年纪可考"是一致的也是可以理解的。若硬要去考证出精确的结论(即使是借助于电子计算机),恐怕也只能回到俞平伯先生当年研究这问题时的感叹:"非但没有解决的希望,反而添了无数的荆棘,真所谓所求愈深所得愈寡了!"①

(三)明义的诗无法否定曹雪芹的著作权

明义的诗被认为是"成书过程新学说的重要环节",李文不厌其详,全部转录,并逐首解释。综合文中各处有关论述,现将李文关于此问题的论证思路归纳于下:

(1)"这二十首绝句,描写了一个有头有尾的完整故事";

(2)诗中未提秦可卿丧事与元春省亲,可证明义是"根本没有读到",他只看到了"宝黛钗的爱情纠葛";

(3)《石头记》原稿经曹雪芹第一次增删后"约二十回,已有宝黛的完事",而明义的诗只提宝黛爱情,所以他看到的就是第一次增删本;

(4)永忠与明义是同时代人,他也有三首咏宝黛爱情的诗,所以他看到的也是第一次增删本;

(5)第一次增删本与《石头记》原稿最为相近,曹雪芹确实

---

① 俞平伯:《红楼梦辨》,人民文学出版社1973年版。

是"在别人原稿基础上再创作"的。"遗憾的是,以往的红学家见不及此,或缺少参透的功夫"。

笔者不想评论这种"求证"的方法是否"小心",这里只想指出,李文对明义诗的解释,错得难以想象。如第十六首诗是:

> 生小金闺性自娇,可堪折磨几多宵。芙蓉吹断秋风狠,新诔空成何处招?

这显然是写晴雯,但李文却解释为:"一个女主角——大概是黛玉——死了,宝玉的芙蓉诔是为她写的。"为什么偏说不是晴雯而含糊地说"大概是黛玉"呢?因为一旦承认是晴雯,明义就要看到第五次增删本上的第七十八回,这是绝对不允许的。但这样一来,下面两首诗就变得不好办了:

> 锦衣公子茁兰芽,红粉佳人未破瓜。少小不妨同室榻,梦魂多个帐儿纱。
> 伤心一首葬花词,似谶成真自不知。安得返魂香一缕,起卿沉痼续红丝。

这里倒真的是写黛玉了。但李文为了使明义的诗成为"有头有尾的完整故事",自然不便让黛玉死而复生,于是只好另找别人,而且居然还找到了:"从第十七、十八首看来,宝玉似与另一女主角——应当是宝钗——成婚,但婚后夫妻生活也不美满,后来她也病死。"真是匪夷所思,突然又冒出个"宝钗葬花",难怪"以往的红学家见不及此"。

李文对第一首诗的解释是与第二首合在一起的:"介绍故事发生在大观园、怡红院。"明义的第一首诗是:

  佳园结构类天成,快绿怡红别样名。长槛曲栏随处有,春风秋月总关情。

从哪儿才知道大观园"结构类天成"呢?只有第十七、十八回,也就是在那里,元妃将"红香绿玉"改作"怡红快绿"。但这两回也已被判为第五次增删的结果,又怎容明义看到!关于这首诗的解释,自然只好含糊过去了事。

  由于让明义的诗成为"成书新说"铁证的心情过于迫切,李文的解释结果又与"成书新说"发生了矛盾。如第七首诗是:

  红楼春梦好模糊,不记金钗正幅图。往事风流真一瞬,题诗赢得静工夫。

李文承认这是指宝玉梦游太虚幻境,但又说该内容"后被扩写为如今的第五回",这立即与李文前面判定该回纯为曹雪芹第五次增删时"所添"发生了矛盾。而且,《红楼梦仙曲》、十二金钗图与警幻将可卿配与宝玉是该回的主要情节,既然第一次增删本上都已有了,那么曹雪芹第五次增删时又还能"添"些什么呢?又如第十三首诗,李文解释为"第六十三回寿怡红群芳开夜宴的情节"。但该回在"成书新说"中早已被判为曹雪芹的旧稿《风月宝鉴》,并认定是第二至四次增删时插入第一次增删本的。真不知是怎么一回事,明义在第一次增删本中居然也看到了。明义啊明义,您看的那本《红楼梦》可真有点古怪哟!

永忠读《红楼梦》是在曹雪芹死后,此时明义约二十多岁。高鹗与程伟元的《红楼梦引言》写于乾隆五十七年,第一句话就是"是书前八十回,藏书者抄录传阅几三十年矣",这证明曹雪芹死时八十回本已在流传。李文既然相信"程伟元和高鹗讲的都是实话",那么为什么在没有任何材料证明的情况下,硬不让永忠、明义读八十回本,而强要他们去看那二十回有什么"宝钗葬花"的第一次增删本呢?而且,越剧《红楼梦》也只讲宝黛爱情,也没提秦可卿出丧与元春省亲,难道编剧同志依据的也是第一次增删本么?

鲁迅论及鉴赏《红楼梦》情形时曾讲过这样一段话:

> 单是命意,就因读者的眼光而有种种:经学家看见《易》,道学家看见淫,才子看见缠绵,革命家看见排满,流言家看见宫闱秘事……①

如果把读者的鉴赏眼光都当作版本考证的资料,那我们将会遇到一个怎样的局面呢?

在对"成书新说"的"两大基石"做了驳难之后,还想再讲几句话。首先,否定李文的主要论点,绝不意味着《红楼梦》的著作权不容讨论,而只是要求否定曹雪芹的著作权,哪怕是部分著作权,必须要有十分充足的理由。同样,否定李文的主要论点,也绝不意味着全盘否定李贤平同志的研究。只要态度与方

---

① 鲁迅:《〈绛洞花主〉小引》,见《集外集拾遗补编》,《鲁迅全集》第八卷,人民文学出版社1980年版。

法对头，他在艰苦的工作中积累的那几百张图表仍然是有价值的。其次，笔者也充分地注意到李文中这样一句话：

> 反对我的理论当然也能写文章；更明智的做法是，沿着新理论的方向，发挥自己的专长，作创造性开拓工作。

这是对红学研究者的忠告和呼唤。但是，对一个严肃的研究者来说，赞同或反对一个论点，出发点与衡量标准并不是那个"明智"，而是看到的事实与在争辩中接近真理的追求。在《复旦学报》与上海红学会召开的座谈会上，与会者们正是本着这种精神，在肯定李贤平探索精神的同时，纷纷以不同的方式对"成书新说"表示了异议。也正是出于同样的原因，笔者动手写了这篇商榷的文章。

原载《华东师范大学学报（哲学社会科学版）》1988年第1期